L'EREDITÀ DI JEFFERSON

I THRILLER DI HARVEY BENNETT

LIBRO 4

NICK THACKER

PREMESSA

Questo libro è stato tradotto dall'inglese grazie a un servizio, per offrire ai lettori di tutto il mondo storie fantastiche. Ci auguriamo che vi piaccia e vi preghiamo di perdonare eventuali errori linguistici!

Per ringraziarvi, visitate nickthacker.com/italiano per scaricare gratuitamente un romanzo thriller!

CAPITOLO 1

Non c'è più molto tempo.

Doveva farcela. Non c'era altra scelta, o il destino dell'intera Repubblica...

Non voleva pensarci. Rabbrividì, e non solo per la fresca brezza di fine autunno che era scesa sul sentiero boscoso.

Lucius diede un calcio al fianco del suo cavallo, spingendolo più velocemente nel vento. Il vento, a quanto pare, era il suo principale antagonista stasera. L'oscurità si era insediata già da ore, eppure anche il buio si era attenuato contro il vento impetuoso, le due forze che si scontravano facevano di Lucius e del suo povero destriero la loro pedina.

La luce lunare della foglia di cera non era un granché come alleato, offrendo solo sottili ciuffi di luce che venivano immediatamente consumati dalle ombre più profonde mentre lui correva avanti.

Hohenwald era a sole quattro miglia di distanza, così vicino che gli sembrava di poter già sentire l'odore delle stufe a legna e dei forni degli operai che lavoravano fino a tarda notte e delle loro famiglie. Era un'illusione, un odore impresso nella sua mente da anni di fuoco notturno, mentre iniziavano gli incantesimi. Lo riportò indietro nel tempo, quando questa notte era una mera speculazione, nient'altro che un sogno e uno scarno progetto.

Eppure era ancora abbastanza lontano da sapere che il nemico era più vicino. Avrebbero raggiunto la destinazione per primi, prima che lui potesse avvertire l'obiettivo. L'obiettivo sarebbe stato colto di sorpresa, forse per la prima volta in un decennio. Dormendo profondamente, senza dare nell'occhio, l'obiettivo non sarebbe stato in grado di svegliarsi, di respingere l'attacco e di eliminare la minaccia.

Tuttavia, gli ordini di Lucius erano ancora validi. Avrebbe cavalcato.

Scalciò di nuovo i fianchi del suo destriero, ma non sentì alcun aumento di velocità. Invece di imprecare, annusò un respiro profondo e deciso attraverso le narici. L'aria gli colpì la parte superiore del palato e gli fece aprire gli occhi. Era frizzante, impregnata del bel profumo di pino e di terra, ma sembrava portare con sé anche lo sgomento di essere arrivati troppo tardi. Stava andando troppo piano e non avrebbe fatto in tempo. Non era colpa del cavallo, né sua. La Società aveva dato l'allarme, ma c'era voluta più di un'ora per mettere in atto un piano.

Più di un'ora per un piano che esisteva *già*. Lucius sapeva che questo era il lato negativo del governo per commissioni. Questo era l'aspetto negativo di non rimanere snelli e agili. Aveva esortato i suoi capi a prendere la decisione e a farlo in fretta, ma il tempo impiegato per riunirsi e votare stava per fare la differenza tra la vita e la morte.

Significava vita o morte per l'obiettivo di Lucius, certamente. Forse anche per altri. Forse per la nazione stessa.

Forse per Lucius stesso.

Strinse i denti e si tuffò in avanti, superando l'ultima dolce cresta che portava al villaggio di Hohenwald. Nient'altro che un insieme di piccole case e una piazza, il villaggio non era nemmeno la destinazione di Lucius. Il suo obiettivo dormiva in una locanda lungo la strada per Hohenwald, appena a est della città. Lì il proprietario, Griner, gestiva il piccolo locale e vendeva whisky agli indiani, il cui terreno confinava con la sua proprietà.

Tutto questo era contenuto nel rapporto consegnato ai capi di Lucius. Avevano riflettuto su di esso e sulla missione più grande, come se fosse stata la prima volta che si sentiva parlare di una cosa del genere. Lucius era rimasto in disparte, aspettando con calma, finché non aveva capito che il tempo a loro disposizione stava per scadere. Non riusciva a capire perché esitassero: non capivano che il destino della nazione era nelle loro mani?

Così era partito, sapendo che il suo obiettivo sarebbe stato al Griner's Stand ore prima del suo arrivo. Ore per aspettare, pensare e riflettere. Ore per chiedersi e preoccuparsi.

Ore per dormire, serenamente o meno, fino all'arrivo di Lucius o del nemico, per segnare il destino della giovane nazione una volta per tutte.

CAPITOLO 2

11 OTTOBRE 1809.

Il GRINER'S STAND era a meno di mezzo miglio di distanza e, per la prima volta da quando Lucius se n'era andato, poteva vederlo con i suoi occhi. Non c'erano più speculazioni, non c'era più bisogno di scorrere i dettagli nella sua mente. Lo vedeva e sapeva che era la sua destinazione finale.

Lo Stand di Griner si trovava ai margini del territorio indiano, sia per scelta - Griner stesso era conosciuto come un pregiato venditore di moonshiner - sia per caso. Forse Griner sperava di sfruttare la sua vicinanza per contrastare gli indiani mentre la giovane nazione continuava a espandere il proprio territorio, o forse Griner era solidale con la popolazione nativa.

A Lucius non importava nulla di tutto ciò. Il suo cavallo, malconcio e sudato, aveva rallentato a un quarto di miglio prima e lui non aveva cercato di forzarlo. Era stato un viaggio lungo e faticoso, ma la fine era in vista.

Alla sinistra di Lucius si intravedeva la prima delle capanne abbinate. Il sentiero di Natchez che Lucius aveva seguito scendeva di nuovo verso il basso, in direzione di un fiume ancora non visibile. Il sentiero si snodava attorno ad alcuni alberi, ammettendo la propria inferiorità rispetto ai secolari abitanti della foresta.

Gli alberi, da soli, potrebbero testimoniare l'età di questo lungo tratto di strada. Sono rimasti come sentinelle silenziose per generazioni, prima che anche la selvaggina e gli animali selvatici utilizzassero questo percorso intramontano attraverso la cresta. Quando gli Indiani d'America esplorarono e conquistarono l'area, assunsero la proprietà del percorso e lo spianarono ulteriormente sotto i loro piedi.

Oggi Lucius aveva fatto lo stesso identico percorso tortuoso attraverso la foresta, fidandosi dei piedi delle generazioni precedenti per arrivare a destinazione, e non lo avevano deluso. La seconda delle capanne ad angolo retto si affacciò alla vista, separata dalla stretta pista per cani tra gli edifici, e riuscì a scorgere l'edificio più piccolo della cucina, più indietro nel terreno.

Un cavallo solitario era stato legato a un palo fuori da questa seconda capanna e Lucius sapeva che apparteneva al suo obiettivo. L'oste teneva una piccola stalla e alcuni cavalli in un altro punto della proprietà, ma non c'era nessuna stalla nella visuale immediata di Lucius. L'obiettivo doveva essere arrivato e si era legato subito, senza preoccuparsi di sistemare la cavalla per la notte.

Nella sua mente, è probabile che l'obiettivo non si preoccupi di dormire in un posto stretto. Il soggiorno sarebbe durato meno di una notte intera, arrivando tardi e ripartendo presto il mattino dopo. Abbastanza a lungo per adempiere agli ordini e abbastanza breve perché non valesse la pena di sistemare un cavallo per la notte.

Il cavallo nitrì e scalpitò in lontananza. Lucius lo osservò mentre faceva avanzare il proprio cavallo, cercando di farsi un'idea della situazione. Non riusciva a vedere molto al di là del perimetro diretto della casa; il Natchez si snodava fino alla facciata della prima capanna e poi tornava indietro attraverso gli alberi, ma non era certo una grande strada. La debole luce della luna non faceva nulla per rendere l'area più aperta e Lucius si sentì improvvisamente stranamente vulnerabile.

Voleva entrare, accendere il fuoco in uno dei camini delle capanne, togliersi gli stivali e riposare. Voleva gettare la corda del suo destriero sul palo e lasciarlo pascolare per tutta la notte mentre lui dormiva, riguadagnando le ore che aveva trascorso con gli occhi incollati alla terra battuta. Voleva distendersi, con le gambe ricomposte per una volta nell'ultima settimana, e semplicemente... essere. Non voleva recitare il ruolo che aveva interpretato per tanto tempo, da quando era cresciuto da ragazzo a uomo, a uomo con uno scopo.

Ma, come al solito, respinse quei pensieri e li ignorò. L'autodisciplina era una brutta abitudine, ma era una vera abitudine. Aveva affinato la percezione di se stesso proprio come aveva affinato la percezione del mondo, e finora gli aveva fornito il vantaggio necessario per scalare i ranghi della sua organizzazione molto più velocemente di chiunque altro della sua età.

L'autodisciplina era una virtù, lo sapeva. Eppure Lucius la sentiva spesso come una maledizione, che lo caricava di conoscenze che non voleva portare con sé, di uno stile di vita che non voleva condurre e di una spinta verso un obiettivo che non avrebbe mai potuto ammettere al di fuori delle sue cerchie più strette.

Aveva condotto una vita di depravazione, di celibato e di singolarità. Un uomo concentrato sul suo unico scopo, senza mai deviare dal sentiero della rettitudine che sapeva avrebbe salvato la Repubblica. L'aveva comprata tanto tempo fa, quando era appena abbastanza grande per lavorare i campi, ma non desiderava altro che *non dover* lavorare i campi.

Era scappato di casa e si era unito alla Società, promettendogli dai capi ricchezza e importanza quanto più si fosse impegnato nella causa. Ma alla fine non si era impegnato né per i soldi né per lo status. Non gli importava della posterità sociale o dei circoli di amicizia in cui era stato introdotto, e di certo non voleva essere conosciuto per questo o quello nella sua comunità locale, come altri nell'organizzazione desideravano per se stessi. E non gli importava nemmeno che lasciare l'organizzazione, al suo livello, avrebbe significato la morte.

No, non era rimasto nella Società per nessuna di queste ragioni. Era rimasto per una semplice e spiacevole verità.

Era rimasto perché *conosceva* la verità.

CAPITOLO 3

LUCIUS RIAPRESE GLI OCCHI e guidò il suo cavallo lungo il sentiero che collegava la Natchez Trace alle capanne di Griner. Era un sentiero roccioso e orribile, e si chiese se Griner si fosse mai preso il tempo di mantenerlo. Era una tenuta probabilmente priva di schiavi, quindi Lucius pensò che fossero Griner o sua moglie a occuparsene. Forse avevano molti visitatori che li tenevano occupati all'interno, oppure l'attività di Griner nel settore del whisky stava andando molto meglio di quanto indicato dal rapporto di Lucius e a loro non importava molto dell'integrità della loro piccola tenuta.

Lucius arrivò al limite degli alberi che delimitavano la proprietà di Griner e si fermò. Annusò di nuovo l'aria, un vecchio trucco che un bracciante gli aveva insegnato anni prima. Non era molto utile conoscere l'odore di un luogo, ma in qualche modo annusare l'aria costringeva gli altri sensi a stare sull'attenti, pronti a cogliere qualsiasi cosa fuori dall'ordinario.

Non riusciva a credere di essere l'unico qui. Era stato *categorico sul* fatto che non ci sarebbe stato abbastanza tempo e i suoi superiori si erano quasi arrabbiati per il suo tono polemico. Si era convinto che non sarebbe stato solo, o se lo fosse stato, sarebbe stato perché il nemico lo aveva battuto e il lavoro era già finito.

Non c'erano luci accese a distruggere la luce della luna e poteva vedere chiaramente l'area aperta di Griner's Stand. Le due capanne ora nanizzavano il cerchio d'erba, ma erano a loro volta nanizzate dai massicci pini che circondavano la proprietà. Osservò i dettagli della capanna. Nulla di elaborato, solo una semplice casa utilitaria con un'aggiunta replicata. Due edifici uguali collegati da una pista per cani, con una cucina e un fienile dietro. Un piccolo campo, non piantato ma coltivato a filari. Il fienile, ora in vista, appena più grande delle capanne.

Nel complesso, una tenuta moderata per una famiglia. Qualcosa che potrebbe fornire un discreto flusso di entrate se si trovasse su una strada principale, come la Traccia. Il fatto che fosse conosciuta, sia dagli abitanti del luogo che dai viaggiatori, aiutava. La Traccia di Natchez era una delle poche vie che conducevano dal Nord ai porti delle città più lontane, ed era l'unica via diretta.

Lucius l'aveva già percorsa, ma solo una volta. La sua prima impressione era stata un po' deludente. La larghezza insignificante del sentiero rendeva difficile, se non impossibile, viaggiare con più di un cavallo in alcuni punti, e alcuni tratti del percorso erano talmente malridotti che per un tratto aveva dovuto guidare il suo cavallo tra gli alberi a lato del sentiero vero e proprio.

Per non parlare del banditismo che aveva incontrato. La prima volta aveva trovato due cadaveri assassinati, abbandonati lungo il fianco di una trincea, con le borse e i vestiti buoni sottratti e rubati. Si era sentito disgustato e aveva quasi continuato a ignorare i corpi, ma aveva comunque scavato le tombe e presieduto ai due funerali con la cura e l'attenzione obbligatorie richieste dalla sua organizzazione.

Più tardi, lungo il percorso, si era imbattuto in una famiglia - un uomo, una donna e un bambino piccolo - che era stata derubata e picchiata. Il bambino era quasi morto, soffocando e tossendo nella pesante aria invernale, e anche il padre sembrava quasi morto, ma la madre aveva chiesto il suo aiuto. Egli lo accontentò, guidandoli verso un villaggio che conosceva a ovest.

Il Natchez era noto per il suo fascino malvagio. Molti vagabondi e naufraghi chiamavano il sentiero "casa", sostentandosi con gli scarti che riuscivano a sottrarre ai viaggiatori più legittimi. Era una brutta realtà, eppure rimaneva la via più rapida e diretta, e quindi la più popolare.

Lucius stava per avanzare nella proprietà quando percepì un movimento. Di fronte a lui, sul lato opposto delle capanne. Non sul sentiero... Qualunque cosa fosse, erano arrivati dietro la proprietà e avevano preso posto come lui, osservando. Aspettando.

Era il nemico?

Non poteva esserne certo. Poteva essere un indiano, oppure niente di più che un animale.

Si accucciò, sapendo che era inutile accanto a un cavallo del tutto incapace di nascondersi. Lucius osservò con occhi ben allenati, cronometrando i movimenti di fronte a sé.

Anche la persona - ora ne era sicuro - stava osservando, anche se non riusciva a vederne il volto. *Stavano osservando me, o stavano osservando le capanne?* Si mossero in piedi una volta, scacciando il freddo dal corpo. Questo significa che non sapevano di essere stati avvistati.

Lucius cercò nella cintura il coltello che aveva portato con sé, senza voler recuperare il fucile dalla sacca del cavallo. Non era un granché come offesa, ma se il nemico avesse raggiunto i gradini anteriori sapeva di poterlo scagliare a una buona distanza, probabilmente colpendolo alle spalle.

Non era un attacco pulito, soprattutto con la variabile dei venti forti, ma era tutto ciò che Lucius poteva sperare al momento. Scivolò in avanti, avanzando sul terreno sulle ginocchia, stringendo la presa sul -

Crack!

Il suono di uno sparo risuonò tra gli alberi. Si abbassò istintivamente, non sapendo da dove fosse partito il colpo. Lucius indietreggiò di qualche centimetro, anche rotolando leggermente di lato, ma notò che il cavallo non si era mosso. Lo sparo non aveva spaventato l'animale, quindi Lucius era ancora al sicuro.

Allora a cosa aveva mirato il tiratore?

Socchiuse gli occhi, cercando di attirare più luce lunare negli occhi, ma non riuscì a vedere nulla oltre le ombre scure dei nemici contro la linea degli alberi e i contorni delle capanne stesse.

È diventato più scuro?

Lucius aspettò, ma non sentì altri spari. Il nemico di fronte a lui non si era mosso. Entrambi aspettavano, in un oscuro e silenzioso stallo. Tuttavia, nemmeno il tiratore, una terza persona, si era rivelato.

Si chiese se il bersaglio si fosse svegliato dopo aver sentito lo sparo. Cosa stavano pensando? Erano allarmati? Stavano cercando di difendersi? Era stato il bersaglio a sparare? Se sì, a chi stava sparando il bersaglio?

Queste domande tormentavano Lucius mentre giaceva prono sulla terra fredda, impugnando il suo coltello. Voleva prendere il fucile, l'arma che sapeva lo avrebbe protetto da una distanza simile. Tuttavia, non voleva avvertire il nemico dall'altra parte della strada che era qui, che era arrivato.

Il nemico, tuttavia, iniziò a muoversi verso la casa. Lucius strinse più forte il coltello, osservando ogni passo dell'uomo. Poteva dire che si trattava di una camminata da uomo, per l'allungamento delle gambe e per la posizione attenta ma decisa di ogni passo. Cercava di essere furtivo, di non farsi notare.

Stavo lavorando. Lucius non sentì nulla mentre l'uomo si avvicinava al portico della seconda cabina. C'era una porta e l'uomo era in piedi davanti ad essa, con una mano sul fianco. Su una pistola.

Lucius si alzò a sedere, senza preoccuparsi di essere visto. L'uomo sulla veranda non girò la testa, ma Lucius poteva quasi sentire che l'uomo lo fissava attraverso la sua visione periferica. Non si mosse e questo fatto terrorizzò Lucius. Sapeva che Lucius era lì - Lucius aveva quasi urlato la sua posizione quando si era alzato - ma all'uomo non importava.

L'uomo aspettò e Lucius lo guardò. *Che cosa sta succedendo?*

All'improvviso la porta si aprì e una sottile linea di luce si riversò sul prato davanti al portico. Apparve una sagoma: *il bersaglio?* - e spinse la porta ad aprirsi ancora di più.

Lucius continuava a guardare. Non riusciva a capire perché il bersaglio, *il suo* bersaglio, dovesse conferire con il nemico. Soprattutto dopo lo sparo, che *sicuramente* proveniva dall'interno della cabina.

L'uomo e la sagoma rimasero lì un attimo, come se stessero conversando, poi Lucius vide l'uomo fuori dalla capanna annuire. Fece un passo indietro, sempre rivolto verso la capanna, poi si girò completamente e si avviò verso il limitare del bosco, da dove era venuto. La sagoma spinse la porta più in là e uscì anch'essa. In un brevissimo istante, nella luce più debole, Lucius poté vedere chi era.

O meglio, riusciva a vedere chi *non era*.

L'obiettivo era ancora all'interno e questo era un *secondo* nemico.

Il sangue di Lucius si raffreddò, si alzò e cominciò a montare a cavallo mentre il secondo uomo percorreva lo stesso sentiero del primo e si addentrava nel bosco.

CAPITOLO 4

L'ARIA AVEVA il vuoto e l'asprezza dell'inverno prossimo, e Ben la aspirò come se fosse l'ultimo respiro.

Harvey "Ben" Bennett aveva lasciato la sua cabina mezz'ora prima, gridando a chiunque lo ascoltasse che aveva bisogno di aria fresca. Gli operai, con la loro gerarchia tacita e gli ordini silenziosi che lui non riusciva a interpretare, avevano battuto e sbattuto martelli e viti per tutto il giorno, senza sosta.

La sua fidanzata, Juliette Richardson, aveva rivendicato il suo impegno lavorando tutta la mattina in cucina e tutto il pomeriggio nel giardino dietro la baita. Erano i mesi finali dell'estate, le ultime settimane in cui un giardino era possibile nella remota natura selvaggia dell'Alaska, eppure lei aveva finto interesse per il progetto in modo così credibile che il caposquadra si era rivolto a Ben per chiedere il suo contributo.

Come al solito, non aveva dato alcun contributo. Il suo "input" era che tutti lo lasciassero in pace. Che tornassero a casa, ovunque fosse, e lasciassero lui, la sua piccola baita perfetta e la sua piccola fidanzata perfetta al loro piccolo ritiro autunnale perfetto.

Non ricordava nemmeno cosa avesse detto al caposquadra, ma era finito con qualcosa del tipo: "Non mi interessa, fallo e basta".

Un modo perfetto per dare una direzione a un uomo pagato a ore.

Scosse la testa in segno di frustrazione, mentre si incamminava su un sentiero che lui e Julie avevano scavato nella terra nel corso di mesi di escursioni e di esplorazioni. Avevano chiamato questo sentiero "L'Est", perché si trovava a est della sua proprietà e in quel momento si sentivano entrambi poco creativi.

Harvey Bennett era un uomo semplice, un ex ranger del parco che amava la natura selvaggia, la fauna selvatica e la semplice vita di sussistenza. Era la peggiore invasione del suo ideale di vita avere una squadra di appaltatori e di collaboratori sprovveduti che si accanivano sulla baita che aveva chiamato casa per oltre due anni.

Due anni fa aveva trovato l'annuncio e non molto tempo dopo aveva comprato la casa. Due anni prima era la proprietà di un altro uomo, ora era di Ben.

Ma per Ben era esistita per sempre come la "sua" cabina, come se fosse apparsa all'improvviso un giorno tutta intera, sotto la proprietà di un certo signor Harvey Bennett, attraverso una banca di Anchorage.

Per Ben era casa, e per Ben era perfetta così com'era.

O, piuttosto, come *era stato*.

Gli operai stavano cercando di costruire un'aggiunta alla baita, un'altra serie di tre stanze, una delle quali più grande dell'attuale soggiorno all'interno della baita. A Ben piaceva lo spazio abitativo di una camera da letto e 700 metri quadrati che lui e Julie avevano occupato insieme nell'ultimo anno, ma Julie si era lamentata di non avere abbastanza spazio. Doveva ammettere che, essendo lui stesso un uomo di corporatura robusta, avere un po' più di spazio per sgranchirsi le gambe sarebbe stato piacevole, soprattutto nei mesi invernali.

Ma assumere una squadra di uomini che non avevano assolutamente idea di cosa stessero facendo? Farli lavorare sulla base di progetti incompleti redatti da quello che, secondo lui, era un bambino dell'asilo con una laurea in architettura? A Ben sembrava una follia. Avrebbe potuto fare il lavoro da solo, se solo gli avessero affidato un martello.

E questo, pensava, era il peggio. Sapeva più di loro e avrebbe saputo più di tutti loro, collettivamente, per tutta la vita. Voleva mostrare loro i trucchi *che* conosceva, le cose *che* aveva già testato e che potevano far risparmiare denaro.

Ma questo era il problema. Ben non era al comando. Aveva ceduto la sua piccola baita - almeno i 1.300 metri quadrati che stavano per essere aggiunti - a una piccola società di proprietà di alcuni signori E. La società era "piccola" nel senso che tutte le decisioni più importanti venivano prese dai proprietari, ma *non era affatto* piccola nel senso del capitale che era in grado di destinare a una ristrutturazione come quella che stava avvenendo a casa di Ben.

Questa era una delle clausole dell'accordo che lui e Julie avevano fatto qualche mese fa. Si erano incontrati con i signori E, insieme al resto della nuova squadra che si era formata, a Colorado Springs dopo il loro ritorno dall'Antartide. Harvey, Julie, il loro amico Reggie e Joshua Jefferson. Insieme formavano le Operazioni Speciali Civili. La CSO, aveva spiegato il signor E, aveva lo scopo di "colmare il divario" tra il settore militare e quello civile.

Presieduto da ciascuno di loro, oltre che da un membro di ciascun servizio armato, l'obiettivo era quello di fornire una soluzione non militare ai problemi interni ed esteri che gli Stati Uniti avrebbero voluto risolvere. Problemi in cui le forze armate non potevano essere coinvolte direttamente per motivi politici o di risorse. Mr. E non ha fornito loro esempi specifici, ma ha detto loro che i capi militari della CSO avevano immaginato un gruppo che non fosse vincolato dalle stesse regole di ingaggio, dalle stesse linee di finanziamento e dalla stessa priorità dei progetti dell'esercito statunitense.

Ben aveva capito che il signor E e sua moglie avrebbero preso la maggior parte delle decisioni, dato che era lui a finanziare le iniziative del gruppo. Si sarebbe concentrato sulle questioni che non erano importanti per il governo o che erano semplicemente passate inosservate. Ben non era esattamente turbato dal fatto che il governo non avrebbe imposto al gruppo di occuparsi innanzitutto dei suoi interessi. Era un americano, ma era un americano che godeva della sua libertà, *compresa la* libertà dalle prepotenti regolamentazioni governative.

Era quindi combattuto tra il godersi questo nuovo capitolo e il cercare di trovare la sanità mentale e il conforto della solitudine. Quando Julie lo aveva ritrovato a Yellowstone, aveva trascorso tutta la sua vita adulta come ranger, optando per una vita di solitudine e semplicità.

Le aggiunte massicce e le gigantesche squadre di lavoro che ronzavano intorno alla sua casa non erano la sua idea di semplicità e solitudine.

Sospirò, calciando un piccolo sasso fuori dal sentiero. Il sentiero girava a destra e lui riprese il passo. Sapeva cosa stava per succedere: una leggera pendenza a sinistra, oltre un paio di piccoli massi, e poi un salto su un ruscello di alimentazione, e ancora una volta fu riportato al presente.

Ben affrontò la curva a destra e l'immediata curva a sinistra con un salto veloce nel passo, rendendosi conto che i mesi di palestra e di allenamento con il suo amico Reggie stavano iniziando a dare i loro frutti. Aveva già perso una ventina di chili e pensava di averne almeno altri venti da smaltire. Non era interessato a diventare un esemplare maschile scintillante, ma doveva ammettere che ultimamente Julie sembrava molto più interessata a lui. Poteva solo supporre che fosse legato al regime di allenamento.

Lasciò che i piedi toccassero a malapena ogni roccia mentre superava il sentiero in pendenza e atterrava sull'altra sponda del torrente.

La frequenza cardiaca di Ben non era aumentata abbastanza da renderlo un allenamento, quindi aumentò di nuovo il passo e iniziò a salire la collina dall'altra parte.

Reggie gli aveva insegnato tutto sull'"allenamento a intervalli ad alta intensità" e su come dovesse essere un'ottima strategia di allenamento a tutto tondo, che poteva essere utilizzata per qualsiasi forma di esercizio. Ben decise di trasformare questa breve passeggiata in un vero e proprio allenamento, quindi tirò fuori l'enorme "phablet" che Julie lo aveva convinto a comprare e aprì un'applicazione per la corsa. Impostò i parametri e premette il pulsante di avvio.

Il ding sembrava risuonare tra gli alberi e rimbalzare mille volte, ma a lui bastava sentire il primo. Scattò in azione e si lanciò verso l'alto superando l'ultimo masso della collina. Un rettilineo stretto sarebbe stato il prossimo, seguito da un'altra collina, questa con una pendenza più bassa ma molto più lunga. Poi sarebbe stato di nuovo alla capanna.

A questo ritmo sarebbero stati meno di due minuti, ma sapeva che sarebbero bastati per far salire la frequenza cardiaca di una dozzina di scatti. Inspirò un altro respiro affannoso di inizio autunno, sollevò il mento e si concentrò sui suoi passi.

CAPITOLO 5

BEN HA RITROVATO LO SPAZIO APERTO dietro la capanna e ha deciso di proseguire, dirigendosi per un po' sul sentiero occidentale. Il sentiero occidentale era più lungo, faceva un percorso più tortuoso attraverso la foresta, ma era più pianeggiante. Era un ottimo sentiero per correre, anche se Ben disprezzava l'idea di correre.

A meno che qualcuno non lo inseguisse, preferiva rimanere in un posto.

Oggi, tuttavia, si sentiva più incline a impegnarsi un po' di più. Forse era la stagione, forse era il pensiero che Reggie lo avrebbe spinto domani alla prossima sessione di allenamento e che Ben non sarebbe stato pronto.

O forse era solo che Ben voleva scappare da tutta la follia che stava accadendo a casa sua.

Si fermò, convincendosi a fare una breve pausa dall'allenamento. Si riposò per un momento, lasciando che il respiro tornasse al suo ritmo normale.

Prese il telefono e premette sull'applicazione telefonica, poi fece scorrere i numeri fino a raggiungere quello desiderato.

"Signor E?", chiese.

"Parlando".

"Io... scusa, sono Ben", disse, facendo una pausa.

"Lo so, signor Bennett, questi telefoni hanno l'identificativo del chiamante".

"Ah, giusto. Ehi, allora, stavo pensando. Questa aggiunta alla casa. È... è un po'...".

"Grande?"

"Sì, esattamente. È grande. Enorme, in effetti. Non sapevo bene cosa avesse in mente, ma questo...".

"È un po' più grande della vostra infrastruttura esistente, lo ammetto", ha detto Mr. E, "ma credo proprio che cambierete idea quando vedrete la ristrutturazione completata".

"Mi piacevano le cose com'erano", ha detto Ben.

"Ah, sì, questo è l'Harvey Bennett che conosco. Tuttavia, le assicuro che la ristrutturazione sarà all'altezza dei suoi *ottimi* standard".

Ben si fermò. Si guardò intorno, ammirando la pace incontaminata dei boschi profondi che lo circondavano. Si chiese se la sua vita si fosse ridotta davvero a questo, a discutere con un uomo che non aveva mai incontrato di persona. Sembrava che ogni giorno l'unica pace che trovava fosse quella dell'enorme distesa di alberi e di natura selvaggia che lo separava dalla normale civiltà. Non desiderava altro che fare questa passeggiata ogni giorno, con Julie, senza essere oppresso dalle pressioni del suo nuovo lavoro.

Per la millesima volta negli ultimi due mesi si chiese se avesse preso la decisione giusta. Julie sembrava entusiasta dell'idea della CSO, ma, come al solito, Ben era stato più riluttante.

"Il suo nuovo ruolo nell'organizzazione che stiamo costruendo sarà semplice, signor Bennett", disse l'uomo.

"Sì, ma è una cosa su cui non ho il controllo".

"Può rinunciare a qualsiasi incarico che le assegneremo, signor Bennett. Glielo abbiamo detto subito e glielo abbiamo ripetuto nel contratto".

"Ma Jules si butta sempre a capofitto. Lei è... sai...".

L'uomo rise. Una cosa strana, staccata, che fece pensare a Ben che l'uomo all'altro capo del telefono avesse appena premuto "play" su una registrazione di un robot che rideva. "La signora - mi scusi - *Juliet,* è certamente una donna testarda e di grande carattere. Ma questo fa parte della sua attrazione per lei, non è vero?".

"È... non... sì, credo".

"E Juliette mi ha assicurato che lei è più che disponibile ad aiutarci con i nostri prossimi progetti, indipendentemente dalla natura dell'incarico".

"Lei... ha detto questo?".

"Infatti. E in effetti, abbiamo un incarico di questo tipo che potrebbe rivelarsi redditizio per la società. E per entrambi. Avete chiamato al momento giusto".

Ben non era mai stato attratto dal denaro per amore del denaro, ma gli ultimi mesi sembravano aver lavorato su di lui, cambiandolo. Si alzò in piedi, contro il suo buon senso.

"Qual è il compito?"

"Gareth e Joshua torneranno domani dal loro impegno e consegneranno l'incarico di persona. Riceveranno i dettagli stasera, quando entreranno nuovamente nello spazio aereo degli Stati Uniti, e ho programmato per loro un reindirizzamento alla vostra tenuta subito dopo l'atterraggio".

"Cavolo, non li lascerai nemmeno uscire per un'ora? Non vai a prendere da bere o altro?".

"Reggie verrà trasportato con un jet privato ad Anchorage, il che gli consentirà di avere tutto il tempo per riposare e, se lo desidera, di dedicarsi alla dissolutezza che state insinuando. Joshua ha un appuntamento ad Anchorage che lo costringerà a fare un po' più tardi".

Ben riprese a camminare, cercando di mettere insieme i pezzi. Nell'ultimo mese, alcuni operai a caso erano scesi nella sua piccola e insignificante capanna nella natura, pagati e diretti da un uomo che non aveva mai conosciuto di persona, per costruire e finire un'aggiunta alla casa di legno che aveva acquistato due anni prima. Lo stesso uomo aveva orchestrato il rovesciamento e lo scioglimento di una grande società che aveva tormentato la vita di Ben fin da quando era un ranger del parco di Yellowstone.

Ora, lo stesso uomo li stava riunendo per un'altra missione.

CAPITOLO 6

LUCIUS SENTIVA IL GEMELLO non appena raggiungeva il portico. Il "portico", in realtà nient'altro che un tratto di erba intorno al gradino inferiore della casetta di legno, era ancora umido di rugiada e di pioggia della tarda mattinata. Salì ed entrò nella capanna.

L'odore di un piccolo fuoco, soffocato da poco, gli arrivava al naso, mescolato a quello del pino e del cuoio. Un bicchiere di whisky era appoggiato su un tavolino sgangherato sulla parete opposta, e la bottiglia accanto. Non c'era l'etichetta - probabilmente un po' di lavoro di Griner nel fare la luna - ma riuscì a vedere attraverso l'ambra profonda della bottiglia che era mezza vuota.

Accanto al tavolo, sulle assi sconnesse del pavimento erano appoggiati un paio di stivali e una sella, e accanto a questa una sacca da soma. Contro la parete era appoggiato un fucile, quasi una copia esatta di quello di Lucius, e accanto a questo, nell'angolo della stanza, si trovava la stufa a legna con la porta aperta. L'angolo adiacente alla stufa a legna ospitava una piccola sedia, sulla quale erano appoggiate alcune pistole, alcune munizioni e un tomahawk. Accanto alla sedia, sul pavimento, erano stese delle vesti di bufalo e delle pelli di orso. Sulle pelli c'era il bersaglio di Lucius.

L'uomo giaceva immobile, respirando a fatica.

Ma respirava.

Lucius si avvicinò.

Guardò, aspettando che l'uomo lo vedesse. Non avrebbe riconosciuto Lucius, ma lo avrebbe saputo. Avrebbe capito cosa stava accadendo, cosa stava per accadere.

Lucius si avvicinò alla sedia e si mise dietro di essa - non c'era bisogno di mettersi in pericolo sottovalutando il bersaglio - e guardò il povero moribondo.

Sarebbe morto, stanotte. Non ci sarebbe voluto molto.

Il bersaglio aveva una ferita all'addome e si teneva il fianco con le mani. I respiri erano costanti, ma sporadici nella loro quantità d'aria. A volte ansimanti, a volte pietosi, si susseguivano uno dopo l'altro, più e più volte.

Lucius era ipnotizzato dal respiro dell'uomo. Pensò a come doveva sentirsi chi stava morendo per una ferita del genere. Aveva sempre ammirato coloro che erano morti per una ferita d'arma da fuoco. Una cosa orribile, orribile da ammirare, eppure la sua autodisciplina non era ancora riuscita a superare questa verità. Voleva morire così, lo sapeva. Voleva essere la persona ammirata dai bambini, anche dopo la sua morte.

Quest'uomo, quello che stava morendo sul letto in una cabina in cui si trovava da poche ore, sarebbe stato ammirato a lungo dopo la sua scomparsa. La sua vita lo aveva garantito e il suo martirio lo avrebbe consolidato. Non c'era nulla che Lucius o chiunque altro potesse fare per toglierglielo.

Tuttavia, c'era qualcosa che il nemico poteva fare per diminuire l'impatto della morte dell'uomo, e Lucius temeva che l'avessero già fatto.

Per la prima volta in più di un giorno, Lucius parlò.

"Hanno... hanno chiesto a te?".

Gli occhi dell'uomo si aprirono. Non molto, ma abbastanza.

Lucius riuscì a vederli, giovani nei loro quasi quattro decenni di vita, eppure gravati da un peso enorme.

Il peso della verità.

Ha sputato, mentre un po' di sangue gli usciva dalla bocca.

Poi annuì.

"E io... e io gliel'ho detto. Come ho sempre saputo che avrei fatto".

La testa di Lucius si abbassò e le lacrime quasi gli caddero dagli occhi.

"No", sussurrò. "Non può essere vero. Tu - perché avresti dovuto dirglielo?".

L'uomo sul letto ansimava, il ritmo dei suoi respiri si faceva sempre più casuale.

Tossì e, a un Lucius sbalordito, sembrò sorridere.

"Non potevo... non potevo sopportare il pensiero... del mio... lavoro".

Lucius aspettò, cercando di capire la frase dell'uomo. *C'era dell'altro? Cosa stava cercando di dire quest'uomo?*

"Il pensiero del tuo lavoro?"

"Il pensiero che il mio lavoro diventi... usato per...".

Lucius annuì.

Nessuno dei due parlò per un minuto, mentre gli occhi di Lucius si allargavano ogni volta che l'uomo sul letto respirava. Ogni volta si chiedeva se sarebbe stato l'ultimo.

Alla fine l'uomo alzò lo sguardo verso di lui.

"Tu... non prevarrai...".

Lucius scosse la testa. "No, signore, si sbaglia. *Avremo* la meglio. La nazione continuerà a vivere. Sarà resistente, come lo furono i suoi fondatori tanti anni fa. Troveremo coloro che condividono il vostro segreto e ci assicureremo che non lo diffondano ulteriormente".

Un altro colpo di tosse, un altro sorriso.

"È troppo tardi", disse l'uomo.

"Non è mai troppo tardi".

"Per me... è troppo tardi. Non sono un codardo...".

"Non sarai ricordato come tale".

"...ma io sono così forte".

Lucius afferrò ancora una volta il manico del suo coltello. L'uomo sul letto si agitò di nuovo, allungando una mano sotto il suo fianco, coperta del suo stesso sangue. Sul letto, sotto il busto dell'uomo, Lucius vide il luccichio di un acciaio freddo.

Sono disarmato, tranne che per questo coltello, si rese conto.

L'uomo guardò Lucius attraverso un occhio aperto, con la mano sinistra stretta intorno alla pistola. La tirò su, lentamente. Meticolosamente. La mano gli tremava.

Lucius ritirò il coltello e lo tese davanti a sé, assicurandosi che l'uomo sul letto lo vedesse e capisse cosa significava.

Voi attaccate, io attacco.

Era un gesto da uomo, un'intima promessa di rispetto e di auto-difesa. Avrebbe permesso a quell'uomo di morire con la pistola in mano, ma se avesse puntato la pistola contro Lucius...

L'uomo si puntò la pistola alla testa e la tenne lì, tremando. Lucius abbassò la mano sul fianco.

"...così difficile... così difficile morire...".

Premette il grilletto e, per la seconda volta in quella notte, Lucius sentì l'esplosione ma non ebbe alcun ruolo nella battaglia. Questa volta, a distanza ravvicinata, Lucius quasi cadde all'indietro per il suono assordante dello sparo.

Si riprese, recuperando l'equilibrio, e si diresse verso il letto. Un'unica, decisa falcata, portando ancora una volta il coltello in alto.

L'uomo nel letto si contorceva in agonia, il sangue gli usciva dall'addome e dalla testa. La sua mano, priva della pistola, aveva le convulsioni e tremava in modo incontrollato. Il suo volto era contorto dal dolore, la bocca si apriva e si chiudeva di fronte al movimento degli occhi.

Lucius strinse gli occhi.

Nessun uomo potrebbe vivere in questo modo.

Ma non si trattava di un uomo comune. Quest'uomo era una leggenda, un uomo tra gli uomini, un eroe della giovane Repubblica. Non se ne sarebbe andato senza combattere.

"Così... forte...".

Lucius non riusciva a credere che l'uomo fosse ancora vivo, ma ahimè, giaceva contorcendosi nel letto e lottando con il nemico invisibile che combatteva per rimanere in questo mondo e non viaggiare silenziosamente nell'altro. Lucius era inorridito, affascinato. In soggezione.

Davanti a lui c'era un grande uomo, che era venuto a uccidere. L'obiettivo era stato intercettato dal nemico di Lucius, e ora ci sarebbe stato molto più lavoro se avessero sperato di impedire al nemico di sfruttare il segreto. Il fatto che il suo nemico avesse sparato all'obiettivo dopo aver rubato il suo segreto era solo un vantaggio per Lucius. Il bersaglio doveva saperlo e doveva essersi preparato.

Doveva averlo capito da tempo, ben prima di intraprendere questo viaggio. Era l'unica spiegazione. Il fatto che un uomo della sua statura rimanesse immobile, con quattro pistole, un tomahawk e un fucile a portata di mano, in attesa del proprio assassinio, significava solo una cosa.

Lo sapeva da sempre.

Non si era imbarcato in un viaggio per consegnare la notizia ai leader della nazione nascente. Non aveva tentato un pericoloso viaggio in solitaria lungo la Natchez Trace per il desiderio di proteggere il segreto, per evitare l'inevitabile contraccolpo che ne sarebbe derivato se un tale segreto fosse giunto alle orecchie del pubblico.

Lo aveva fatto perché aveva finalmente capito di essere stato tradito. L'uomo, il *morto*, steso a terra, quasi privo del suo ultimo respiro, perforato in due punti dalla precisione pungente dei proiettili, aveva conosciuto il suo destino prima ancora di lasciare Fort Pickering con i suoi servitori.

I servi stavano dormendo nel fienile, probabilmente dietro abbastanza fieno e legna e abbastanza lontani dalla scena per aver sentito gli spari, oppure erano già alla capanna a controllare il loro padrone.

Oppure, per un malato scherzo del destino, Lucius considerò che forse anche i servi erano coinvolti nello stratagemma e avevano ricevuto l'ordine di rimanere all'interno del fienile, indipendentemente da ciò che avevano sentito. Il loro padrone, l'obiettivo di Lucius, poteva aver detto loro quanto bastava per convincerli che il suo piano era molto più importante della sua sicurezza personale.

A prescindere dai dettagli, Lucius sapeva che l'uomo di fronte a lui faceva parte di qualcosa di molto più grande, molto più sinistro, di quanto entrambi gli uomini potessero sapere.

CAPITOLO 7

LA PORTA DIETRO DI LUI SI APRÌ. Una grande e pesante porta di legno ricavata dagli stessi alberi della struttura circostante. Entrò una donna.

Signora Griner.

"Va... va tutto bene?", chiese.

Lucius notò che la donna non guardava le pelli d'orso sul pavimento e l'uomo disteso su di esse. Teneva lo sguardo fisso davanti a sé, su Lucio.

"Tutto è..." fece una pausa. Aspettò. Per cosa, non lo sapeva. "Sì, signora. Qui va tutto bene".

"Ho sentito..."

"Mi sembra di capire che siete preoccupati per la sicurezza del vostro ospite questa sera". Si diresse con passo delicato e attento verso la porta e la signora Griner in attesa. "Grazie per la sua preoccupazione".

Si è accigliata.

"Non si allarmi. Quest'uomo è malato da molte settimane. Questa notte ha deciso di togliersi la vita, e questo è un compito assolutamente onorevole. Vi invito a non muovere il suo corpo fino a domattina. Potete farlo?".

Lei annuì.

L'uomo sul pavimento parlò. "È così difficile... morire...".

Lucius non riusciva a credere alle sue orecchie, ma continuò, cercando di dirigersi verso l'uscita.

"Bene", disse, avvicinandosi ancora di più all'uscita e al corpo della signora Griner sulla soglia. "Le chiederò un favore, carissima padrona di casa. Mi concederebbe una richiesta?".

La signora Griner annuì, esitante. Lesse la paura nei suoi occhi. Lucius costrinse il suo viso a rilassarsi, la sua postura ad ammorbidirsi. Immaginò di abbassarsi al suo livello, sia letteralmente che figurativamente.

"Grazie", disse, la sua voce era quasi un sussurro. "Temevo di non essere in grado di esaudire l'ultima richiesta di un uomo morente".

A questo punto il suo volto si addolcì. *Proprio come sospettavo,* pensò. *Non capisce chi sia quest'uomo, né perché sia qui.* La donna di fronte a lui era rispettabile, gentile. Provava compassione per il moribondo e ora per Lucius.

"Lei conosce la natura dei viaggi del suo ospite, no?".

Griner ha scosso la testa.

"Beh, è un peccato. Ma lo farai, lo farai di sicuro. Per ora, saresti in grado di portarci una pentola d'acqua bollente e di prendere un tè con me?".

"Un tè?", chiese.

"Sì", disse Lucius. "Una richiesta strana, lo capisco. Ma questo era l'ultimo desiderio del mio amico. Credo che sarebbe un onore per la sua eredità gustare il suo tè personale con un amico comune".

"Ma... signore", disse. "Non conoscevo quell'uomo".

"Sciocchezze", disse Lucio. "Era un uomo privato e il suo letto di morte è in tuo possesso. Come tale, hai il diritto di condividere il suo ultimo desiderio tanto quanto me".

Annuì, con uno sguardo preoccupato, ma alla fine si girò e uscì dalla stanza.

Cinque minuti dopo, Lucius sentì i suoi passi affrettati sulle assi di legno fuori dalla stanza, poi la vide entrare.

"Perfetto", disse. La donna portava due tazze, una per mano, e il vapore dell'acqua riscaldata all'interno di ciascuna saliva e scorreva sul suo viso.

Lucius annuì in modo reverenziale.

"Ecco", disse, avvicinandosi alla borsa vicino al mucchio di armi del suo bersaglio morente. "Questo è il tè".

Porse le foglie alla signora Griner, che iniziò a strapparle a metà nel senso della lunghezza dopo aver appoggiato le tazze fumanti su un tavolo vicino. Lui guardò, sentendo un'ondata di ansia che lo investiva.

Questo è il tè... L'aveva detto come se non fosse altro che un tradizionale tè inglese, portato qui dal Vecchio Mondo e commercializzato in una delle più grandi città dell'est. *Questo è il tè,* pensò ancora. *Questo farebbe crollare una nazione.*

Avrebbe fatto tutto ciò che era in suo potere per assicurarsi che ciò non accadesse.

Mise in tasca il resto delle foglie di tè, un piccolo rametto di foglie conservate ancora legate al loro stelo. Sarebbe stato l'unico rametto che il suo obiettivo portava con sé. Conosceva le istruzioni che gli erano state date e sapeva che, a parte il tradimento finale, l'uomo sarebbe stato fedele alla parola data.

Aveva fatto carriera e si era costruito una vita.

La signora Grinder prese la prima tazza e la porse lentamente a Lucius. Lucius annuì con apprezzamento, poi prese la tazza. Aspettò che la donna si girasse ancora una volta, poi allungò la mano verso la tazza.

L'acqua quasi bollente pungeva, ma lui strinse i denti. Raggiunse le foglie sul fondo del boccale, entrambe afferrate al fondo dell'argilla indurita. Le fece scivolare di lato e poi su. Le foglie spuntavano dalla parte superiore dell'acqua, le raccolse dalla tazza e le schiacciò nella mano.

Con una goffa sventagliata, allontanò il palmo della mano dalla signora Grinder proprio mentre questa si voltava con la sua tazza in mano. La mano gli cadde in tasca e rilasciò le foglie inzuppate per unirsi agli altri.

Alzò un po' il calice, a significare l'inizio di un brindisi.

Lei aspettò e lui la fissò, girando leggermente la testa di lato. Non c'era molto tempo, ma questo momento doveva essere perfetto. Doveva essere sicuro che lei bevesse il tè.

"Quest'uomo, quest'uomo qui...", fece una pausa con un gesto della mano, "quest'uomo è il più grande eroe americano dopo il generale e presidente Washington".

Bevve un sorso dalla tazza. Il bruciore dell'acqua calda non era nulla di fronte all'amarezza del tè. I tannini delle foglie erano pungenti, acri, e lui non li aveva nemmeno lasciati in infusione abbastanza a lungo da conferire le loro tendenze medicinali.

Non riusciva a immaginare il sapore del tè di quella donna.

"Caldo", ha detto.

Lei annuì, poi bevve un altro sorso.

Continuarono così per altri minuti. Alla fine lui raggiunse il fondo della sua tazza e lei lo seguì.

Osservò il volto di lei. Cercava un segno di qualcosa. Di qualsiasi cosa.

Gli occhi di Griner si sono alzati, si sono allargati un po', quasi impercettibilmente.

Non ho più tempo, pensò. Non sapeva se la droga avesse fatto effetto. Non gli importava: il suo lavoro qui era finito.

Si voltò per uscire dalla piccola capanna, sperando che i servi stessero ancora dormendo e che il nemico si stesse allontanando, dirigendosi verso la capitale. Quando varcò la soglia dell'edificio di legno e salì sul portico, guardando le terre piene di indigeni che avevano mantenuto il segreto per tanto tempo, provò una fitta di rimpianto.

Quella donna non avrebbe ricordato nulla il mattino dopo e, per quanto ne sapeva lui, nel suo delirio avrebbe inventato una storia potente quanto il tè stesso. Meritava di conoscere almeno la natura della sua visita.

Visto che domani non si ricorderà più nulla.

"Vi ringrazio ancora per l'ospitalità di questa sera", ha detto. "Quest'uomo è il governatore dell'intero Territorio. Si chiama Meriwether Lewis, della famosa spedizione di Lewis e Clark, ed è venuto qui per morire".

CAPITOLO 8

"GUARDA TE che fai finta di lavorare sodo!".

Ben guardò Reggie con il disprezzo di un uomo a cui hanno appena rubato il cibo dalla bocca. Fissò Reggie a sua volta, in silenzio.

"Non puoi nemmeno negarlo, vero?". Chiese Reggie.

Ben continuò a fissarlo. "Io... ehm, no -".

Il volto di Reggie si spaccò in un sorriso gigantesco, gli occhi scintillanti di un'intensità di fuoco. Si sentiva benissimo, anche dopo un giorno di viaggio e una settimana estenuante.

"Non fare la figura del divo, Bennett".

Il volto di Ben arrossì. "Io non...".

Reggie alzò una mano. "Sai che vorresti essere libero e distaccato come me", disse. Lanciò un'occhiata a Julie. "Non legato a una vecchietta e bloccato in campagna".

Julie rise. "Chi chiami 'vecchietta'?".

La riunione si svolgeva nel soggiorno della baita di Ben. Lui e Julie vivevano lì insieme da quasi un anno, ma ultimamente sembrava una comune, visto il numero di visitatori che passavano. Reggie sapeva che Ben era un po' un recluso e che i lavori alla casa e il numero di persone che entravano e uscivano dovevano farlo impazzire.

Tuttavia, Reggie non era uno che si lasciava sfuggire l'occasione di prendere in giro l'amico.

"Vedo che ieri hai fatto un bell'allenamento, Ben".

Ben scosse la testa, sorridendo. "Vorresti poter correre in quel tempo".

Gli occhi di Reggie si allargarono alla sfida. "Che cos'era? Quattro, cinque minuti?".

"Due e mezzo".

"Posso farlo in uno e cinquanta".

A questo punto Ben scoppiò a ridere. "Andiamo, socio. Subito".

Reggie si avvicinò e allungò la mano, aspettando che Ben la afferrasse. "Anche per me è un piacere vederti. Mi sto solo assicurando che tu la tenga stretta mentre sono via".

"Sì, certo. Sai solo che non puoi sopportarmi".

"Datemi un pisolino e una birra e lo farò ad occhi chiusi".

Reggie si staccò, notando che Ben tenne la stretta di mano qualche secondo in più del necessario, poi si allontanò e si guardò intorno nella piccola stanza.

La cabina era semplice - la descrizione perfetta di una cabina, secondo lui - ma sorprendentemente ben arredata. Pensò che l'arrivo di Julie avesse costretto Ben ad alzare un po' il tiro nell'arredamento, oppure che fosse stata Julie stessa a occuparsene.

Il divano era in pelle, consumato e assolutamente perfetto per sedersi, dormire o semplicemente per fare bella figura. Reggie aveva bramato quel mobile dal momento in cui l'aveva visto, e non aveva ancora chiesto dove l'avessero preso.

Il resto dei mobili del soggiorno era "rustico", una combinazione di legno e bronzo, avvitati o inchiodati insieme in modo da far risaltare le imperfezioni. Tutto era nuovo o sembrava nuovo, ma aveva un carattere che non stonava né toglieva nulla al resto della stanza.

L'unica cosa che mancava, nella mente di Reggie, era un'enorme testa di cervo o di alce montata sulla parete. Non aveva mai praticato la caccia, ma sapeva che Ben l'aveva praticata e che quell'uomo avrebbe avuto molti trofei da esporre. Sapeva anche che Ben probabilmente rifuggiva dal mostrare qualsiasi cosa avesse sparato e ucciso: per Ben sarebbe stato irrispettoso nei confronti della creatura metterla per sempre in mostra.

Reggie e Ben si conoscono da quando si sono presentati in Brasile. Reggie possedeva un terreno in quel paese e gestiva un programma di sopravvivenza nella natura e un poligono di tiro, ma le pressioni esercitate sulle piccole imprese e una corsa ad alta intensità attraverso la foresta amazzonica avevano fatto scemare il fascino di quel luogo esotico.

Ora si divideva tra l'Alaska e la strada, vivendo con Ben e Julie quando non era in viaggio. Aveva imparato ad amare lo Stato tanto quanto la coppia con cui stava, e non guastava il fatto che anche lui fosse un amante del freddo. L'Alaska era sempre stata, nella sua mente, un luogo esotico quanto il Brasile, ma c'era qualcosa di radicato nel creare una casa e uno stile di vita in un posto nuovo. L'attrattiva del Brasile era stata la bellezza delle donne e il bel tempo, ma i veri colori del Paese cominciavano inevitabilmente a trasparire dopo un po' di tempo, e la sua fuga nella foresta pluviale con Ben e Julie aveva messo il chiodo finale sul suo soggiorno in Brasile.

Sapeva che alla fine l'Alaska sarebbe stata una casa anche per lui, nel bene e nel male. Il piano che Mr. E aveva messo in atto prevedeva che Reggie vivesse in una delle stanze della nuova aggiunta che stava per essere realizzata, permettendo a Reggie di avere un posto confortevole dove dormire dopo le missioni e i viaggi in giro per il mondo. Non vedeva l'ora di sistemarsi, ma si chiedeva cosa ne pensassero Ben e Julie di aprire la loro casa a un ospite semipermanente.

I mesi successivi sarebbero stati selvaggi, con lo sviluppo della baita che si stava intensificando a un ritmo febbrile e la notizia del primo incarico della squadra. Reggie aveva preceduto Joshua alla baita, ma Mr. E voleva che entrambi fossero presenti per dare la notizia a Ben e Julie.

Reggie pensò che fosse il momento perfetto per un bourbon.

"Forza, Ben. Andiamo al sodo. Hai qualcosa che valga la pena di bere qui dentro, o non sei stato in città da quando sono partito?".

"Non sono più andato in città da quando sei partito, ma *ho* ancora della roba decente".

CAPITOLO 9

IL FALCO si stirò la schiena, sentendola scuotere leggermente in alcuni punti. La tensione di stare accovacciato, con le ginocchia piegate, per tre ore lo aveva stancato. Prima di allora era stato sdraiato prono, osservando con un occhio attraverso il cannocchiale, per quattro ore.

E ancora prima aveva percorso, da solo e isolato, un itinerario di ricognizione attraverso le campagne vicine alla piccola città, verso il parco dove ora si trovava, appollaiato su una roccia ai margini del centro ricreativo comunale.

Nessuno lo avrebbe visto, nessuno *avrebbe potuto* vederlo. Indossava il nero, coperto dalla testa ai piedi, un berretto da sci nero e stivali neri, indumenti neri in mezzo. Il suo viso era nero, la sua pelle scura dipinta di una tonalità ancora più scura.

Tuttavia, non gli piaceva sentirsi esposto. Viveva di furtività, si crogiolava in essa. Dopotutto, lui era il Falco. Stare su una roccia in un parco cittadino era ben lontano dai campi di battaglia che aveva conosciuto negli anni precedenti, ma per il momento *era il* suo campo di battaglia.

La battaglia, tuttavia, era molto più semplice delle vere battaglie in cui aveva combattuto. Questa non era altro che una missione di ricognizione. La sua squadra si sarebbe mossa domani mattina, poco prima dell'alba, e avrebbe fatto il lavoro. Si sarebbe assicurato che l'obiettivo fosse a casa, nascosto a letto come tutti gli altri in quella strada.

Aveva scoperto per esperienza che la maggior parte delle "ore dei ladri" - il periodo che va dalle 23.00 circa alle 03.00 circa del giorno successivo, almeno nei quartieri residenziali - era meglio lasciarle ai ladri. La microcriminalità che fioriva durante le ore di luna più alta era un orario in cui Il Falco non voleva essere presente. In quelle ore c'erano più pattuglie di polizia, spuntini di mezzanotte che guardavano dalle finestre dei piani inferiori e insonni geriatrici che si muovevano all'interno.

No, preferiva l'ora in cui la maggior parte delle persone dormiva *davvero*: dalle 03:00 alle 05:00 circa. Certo, c'erano i mattinieri e alcuni tipi d'azienda a cui piaceva fare una corsetta mattutina, ma statisticamente parlando c'erano molte più persone in quell'orario che facevano quello di cui lui aveva bisogno: *dormire*.

Sarebbe stato così anche adesso. Negli ultimi giorni aveva fatto sorvegliare la strada da qualcuno della sua squadra. C'era un corridore che si alzava e si metteva in moto alle 0515 di lunedì, mercoledì e venerdì, e c'era un dirigente che andava al lavoro alle 0530, ma a parte questo, la strada era tranquilla. Ancora più tranquilla l'ora prima.

Domani mattina, tra poche ore, sarebbe stata una di quelle mattine tranquille. Il Falco voleva sorvegliare personalmente la strada da questo punto, per verificare i dettagli e iniziare a formulare un piano. Era semplice, ma raramente la semplicità era sinonimo di facilità. Lo sapeva anche per esperienza.

La sua squadra era buona, la migliore che avesse mai avuto, in effetti, ma preferiva comunque eseguire personalmente il controllo finale. Finora i loro rapporti erano stati accurati, ma il Falco si sentiva più tranquillo nelle missioni se poteva vedere di persona il campo di battaglia. Gli piaceva anche visualizzare lo spazio mentre pianificava, per essere sicuro che non ci fossero ostacoli imprevisti, come un veicolo in panne che non risultava dalle mappe e dalle immagini satellitari.

Finora era tutto a posto e lui ne era felice. Si sarebbe trattato di un semplice "smash-and-grab", ma non avrebbero dovuto nemmeno afferrare e non avrebbero dovuto quasi spaccare. Avrebbe dovuto chiamare la missione "sgattaiolare e piazzare".

Scivolò di nuovo verso la cima della roccia. Da qui avrebbe osservato ancora per qualche minuto, poi sarebbe scivolato a sinistra dal lato del masso e sarebbe tornato a terra, nella copertura offerta dalla roccia e dall'albero a cui era affiancata. Il suo posteriore era scoperto, dato che era appoggiato a un marciapiede che correva lungo la circonferenza del parco, ma a quell'ora era probabile che non passasse nessuno e comunque non c'erano luci dirette a illuminare questa parte del parco.

Il Falco prese lo zaino che aveva ai piedi e prese una barretta proteica dall'astuccio anteriore. Aveva già tolto l'involucro rumoroso e scoppiettante prima di partire, quindi si limitò a frugare nel sacchetto di plastica in cui le aveva riposte e a recuperarne una. Ne aveva altre due, una che intendeva mangiare alle 02:00 e una in più, per ogni evenienza.

C'era una bottiglia d'acqua sul fianco, una brocca tipo borraccia fissata alla cintura con un moschettone personalizzato. Odiava le cinghie, che trovavano sempre il momento peggiore per aggrovigliarsi, e odiava tutto ciò che gli si allacciava troppo stretto, per paura di non riuscire a toglierlo abbastanza velocemente. La borraccia aveva la forma e le dimensioni perfette per contenere acqua potabile sufficiente per la missione, quindi trovò un modo per farla funzionare.

A parte il cannocchiale, la borsa, la borraccia e l'arma da fianco, non portava con sé nient'altro che i vestiti che aveva addosso. Non si trattava di una missione in trasferta, quindi non c'era bisogno di esagerare. Tuttavia, la sua precauzione e cura in ogni lavoro era parte di ciò che gli aveva dato la reputazione e il soprannome di "Falco", ed era un titolo appropriato. Il suo veicolo era parcheggiato all'altro capo della piazza municipale ed era carico di materiale da missione, compreso un piccolo arsenale di armi. Non ne avrebbe avuto bisogno, ma odiava l'idea di essere sorpreso da qualche parte senza.

Mangiò la barretta proteica e bevve qualche sorso d'acqua, poi fece ruotare il collo da una parte all'altra per sciogliere i nodi. Era in ottima forma per la sua età, non più giovane ma certamente non vecchio. Sentiva di avere il perfetto equilibrio tra energia e forza giovanile e la saggezza che deriva solo dall'esperienza.

Era bravo in quello che faceva. Il migliore, addirittura. Era una piccola nicchia, ma per questo motivo pagava bene.

Sarebbe stato pagato bene per questo lavoro, come era stato pagato bene per tutti i suoi lavori. Il suo team lo apprezzava per questo: era in grado di trovare i lavori meglio pagati e la maggior parte erano a basso rischio. Quest'anno aveva in programma un'espansione, con l'arrivo di un secondo team in grado di fornire servizi più specifici ai suoi clienti.

Tutto a tempo debito, si disse. Il Falco era un uomo paziente. Pazienza quando si trattava di pianificare ed eseguire una missione, pazienza quando si trattava di gestire i suoi affari e pazienza nella vita. *Le cose belle arrivano a coloro che aspettano.*

Aveva aspettato, per tutta la vita. Questa era un'opportunità che aveva costruito per se stesso, e aveva lavorato senza sosta per creare la rete necessaria a gettare le basi. Ora il cliente lo aveva trovato e lui era pronto. Si erano rivolti a lui implorando - anzi, supplicando - il suo aiuto e lui era stato fin troppo felice di accontentarlo.

La ricompensa era la più grande che avesse mai avuto e probabilmente sarebbe stata la più grande che avrebbe mai avuto. Si trattava di un'enorme somma di denaro, e anche se avesse fallito la missione -

non l'avrebbe fallita - la sua squadra era già stata pagata un quarto di milione a testa, mezzo milione per lui. Era abbastanza per vivere per anni, nell'angolo giusto del mondo, ma non aveva intenzione di sistemarsi e iniziare a spendere soldi.

Aveva intenzione di guadagnare *di più*.

CAPITOLO 10

JULIETTE RICHARDSON SI ALLONTANÒ dal piano di lavoro e si asciugò la fronte. Abbassò lo sguardo, sorrise e scosse la testa.

Sono letteralmente in piedi in una cucina, indossando un grembiule, a preparare la cena per gli uomini". Era un pensiero esilarante per lei, soprattutto perché il suo ruolo in cabina *raramente* prevedeva la cucina.

Lei e Ben avevano una grande collaborazione. Nessuno dei due si rassegnava alle aspettative antiquate dei tipici ruoli di genere, così per ogni lavoro da fare nella baita - tagliare la legna, pulire, lavare i piatti, fare il bucato - uno dei due lo affrontava quando diventava troppo fastidioso da sopportare.

Julie odiava le pile di bucato accatastate fino al soffitto, quindi ne faceva un sacco quando le sfuggivano di mano. A Ben piaceva la catarsi di tagliare la legna, il battere ritmico su un pezzo di tronco finché non veniva spaccato e dimensionato, così quello divenne il suo lavoro.

E Ben amava cucinare, o meglio, amava *provare a* cucinare. Julie dovette abituarsi alle sue scelte maldestre di condimenti e ai piatti troppo salati. Era migliorato, soprattutto dopo aver iniziato a cucinare per due, ma le piaceva scherzare sul fatto che aveva ancora molta strada da fare prima di essere pronto ad aprire un ristorante tutto suo.

Tuttavia, non era terribile. Sapeva preparare un ottimo chili e il suo modo di trattare il pesce e la selvaggina non era secondo a nessuno, secondo lei. Gli piaceva soprattutto grigliare, ma i mesi invernali si rivelavano in genere troppo incredibilmente freddi per fare una grigliata all'aperto, così aveva sviluppato una certa abilità con il pesce al forno. La maggior parte delle sere mangiavano una carne e una o due verdure, e di recente avevano iniziato a ridurre il consumo di pane su richiesta di Reggie.

Anche lei era dimagrita, ma non quanto Ben. I loro regimi di allenamento erano diversi, studiati personalmente per loro, e il suo era più un cambiamento di dieta che un cambiamento di esercizio. Era sempre stata attiva, correva quasi tutte le mattine e a volte seguiva una lezione di yoga dopo il lavoro al CDC, quando era lì. Cercava di mangiare bene, ma non aveva mai avuto problemi di peso. Reggie, il nutrizionista che le era stato assegnato, voleva che si concentrasse sull'assunzione di cibo, in particolare su *ciò che* mangiava e beveva, piuttosto che cercare di bruciare più calorie facendo esercizio fisico.

Ben, aveva detto loro, aveva il problema esattamente opposto. Mangiava bene, per essere un uomo di circa trent'anni, e anche se mangiava molto era un sano equilibrio di proteine e grassi. Non era uno che faceva spuntini o prendeva il gelato dopo cena, così Reggie si concentrò sul bruciare più calorie aumentando la resistenza e il fisico grazie a una sorta di palestra domestica che aveva costruito.

Ben e Reggie, quando erano entrambi alla baita, passavano un'ora ogni mattina a correre, a fare esercizi con il peso corporeo e a far rotolare un enorme pneumatico di trattore nell'area aperta dietro la baita. Julie sapeva che Ben apprezzava lo sforzo e la rapida crescita dei suoi bicipiti, ma non lo faceva mai capire a Reggie. Si lamentava ad ogni occasione, si lamentava della sessione successiva e diceva a

Reggie di prendersi il suo tempo prima di tornare per altri allenamenti.

Julie osservò tutto questo con un sorriso. Ormai conosceva Ben meglio di chiunque altro e i suoi giochi e la sua finta apatia nei confronti del regime di allenamento erano uno stratagemma. Ben aveva la capacità di non lasciare che nessuno si avvicinasse troppo e questa piccola forma di recitazione, secondo lei, nasceva da questo stesso desiderio. Reggie era diventato un caro amico per entrambi e passavano molto tempo insieme, quindi Ben doveva assicurarsi di non esprimere la sua gratitudine o di non comportarsi troppo spesso in modo amichevole.

Reggie, dal canto suo, sembrava adorare prendere in giro Ben per questo. Reggie, a quanto pare, sembrava avere un cuore più grande persino di quello di Ben e aveva sorpreso Julie per quanto si preoccupasse per loro. Coglieva ogni occasione per stare con loro alla baita quando non era in missione o al lavoro altrove, e sapeva sempre le domande giuste da fare per farli parlare.

Amava ascoltare ed era bravo a farlo. Julie sperava che Ben ne avrebbe colto un po' durante il loro fidanzamento.

Abbassò lo sguardo sull'anello che le aveva regalato e lo fece ruotare sul dito, un bellissimo diamante taglio rotondo che sua madre aveva conservato e trasmesso a lui nel testamento. Era morta meno di due anni prima e Julie e Ben erano state le ultime persone che aveva visto su questo pianeta. Era stato straziante vedere Ben passare quel periodo, ma lei sentiva un apprezzamento speciale per quel ricordo ora che stava per condividere il resto della sua vita con quell'uomo.

Quando lui le aveva chiesto di sposarlo, erano sul pavimento di una struttura di ricerca segreta nell'Antartico, con i proiettili che volavano sopra le loro teste. Ricorda di non aver saputo se dargli un ceffone o sorridergli.

Potrebbe aver fatto entrambe le cose.

Le aveva detto che non aveva un anello e che gliene avrebbe comprato uno. Voleva comprarle un anello di fidanzamento tradizionale e poi farle una sorpresa con la fede al loro matrimonio, in una data ancora da stabilire, ma lei gli aveva detto di risparmiare. Lei non amava molto i gioielli, in ogni caso. Qualsiasi cosa di poco conto andava bene, gli aveva detto.

La sua "piccola cosa" era stata una splendida, preziosa e *costosa* fede di diamanti che sua madre aveva indossato. Julie non era riuscita a trattenere le lacrime quando lui glielo aveva presentato in cabina, poco dopo il loro ritorno dall'emisfero australe. Anche lui aveva lavorato tutta la sera. Il suo "famoso" chili sul fuoco, una candela alla cannella accesa in camera da letto, e tutto il bucato sgomberato dai pavimenti e scaricato nella minuscola lavanderia attaccata al retro della baita... Lei era sempre preoccupata che lui potesse rovinare i suoi vestiti se li avesse lavati, quindi averli ammucchiati davanti alla lavatrice, per lei, era come averli fatti completamente.

Per tutta la sua testardaggine, per tutte le sue imperfezioni, lei lo amava. Per certi versi era brutale, grosso e prepotente, ma per altri era l'uomo più premuroso e dolce che avesse mai incontrato. Sembrava che sapesse sempre cosa cucinare per cena e che fosse sempre in sintonia con quello che lei voleva guardare in televisione. Non sempre era d'accordo sul fatto che *dovessero* guardarlo, ma lo sapeva.

Era gentile, generoso e appassionato di giustizia, ed è così che si sono conosciuti. Non poteva sopportare che un'azione sbagliata rimanesse impunita, anche se questo significava coinvolgerli entrambi in qualcosa di troppo grande per loro.

In un certo senso, era quello che aveva fatto di nuovo, ma Julie ne era stata responsabile quanto lui. Questa nuova impresa che stavano intraprendendo tutti insieme, le Operazioni Speciali Civili, era solo un modo formalizzato per permettere a Ben di combattere l'ingiustizia ovunque la trovassero. Certo, avrebbero dovuto pianificare meglio di quanto erano abituati a fare, e avrebbero dovuto comunicare questi piani con il resto della squadra, compreso un membro rappresentativo di ciascuno dei servizi armati, ma era comunque una soluzione perfetta per loro.

O almeno così sperava.

In realtà, non sapeva *cosa* pensare di tutto questo. Sembrava un'ottima soluzione per la loro squadra nascente, un gruppo di persone che si conoscevano a malapena ma che si erano riunite per combattere e rovesciare un'organizzazione. Avevano avuto successo e il loro nuovo leader, il signor E, li aveva incoraggiati a unirsi alla nuova banda di eroi che voleva formare. Era successo tutto così in fretta e il signor E e sua moglie si erano lanciati nella ristrutturazione e nell'ampliamento della loro minuscola baita nell'entroterra dell'Alaska, e non avevano ancora ricevuto i primi ordini.

Stasera, sapeva, le cose sarebbero cambiate.

Reggie era tornato da una specie di lavoro che gli era stato assegnato, da qualche parte, e si diceva - almeno tra lei e Ben - che avesse ricevuto gli ordini dal signor E. Stavano solo aspettando Joshua, che sarebbe arrivato a un certo punto della serata.

Il suo sorriso si trasformò leggermente, manifestazione dell'incertezza che improvvisamente provava, ma continuò a cucinare e a pulire la cucina mentre i ragazzi nell'altra stanza ridevano e scherzavano tra loro.

CAPITOLO 11

"JOSHUA!" REGGIE GRIDÒ.

BEN NON aveva sentito nulla, ma sapeva che l'udito di Reggie, e praticamente tutti gli altri sensi, erano profondamente abili. Sicuramente migliori di quelli di Ben, tranne forse il gusto di Ben.

Quando Ben aveva preparato il suo chili per Reggie e aveva chiesto a quest'ultimo se fosse in grado di dire cosa contenesse, il massimo che l'uomo era riuscito a cogliere era stato "qualche tipo di spezie per il chili?", tra i bocconi giganteschi di carne e fagioli.

Reggie e Ben si avviarono verso la porta d'ingresso, e Ben poteva ora vedere la maniglia girare. Posò il suo bourbon sul tavolino vicino al divano, in attesa di una stretta di mano.

La porta si aprì completamente e Ben vide l'esile struttura di Joshua stagliarsi davanti alla luce pomeridiana in dissolvenza. Capelli corti come quelli della maggior parte dei militari, ma un paio di occhi che parlavano delle sue esperienze più di quanto potesse fare un taglio di capelli. L'uomo aveva un'età vicina a quella di Ben, ma aveva vissuto una vita dura come militare e poi come capo di una forza mercenaria privata che forniva sicurezza proprio alla società che Ben e Julie avevano fatto fuori.

Le Industrie Draconis erano state il datore di lavoro di Joshua molto prima che Ben avesse mai sentito parlare dell'organizzazione, eppure le loro strade si erano incrociate nella foresta amazzonica all'inizio di quell'anno, quando a Joshua era stato ordinato di cercare - e uccidere - Ben e la sua squadra. Aveva finito per disertare dalla sua stessa organizzazione e unirsi all'equipaggio con Ben e gli altri, e insieme erano andati in Antartide per inseguire l'ultimo leader rimasto e il suo progetto finale.

Come Reggie, Ben aveva imparato ad ammirare Joshua, anche se l'uomo era più tranquillo e riservato. Ben stesso era un po' un recluso, quindi gli uomini ci avevano messo un po' a conoscersi. Non era il simpatico e carismatico burlone di Reggie, ma Joshua aveva una forte volontà di stare dalla parte dei buoni, una caratteristica che Ben richiedeva ai suoi amici.

In Antartide erano andati tutti d'accordo e Joshua, alla fine del viaggio, aveva persino assunto il ruolo di leader del gruppo, così il signor E gli conferì il titolo ufficiale. Sarebbe stato lui a guidare le missioni che, a quanto pare, avrebbero presto intrapreso.

Joshua salì ed entrò nella cabina, dando un'occhiata a destra e a sinistra per farsi un'idea del posto. Era stato lì un paio di volte, ma Ben pensò che fosse una vecchia abitudine di attenta ricognizione quella di esaminare a fondo l'ambiente circostante prima di entrare in una stanza. Ben sorrise e Joshua si avvicinò a lui.

Si strinsero la mano, Joshua sorrideva un po' da un lato della bocca. Reggie, accanto a Ben e prossimo alla fila, sorrideva da un orecchio all'altro e già rideva.

"Sembra che tu abbia bisogno di bere, amico", disse Reggie.

"Sto bene così, ma grazie", rispose Joshua.

"Sì, lo immaginavo", rispose subito Reggie. "Ma ti prenderò uno di questi giorni".

Joshua annuì, poi entrò in cucina per salutare Julie. Reggie si rivolse a Ben e abbassò la voce - e il sorriso -. "Sembra eccitato per qualcosa".

Ben si accigliò.

"Era uno scherzo, Ben. Sembra sconvolto".

"Hai idea del perché?"

"Probabilmente sta pensando alla nostra missione".

"Conosci i dettagli, vero?".

Reggie annuì.

"Allora perché non sei sconvolto?".

Reggie rise. "Cosa c'è da essere sconvolti? Sono eccitato per questo. Si tratta di un semplice furto con scasso. Non c'è niente di speciale".

CAPITOLO 12

DUE GIORNI FA

"SIR, è fatta".

Le parole suonavano come denaro per il Falco. *Erano* soldi.

Sorrise, sapendo che l'uomo all'altro capo del telefono non poteva vederlo.

"Bene", disse, con la voce ferma e calma come sempre. "Buon lavoro, di' agli altri di fare i bagagli e di tornare a casa. Abbiamo un altro appuntamento".

"Affermativo, signore. Ordini?"

"Saranno inviati via e-mail. Controllate il conto protetto alle 07:00".

"Ricevuto, signore".

Il Falco riagganciò la chiamata e rimise il telefono in tasca. Masticò l'ultimo pezzo di carne secca e sputò. *Fin qui tutto bene.* Aveva bisogno di chiamare questo aggiornamento, ma sapeva che il cliente avrebbe avuto altre priorità. Si trattava di una missione a basso rischio, il che significava che per il cliente era relativamente poco prioritaria.

Avrebbe potuto chiamare il successo più tardi, ora voleva dormire.

Il Falco era un uomo solitario, solitario in modi che avrebbero fatto impazzire altre persone. Tuttavia, la solitudine gli serviva, perché gli consentiva di concentrarsi sul miglioramento di se stesso e del suo lavoro. Poteva concentrarsi senza distrazioni per tutto il tempo che voleva, non aveva mai bisogno di controllare il mondo esterno.

Per lui il mondo esterno era solo questo: esterno. Era distante, lontano da lui, e lui ne era distaccato. Le necessità quotidiane richieste dalla maggior parte dei suoi uomini - dissolutezza, divertimento, piacere - lui le disprezzava. Aveva i suoi modi per trovare ciò di cui aveva bisogno, quando lo desiderava, ma lo desiderava raramente. Aveva addestrato la sua mente e il suo corpo a richiedere poco alle offerte del mondo esterno, perché il "mondo interno" che aveva costruito era molto più adatto a lui.

Sei anni fa il Falco era sceso dal fianco di una montagna, un uomo nuovo e completamente cambiato. La sua mente si era schiarita, grazie alla sua forza di volontà e ad alcune motivazioni "esterne" particolarmente scomode. Aveva affrontato le prove, l'inferno e il ritorno, e ne era uscito più forte che mai.

Era emerso più forte di *chiunque altro*.

Aveva completato la prima parte della sua vita come un uomo solo e, scendendo dalla montagna, aveva iniziato la seconda.

Si voltò verso l'uomo che stava al suo fianco, un uomo che conosceva solo per nome.

"Morrison, conferma i dettagli. Non possiamo avere questioni in sospeso".

"Non abbiamo mai questioni in sospeso, signore", rispose Morrison.

"E questo perché li controlliamo sempre".

Morrison annuì e si allontanò dal Falco. Lo osservò per qualche passo, con la sua andatura da orso che nascondeva la vera velocità e astuzia dell'uomo. Morrison era un secondo perfetto, spietato e devoto come il Falco, capace come soldato, ma privo dell'ingrediente speciale che rendeva un uomo un leader e non solo un manager.

Il Falco preferiva questa disposizione. Voleva che nessun uomo mettesse in discussione la sua autorità e non voleva che i suoi subordinati facessero concorrenza. Morrison voleva che fosse il Falco a comandare e avrebbe fatto tutto il necessario per garantire che il Falco rimanesse al potere.

Era un accordo che piaceva al Falco, ma che era stato forgiato solo dopo anni di situazioni non proprio ideali. Aveva costruito questa squadra - piccola, ma agile - dal nulla, passando per i dilettanti e le reclute fino a rimanere con soli sette uomini.

Morrison era stato una delle prime reclute e non era né un dilettante né un pezzo grosso. Si limitava a eseguire, non chiedeva nulla in cambio oltre alla paga e non si intrometteva negli affari degli altri uomini. Era, in una parola, l'ideale. Tra il centinaio di uomini che il Falco aveva intervistato per il primo gruppo di candidati, Morrison l'aveva colpito per la sua allarmante abilità e la sua spietata efficacia. Una combinazione solida, ma senza grandi capacità di comando, il Falco sapeva che Morrison sarebbe stato un perfetto secondo in comando. Un uomo a cui non importava nulla delle lamentele dei suoi subordinati, ma che voleva solo portare a termine il lavoro.

Forse sarebbe stato eccessivo mettere un uomo come Morrison a capo del resto degli uomini. Il Falco gestiva una nave molto stretta, intervistando e addestrando personalmente il piccolo esercito che stava costruendo. Essi rispondevano alla sua leadership e rispondevano al comando del sergente istruttore di Morrison. Dopotutto, provenivano tutti da un ramo del servizio o da un altro, indipendentemente dal paese di provenienza delle reclute.

La maggior parte degli uomini presenti nella lista del Falco erano americani, ma solo perché l'America era la nazione in cui era nato e cresciuto e quella che conosceva meglio. Un buon numero di uomini proveniva dal Sud America e dall'Europa dell'Est, addestrati nelle giungle come mercenari o in climi di guerra costantemente afflitti da conflitti politici.

Manteneva il suo "esercito" piccolo - al massimo dodici uomini, e addirittura sei quando iniziava - ma la sua lista di candidati, coloro che erano interessati a far parte della sua squadra di sicurezza, era ormai di circa duecento persone. Gli uomini lo trovavano grazie al passaparola, ai conoscenti comuni e alle raccomandazioni. Non era nemmeno difficile da vendere: pagava meglio di chiunque altro nel settore e la sua squadra era nota per le missioni ad alto rischio e i viaggi esotici.

In breve, era il sogno di un soldato. Viaggiare per il mondo, fare giustizia dove era necessario e tornare a casa per qualche mese di pace e tranquillità ben finanziata.

Aveva avviato l'azienda qualche anno fa e stava già pensando di espandersi. Non era sicuro di come avrebbe fatto, ma c'erano più uomini validi che volevano aiutarlo di quanti ne avesse a disposizione e sapeva che c'erano *molte* più aziende in tutto il mondo disposte a pagare il suo onorario.

Questa missione era in realtà una cosa rara per il Falco: era nazionale. La maggior parte del suo lavoro si svolgeva all'estero, per sedare le rivolte e prevenire - o controllare - le forze di lavoro organizzate che si mettevano contro i loro padroni. Si era trovato in più di qualche guaio, ma sembrava che più la missione era impegnativa, più i suoi uomini si sentivano intrigati ed eccitati. Volevano più azione e lo dicevano ai loro amici.

Il Falco ha giocato il più possibile su questo aspetto e quando è arrivata la promessa di azione vera e propria, di intrighi e di una somma di denaro che lo ha fatto ricredere, ha capito che, domestica o no, questa era una missione per la sua squadra.

Così Ravenshadow si ritrovò temporaneamente con una sede nel quartiere dei magazzini di Filadelfia, lavorando in un vecchio edificio abbandonato che faceva parte di un gruppo più grande che un tempo si estendeva per l'intero isolato della città. Molti dei magazzini circostanti erano anch'essi abbandonati e quelli occupati non avrebbero notato il via vai di alcuni uomini vestiti di nero che passavano per un vicolo posteriore.

Alcuni dei suoi candidati vivevano a poca distanza da Philadelphia, quindi li mise in allerta: Ravenshadow era impegnata con un cliente e poteva essere necessario un aiuto supplementare. Siate pronti, aveva detto loro.

Il Falco si girò e si diresse verso il suo veicolo. La Hyundai Santa Fe del 2007, ormai logora, era un veicolo urbano perfetto: abbastanza potente da superare una barriera, abbastanza piccolo da sfuggire a una minaccia e abbastanza normale da non giustificare una seconda occhiata.

A un certo punto della sua vita aveva vissuto in un furgone, ma preferiva il comfort di sistemazioni un po' più spaziose, così aveva scambiato il furgone con un monolocale e un SUV di medie dimensioni. La casa base gli consentiva di avere un posto dove tornare dopo le missioni, ma gli permetteva anche di immagazzinare più materiale ed equipaggiamento di quanto potesse fare prima. Il SUV gli ha permesso di essere mobile, di potersi spostare liberamente in tutto il Paese senza dover prendere spesso l'aereo.

Mentre entrava nel veicolo e avviava il motore, il suo telefono squillò. Si accigliò, non aspettandosi una chiamata e non gradendo il fatto di averla ricevuta. Controllò il numero e si accigliò ancora di più. *Soprattutto non una chiamata da* questo *numero.* Pensò di non rispondere; lasciò che il telefono inviasse la chiamata alla sua casella vocale predefinita, in modo da poterla controllare più tardi. Probabilmente il chiamante non avrebbe apprezzato il fatto che avesse ignorato la chiamata, sapendo che la missione sarebbe stata già completata.

"Cosa?", disse burbero, senza preoccuparsi di trasformare la fine della parola in una domanda.

"È... è fatta?", chiese la voce della donna. La sua voce era fragile, debole, come se fosse un supporto vitale. Ma lui lo sapeva bene. Era una professionista proprio come lui, anche se di tipo molto diverso.

"Lo è".

Aspettò, senza preoccuparsi di riempire lo spazio morto con altri suoni, altre domande inutili. Non aveva bisogno di aggiornarla, quello sarebbe arrivato dopo, con il rapporto.

Eppure...

Fino a quando il lavoro concordato non era stato completato, questa donna possedeva il suo tempo. Era lei a possedere *lui*. Questo era l'unico aspetto negativo del suo lavoro: il suo tempo non era mai suo. Gli veniva lasciato il compito di completare il lavoro come meglio credeva e con i mezzi che erano stati discussi in precedenza, ma finché era sotto contratto ci si aspettava che fosse disponibile in qualsiasi momento.

"Ok. Ok, fantastico. Quindi... è finito. Voglio dire..."

"È tutto pronto. Fornirò un rapporto in giornata".

Poteva quasi sentirla annuire. Era nervosa, ma a lui non importava. Era una professionista e sapeva come manipolare le emozioni. Aveva il controllo delle proprie, come lui, quindi sapeva che stava giocando.

Non giocava. Non era *pagato* per giocare.

"Bene. Questo è... buono".

Riattaccò il telefono, sapendo che non c'era più nulla da dire. Non c'era nulla che valesse la pena di dire e non aveva informazioni nuove rispetto a quelle che aveva prima della telefonata.

Tranne che...

Forse c'era *qualcosa*. Qualcosa nel modo in cui gli aveva parlato.

Qualcosa di più profondo anche delle false emozioni che aveva evocato.

Ci pensò un attimo, seduto in silenzio al posto di guida del veicolo. Si chiese cosa avrebbe significato.

E se il suo datore di lavoro fosse *davvero* nervoso?

CAPITOLO 13

REGGIE STAVA GUARDANDO in giro per il piccolo soggiorno della baita, aggrottando le sopracciglia e camminando, mentre inclinava la testa di lato per cercare di collocare quello che stava cercando.

"Hai bisogno di qualcosa?" Chiese Ben.

Reggie alzò lo sguardo, poi sorrise. "Oh, scusate... mi chiedevo se ci fosse un altro televisore qui intorno, da spostare in salotto".

L'unico televisore che Ben e Julie possedevano si trovava nella loro camera da letto, poiché il soggiorno era in realtà poco più di un atrio che collegava le altre due stanze: la cucina e la piccola sala da pranzo e la camera da letto principale. Dato che Reggie si fermava spesso, il divano del soggiorno fungeva da letto, ripiegandosi e trasformando il già piccolo spazio in uno spazio quasi inutilizzabile.

Ben scosse la testa. "No, ma pensavi di trovarne uno semplicemente appoggiato sotto un libro o incastrato dietro un tavolino?".

Reggie rise. "Non fa mai male guardare, credo".

"Mi dispiace, dovremo usare quello della camera da letto".

"Possiamo metterci comodi sul letto. Sai, potrei sedermi accanto a Julie...".

Ben alzò una mano. "Ti fermo subito, amico".

Reggie rise ancora più forte e si avviò verso la camera da letto. "Andiamo, ragazzi, ho appena mandato un messaggio al signor E per dirgli che siamo tutti qui".

"Stiamo ancora facendo la cosa del "signor E a distanza", eh?". Chiese Julie dalla cucina. "Sembra che sarebbe più facile incontrarlo di persona uno di questi giorni".

"Sembra di sì", mormora Joshua. "Non sono sicuro di quale sia il suo problema. È ancora più recluso di Ben".

"Nemmeno lontanamente", disse Julie, dando un colpetto al fianco di Ben. "Il signor E almeno vive in un posto normale. San Francisco o San Diego, qualcosa del genere, giusto?".

Joshua annuì. "San Francisco. Pare che abbia una villa lì".

I tre seguirono Reggie in camera da letto. Se il soggiorno era piccolo, la camera da letto era decisamente angusta. Il letto matrimoniale occupava la maggior parte dello spazio centrale e un tavolino che conteneva una lampada stava nell'angolo, schiacciato tra il letto e la parete. A Julie piaceva leggere di notte e Ben non era riuscito a convincerla a passare a una tavoletta elettronica. Era motivo di orgoglio per lui il fatto di essere passato a un Kindle, optando per un modo più leggero e portatile di leggere, mentre lei era un dinosauro, aggrappata ai suoi metodi tradizionali come una vecchietta.

Reggie era già sul letto, con la sua alta struttura seduta ai piedi del letto, con il viso a non più di un metro e mezzo dal televisore.

Joshua lo superò e scelse di mettersi tra il letto e la finestra sulla parete laterale, mentre Ben e Julie presero posto sul lato opposto del letto. Ben lasciò che Julie scivolasse all'indietro e appoggiasse la testa sul suo petto, e si sedette più dritto per vedere sopra la spalla di Reggie.

In qualche modo Reggie aveva già acceso il televisore "intelligente", aveva navigato attraverso il sistema di menu fino a una popolare applicazione di streaming video preinstallata, aveva aperto una finestra e stava digitando - con dolorosa lentezza, usando la navigazione del piccolo telecomando per selezionare un carattere alla volta - un indirizzo in un campo URL.

"Come fai a sapere come fare tutto questo?". Chiese Ben.

Si sentì subito in imbarazzo. Julie si girò e lo guardò, e Joshua si voltò, con un sopracciglio alzato che gli fece capire che questo tipo di trucchi tecnici erano apparentemente di dominio comune.

"La domanda è", disse Reggie, con gli occhi ancora incollati alla televisione, "come fai a *non* saperlo? Con una moglie tecnologica come la tua?".

"Non è mia moglie. Non ancora".

"Beh, è meglio che ti sbrighi a chiuderla", disse Reggie. "Altrimenti dovrò...".

"Qualsiasi cosa tu stia per dire sembra estremamente lusinghiera", sbottò Julie, "ma sono più che felice di essere il genio tecnologico nella vita di Ben. Mi rende felice sapere che avrà sempre bisogno di me".

"Come un bambino ha bisogno della mamma", mormorò Reggie.

"Che cos'è stato?" Chiese Ben.

"Siamo pronti a partire. Lo vedete tutti?".

Tutti annuirono, ma Reggie non li stava guardando. Aveva digitato un lungo URL e aveva premuto il pulsante principale del telecomando, e dopo pochi secondi un busto pixelato del signor E si era caricato sullo schermo.

"Migliorerà man mano che il legame si consoliderà", disse Julie. "Forse."

"Finché riusciamo a sentirlo, dovremmo essere a posto", disse Joshua. "Non è un granché come indizi del contesto facciale".

Gli altoparlanti incorporati del televisore si accesero. *Buon pomeriggio"*, annunciò la voce dell'uomo. *Sono felice che siate tutti insieme. Spero che la vostra riunione sia riposante e piacevole".*

Chi parla così? Si chiese Ben. L'uomo che avevano chiamato il loro benefattore e nuovo capo era sempre sembrato un po' strano a Ben. Non in modo sgradevole, ma solo in qualche modo socialmente diverso da chiunque avesse mai incontrato.

Ben sapeva di non essere un perfetto esempio di individuo socialmente dotato, quindi se era in grado di cogliere gli strani manierismi del signor E, dovevano essere piuttosto evidenti.

Presumo che Gareth e Joshua vi abbiano detto che abbiamo una missione, a partire da ieri mattina".

Reggie, - Gareth Red - si guardò intorno per assicurarsi che stessero tutti seguendo. Ben annuì allo schermo, anche se sapeva che la minuscola webcam che Reggie aveva piazzato accanto al televisore non aveva una risoluzione sufficientemente alta da permettere a Mr. E di captare i movimenti.

Il signor E ha insistito per chiamare ciascuno di loro con il proprio nome completo. Harvey, Juliette e Gareth", invece dei loro soprannomi abbreviati. La prima volta che avevano sentito il signor E usare il vero nome di Reggie si erano tutti guardati intorno sorpresi, per poi scoprire Reggie che sorrideva. Durante il servizio militare come cecchino, a quanto pare, la sua squadra aveva frantumato il suo cognome e la sua iniziale nel soprannome con cui tutti lo conoscevano. "Red, G" era diventato "Reggie" e il nome era rimasto.

"Siamo tutti consapevoli, grazie", disse Reggie. "Qual è la missione?"

Ben sapeva che Reggie aveva almeno alcuni dettagli sulla loro missione, ma tutto ciò che aveva detto a Ben era qualcosa che parlava di un "furto con scasso". A Ben non sembrava molto allettante e certamente non sembrava sicuro, ma Reggie non sembrava preoccupato.

Naturalmente, Reggie sembrava *raramente* preoccupato. L'unica volta che aveva visto l'uomo perdere il suo caratteristico sorriso e diventare serio era stato in Antartide, quando era andato su tutte le furie e aveva eliminato una squadra di guardie nemiche quasi da solo.

Disarmato.

Quel momento era rimasto impresso nella mente di Ben per sempre e non aveva fatto altro che aumentare il rispetto che aveva per il suo amico. Reggie era un ragazzo freddo, calmo e amante del divertimento, che avrebbe fatto follie per proteggere i suoi amici.

La missione è più che altro una ricognizione. Per lo più una raccolta di informazioni, anche se ci sarà un po' di lavoro investigativo".

Ben aggrottò le sopracciglia. "Sembra semplice".

Il signor E annuì. *Sembra proprio di sì. Spero che sia così, ma non posso fare a meno di pensare che ci sia qualcosa di più di quello che ci hanno fatto credere".*

"Ok, capo", disse Reggie. "Racconta loro la storia".

CAPITOLO 14

JULIE SI SOLLEVÒ dal petto di BEN e si mise a sedere sul letto. Non si preoccupava della capacità di Ben di vedere - era più alto di lei, anche da seduto - e inoltre l'audio era più importante del video, dato che la qualità del segnale non era migliorata.

La connettività Internet satellitare nelle zone rurali era affidabile quanto quella di una qualsiasi caffetteria di provincia. Certo, funzionava, ma in un modo che consentiva poco più che controllare la posta elettronica un paio di volte al giorno e trasmettere un video di YouTube di tanto in tanto.

Mr. E aveva fornito loro un aggiornamento attraverso la sua società di comunicazioni e il satellite di sua proprietà, ed era bello poter navigare più velocemente e guardare in streaming spettacoli e film più lunghi, ma l'affidabilità era ancora sporadica, soprattutto nei mesi invernali durante le tempeste.

Il piano, aveva detto, era di dotarli di un array all'avanguardia in cima alla nuova aggiunta alla cabina, che avrebbe permesso loro di raggiungere velocità e connettività più elevate - indipendentemente dal tempo o dal periodo dell'anno - rispetto a qualsiasi abitante della città.

Julie era entusiasta, perché la sua formazione e il suo recente lavoro di consulenza riguardavano l'informatica, e lei era brava in questo campo. Ma c'era anche una fitta di nostalgia, una piccola scheggia di dolore nel vedere la solitaria e rustica baita immersa in uno splendido scenario dell'Alaska scomparire e venire sostituita da un'aggiunta completamente moderna, grande e probabilmente aziendale.

Ma avrebbe avuto lo stesso splendido scenario che aveva imparato ad amare.

Ogni giorno, durante le passeggiate o le corse, le sembrava di muoversi attraverso lo screensaver di un computer. La natura pittoresca che li circondava era immacolata e la minuscola struttura della capanna, che emetteva sempre fumo dal suo piccolo camino, le sembrava un paradiso.

Lei e Ben non avevano idea di come sarebbe stata l'aggiunta finale. Parte dell'accettazione di questo nuovo ruolo con le Operazioni Speciali Civili, appena costituite, consisteva nel cedere un pezzo di terra adiacente alla posizione attuale della capanna per un'aggiunta che il signor E e sua moglie avrebbero gestito. Ci sarebbe stato un piccolo corridoio che avrebbe collegato i due edifici, ma a parte il fatto che l'aggiunta sarebbe stata alta due piani, nessuno dei due aveva idea di come sarebbe stata.

Si concentrò di nuovo sul televisore quando il signor E iniziò a parlare. Le sue parole erano un po' spezzettate perché la piccola antenna satellitare sul tetto lavorava per tenere il passo, e dopo qualche parola l'audio arrivò più fluido.

La sua strada... ora. Arriverà ad Anchorage domani mattina presto, ma non so quando arriverà in cabina. Prevedo che sarà nel primo pomeriggio, ma non sono ancora aggiornato.

Tuttavia, rimarrà nella nuova cabina solo per qualche ora, per testare alcune delle apparecchiature di comunicazione che sto installando. Supponendo che tutto sia in ordine, avremo due punti di contatto con lei durante il viaggio. I documenti di viaggio sono già in fase di elaborazione e il briefing finale avverrà al vostro arrivo. Prima di tutto ciò, permettetemi di aggiornarvi su tutta la situazione".

Fece una pausa e Julie lo vide sorseggiare una bottiglia d'acqua. Deglutì, chiudendo gli occhi, poi continuò.

Due giorni fa, intorno alle 3.15 del mattino, un piccolo banco dei pegni di St. Louis è stato svaligiato. Non è stato rubato nulla di rilevante, anche se il negozio conteneva un totale di quasi quattrocentomila dollari di elettronica, antiquariato e mobili".

"Niente di rilevante? Che cosa significa?" Chiese Ben.

Secondo la proprietaria del negozio, mancava un oggetto. La mattina dopo ha avvertito le autorità dell'effrazione, ma le ci sono volute alcune ore per accorgersi che l'oggetto era sparito.

Il pezzo era una piccola fiala di vetro che conteneva una specie di campione minerale, di cui non si conosceva la quantità e il peso, anche se lei disse che sembrava essere d'argento. Aveva appena acquistato la fiala - per un prezzo che ritengo molto generoso - da una vedova di St. Louis. Sembra che stesse facendo un favore alla vedova, dato che i primi rapporti affermano che le donne si conoscevano e potevano essere amiche".

"Forse?" Chiese Joshua. Aveva le braccia incrociate, un leggero cipiglio e il mento sollevato. Julie lo osservò, cercando di leggere la sua espressione.

Si rese conto che non aveva *ancora sentito questa parte della storia.*

Sì, al passato", rispose Mr. *La vedova, Gloria Rutherford Braxton, è stata trovata morta nella sua casa ieri".*

Il mento di Joshua si inclinò ulteriormente all'indietro.

La polizia locale ha stabilito che la causa del decesso è un'overdose accidentale di farmaci prescritti, e nessuno sostiene che i due eventi siano collegati. '

"Nessuno tranne *te",* disse Reggie.

'Esatto. Sono curioso di sapere la natura di questo minerale. Perché era protetto in una fiala come una scheggia d'oro e perché era l'unico oggetto ricercato durante il furto. Sono anche curioso di sapere come la signora Braxton sia arrivata a possedere questa fiala e perché abbia sentito il bisogno di impegnarla".

"La polizia locale non sta facendo nulla al riguardo?".

No, ma in realtà hanno le mani legate. L'effrazione è stata un attacco evidente, la casa è in disordine e le finestre anteriori sono tutte rotte. La casa di Braxton, invece, non mostra segni di effrazione. Non ci sono nemmeno impronte digitali di nessuno".

"Quindi le due cose non sembrano collegate".

"Probabilmente di proposito", disse Ben.

"Ovviamente di proposito", aggiunge Julie. "Ma lo capisco. Le autorità hanno già abbastanza di cui occuparsi, ed è una sfortunata verità che se le prove si accumulano per indicare un suicidio, e non c'è un motivo scandaloso per continuare a scavare, smetteranno di farlo".

"Vero", dissero Joshua e Reggie quasi all'unisono. Poi Joshua sospirò. "Qual è stato il prezzo pagato a Braxton per questo gioiellino, se posso?".

Sì, certo. Ho detto che lo ritenevo un prezzo generoso. A quanto pare la proprietaria del locale, la signora Monique Delacroix, ha pagato a Braxton, in contanti, la somma di 18.000 dollari in cambio del minerale".

Julie tossì. Se avesse bevuto o mangiato qualcosa in quel momento, si sarebbe soffocata.

"Mi stai prendendo in giro", ha detto. "$18,000? È... assurdo. Anche se ci fosse dell'oro o dei diamanti".

Come ho detto, credo che la transazione sia in parte legata alla loro relazione. Forse la signora Braxton era caduta in disgrazia, altrimenti perché avrebbe sentito il bisogno di impegnare un oggetto sentimentale come questo? E perché il prezzo sarebbe stato così alto? Credo che ci fosse, almeno in parte, il desiderio di entrambe le donne di sentirsi come se ci *fosse stata una vera e propria transazione, quindi la signora Braxton non ha semplicemente ricevuto la carità dal proprietario del banco dei pegni".*

"Dov'è Delacroix adesso?".

È partita per un viaggio di lavoro in Australia ieri sera tardi. Un'enorme conferenza a Sydney sulle antichità e sulle strutture dei prezzi per i commercianti di rarità".

"Sembra un divertimento assicurato", ha detto Reggie.

Voglio trovare questa donna e offrirle la nostra protezione", ha detto Mr. *Potrebbe essere il prossimo obiettivo, per la sua conoscenza della fiala e del suo contenuto. Se i due casi sono collegati, è molto probabile che gli aggressori vogliano mettere a tacere chiunque abbia informazioni al riguardo".*

"Sì, buona idea", disse Joshua.

"Quindi andiamo in Australia?". Chiese Reggie. Julie poteva vedere l'eccitazione sul suo volto.

No, non lo farai. Manderò la signora E in Australia a prendere la signora Delacroix e la riporterò indietro dopo aver confermato che le nostre apparecchiature di comunicazione sono a posto e online, in modo da potervi accedere a distanza. Quando torneranno, potrò offrire alla signora Delacroix un rifugio sicuro, almeno finché non sapremo che non è in pericolo".

Reggie aveva un'aria infelice, ma se la scrollò di dosso e sorrise di nuovo. "Beh, non possiamo trovare i cattivi qui, credo. Quindi significa che siamo di nuovo in partenza per una grande avventura. Dove andiamo allora? In qualche posto esotico?".

No. Filadelfia.

CAPITOLO 15

"GROSSO. DAVVERO?"

Sullo schermo, il signor E annuì. *'Infatti. In particolare alla Società filosofica americana. C'è un museo nell'edificio originale".*

"L'edificio originale di cosa?".

L'edificio originale della stessa società, costruito da Benjamin Franklin per riunirsi con la società che aveva contribuito a formare. Oggi è un museo che si trova vicino all'Independence Hall, nel vecchio quartiere storico. Il museo è una vera e propria collezione itinerante di oggetti dei propri archivi e di quelli delle mostre in visita, tutti facenti parte della storia americana".

"Allora, cosa andiamo a fare?" Chiese Ben.

Voglio che parli con un curatore del museo. Il curatore è amico di uno dei rappresentanti militari del nostro consiglio di amministrazione. Ha detto al curatore che la CSO sarebbe perfetta per questo tipo di lavoro".

"Parlare con un vecchio museo un po' stentato?".

Parlando con la curatrice di un recente furto di uno dei loro oggetti".

Julie drizzò le orecchie. Cominciava a vedere un collegamento nella catena di eventi che il signor E aveva descritto. Raddrizzò la schiena, spingendosi in avanti sul letto.

Il curatore ritiene che una delle preziose collezioni della Società sia stata saccheggiata e che uno dei beni sia stato rubato".

"Io... non capisco", disse Joshua, interrompendolo. "Non sa che è stato rubato?".

Il signor E scosse la testa. *Beh, in realtà la questione è un po' più sfumata. L'oggetto in questione è un diario. Un libro rilegato in pelle, delle dimensioni di un grande schedario. La curatrice è stata molto esplicita nella descrizione del manufatto, il che mi dice che ha una conoscenza molto intima dell'oggetto, e forse lo ha maneggiato personalmente.*

Eppure era anche esitante nella sua descrizione, come se la sua semplice esistenza fosse, beh...".

"Segreto", disse Ben.

Esatto. Si è convinta a parlarmene solo per il rapporto e la fiducia che aveva con il nostro membro del Consiglio direttivo. Voleva che fosse chiaro che questo argomento è - come ha detto lei - "piuttosto delicato" con la Società. A quanto pare non hanno mai rivelato la loro proprietà di questa rivista".

Julie annuì. Ora capiva cosa stava cercando di dire quell'uomo. Un bene prezioso, di proprietà di uno dei club più antichi d'America, era scomparso e non potevano parlarne apertamente perché, beh, nessuno sapeva di averlo.

Alzò la mano, poi si sentì sciocca, quindi la abbassò e iniziò a fare la sua domanda.

"Tuttavia, sembra che se dicessero semplicemente: 'Ehi, ci dispiace, abbiamo fatto un casino. Abbiamo avuto quest'altro diario per un po' di tempo, ma è appena scomparso; potete aiutarci a trovarlo', sarebbero stati a posto. Cosa mi manca?".

Beh", ha esordito Mr. E, *"questo diario è uno di quelli di cui nessuno conosceva l'esistenza. È stato chiaro che ci sono pochissime persone nell'organizzazione che ne erano a conoscenza, e al di fuori dell'organizzazione - nessuno.*

Sarebbe un grande imbarazzo, e forse anche un grosso guaio legale per la Società, se si scoprisse che hanno nascosto un diario come questo. Tutti gli altri diari e appunti di questa collezione sono ben documentati, protetti e di dominio pubblico".

"Aspetti... 'altri diari'? Quale collezione?".

Il signor E si schiarì la voce. *Mi risulta che questo diario facesse parte dei documenti originali della spedizione di Lewis e Clark e che fosse stato scritto di proprio pugno da Lewis. Fu tenuto segreto a tutti gli altri, e persino il suo compagno, il capitano William Clark, non era a conoscenza del diario o del suo contenuto".*

"E ora è scomparso", disse Julie. "Affascinante".

Joshua aveva ancora le braccia incrociate. "E, quando abbiamo parlato prima, mi hai detto che questa missione sarebbe stata 'abbastanza semplice'. Eppure non hai nemmeno un sospetto, e noi dovremmo volare in Pennsylvania - *tutti quanti* - e incontrare questo curatore?".

Reggie annuì. "Bene, perché tutti noi? E come sono collegate queste tre cose: il 'suicidio' della vecchia signora Braxton, l'irruzione a casa di Delacroix e questo 'diario scomparso'?".

Per una semplice ragione: la catena cronologica degli eventi. La prima cosa, l'irruzione al banco dei pegni, ha portato alla seconda, la morte della vedova Braxton. E sono venuto a conoscenza dei primi due eventi solo a causa del terzo: *il diario scomparso e la richiesta personale di uno dei nostri membri del consiglio di amministrazione del CSO di indagare.*

Il nostro curatore dell'APS mi ha detto un'altra cosa, e questo è stato l'indizio che ci ha portato a credere che si trattasse di un'effrazione e non di un semplice caso di notebook smarrito. Al suo arrivo il museo era in perfetto ordine. Ha ispezionato il primo piano per la procedura di apertura quotidiana, poi è scesa nel seminterrato per ripetere la procedura prima di aprire la struttura al pubblico.

Nel seminterrato, notò che un'unica cassapanca era stata smossa - non dove era conservato il diario, sia chiaro - ma la notò perché era stata rimessa al suo posto e, nel farlo, aveva sconvolto il sottile strato di polvere che era caduto sul pavimento nel corso del tempo. Notò per caso che la polvere era striata e segnata dal punto in cui la pesante cassapanca era stata ruotata.

Quando aprì lo scrigno, vide la scatola di legno chiusa a chiave con il piano di vetro in cui la Società aveva conservato un vecchio reperto. Circa un metro per diciotto centimetri, e circa otto o nove centimetri di profondità, la pesante cassa è segmentata per separare i vari piccoli manufatti trovati al suo interno, e il piano di vetro permette ai visitatori di vedere attraverso la cassa".

Julie aveva già visto una scatola del genere. Quando era bambina, i suoi genitori le avevano regalato un astuccio simile da riempire con piante e pietre trovate durante quella che avevano definito la "fase scientifica" di Julie. Ricordava di aver camminato nel suo giardino e nei campi circostanti, di aver raccolto e rigirato pietre tra le mani e di aver trovato esemplari di fiori e bastoni che sembravano interessanti, per poi portarli a casa e metterli in mostra nel suo piccolo museo.

"Fammi indovinare", disse Reggie. "Mancava qualcosa nella valigetta?".

Mancava qualcosa", ha continuato il signor E. *Notò che la serratura - un semplice meccanismo sul lato anteriore della valigia - era ancora inserita, il che significa che era stata presa o aperta con la chiave e poi richiusa. Considerando che lei era l'unica detentrice della chiave, pensò che fosse una procedura semplice sbloccarla con una graffetta o qualcosa del genere.*

Comunque, si accorse subito che il contenuto era stato disturbato. La aprì e sfogliò l'interno fino ad arrivare a una fessura vuota. La valigetta era piena, ogni sezione ospitava qualche piccolo oggetto o manufatto, quindi era davvero strano che non ci fosse nulla in questa fessura".

"Ecco come ha capito che si trattava di un'effrazione", sussurrò Julie.

Corretto. L'oggetto che mancava non era nulla di rilevante, pensava, ma era stato comunque preso. Mentre me lo descriveva, ho preso appunti e ho fatto una rapida ricerca di alcuni termini che ha usato. È emerso che questa effrazione aveva caratteristiche molto simili a quella del negozio della signora Delacroix".

"Una piccola fiala di vetro?" Chiese Ben.

Sì, Harvey. Una piccola provetta di vetro, riempita con un'unica scheggia di pietra, punteggiata da un sedimento simile al quarzo che scintillava e brillava alla luce. Non era sicura del nome specifico di questa pietra e il museo non aveva documenti dettagliati su come l'avesse acquistata, ma quando aprì la valigetta e lesse la scheda di riferimento del suo contenuto, capì che questa singola, piccola fiala di pietra, così come il diario di Lewis, erano stati rubati".

BEN ERA SEDUTO A STRINGERE due cose all'interno del piccolo Cessna. La sua mano sinistra stringeva la destra di Julie, con una morsa che probabilmente l'avrebbe schiacciata se non si fosse aspettata un simile trattamento.

La mano destra stringeva la fiaschetta che Reggie gli aveva passato poco prima del decollo, piena di una specie di whisky da quattro soldi che era appena meglio della sensazione di impotenza e di mancanza di controllo che stava provando.

Ben odiava volare, più di qualsiasi altra cosa. Non gli piaceva viaggiare in generale, soprattutto quando si trovava già in un posto che gli piaceva. Che fosse il divano del suo salotto o la baita in Alaska, non voleva alzarsi per andare al frigorifero o per fare una vacanza in una spiaggia paradisiaca.

Si trovava già in un luogo in cui gli piaceva stare, quindi perché avrebbe dovuto cambiarlo?

Julie lo aveva incalzato più volte e la risposta migliore che era riuscito a dare era stata: "Mi piacciono le cose così come sono, soprattutto se sono belle".

Lei sembrò leggermente soddisfatta di quella risposta, così lui raddoppiò e la usò come scusa ogni volta che lei parlava di viaggiare per divertimento.

Il volo era il modo peggiore di viaggiare, pensò. Certo, era più veloce di qualsiasi altra cosa e rappresentava un modo efficiente per spostarsi nel mondo, ma era contrario alle leggi della fisica. Un tubo metallico gigante pieno di liquido esplosivo non dovrebbe essere in grado di fluttuare nell'aria.

Per non parlare del fatto che fluttuavano nell'aria a migliaia di metri di altezza e a centinaia di chilometri all'ora.

Sopra il terreno *duro*.

Lo odiava, e la migliore terapia che riuscì a trovare fu stringere la mano di Julie fino alla morte e bere un lungo e lento sorso di qualcosa che bruciava.

Il whisky, in effetti, bruciava. La bottiglia di questo terribile whisky non doveva costare più di dieci dollari, ma lui non aveva intenzione di lamentarsi. O di parlare affatto.

Non prima di essere "al sicuro" nel cielo, di aver infranto le leggi della fisica e che il senso di accelerazione avesse lasciato il posto alla calma e costante vibrazione dei motori dell'aereo.

Naturalmente, la calma potrebbe non arrivare affatto: stavamo volando su un aereo che sparava fiammiferi. Una scatola di fiammiferi a misura d'uomo, stipati come sardine, che volava in una stagione terribilmente ventosa in Alaska.

Strinse gli occhi e aspettò che le cose si calmassero.

"Ben!" Julie urlò.

Odiava il fatto che lei avesse urlato - probabilmente significava che stavano per morire tutti e lui avrebbe preferito esserne sorpreso - ma sapeva anche che urlare all'interno dell'aereo era l'unico modo per farsi sentire da qualcun altro. Anche se erano seduti proprio accanto a te.

Aprì un occhio e vide Julie che lo fissava.

"Cosa?", gridò lui.

"Come va?"

Scosse la testa. *Che razza di domanda stupida è questa?* pensò. *Lei sa come sto.*

Per sottolineare il suo punto di vista, si è scolato un altro bicchierino di quel liquido fognario infuocato che Reggie chiamava whisky.

Il colpo bruciò e lui tossì.

Vide Reggie sorridere dalla cabina di pilotaggio. Si chiese come avesse fatto l'uomo a vederlo o a sentirlo tossire, ma sapeva che Reggie stava ridendo di lui.

Reggie era un discreto pilota e aveva accumulato molte ore di volo dopo le loro esperienze da brivido in Antartide e in Amazzonia, e stava migliorando per non terrorizzare Ben mentre volavano.

Se Ben era sincero, doveva ammettere che Reggie era un *ottimo* pilota, erano solo le sue insicurezze a causargli ansia quando volavano.

Tuttavia, si chiese se volassero sempre su questi piccoli aerei perché gli altri erano coinvolti in qualche scherzo contro Ben, o se in realtà fossero più economici in qualche modo.

Alzò di nuovo lo sguardo verso la cabina di pilotaggio e notò che Reggie lo stava fissando. Reggie gridò qualcosa, ma Ben non riuscì a sentire nemmeno una parola. Scosse la testa.

"Cosa?", urlò.

"- la fiaschetta -"

Ha chiesto la fiaschetta?

Ben pensò di aver capito male. Scosse di nuovo la testa e pronunciò le parole *"Non riesco a capirti"*.

Reggie sorrise, poi indicò la fiaschetta in mano a Ben.

"Non puoi dire sul serio", urlò Ben. Non era sicuro che Reggie lo avesse sentito, ma soprattutto notò che Reggie non si era *ancora* voltato per vedere dove stavano volando.

L'uomo incaricato di portarli a destinazione in sicurezza cercava di convincere Ben a dargli da bere dalla sua fiaschetta.

Si guardò intorno. Julie e Joshua avevano un'espressione dritta sul viso. Le loro labbra erano una linea sottile, i loro occhi erano puntati su Reggie. Per Joshua, Ben pensò che fosse un comportamento normale.

Fissò Julie, guardandola da vicino, finché lei non scoppiò a ridere.

"Non preoccuparti, Ben", urlò lei. "Ti sta solo prendendo in giro".

Anche Joshua cominciò a ridere e Reggie finalmente si voltò per pilotare il loro aereo. Ben sorrise, ma non c'era nulla di genuino dietro quel sorriso. Julie gli fece l'occhiolino.

Sollevò la fiaschetta e si versò un altro bicchierino in bocca.

Il volo sarà lungo.

CAPITOLO 17

IL VOLO non è stato in realtà molto lungo: sono atterrati ad Anchorage per cambiare aereo, poi hanno preso una coincidenza per Seattle, poi per O'Hare International e infine sono atterrati a Philadelphia.

Dodici ore dopo.

Ben era esausto. Era sorpreso dal fatto che il loro primo aereo, il Cessna, fosse stato il più spazioso che avesse avuto durante tutti e quattro i voli. Il 737 su cui avevano fatto le ultime due tratte offriva poco più di una sedia con lo schienale dritto e uno spazio appena sufficiente per le sue ginocchia.

Era affaticato, stanco, irritabile e pronto per la cena.

Reggie, invece, sembrava essere l'esatto contrario. Quando atterrarono a Philadelphia, Reggie si alzò e si alzò dal sedile, allegro e pronto per la prossima avventura.

Ben lo guardò con cipiglio.

"Qual è il problema, ragazzone?". Chiese Reggie. "Non ti bastava il pisolino del gatto?".

"Non sono riuscito a fare *un* pisolino", rispose Ben. "E ho fame".

Joshua apparve dietro Ben e Julie mentre entravano nell'aeroporto. "Ci fermeremo lungo la strada per prendere qualcosa di veloce. Speriamo di riempirci fino a cena".

"Aspetta", chiese Ben. "Quando è la cena?".

"Quando avremo finito parleremo con il curatore dell'APS".

Ben sospirò. "Non andiamo nemmeno in albergo prima? Ci buttiamo subito sul lavoro?".

Julie e Reggie si scambiarono un'occhiata, poi lei si girò verso Ben e lo guardò. "Cosa... cosa stavi leggendo sui voli?".

Ha scrollato le spalle. "Non so, qualsiasi cosa ci fosse sul mio Kindle. Parte di un romanzo. Non era un granché. Potevo fare di meglio. Mi sono addormentato dopo una o due pagine".

Julie e Reggie sorrisero, mentre Joshua sembrava confuso.

"Mentre tu ti appisolavi, amico, il resto di noi *si stava* già "buttando al lavoro". Abbiamo letto i documenti e gli schemi che la signora E ci ha mandato per prepararci al viaggio".

Ben aprì e chiuse la bocca, ma non riuscì a pensare a nulla da dire.

"Non preoccupatevi, vi aggiorneremo mentre andiamo alla sede dell'American Philosophical Society in centro. Rimanete svegli abbastanza a lungo per farvelo capire".

Ben annuì. Odiava sentirsi in ritardo, ma odiava *davvero* essere escluso dalle attività del gruppo. Si sentiva come se fosse considerato l'anello più debole della squadra, e momenti come questo non aiutavano le cose.

Camminarono per l'aeroporto fino al ritiro bagagli e Joshua e Reggie si appostarono vicino al deposito bagagli del loro aereo, mentre Julie e Ben aspettavano qualche passo indietro, contro il muro.

Julie gli afferrò il braccio e unì il suo a quello di lui. Si alzò in punta di piedi per poter sussurrare direttamente al suo orecchio.

"Non preoccuparti", ha detto. "Sono nerd. A loro piace quel genere di cose, ma a me piacciono di più i tipi forti e silenziosi".

"Sì, ma..."

"E ho fatto in modo che io e te avessimo una stanza insieme dove alloggeremo", continuò, con un sorriso ritrosa sul volto. "Così, quando avremo finito di parlare con la signora del museo, spero che potremo rubare un po' di tempo per aggiornarci sulle brevi informazioni".

Ben sorrise. "Sì, ho bisogno di un po' di tempo in più per esaminare tutte le informazioni", disse.

Lei gli fece l'occhiolino. "Andremo piano".

CAPITOLO 18

REGGIE SAPEVA CHE BEN E JULIE speravano di arrivare in albergo e rilassarsi un po', ma avevano del lavoro da fare. Era sempre stato un uomo incapace di concentrarsi su altro che non fosse il compito da svolgere, e questo lo accomunava al loro capo squadra, Joshua Jefferson.

C'era voluto un po' di tempo prima che Reggie imparasse ad apprezzare Joshua, poiché l'uomo si era presentato per la prima volta nella foresta amazzonica ordinando ai suoi uomini di ucciderli. Dopo aver tradito i suoi stessi uomini e ucciso il proprio fratello, Joshua Jefferson aveva cercato di convincere il gruppo di Reggie del suo apparente cambiamento.

Reggie glielo permise, ma tenne d'occhio l'uomo per il resto del viaggio. Solo dopo aver portato a termine con successo la loro missione, iniziò a fidarsi di più di Joshua, e ci vollero mesi perché Reggie comprendesse e accettasse pienamente il turbamento emotivo che il suo nuovo amico aveva subito.

Ora, i due uomini erano inseparabili immagini speculari l'uno dell'altro. Avevano in comune la conoscenza delle armi, la strategia organizzativa e l'addestramento, anche se Joshua non aveva mai prestato servizio nell'esercito. Condividevano la passione per le missioni ben pianificate e perfettamente eseguite, ed entrambi erano irremovibili nell'impegnarsi più della loro parte di lavoro.

Tuttavia, le loro personalità non avrebbero potuto essere più diverse. Reggie era un chiacchierone estroverso che amava il divertimento e gli scherzi, mentre Joshua se ne stava per conto suo e preferiva parlare solo quando gli veniva posta una domanda, e anche in quel caso rispondeva con poche parole. A Reggie piaceva Joshua, ma gli veniva costantemente ricordato quanto fossero diversi i due uomini.

Erano una grande squadra: l'arguzia di Reggie e la sua capacità di adattarsi alle situazioni difficili, e la calma e la capacità di recupero di Joshua. Reggie non si è arrabbiato quando il signor E ha nominato Joshua leader di fatto del gruppo in missione, perché sapeva che Joshua era l'uomo giusto per quel lavoro.

Anche loro condividevano una stanza, adiacente a quella di Ben e Julie, ma sapeva che avrebbero passato poco tempo all'interno. Il briefing spiegava che Ben e Julie sarebbero rimasti a Philadelphia e avrebbero lavorato con il curatore del Museo Filosofico Americano per fornire informazioni a Reggie e Joshua, che si sarebbero spostati e avrebbero cercato il diario e la fiala mancanti.

Prima che tutti potessero registrarsi in albergo, però, Reggie aveva bisogno di mangiare e di andare al museo. Avevano preso un SUV di medie dimensioni dall'aeroporto e Julie si era offerta di guidare. Reggie si sedette al posto di guida e si mise a navigare, mentre Joshua lavorava ancora una volta sugli slip e Ben dormiva.

"Quanto manca?" Chiese Joshua dal sedile posteriore.

"Prima ci fermiamo in un fast-food", rispose Reggie. "Poi una ventina di minuti, a seconda del traffico".

"Fast food?" Chiese Julie. "Sembra che ci sia un posto un po' migliore dove mangiare".

"Forse meglio, ma non più velocemente", disse Reggie. "Voglio iniziare, vedere cosa sa questa ragazza di questo piccolo diario e perché è così importante".

"Sono d'accordo", disse Joshua. "Cosa vuole Ben?"

"Cibo", disse Julie. "Solo cibo. Non importa di che tipo o quanto sia economico. Credo di essere io quella in minoranza".

Decisero per un chiosco di taco drive-through appena fuori dal loro percorso, ma Julie parcheggiò nel parcheggio in modo da poter uscire e sgranchirsi le gambe. Si avvicinarono alla finestra per ordinare, poi riportarono il cibo in macchina.

"L'ultima volta che ci siamo ritrovati tutti insieme per un progetto del genere avevamo delle opzioni di cibo migliori", ha detto Ben. "Come mai non possiamo farlo di nuovo al Broadmoor?".

Prima che la squadra partisse per l'Antartide, mesi prima, si erano incontrati tutti al Broadmoor, un resort e hotel di fama mondiale in Colorado. Mr. E si era presentato a loro tramite una trasmissione video in una delle splendide sale da ballo e aveva chiesto il loro aiuto per il progetto.

"Devo ammettere che questo è un po' un declassamento", ha aggiunto Reggie. "Ma almeno il cibo è pagato".

Reggie tornò in macchina e diede un morso al suo primo taco. Una macchia di salsa gli colò all'angolo della bocca, ma era troppo concentrato sull'incredibile sapore per notarlo. "Non importa", disse. "Questo cibo è migliore".

"Lo ribadisco", ha detto Joshua.

Julie proseguì in auto, dirigendosi verso sud sulla quarta strada dopo essere uscita dall'autostrada. Quando svoltò sulla Walnut e poi sulla 5ª strada, salendo verso il centro storico di Filadelfia, vide la secolare Philosophical Hall e, a un isolato di distanza, l'Independence Hall.

L'edificio era al centro dell'attenzione di Reggie. Amava la storia e, anche se inizialmente la visita a Filadelfia non gli era sembrata un luogo "esotico", era entusiasta di essere circondato da edifici e opere d'arte creati da una nazione nuova. Benjamin Franklin era stato un padre di questa città e molti altri avevano percorso le sue strade molto prima che fossero asfaltate.

Il bel campanile dell'Independence Hall sporgeva e perforava l'orizzonte, con la sua facciata bianca e squadrata che ospitava il campanile che saliva verso l'alto fino a incontrarsi con la parte superiore cilindrica. L'orologio sul lato anteriore del campanile non era visibile, ma dalla loro posizione riuscì a scorgere il punto più alto dell'edificio.

Il monumento in stile georgiano in mattoni rossi era l'attrazione principale dell'Independence National Historic Park ed era stato completato nel 1753. Reggie aveva letto qualcosa sulle ristrutturazioni e ricostruzioni avvenute nel corso degli anni, ma non aveva mai visto l'edificio dal vivo. L'architettura moderna aveva superato ciò che gli architetti dell'epoca dei Padri Fondatori erano riusciti a realizzare, per cui lo skyline di Filadelfia comprendeva ormai molti edifici e monumenti più alti della Hall, ma per Reggie era possibile vedere l'edificio come era stato concepito, tanti anni fa.

Immaginò i cavalli e i carri che percorrevano le strade molto più strette, i solchi delle centinaia di ruote dei carri che raccoglievano i resti dell'acqua piovana e del fango e li spedivano a valle. Uomini e donne vestiti con il meglio della moda coloniale, che si recavano alla State House per affari o per questioni governative. Bambini che giocano per le strade e corrono tra la folla, facendo a gara per raggiungere i loro fratelli e sorelle a casa.

Reggie sorrise, guardando la scena che si svolgeva davanti ai suoi occhi mentre il presente reale si svolgeva fuori dal parabrezza dell'auto. Sentì l'impulso della nostalgia che lo trascinava verso la vita più semplice dell'America coloniale.

Ma mentre lo sentiva, sapeva che non era esatto. L'America coloniale non era certo un'epoca più facile, né più semplice. Forse c'erano meno persone, ma la storia aveva fatto un ottimo lavoro nel dipingere un quadro sfocato di come fosse la vita a quei tempi. Reggie sapeva che ognuna di quelle persone aveva dovuto affrontare situazioni che lui non aveva mai considerato. Nella sua vita era già stato attaccato e si era trovato in serio pericolo, ma quando la sua missione era terminata era sempre tornato a casa in una casa riscaldata o con l'aria condizionata, con le comodità dei giorni nostri.

Forse la nostalgia che provava era uno dei motivi per cui amava visitare e stare con Ben e Julie. Gli piaceva il fascino semplice della capanna, la facilità di vita e la mancanza di distrazioni. Tuttavia, era rimasto stupito dal numero di faccende e di compiti necessari per mantenere la capanna a un livello vivibile. Oltre a tagliare la legna ogni mattina, c'erano l'abbattimento iniziale e il trasporto degli alberi, la caccia e l'installazione delle trappole - se non erano andati in città da qualche giorno - e la manutenzione della capanna, compresi i lavori di rifinitura e di impermeabilizzazione.

E questo solo all'esterno.

Reggie guardò di nuovo Ben, che sonnecchiava sul sedile posteriore. Ancora una volta provò un senso di orgoglio per il suo amico. Ben era una giustapposizione vivente: apparentemente pigro ed esteriormente asociale, era invece il più grande lavoratore, l'uomo più resistente e uno dei migliori amici che Reggie avesse mai avuto.

E si conoscevano ancora da circa un anno.

Sorrise, incrociando lo sguardo di Julie mentre lei svoltava nel parcheggio della loro destinazione.

"Guardarlo dormire?", chiese.

Lui annuì, allargando il sorriso sul suo volto.

"È facile amarlo in questo Stato", ha detto.

"Mi sento come un padre che guarda suo figlio", ha detto Reggie.

"Diglielo quando si sveglia e vediamo cosa ne pensa".

Dal sedile posteriore Joshua ridacchiò.

Reggie si allontanò da Ben, che ormai aveva aperto la bocca e aveva iniziato a russare sommessamente, e guardò nella direzione opposta. Dalla finestra poteva vedere la destinazione finale di questa tappa del viaggio, la Philosophical Hall.

"Sede della Società Filosofica Americana, fondata nientemeno che da Benjamin Franklin", ha detto Joshua.

"Finito nel 1789", ha aggiunto Reggie.

"Incredibile", ha detto Julie. "È difficile credere che questa roba sia stata qui così a lungo. Tutta la *storia che* c'è dentro. È davvero travolgente".

Ben russò forte e poi si svegliò. "Siamo… siamo qui?"

"Siamo qui", rispose Julie.

"Quanto tempo ci vorrà? E quando si cena?".

"Hai mangiato *letteralmente* mezz'ora fa", disse Reggie. "Non puoi aspettare qualche ora?".

"Qualche *ora*? È a quell'ora che si cena?". Fece una pausa, preparandosi a scendere dall'auto, e aggiunse. "Odio viaggiare con voi".

CAPITOLO 19

L'EDIFICIO ERA, per BEN, una villa. Anche se non ci viveva nessuno, l'edificio era troppo piccolo per sembrare un museo a tutti gli effetti, ma troppo grande per fungere da semplice luogo di incontro per qualsiasi società.

Si chiese se era per questo che la Società aveva affittato i suoi spazi a un'università locale, alla città e a varie altre organizzazioni durante gli anni della sua esistenza. Forse la Società Filosofica Americana era abbastanza grande da aver bisogno di una sala riunioni, ma mai abbastanza grande da richiedere tutto lo spazio che aveva costruito.

Tuttavia, l'edificio era ben arredato e splendidamente decorato. L'ingresso aveva l'aria e la superiorità della storia che conteneva, e le pareti e il soffitto sembravano gonfiarsi del sapere degli uomini che si erano incontrati al suo interno. Ben osservò tutto ciò che poteva mentre entravano nell'atrio principale e scendevano lungo un corridoio a sinistra.

Camminarono in silenzio, ognuno degli altri del gruppo di Ben apparentemente immerso nei pensieri e nella riverenza come lui. Reggie, notò, sembrava particolarmente affascinato mentre camminava. Quasi saltellava in giro, frugando e pungolando l'aria davanti ai manufatti e ai dipinti appesi alle pareti, quasi toccandoli con un dito puntato. Sussultava tra sé e sé, senza dubbio preso da un senso di stupore e meraviglia. C'erano molti manufatti e oggetti di questo tipo su stand e tavolini lungo le pareti, ma Ben non notò nulla che sembrasse un museo: nessuna grande sala aperta, nessuna insegna, nulla. In realtà sembrava più un piccolo edificio per uffici, si rese conto.

"Starai bene, amico?". Chiese Ben.

Reggie si voltò, con gli occhi che si muovevano intorno. Alla fine capì chi gli aveva parlato e il suo sguardo si concentrò su Ben che annuì rapidamente. "Sì, sì, sto bene", disse. "È solo che... è tutto così... Voglio dire, riesci a *credere che c'*erano persone qui *duecento anni fa?*"

Joshua e Julie risero, ma alla domanda di Reggie rispose un'altra voce.

"È particolarmente *miracoloso*, non è vero?".

Ben cercò di capire da dove provenisse la voce lontana, ma non c'era nessuno nel corridoio. Cercò e alla fine vide un piede apparire in una porta a circa venti passi di distanza, in fondo al corridoio. Il piede fu seguito da una gamba e poi da un corpo di donna.

Il corpo *straordinario* di una donna.

Ben cercò di non notare l'aspetto della donna che aveva appena parlato ed era uscita nel corridoio, ma era impossibile non farlo. Era bassa, più bassa di Julie, e aveva uno chignon stretto che le tirava su la maggior parte dei capelli e la portava sulla parte posteriore della testa. A differenza di altri chignon che Ben aveva visto sulle donne, questo non era troppo stretto: permetteva ad alcune ciocche dei capelli castano-oro della donna di rimbalzare verso il basso e di finire sulla nuca, e una ciocca più lunga era stata infilata nello spazio dietro l'orecchio sinistro.

Sul naso aveva un paio di occhiali neri con montatura di plastica, e il naso piccolo e rovesciato sembrava fornire la maggior parte del sostegno alla montatura. Il suo viso era minuto, persino giovane, e la sua piccola bocca era leggermente inclinata in modo da formare un sorriso.

Di tutta l'attrattiva che il volto della donna esercitava, tuttavia, non era il suo *viso che* Ben aveva notato per primo, né era il suo viso a richiamare la sua continua attenzione.

La donna indossava una gonna che le rimbalzava intorno alle ginocchia e una camicetta bianca larga, di un materiale sottile e quasi trasparente. Tutto ciò sarebbe stato quasi provocante se l'avesse indossato Julie o qualsiasi altra donna, ma la donna che avevano di fronte in qualche modo lo faceva sembrare un abbigliamento perfettamente conservativo, anche se molto attraente.

Julie gli diede una gomitata sul fianco e lui sbatté le palpebre un paio di volte e la guardò.

"Co...?"

"Ti ha fatto una *domanda*, Harvey", disse Julie. La sua espressione gli diede l'impressione di non essere soddisfatta.

Guardò le donne che si avvicinavano a lui. Gli altri, Joshua, Reggie e Julie, si erano allontanati e le stavano permettendo di avvicinarsi direttamente a lui.

"Lei deve essere il signor Bennett", disse allungando una mano.

Ben si accigliò, poi guardò di nuovo Julie.

"Abbiamo fatto una breve videochiamata in macchina", disse Julie, rispondendo alla sua domanda silenziosa. "Tu stavi dormendo, ma abbiamo fatto tutti delle rapide presentazioni e ci siamo assicurati di avere le indicazioni corrette per questo posto.

Ben si sentì a disagio, ma le strinse comunque la mano. Lei aveva una presa salda, anche se le sue mani erano grandi la metà delle sue.

"Piacere... piacere di conoscerti", disse. Inconsciamente si tirò in piedi più dritto e risucchiò un po' l'intestino. Sperò che i capelli non fossero ancora spettinati dal breve pisolino fatto in macchina.

Lei sorrise, una cosa carina e timida che contraddiceva completamente l'intensità e la serietà dei suoi occhi. Per un attimo gli sembrò di avere di fronte due persone: la donna giovane e innocente che aveva visto per la prima volta nel corridoio e la donna professionale ed esperta che riusciva a vedere attraverso di lui e nella sua anima.

Fece un passo indietro involontario.

CAPITOLO 20

C'ERA una certa tensione nell'aria mentre Julie e gli altri stavano in corridoio a guardare la donna che si avvicinava. Julie sapeva che gli altri uomini stavano osservando la giovane curatrice, apprezzando il suo aspetto minuto, ben vestito ma leggermente trasandato.

La donna, anche mentre afferrava la mano di Ben e la stringeva, sembrava cercare costantemente di recuperare l'equilibrio. Non in un modo che facesse pensare che avesse bevuto, ma in un modo che sembrava delicato e goffo.

Eppure Julie riusciva a vedere attraverso di lei. Non c'era nulla di "delicato" o "imbranato" in questa donna. Il loro briefing aveva spiegato il background della donna e, sebbene avesse incluso solo poche frasi sulla sua istruzione, era stato sufficiente a far sentire Julie immediatamente sulla difensiva riguardo alla propria formazione scolastica.

La donna, Daris Johansson, si era laureata in storia americana all'Università del Texas, ma poi aveva conseguito *due* master, uno in antropologia e l'altro in storia dei nativi americani, e infine un dottorato in qualcosa di correlato alla storia che Julie non riusciva nemmeno a pronunciare.

Julie stessa era stata un'ottima studentessa, laureatasi magna cum laude all'Università dell'Ohio, ma poi aveva deciso di non laurearsi in informatica a causa di un'offerta di lavoro subito dopo l'università, presso i Centri per il controllo delle malattie.

Aveva accettato il lavoro, si era trasferita in tutto il Paese e in generale aveva avuto una carriera di successo.

Ma la donna che aveva di fronte, che stringeva la mano del suo fidanzato, non era solo una grande studentessa. Daris Johansson aveva incassato il suo fenomenale curriculum di studentessa per ottenere una posizione lucrativa presso l'American Philosophical Society. L'APS pagava bene, ma la signora Johansson, stando al briefing che Julie e gli altri avevano ricevuto, non era solo sul libro paga dell'APS.

E non era *solo* una curatrice di musei e una guida turistica glorificata.

Julie si schiarì la gola e Daris lasciò la mano di Ben. Si voltò verso di lei, sorpresa.

"Ciao", disse Julie. "So che abbiamo parlato al telefono, ma io sono Julie".

"Juliette Richardson, sì", disse Daris. "Come stai?"

"Sto bene", disse Julie. "Sai, però avrei bisogno di un bicchiere d'acqua".

Ben aveva il viso arrossato dall'imbarazzo, perché a quanto pare si era appena reso conto di quanto fosse durata la stretta di mano con la simpatica operatrice del museo, ma Reggie aveva un enorme sorriso stampato in faccia.

Joshua, dal canto suo, era completamente ignaro della tensione nel corridoio e si limitava a fissare Daris con la faccia di pietra.

"Sì, certo. Bene, torniamo nel mio ufficio - da questa parte - e vado a prendere una brocca d'acqua. Immagino che abbiate fatto tutti un bel viaggio".

Julie annuì, troppo velocemente e troppo goffamente. Si fermò bruscamente, probabilmente anche lei troppo velocemente e troppo goffamente. *Maledizione.* Si stava comportando come un'idiota, e per cosa? *Ben è l'uomo più leale che abbia mai conosciuto, si disse.*

Tuttavia, osservò gli occhi di Ben mentre camminavano lungo il corridoio. Per sua fortuna, erano perfettamente centrati sulla parete di fondo verso cui stavano camminando.

Si mise accanto a Ben e fece scivolare con disinvoltura il gomito intorno al suo. Lo tirò più vicino, sentendo il suo braccio forte e la sua spalla urtare contro la sua. Julie si sentì improvvisamente strana; le sembrava di essere di nuovo alle scuole medie, senza i brufoli.

"Stai bene?", chiese.

Lui aggrottò le sopracciglia, guardandola dall'alto in basso. "Ah, sì. In che senso? Solo un po' di fame".

Sorrise, voltandosi verso la passeggiata e osservando la piccola Daris che girava - danzava - su un tacco e il suo piccolo, perfetto corpicino si muoveva nell'ufficio d'angolo in fondo al corridoio.

Sospirò e seguì Ben all'interno.

CAPITOLO 21

L'UFFICIO È SEMPLICE, una rivelazione sorprendente per Julie. Si aspettava scaffali di libri, manufatti provenienti dai siti di scavo delle spedizioni a cui la donna aveva partecipato e decine di documenti di ricerca e riviste accatastati sulla sua scrivania.

Invece, l'ufficio sembrava essere stato preso direttamente da un catalogo di mobili e trasformato in vita reale. Una scrivania e delle sedie abbinate occupavano la maggior parte della piccola stanza, mentre una libreria lunga e bassa dello stesso legno della scrivania e delle sedie si estendeva sulla parete alla sinistra di Julie. Anche la libreria non era piena. Alcune sezioni contenevano collezioni di libri di testo e altri libri, mentre la maggior parte del pezzo era vuota o ospitava un oggetto kitsch della stessa rivista di arredamento.

L'ufficio era bello, ben arredato anche nella sua semplicità. Julie capì che la donna non si curava molto degli ornamenti di lusso e che probabilmente aveva acquistato quelli che aveva solo per rispetto dei visitatori che aveva. Per quanto cercasse di negarlo, Julie si sentiva intrigata da questa donna.

"Benvenuti", disse la donna. "Entrate, accomodatevi".

Julie e Reggie si sedettero sulle due sedie di pelle di fronte alla scrivania di Daris, mentre Ben e Joshua si accomodarono su un piccolo divano contro una parete. Joshua si appoggiò con i gomiti sulle ginocchia, in attesa.

"Grazie per averci incontrato", disse Joshua. "Stai bene?"

Lei si accigliò, poi sorrise e annuì. "Sì - sì, lo sono, grazie. Davvero, non è stato niente. Mi sono accorta che mancavano i pezzi solo quando sono arrivata per il mio turno. Quindi non è successo sotto il mio controllo".

Julie esaminò l'espressione di Daris mentre raccontava la sua storia. Probabilmente l'aveva detto per confermare che lei stava bene - non era nemmeno presente al momento dell'effrazione - ma a Julie era sembrato un eccesso di sicurezza, come se la donna stesse cercando di dimostrare a tutti loro che il furto non era stato colpa sua.

"Certo", disse Joshua. "Ma hai notato prima la scomparsa del diario?".

Annuì di nuovo. "Sì. Ho aperto e poi ho iniziato a camminare sul pavimento. È un'abitudine che ho - dopotutto sono una secchiona di queste cose - e ho visto che la teca in cui si trovava era completamente scomparsa".

"Non avete esposto il diario?".

"No, non l'ho fatto. Non è... *noto* al mondo esterno che ce l'abbiamo. O che esista. Quindi è sempre stato in una custodia, chiuso a chiave e conservato nel caveau".

"Il *caveau*?" Chiese Reggie.

"Beh, in realtà è solo una stanza. Non abbiamo una sicurezza molto elevata, perché non è un museo dello stesso livello dello Smithsonian o del Louvre. Di solito gli avventori della nostra biblioteca sono affascinati in particolare dalla storia dei primi anni dell'America. Per apprezzare veramente questo posto bisogna essere appassionati di storia, e certamente bisogna avere un forte desiderio di scavare e fare ricerche per capire tutte le cose che abbiamo qui".

Reggie fece un sorriso, tenendolo abbastanza a lungo per assicurarsi che Daris lo vedesse. "Sono un appassionato di storia", disse. Julie credette di aver visto l'uomo fare l'occhiolino.

"Comunque", disse Joshua lanciando un'occhiata a Reggie. "Il caveau, o la stanza che chiamate 'caveau'. Dove si trova?".

"È proprio vicino alla sala riunioni principale", disse, come se tutti avessero già un'intima familiarità con la pianta dell'edificio. "È solo un ripostiglio, in realtà. Ma è dove teniamo tutti gli oggetti che non sono attualmente esposti, se non vengono prestati a un altro museo".

"E questa stanza era chiusa a chiave?".

"Sì, è sempre chiusa a chiave".

"Come ha fatto ad accorgersi che la stanza era stata aperta, se era chiusa a chiave quando è entrato per il suo turno?".

Annuì, sembrando aver anticipato la domanda. "Fa parte del mio giro. Controllo tutto: i corridoi, il piano principale e il caveau. È solo un'abitudine, ma passo in rassegna ogni stanza e...".

Le sue guance divennero leggermente rosse mentre la sua voce si interrompeva. Gli occhi le si abbassarono e lo sguardo cadde sulla scrivania.

Reggie si sporse in avanti. "Cosa c'è? Hai appena... cosa?".

"Mi dispiace", disse rapidamente. Mi scuso. "È solo che... è una strana routine, lo ammetto. Ma mi piace *stare in mezzo a* quegli oggetti. È una collezione incredibile, in effetti. Tanta storia che è passata inosservata per tanti anni...".

Julie si sentì improvvisamente triste per questa donna. Ovviamente istruita, ovviamente molto bella, si chiese come avesse fatto Daris a diventare la curatrice di un luogo così... *insignificante*. Era vero quello che Daris diceva di questo posto: c'era *molta* storia in questo edificio, ma il pubblico in generale non la conosceva e non se ne interessava. Non era l'edificio architettonicamente affascinante dell'Independence Hall e non era l'attrazione famosa a livello internazionale dello Smithsonian di Washington.

Ma Daris era qui, e sembrava assolutamente affascinata dal suo lavoro e presa dall'importanza di tutto questo, anche se era l'unica a sentirla.

Julie sorrise. Capiva, in piccola parte. Julie stessa era appassionata di certe cose che non avevano senso per nessuno: l'eleganza e la bellezza di una sintassi perfetta e della semplicità del codice dei server, per esempio, o la catena logica di adozione di una nuova malattia che il suo vecchio datore di lavoro, il CDC, stava studiando.

Cose che al grande pubblico interessano poco, ma che hanno un impatto sulla loro vita quotidiana più di quanto non sappiano.

Potrebbe essere questo ciò che sta accadendo qui? Si è chiesta. *C'è qualcosa di nascosto sotto la superficie di questa organizzazione che rende tutto questo più importante?*

"Daris", disse Julie.

La testa di Daris si alzò di scatto e l'attenzione le fece un buco in testa.

"S - sì?"

"Cosa sta succedendo qui?"

"Mi dispiace, signorina Richardson", disse Daris. "Non sono sicuro di cosa intenda".

"È stato rubato un diario di cui *nessuno* - a suo dire - era a conoscenza, oltre a quello che sembra il manufatto più insignificante della storia umana. Un manufatto che non era nemmeno abbastanza importante da stare nel caveau con le altre cose fuori rotazione. Questo era nel seminterrato".

"Corretto".

"Ma *qualcuno* sapeva che erano lì. Qualcuno sapeva *esattamente* dove guardare e come entrare sia nel caveau che nel seminterrato".

Julie si sedette, rendendosi improvvisamente conto che la sua domanda era passata dalla confusione all'interrogatorio. Pensò di scusarsi, ma ci pensò su.

"Anche in questo caso, corretto".

Rimasero seduti per un momento, Daris da un lato della sua scrivania e loro quattro dall'altro.

Julie ha rotto il ghiaccio. "La tua storia non quadra".

Le guance di Daris si arrossarono ancora di più. "La mia *storia* non è affatto inventata. Vi sto raccontando *esattamente*...".

"Forse", disse Julie. "Ma stai tralasciando qualcosa. Qualcosa di *fondamentale*".

La tensione nella stanza aumentò di qualche tacca e Julie si sentì come se ci stesse nuotando dentro. Era densa, audace ed evidente.

Nessuno parlò. Reggie si guardò intorno, con gli occhi spalancati.

Julie non riusciva a capire se gli altri fossero dalla sua parte o se fossero arrabbiati perché aveva aperto bocca. Ma aveva ragione.

Lo sapeva.

CAPITOLO 22

DANNAZIONE, *JULIE,* PENSÒ REGGIE. *Dovevi proprio andare a metterla a tacere.*

Reggie era seduto sulla sedia di pelle di fronte alla scrivania di Daris, ancora sorpreso di quanto fosse comoda. Era *anche* sorpreso di quanto Julie fosse appena diventata diretta con lei, e temeva che la conversazione finisse.

Sapeva che c'era qualcosa di strano non appena erano entrati nell'ufficio. Arredato con mobili che sembravano essere stati acquistati tutti nello stesso momento, nello stesso negozio, e disposti in giro per l'ufficio esattamente nello stesso modo in cui era raffigurata la foto all'esterno della scatola in cui era stato consegnato il tutto, Reggie ebbe l'immediata sensazione di stranezza.

Tuttavia, sarebbe stato in grado di ignorare la sensazione e di considerarla come una caratteristica della personalità. Alcune persone, soprattutto i tipi solitari che amano lavorare nei musei, non sono molto abili nelle relazioni interpersonali. Avrebbe avuto senso, e avrebbe semplicemente pensato a tutto ciò come a una caratteristica che lo rendeva più simpatico.

Ma i suoi vestiti contraddicevano questa sensazione. I suoi abiti gridavano tendenza, dai capelli alle scarpe, ed erano certamente fuori luogo nel centro di Filadelfia.

La donna che avevano davanti non era chi diceva di essere, e Reggie aveva già pianificato il suo attacco: come farla confessare e raccontare cosa stava *realmente* accadendo.

Ma Julie aveva rovinato tutto. Aveva aperto la sua boccaccia e aveva accusato il "curatore" di aver mentito loro, o almeno di aver nascosto delle informazioni. Ora era quasi garantito che Daris non avrebbe più parlato con loro e avrebbero dovuto trovare un altro modo per...

"Hai ragione", disse Daris. La donna sospirò, con un breve e sbuffante gesto che a Reggie sembrò autentico. "Hai ragione. Ho tralasciato alcune cose".

Il sopracciglio di Reggie si sollevò. *Questo è un colpo di scena*, pensò. Guardò Julie e intravide la fine di un sorriso compiaciuto.

"Primo, non sono io il curatore qui".

Reggie aspettava. Anche Ben e Joshua, seduti dietro di lui sul divano, aspettavano in silenzio.

"Mi chiamo Daris, ma non lavoro all'APS. O meglio, non lavoro al *museo*".

"Dove lavori?" Disse Joshua.

"Beh, io lavoro qui", rispose lei. "Ma qui non c'è un museo".

"Aspetta, cosa?" Chiese Julie.

"Si è trasferita, molto tempo fa. La Società aveva bisogno di un luogo dove tenere riunioni più ampie, così abbiamo acquistato un edificio nelle vicinanze, la Benjamin Franklin Hall. Lì abbiamo trasferito la biblioteca e la sala riunioni. In questo edificio", disse alzando una mano aperta e facendola girare per la stanza, "ci sono solo uffici più piccoli e una piccola sala conferenze. Non c'è nient'altro qui".

"Ok, quindi eri nell'*altro* edificio e hai notato che mancava della roba. E allora?"

"Beh, non mi *sono* accorto che mancava. Come ho detto, non sono un curatore. Lavoro qui e basta".

"Quindi c'è qualcuno che stai coprendo".

Fece una pausa. "Sì, qualcosa del genere".

"Bene", disse Joshua. "Per ora lasciamo perdere, ma continua. Quest'*altra* persona ha notato la mancanza del diario e della pietra e te ne ha parlato?".

"Esatto. Hanno chiamato e ho detto loro di non parlarne a nessun altro finché non avessi deciso la prossima mossa".

"L'hai detto a qualcuno dell'esercito. L'hanno passato al nostro benefattore".

"Sì", ha continuato, "ma ho detto loro espressamente che me ne stavo occupando".

"Perché dirglielo, innanzitutto?".

Un'altra pausa, questa più lunga.

"Ascolta, Daris. È davvero importante che siamo nella stessa squadra. E questo significa che dobbiamo sapere quello che sai tu".

Deglutì. "Capisco. È solo che... tutto questo sta accadendo così in fretta. Non avrei mai pensato che...".

"Mai pensato *cosa*?" Chiese Julie.

"Non ho mai pensato che sarebbe successo", ha risposto. "Almeno non nella mia vita".

Reggie guardò le facce di tutti gli altri presenti nella stanza. A parte Julie, erano tutti padroni delle loro facce da poker. Ben, Joshua e Daris avevano tutti un silenzio vuoto e inespressivo scritto in faccia.

Reggie sentì che la situazione stava cambiando nella loro discussione, ma si voltò verso la donna seduta di fronte a lui e la penetrò con lo sguardo.

Ci siamo, pensò. *Il momento della verità.*

"Daris", disse con calma. "*Cosa* temi che stia succedendo?".

Deglutì di nuovo, poi una terza volta. Si sedette di nuovo sulla sedia, sprofondandovi un po' e diventando ancora più piccola. Poi tornò a concentrarsi su Reggie e appoggiò le mani sulla scrivania, con i palmi rivolti verso l'alto.

"Lo chiamiamo... *lo spostamento*".

CAPITOLO 23

OK, *ORA* SO CHE *QUESTA donna è pazza,* pensò Ben. Per una donna che aveva svolto bene il ruolo di curatore di un museo, era rimasto sorpreso nel sentire che non era esattamente chi aveva detto di essere. Era ben vestita, lavorava in un ufficio decente e stava raccontando una storia a cui tutti, per quanto Ben potesse dire, avevano creduto.

Ora stava ammettendo a Reggie che la storia era un *po'* più complessa di quanto avesse lasciato intendere all'inizio. Non era la semplice e umile curatrice di un museo di un monumento della storia americana ormai dimenticato.

Ben la fissò. Non gli piacevano le persone che usavano bugie e inganni per ottenere ciò che volevano. D'altra parte, cosa voleva lei?

"Che diavolo è il *Turno?*" chiese Reggie.

Julie e Joshua annuirono, ma Ben continuò a fissarla. Osservò il suo viso, studiandolo. Aveva già deciso che era un bel viso - niente in confronto al suo corpo minuto e minuscolo - ma era un viso abbastanza decente. Grazioso, naso leggermente all'insù, lineamenti piccoli. L'insieme di tutto ciò rendeva un'umana molto bella.

Ma lei stava nascondendo loro delle informazioni e questo non gli andava giù. La rendeva meno attraente per Ben. Tuttavia, il suo volto non mostrava alcun segno di rammarico, a parte un leggerissimo tic: il lato sinistro della bocca si alzava e abbassava un po' ogni pochi secondi, come se fosse profondamente pensierosa e cercasse di elaborare la sua risposta.

O di elaborare la risposta che avrebbe dovuto dare *loro.*

Aveva già giocato la sua mano, almeno per quanto riguardava la parte *che* la preoccupava. Ben pensò che avrebbe potuto spiegare anche il resto.

"È..."

Un forte *schianto* provenne dall'esterno della stanza. Riecheggiò nel corridoio, ma Ben pensò che potesse provenire addirittura dall'esterno dell'edificio. Era silenzioso in un modo distante, ma anche intenso, come se il vetro, i muri a secco e i mattoni fossero stati improvvisamente - e violentemente - interrotti.

"Scendete tutti", disse Joshua. La sua voce era calma, come sempre, e sembrava più seccata che sorpresa.

Ben si inginocchiò, spostandosi leggermente per assicurarsi che Julie sapesse che era accanto a lei. Lei gli fece un cenno con la mano, appoggiandosi anch'essa sul ginocchio sinistro. Entrambi si girarono e guardarono fuori dalla porta.

Ben vide con la coda dell'occhio uno strano movimento: Daris spostò lo sguardo a sinistra, poi a destra e poi di nuovo verso la porta. Solo allora si accovacciò anche lei. I suoi occhi rimasero fissi sulla porta aperta che conduceva al corridoio.

Sta aspettando qualcosa.

Assicurandosi che anche noi stiamo *aspettando.*

La mente di Ben si riempì immediatamente di possibili scenari. Sapeva che Reggie e Joshua sarebbero stati meglio attrezzati per decifrare lo strano comportamento che Daris aveva appena mostrato, ma non era sicuro che l'avessero visto.

Reggie e Joshua stavano già bisbigliando tra loro in un angolo della stanza, Reggie si indicava gli occhi con due dita della mano sinistra mentre con l'altra indicava la porta.

Ben sapeva che non erano armati con molto di più di un'arma da fianco, quindi qualsiasi stratagemma difensivo avesse escogitato Reggie sarebbe stato un tiro mancino.

E se aveva ragione su Daris...

È ora di seguire il mio istinto.

Ha dato un pugno sul fianco a Julie.

Lei si acciglò, allontanando la mano di lui. "Non n..."

"Ehi", sussurrò. Sperava che anche in un sussurro lei potesse capire il suo tono. Non stava cercando di scherzare.

Lei lo guardò, muovendo appena la testa.

Bene, pensò. *Non si fa notare.*

"Dobbiamo prepararci a partire", sussurrò, cercando di mantenere le parole fluide e lente, ma indecifrabili da chiunque si trovasse a più di un metro di distanza. "C'è una finestra dietro di noi. Pensi che..."

Notò il leggero alzarsi del braccio di Daris, il passo facile e disinvolto con cui la spalla si sollevava. I suoi occhi erano sulla porta, ma la sua attenzione era rivolta alla scrivania. In particolare, su un cassetto che stava aprendo.

A Ben sarebbe sfuggito il suono quasi impercettibile del raschio se non fosse stato concentrato su ciò che lei stava facendo. La spalla di Dari si abbassò di nuovo e poi lo sentì.

Fare clic.

La pistola spuntò da sotto la sommità della scrivania, già puntata e diretta a Julie.

Non ebbe nemmeno il tempo di urlare. Lanciò il braccio di lato, sapendo che era un'appendice abbastanza grande da poter stendere Julie con esso. La colpì con forza e lei volò all'indietro, emettendo un piccolo rantolo dalla bocca.

La pistola sparò, il rombo assordante del proiettile arrivò alle orecchie di Ben solo molto tempo dopo che il piombo era atterrato.

Per fortuna non aveva colpito Julie. Era sul pavimento dell'ufficio, a gambe divaricate, e il proiettile si era conficcato in uno dei libri sullo scaffale dietro la sua testa, a pochi centimetri da essa.

Ben inspirò profondamente, sperando di accelerare la scarica di adrenalina che sapeva essere vicina, ma si stava già muovendo. Si fiondò sulla scrivania, volando a testa bassa direttamente verso Daris e mirando alla sua testa. Il suo grande corpo sarebbe stato la sua arma, e sperava che Daris fosse tanto debole quanto piccola.

Non ebbe mai l'occasione di scoprirlo. Se Daris mancava di altezza e peso, non mancava certo di agilità.

Si abbassò e cadde di lato in un rotolamento perfettamente eseguito, con la spalla che raschiava appena il tappeto sotto la scrivania mentre schivava facilmente l'attacco di Ben. Ben colpì la parete di fondo, vide le stelle e poi cadde in un mucchio dietro la scrivania. I suoi piedi atterrarono sulla sedia da ufficio su cui Daris era precedentemente seduta.

Daris seguì il suo juke e si mise in ginocchio, puntando la pistola contro Ben mentre respirava attraverso una piccola "O" che aveva trasformato in labbra. Stabilizzò la mira...

Crack!

Un altro sparo risuonò nella stanza, poi un altro. Ben sentì a malapena il terzo colpo, perché gli fischiavano già le orecchie dopo il primo, ma riuscì a girarsi e a vedere chi aveva sparato.

Non erano stati né Reggie *né* Joshua. Al contrario, un uomo era in piedi sulla porta. Più grande di Ben, con la pelle di un marrone intenso e un sottile pizzetto che gli circondava la bocca.

La canna della sua pistola era puntata su Daris, ma quando Ben si voltò a guardarla non si trovava da nessuna parte.

Reggie aveva puntato la sua pistola contro il nuovo intruso, ma l'uomo non si era mosso dalla porta e non aveva cambiato la direzione in cui mirava. Lentamente, deliberatamente, l'uomo abbassò l'arma. Fissò il punto in cui Daris era accovacciato solo pochi istanti prima, con gli occhi fissi in un cipiglio permanente.

Ben non si mosse, non parlò. Un centimetro di differenza nella mira dell'uomo avrebbe messo la testa di Ben nel mirino della pistola. Fissò con lo sguardo l'enorme uomo nero, ma non mosse un muscolo.

CAPITOLO 24

"DOV'È?" chiese l'uomo.

"Chi?"

Ben spostò lo sguardo su Reggie, che aveva parlato dall'angolo della stanza, con la pistola ancora puntata sull'uomo all'ingresso. Joshua aveva la sua arma in mano, tenendola con il dito pronto a premere il grilletto ma puntandola verso il pavimento.

"Dov'è *Daris?*"

"Lei... lei era proprio lì", disse Julie. "Proprio accanto a Ben. Solo un secondo fa. *Dovevi* vederla...".

"L'*ho* vista", ha detto l'uomo. "Le ho *sparato*. Ma non è più *qui*, vero?".

Julie scosse la testa.

Ben si alzò in piedi, con le braccia aperte sui fianchi. La pistola lo seguì, finché l'uomo non puntò direttamente alla testa di Ben. Ben tenne le mani aperte, cercando di convincere l'uomo che non era una minaccia.

"Parla con me", disse Ben. "Posso dirti quello che hai bisogno di sapere".

"Ok, *va bene.* Dove diavolo è andata?".

"È finita... nel pavimento".

Ben non era sicuro se la verità gli avrebbe fatto sparare o gli avrebbe fatto guadagnare un amico. L'uomo ovviamente non era qui per ucciderli, ma non aveva nemmeno paura di farsi sparare. Reggie gli stava puntando direttamente addosso e anche Joshua era pronto con una pistola carica, ma l'uomo sembrava quasi non accorgersene.

"Nel pavimento? Dove?"

Ben alzò le spalle. "Proprio dove stava lei, credo. Probabilmente una botola o qualcosa del genere".

"Una *botola*. Non ci posso credere. Cos'è, una recita delle medie?".

Ben alzò di nuovo le spalle, poi annuì. "Ha pianificato tutto questo. L'ho vista, subito dopo che sei entrato con l'esplosione - a proposito, grazie per non aver fatto esplodere *questa* stanza - comunque, ho visto i suoi occhi. Vi stava *aspettando*. Ha guardato tutti noi, come se stesse aspettando che ci mettessimo in posizione o qualcosa del genere. Calcolando tutto".

La lingua dell'uomo colpì l'interno della guancia e gli occhi si socchiusero. Era profondamente pensieroso e Ben si chiese se stesse cercando di decidere se stesse dicendo la verità o se stesse cercando di capire cosa significasse l'affermazione di Ben.

Infine parlò, lasciando cadere la pistola. "Spostatevi. Dobbiamo trovare quella porta".

Ben si spostò in modo che l'uomo enorme potesse perlustrare la stanza. Non aveva intenzione di abbassare la guardia e nemmeno di iniziare ad aiutarlo.

"A proposito, chi sei?". Chiese Joshua.

L'uomo si inginocchiò sul pavimento e cominciò a tastare i bordi di un pezzo quadrato di legno. Era la porta, ma era a filo con il resto della stanza e non si apriva facendo pressione sulla parte superiore.

"Derrick", rispose burbero.

"Derrick *chi*?"

"Questo è il *chi*", ha detto. "Roger Derrick, FBI".

"Lo annunciate solo ora?".

Smise di fare quello che stava facendo e alzò lo sguardo. "No, ma lei è già coinvolto in un'indagine federale, ovviamente sulla stessa pista che stiamo seguendo noi, e non convincerebbe nessuno se dicessi: "Lavoro per il governo", vero?".

Reggie sorrise. "Io e te diventeremo amici".

Derrick strizzò un occhio nella sua direzione. "Ne dubito *fortemente*".

"Perché, non hai amici?".

"Esatto. Non ho amici. Ora, se non le dispiace, dobbiamo scoprire come far aprire questa porta".

Ben e Joshua si diressero verso il lato opposto della scrivania, mentre Reggie e Julie iniziarono a guardarsi intorno. Ben pensò che, poiché Daris non si era mossa dalla sua posizione dietro la scrivania fino a quando non era salita sulla piattaforma mobile, il pulsante o l'interruttore di attivazione della porta doveva trovarsi da qualche parte sulla sua scrivania.

Aveva ragione. All'interno del cassetto superiore, impossibile da trovare se non si sapeva che c'era, c'era un piccolo pulsante di ottone. Lo premette e Derrick emise un guaito e rotolò via mentre la porta si apriva.

Fece un cenno di rimprovero a Ben, ma poi saltò oltre l'apertura e scivolò giù senza problemi attraverso il pavimento. Ben si precipitò e guardò giù. "Stai bene?", chiese.

"Già. Ha una bella piattaforma di atterraggio qui sotto, ma è sparita da tempo".

Ben aspettò che Derrick si togliesse di mezzo, poi saltò anche lui giù per la botola e si ritrovò nel seminterrato dell'edificio dell'American Philosophical Society.

Julie, Reggie e Joshua lo seguirono, ma lui stava già dando un'occhiata alla stanza con Roger Derrick. Pile di libri, file di schedari e scaffali a tutta altezza su due pareti. Sembrava esattamente come si immaginava che fosse il seminterrato di un museo.

Solo che la "curatrice" di questo "museo" non era affatto la persona che aveva dichiarato di essere.

Ben si rivolse a Derrick. "Dove è andata? Non ci sono altre porte qui, tranne quella in cima alle scale nell'angolo, ma ci saremmo accorti che se ne stava andando, sarebbe dovuta passare proprio davanti a noi".

"Tieni gli occhi aperti", disse Derrick. "Ci deve essere qualcosa su una delle pareti. Forse una porta o un'intercapedine o qualcosa del genere".

"*Oppure è* una *vera* maga ed è semplicemente *scomparsa*", disse Reggie, con la voce piena di sarcasmo.

"Ma vi comportate sempre con tanta disinvoltura? Da dove vengo io, questa è una missione seria".

Ben vide Joshua accigliarsi. Si avvicinò e allungò una mano. "Joshua Jefferson. Siamo con..."

"Lo so", interviene Derrick. "Ho letto tutto sul volo di andata. 'Operazioni speciali civili'. Carino. Avete un qualche tipo di leader, o siete hippy anche per quanto riguarda la struttura organizzativa?".

Ben non era sicuro se fosse più offeso dalla brusca interruzione dell'uomo e dal fatto che li avesse liquidati tutti o dal fatto che avesse dato a Ben dell'hippy.

"Stai parlando con lui", disse Joshua. "E tu? Lavorate ancora in squadra o sei il nuovo arrivato in ufficio a cui è stato assegnato il compito di babysitter?".

I due uomini, entrambi chiaramente professionisti esperti nell'arte dello spionaggio e delle tattiche sul campo di battaglia, si fissarono per qualche secondo.

O, più precisamente, Derrick fissò *Joshua*, che era più alto di tutti nella stanza, tranne che di Ben.

Alla fine il volto di Derrick si spaccò in un ampio sorriso. "Dai, amico, ti sto solo facendo il *filo*".

Joshua non ha sorriso.

"Bene", ha detto Derrick. "Pubblico difficile. Comunque sia. Comunque -" si rivolse al resto del gruppo di Ben che si era inavvertitamente radunato intorno ai due uomini come se fossero pronti a litigare. "Mi dispiace che siamo partiti con il piede sbagliato. Nel mondo da cui provengo, le cose sono... un po' più *sterili*. È bene sciogliersi un po'".

Julie sorrise, un esemplare genuino e bellissimo, quello di cui Ben si era innamorato quasi un anno prima.

"Come ho detto, mi chiamo Roger Derrick e *sono* dell'FBI. No, non ho una squadra in questo caso, anche se ho comunque un ufficio a cui faccio capo, il che significa che probabilmente posso chiedere qualche favore quando lo ritengo opportuno".

"Allora, essere gentili con te?". Chiese Reggie.

Derrick ignorò la battuta. "Sono stato mandato qui per dare un'occhiata all'operazione e tenere d'occhio la situazione".

Julie parlò da vicino a Ben. "*Quale* operazione?"

"Beh... il tuo".

Si guardarono tutti intorno per qualche altro secondo, finché Reggie non alzò la mano, con un'espressione stralunata sul volto. "Allora, tutto questo sarebbe molto più veloce se ci *diceste* cosa diavolo state cercando. Se si tratta della nostra bibliotecaria sexy, probabilmente avrà già chiamato un Uber e sarà già a metà strada per Boston".

Derrick annuì. "Giusto. Scusate, sì, sono qui per osservare *la vostra* operazione. Sono stato mandato dal mio capo a dare un'occhiata".

"Non è che per caso il suo capo è amico del signor E?".

"*Il suo* capo? No. Ma attraverso una conoscenza comune, sì".

"Quindi la Mutua Conoscente ha saputo dal suo capo - che ha

saputo da Daris - che c'è stata un'effrazione nel suo prezioso museo? E Mutual Acquaintance ha poi passato la notizia a Mr. E, che sta cercando di creare una squadra di 'Operazioni Speciali Civili' per indagare proprio su questo genere di cose?".

Derrick ascoltò la spiegazione di Reggie, annuendo. "Sì, in effetti. Dato che questo caso è considerato di basso livello, non c'è una squadra d'azione. Ci sono solo io".

"Cosa dovresti fare esattamente, allora?". Chiese Julie.

"Guardare, osservare e riferire ai miei superiori se ritengo che questo gruppo - il *vostro* gruppo - valga o meno la pena di investire".

"Vuoi dire se questo gruppo è una *minaccia* per la sicurezza nazionale", ha detto Reggie.

"Beh, in parte è così, sì. Questo è un punto di partenza, ma 'darti un sacco di soldi' è un punto di arrivo".

"Sembra che sia un conflitto di interessi avere l'FBI coinvolta in una squadra civile che lavora anche con l'esercito americano", ha detto Joshua.

"Perché?" Chiese Derrick. "Siamo tutti nella stessa squadra".

"Davvero?" Chiese Reggie.

Le narici di Derrick si dilatarono, ma non si scompose. Fece una pausa, cercando le parole giuste. Alla fine abbassò la testa, poi la rialzò e incontrò lo sguardo duro di Reggie. "Sarò il primo ad ammettere che la mia organizzazione non è sempre sembrata avere in mente gli interessi della nostra nazione, ma le *assicuro* che è così".

"Ha in mente gli interessi della nazione o solo quelli del suo datore di lavoro?".

"Sono un gran lavoratore e faccio bene il mio lavoro", ha detto Derrick. "E non ho intenzione di scusarmi per questo. Ma sono americano. Ho firmato per questo lavoro, insieme a tutti voi. *Volevo* essere qui".

"Perché?"

Ben si sentì improvvisamente come se la conversazione si fosse trasformata in un interrogatorio in cui lui era dalla parte sbagliata. Alzò una mano, prima timidamente, poi con più convinzione. "Aspetta", disse. "Questo tizio è nella nostra squadra. Gli credo, almeno per ora. Ma nessuno porterà a termine il proprio lavoro se ce ne stiamo in cantina a parlare. Per quello c'è tempo dopo".

Reggie annuì. "Sì", disse Reggie. "Ha ragione". Si rivolse a Derrick. "Dove andiamo adesso, allora? Hai idea di dove sia andata?".

Derrick annuì. "Sì, lo so. New York City".

"Aspetta, davvero? New York?"

Derrick annuì di nuovo. "Sì. Prenderà un treno tra un'ora e poi avrà un appuntamento domani mattina presto, a New York. A Times Square".

"Con chi è l'appuntamento?" Chiese Julie.

Derrick fece un respiro profondo. "Patricia Gonzales. È prevista una sua apparizione in diretta televisiva domani mattina. Good Morning America".

CAPITOLO 25

"HAWK, ABBIAMO APPENA RICEVUTO UN RAPPORTO", disse Morrison.

Si trovavano ai lati opposti della grande palestra, ma il Falco sentiva perfettamente la voce del suo secondo in comando, grazie ai sistemi di comunicazione wireless che entrambi indossavano.

"Dimmi", disse il Falco.

"Non è più all'APS, signore", disse Morrison. "È scappata da una porta del seminterrato e non abbiamo tracce di lei".

"Beh, rintracciatela. Dovrebbe essere già stato fatto".

"Sì, signore".

Il Falco scosse la testa, poi si voltò verso il resto della stanza. Era una palestra, vuota al centro tranne che per una sola sedia. Le finestre, piccole cose rettangolari che pendevano proprio sul bordo superiore dell'edificio, erano state tutte oscurate. Le due porte di accesso alla struttura si trovavano ai lati opposti della stanza, una chiusa a chiave e bloccata da una spessa catena intorno alla maniglia. Il Falco si trovava davanti a questa porta, al limite del suo regno privato.

Guardò mentre metà della sua squadra, i tre uomini che stavano lavorando all'interno, svolgevano i loro vari compiti. Morrison aveva iniziato a camminare verso il centro della stanza per catturare l'attenzione di due degli uomini e dare l'ordine di trovare il loro datore di lavoro e di posizionare alcuni dispositivi di localizzazione sulla sua persona e sul suo veicolo.

Il Falco gli toccò di nuovo l'orecchio e cominciò a parlare. "Morrison", disse.

"Signore?" Morrison si fermò di colpo vicino al centro della stanza.

"Che cosa è successo? Perché se ne è andata?".

"Non è chiaro, signore, ma sembra che ci fossero altre persone sul posto. Potrebbe essersi spaventata e poi essere uscita attraverso la botola dell'ufficio".

Il Falco aggrottò le sopracciglia. "Non i nostri uomini?".

Vide Morrison scuotere la testa ancor prima di sentire la risposta. "No, signore. Jenkins e Velacruz non erano ancora entrati nell'edificio dell'APS quando l'hanno vista uscire dal seminterrato per raggiungere il parcheggio e poi il suo veicolo".

Il Falco aspirò un respiro. "E *perché* non l'hanno seguita?".

"L'hanno fatto, signore. Ma hanno sorvegliato l'edificio per un altro minuto per assicurarsi che non ci fosse nessuno all'interno".

"Sono stati autorizzati?"

Morrison esitò. "... No, signore. Hanno osservato da fuori. Poi hanno deciso di seguirla".

"Ma a quel punto era già troppo tardi, no?".

"Sì, a quanto pare, signore. Hanno detto che era diretta in direzione dell'aeroporto, ma l'hanno persa a circa tre isolati dall'APS".

Il Falco quasi imprecò, ma si trattenne. Avrebbe dovuto punirli, ma questo poteva aspettare. Meglio, poteva farlo fare a Morrison stesso. Si avvicinò a Morrison, in piedi accanto alla sedia al centro della stanza e ai due uomini che stavano lavorando.

"Morrison, perché aveva fretta di lasciare l'APS? Avevamo

concordato un programma che ci avrebbe concesso il giusto tempo per ogni parte".

"Sì, signore, l'abbiamo fatto. Non lo sappiamo, signore. Forse c'era qualcun altro coinvolto? Una terza parte?".

"Quale terzo?"

"Forse quell'agente che sta curiosando in giro?".

"Sa dell'FBI, Morrison. Non si sarebbe fatta spaventare da loro".

"Lui".

"Mi scusi?"

"Lui - solo uno, signore. L'FBI non ha nemmeno una squadra su questo caso. Hanno solo mandato uno dei loro agenti a controllare la situazione".

Il Falco aggrottò le sopracciglia. Anche questa era un'informazione nuova. L'FBI *non* inviava *mai* una sola persona alla volta. Gli agenti lavoravano a volte in coppia, ma più spesso in squadre di quattro, che coprivano un isolato o sorvegliavano una casa o pedinavano un obiettivo "saltando" e seguendolo. Due agenti stavano indietro, fornendo supporto e rimanendo il più possibile nascosti, mentre gli altri due si muovevano.

Aveva avuto qualche incontro con tipi dell'FBI e non ne aveva mai visto uno lavorare da solo.

Curioso.

Archiviò l'informazione, annotandosi mentalmente di rivederla in un secondo momento o di lasciare che il suo subconscio ci lavorasse sopra finché non fosse scattato qualcosa.

"Che altro, Morrison?"

"Signore?"

"Che *altro*? Sapeva dell'FBI, sapeva che la tenevano d'occhio, perché gliel'ho detto io. Quindi non aveva motivo di essere spaventata da loro. Quali altre informazioni abbiamo su questo?".

Il Falco capì che Morrison voleva fare spallucce, allontanarsi e spostarsi dall'altra parte della stanza. Non stava nemmeno cercando di torchiare l'uomo, ma questo era importante.

Questo è stato fondamentale.

Il Falco si rifiutava di essere preso in giro da più di una parte. Si aspettava che il nemico cercasse *sempre* di fregarlo, perché questo era il gioco.

Ma era tutta un'altra cosa quando un *cliente* cercava di fregarlo. Se in qualche modo il suo datore di lavoro lo stava prendendo in giro, se stava cercando di metterlo contro la controparte per trarre qualche vantaggio dalla situazione, sarebbe stato un inferno da pagare. Questo era uno dei motivi per cui odiava i contratti americani: c'era sempre un taglio più burocratico nel lavoro. Bisognava proteggere qualcuno, ma di solito si trattava di protezione da un nemico politico, non necessariamente fisico.

Era specializzato nei nemici *fisici*. Quelli che potevano essere cacciati.

Quelli che potrebbero essere uccisi.

Una guerra a due facce semplice e infallibile. Signori della droga che si scontrano con un impero più grande. Un gruppo di piccole aziende in lotta contro un'oligarchia. Banchieri che lavorano per mantenere la loro posizione in cima alla catena alimentare fiscale di un paese.

Non importava quale parte lo avesse assunto, ma di certo preferiva mantenere il campo di gioco il più semplice possibile.

Gli americani non l'hanno mai vista in questo modo. Hanno *prosperato* nei terreni contorti della guerra politica di trincea. Volevano la *confusione,* perché la confusione poteva essere monetizzata.

Scosse la testa e sorrise, pensando già a cosa avrebbe potuto fare se il suo capo lo avesse messo contro qualcun altro. Alzò le sopracciglia, concentrandosi nuovamente su Morrison.

"Non ne abbiamo, signore. Come ho detto, si tratta di speculazioni, ma potrebbe essere stata coinvolta una terza parte, oltre all'FBI".

"E se ci fosse?"

Morrison rimase per un attimo senza parole e il Falco poté quasi sentire la paura che aveva dentro. Alla fine Morrison si riprese. "Allora li troveremo, signore".

Il Falco annuì e si girò. "Fate in fretta. Non abbiamo tempo".

CAPITOLO 26

REGGIE GUARDAVA ROGER DERRICK mentre parlava. Non era ancora sicuro di fidarsi di quell'uomo, ma tutto quello che diceva sembrava quadrare e aveva senso.

E oggi ho già avuto ragione di qualcuno una volta, pensò, pensando a Daris, la segreta curatrice fuggitiva diventata illusionista. Sorrise ricordando il modo in cui era semplicemente *scomparsa* nel pavimento. Non vedeva un trucco del genere dai tempi della messa in scena del *Fantasma dell'Opera al* liceo.

Si chiese se avesse fatto installare la botola solo per quel momento o se un tempo fosse stata usata come botola di accesso al seminterrato.

Le orecchie di Reggie si sono drizzate quando ha sentito parlare della botola.

"... a quanto pare è stata installata poco dopo il trasferimento della vera APS", ha detto Derrick.

"La *vera* APS?" Chiese Ben. "Pensavo che questo edificio fosse la sede della vera APS ai tempi di Benjamin Franklin".

"Era il *Junto*, rispose Julie. L'APS è nata solo più tardi".

Ben si accigliò, fissandola.

"Che c'è? Ho letto il briefing", ha detto lei, alzando le spalle.

Derrick sorrise. "Ha ragione. Ma anche allora, quando questo edificio fu designato dalla Società Filosofica Americana, fu utilizzato per le riunioni e gli incontri del gruppo, quando le esigenze degli uffici e della biblioteca erano ancora ridotte. In seguito, il grosso dell'utilizzo della Società si spostò da qui alla Benjamin Franklin Hall, nelle vicinanze".

"Allora cos'è questa *'vera'* APS?". Chiese Reggie. Si avvicinò a Derrick, che era ancora circondato dal gruppo al centro del seminterrato. Mentre aspettava la risposta, Reggie si guardò ancora una volta intorno alla stanza, cercando di capire tutto.

Cercando di trovare qualcosa che gli era sfuggito.

Non era sicuro di cosa fosse, dato che aveva già scrutato il seminterrato poco illuminato migliaia di volte, ma qualcosa lo tormentava. Non era neppure sicuro che ci *fosse* qualcosa che gli era sfuggito, ma comunque...

Quella sensazione.

Reggie aveva imparato da tempo a fidarsi del suo istinto in queste situazioni. Uno stato di consapevolezza elevato, l'adrenalina in circolo, il nervosismo, l'attesa di qualcosa che scatta.

L'uomo che aveva di fronte non si sarebbe spezzato. L'uomo ricordava a Reggie Joshua, in effetti. Aveva la pelle più scura e un metro di altezza in più, ma aveva lo stesso atteggiamento calmo e raccolto. Reggie aveva l'impressione che se non fosse piombato in una stanza piena di estranei che ora lo circondavano e lo costringevano a parlare, Derrick sarebbe stato un uomo tranquillo come Joshua.

Quindi c'era ancora qualcos'altro... qualcosa nel suo subconscio che lo spingeva ad analizzare, proprio come gli era stato insegnato.

Che cos'è?

Si guardò intorno ancora una volta mentre Derrick si addentrava nella storia dell'APS. Reggie aveva letto la sintesi, ma da appassionato di storia conosceva già gran parte della storia. Benjamin Franklin e una manciata di amici di Filadelfia diedero vita a un gruppo per pensare, discutere e discutere, chiamato *Junto, che* poi, attraverso numerosi anni e iterazioni, divenne l'originale *American Philosophical Society.*

Si appuntò mentalmente di verificare la storia una volta che la vicenda si fosse conclusa e Derrick avesse spiegato cosa intendeva quando aveva parlato della *"vera"* APS, e iniziò a camminare verso gli scaffali lungo il lato della stanza.

Gli scaffali erano di tipo industriale, il tipo di struttura adatta a un'autofficina o a un magazzino di distribuzione. Come tali, sembravano fuori luogo in un seminterrato relativamente piccolo. La pianta non supportava scaffali così massicci, eppure erano quasi tutti pieni.

Si fermò sotto la prima serie di scaffali a soffitto, ammirandoli. Ogni scaffale era pieno di scatole da ufficio, contenitori di plastica e borse di tela.

Sembra un museo.

Sbirciò nella prima scatola di cartone dell'ufficio. Scatole, cartelle e alcune borse di tela con le estremità etichettate. Più o meno quello che Reggie si sarebbe aspettato se fossero stati in un museo.

Poi ha capito.

Questo non è un museo.

Derrick lo guardò, i loro occhi si incontrarono. Sapeva che Reggie aveva messo insieme i pezzi. Come poteva essere così ottuso? Daris aveva letteralmente detto loro di sopra: *"Questo non è un museo".*

Perché qui sotto tutto sembra appartenere a un museo? Si trovava in un seminterrato con un'entrata a botola, un'uscita attraverso le scale e un'altra che non avevano ancora trovato, ed era circondato da file di scaffali che si sarebbero adattati perfettamente ai magazzini sotterranei del Louvre.

"Non è un museo", ha detto Reggie.

Julie aggrottò le sopracciglia e Ben sgranò gli occhi.

"Lo so - Daris ce l'ha già detto, ma pensateci. Perché qui sotto sembra *proprio un* museo, *se non è un museo?*"

"È solo un magazzino, forse per...".

Reggie si avvicinò alla scatola in cui aveva sbirciato. "Guarda", disse, tenendo in mano la prima cosa che prese. Una cartella con chiusura a moschettone, piena di qualcosa di voluminoso. La aprì e la mostrò agli altri. "Un fossile". Prese la cartella successiva e la aprì. "Un altro. Interessante".

Restituì l'oggetto e passò alla scatola successiva sullo scaffale. Tirò fuori un sacchetto di tela, completo di cartellino ed etichetta. Un altro fossile, questo più grande e apparentemente ricavato dalla zampa di un grosso animale.

"Tutto quello che c'è qui sotto appartiene a un museo", disse infine Reggie. "Perché tutto sembra provenire da un museo se *non è* un museo?".

"Come ho detto", disse Julie, "potrebbe essere solo un deposito. Forse questi oggetti fanno parte di una collezione e vengono tenuti qui sotto per...".

"Non è un deposito per un museo", ha detto Derrick.

Tutti gli occhi si rivolsero a lui, ancora incombente al centro della stanza.

Ha proseguito. "Non è un museo, *di per sé,* ma piuttosto la collezione privata dell'American Philosophical Society".

"Ma non c'è niente in mostra", disse Julie. "Non c'è modo di vedere queste cose. Perché avrebbero voluto nascondere tutto?".

Reggie si rese conto che Julie aveva appena risposto alla sua stessa domanda. *L'APS vuole nascondere queste cose perché, beh, pensa che debbano essere nascoste.*

Derrick incontrò di nuovo il suo sguardo. Reggie si avvicinò di nuovo al gruppo e tornò a fissare l'uomo enorme. "Questa stanza delle cianfrusaglie è davvero il luogo in cui era conservato il diario, non è vero? Il diario che Daris dice essere il diario privato della spedizione di Meriwether Lewis, e quello che lei ha detto essere stato 'chiuso nel caveau'?".

"Ha detto questo? Non c'è nessun caveau qui. Sembra che ti abbia fatto un'imbeccata".

"Sembra proprio di sì. E quindi tutto il resto di questa roba è spazzatura che loro - l'APS - volevano nascondere, presumibilmente per lo stesso motivo per cui hanno nascosto il diario di Lewis per tutti questi anni".

Anche in questo caso, Derrick annuì. Reggie guardò rapidamente gli altri prima di aggiungere: "E immagino che non vogliate approfondire nulla di tutto ciò?".

Alzò un sopracciglio. "Onestamente, anch'io non so bene perché l'abbiano tenuto nascosto per tutti questi anni. Ho iniziato a indagare su Daris su incarico, dopo che ha iniziato a lavorare al libro che ha appena pubblicato. Sapevo che era dell'APS da un po' di tempo, e al mio ufficio piace tenere sotto controllo le persone con il tipo di influenza che ha lei".

Julie si accigliò. "Che tipo di influenza? E quale libro?".

"In realtà, è per questo che sarà presente a Good Morning America domani mattina", ha detto Derrick. "È una grande esperta di blogging politico. Ha appena pubblicato un libro intitolato *The Jefferson Legacy*".

"Blogging politico", ha detto Reggie. "Sembra divertente".

Derrick scrollò le spalle. "A quanto pare ci sono un sacco di soldi in questa roba, e non solo attraverso gli introiti pubblicitari. La sua piattaforma ha migliaia di sostenitori e anche un bel po' di finanziatori. È stato sufficiente per non farle avere un altro lavoro".

"Quindi non è certo una curatrice di musei", disse Ben.

Derrick scosse la testa e rise. "No, non è certo una curatrice di museo".

"Tuttavia", disse Joshua, "non capisco perché tutto questo sia così importante. Perché avrebbe dovuto contattare il nostro capo per chiedere aiuto? Soprattutto se aveva intenzione di incastrarci, cercare di ucciderci e poi sparire in una nuvola di fumo?".

Reggie notò che Ben stava fissando lo spazio tra due grandi scaffali. All'improvviso si avvicinò e iniziò a tastare i bordi, vicino ai lati degli scaffali.

"Cosa stai facendo?" Chiese Reggie.

"In realtà non è scomparsa in una nuvola di fumo", disse Ben. "È caduta dalla botola, è scesa qui e poi è scomparsa in... *questo*".

Mentre pronunciava le ultime parole, spinse il muro con entrambe le mani e questo si staccò, entrando in un corridoio scuro e rettangolare. La porta era stata tagliata nel muro del seminterrato e poi ricoperta con lo stesso cartongesso e la stessa pittura del resto della stanza, creando l'effetto di una porta "invisibile".

Ben entrò nello spazio rivelato dietro la porta e Reggie vide che c'era solo lo spazio sufficiente per aprire la porta prima che il passaggio salisse su una piccola serie di scale. Ben salì le prime due scale e poi spinse verso l'alto una serie di porte della cantina. Una forte luce diurna tagliò la fessura appena formatasi tra le porte.

Lasciò cadere la porta e tornò nella stanza.

"Sembra che salga e arrivi fino al parcheggio", disse. Quando si rese conto che tutti lo stavano fissando, continuò. "Era impossibile da vedere", disse, "tranne che c'è una leggera linea di polvere lungo il bordo superiore, dove la porta avrebbe risucchiato quando si è aperta. Quelle vecchie scatole vicine sugli scaffali devono essere piuttosto polverose".

Reggie seguì il dito di Ben che indicava la linea. Era proprio come aveva detto Ben: quasi impossibile da vedere, eppure ora che si era concentrato sul punto era impossibile sbagliare.

"Wow", ha detto. "Ottima presa".

"*Non l'abbiamo* presa", disse Joshua.

"Non importa ora", disse Roger Derrick. "Sappiamo dove sarà

domani mattina, quindi possiamo essere pronti a prenderla dopo lo spettacolo".

"Perché prendersi tutto questo disturbo?". Chiese ancora Joshua. "Un edificio che non è davvero un museo, una botola in un ufficio comprato su un catalogo, una porta nascosta? Sembra tutto così... sfuggente".

"Ha sicuramente un'attitudine al dramma", ha detto. "Ma la botola e l'uscita nascosta della cantina probabilmente c'erano molto prima di lei, probabilmente sono state aggiunte durante una delle tante fasi di costruzione di questo vecchio edificio. E sinceramente non so quali siano le sue motivazioni. Da quando la osservo sta giocando su entrambi i fronti. Vi ha portato qui, vi ha raccontato parte della storia e poi ha cercato di spararvi. Se dovessi tirare a indovinare, direi che non si aspettava che qualcuno venisse a curiosare in giro. Né voi, né io".

"Ma allora perché avrebbe detto a qualcun altro del diario e del manufatto scomparsi?". Chiese Julie.

Reggie non aveva ancora voluto rivelare quella parte della loro storia, perché non era ancora sicuro di come questo Roger Derrick si inserisse in tutto questo. Non avevano molte carte da giocare, quindi, se fosse stato per lui, avrebbe preferito tenersele strette.

Se Derrick era davvero dell'FBI, doveva essere ben collegato e dotato di buone risorse, il che significava che probabilmente erano in buone mani. Ma c'erano comunque degli aspetti negativi. Derrick non avrebbe giocato secondo le stesse regole, tanto per cominciare, e probabilmente avrebbe cercato di usare la sua posizione per mettersi a capo dell'operazione.

Ma se Derrick *non era dell'*FBI, cos'era? Perché era interessato a Daris, al non-museo in cui si trovavano e alla ricerca di questo diario?

Derrick iniziò a rispondere alla domanda di Julie. "Beh, è coinvolta nell'APS, proprio come ha detto. Credo che avesse bisogno di aiuto, così ha chiesto a un altro membro. Quel membro era l'uomo che ha detto al tuo capo della situazione".

Le sopracciglia di Reggie si alzarono all'unisono. *Ora sì che ci capiamo*, pensò. "Ok, questo ha un po' più senso. Quindi non ci voleva qui, siamo venuti lo stesso e lei ha dovuto agire in fretta per assicurarsi che non sembrasse troppo inverosimile. L'arredamento dell'ufficio, la storia, tutto".

"Giusto", disse Derrick. "Anche lei non ha fatto un gran lavoro, ma è ancora un passo avanti a noi".

"Quindi dobbiamo trovare quel diario", disse Joshua.

"E devo trovare quella donna", ha aggiunto Derrick.

"Sembra che abbiamo una partnership di lavoro, allora", disse Reggie. "Ha un posto dove possiamo parlare? Magari in un posto un po' meno... squallido?".

Derrick sorrise di nuovo, poi si diresse verso la porta nascosta e verso le scale della cantina. Prima di uscire, entrare nella piccola anticamera e salire le scale, si voltò verso il gruppo. "Ho tre stanze alla Rittenhouse. Può andare bene?".

CAPITOLO 27

ALASTAIR JENKINS E RENE VELACRUZ furono portati in palestra. Come sempre, il Falco si trovava in fondo, a guardare. Morrison incontrò i due uomini e i loro accompagnatori - altri due uomini del Falco - e li condusse al centro della stanza.

"C'è solo una sedia, signore", disse Morrison nel suo microfono a gola.

"So contare, Morrison", rispose il Falco. "Metti Jenkins sulla sedia. È l'ultimo arrivato nella nostra squadra".

Morrison annuì, poi aspettò che Jenkins e il suo uomo gli passassero davanti, afferrò il braccio di Jenkins e lo tirò verso il centro della stanza. Alastair Jenkins era uno scozzese-americano, cresciuto sulla costa orientale in una cittadina che avrebbe potuto essere Boston, per quanto il ragazzo parlasse di Boston.

Il Falco non lo aveva ancora preso in simpatia, il che di solito significava una cosa: non era un buon soldato o non era un buon alleato. Questo ragazzo non offriva nulla che il Falco non avesse già, e non aveva abilità significative o reti che mancavano agli altri uomini. Non valeva nulla come alleato, quindi, e aveva bisogno di un addestramento considerevole prima che il Falco lo considerasse un soldato degno.

Era stato quindi assegnato al servizio di ricognizione. Una responsabilità importante, ma molto banale. Aveva messo in coppia con lui Rene Velacruz, il secondo membro più giovane della squadra. I due avrebbero dovuto costituire una discreta squadra di ricognizione, ma a quanto pare non era così.

Ora il Falco sarebbe stato costretto a dare loro un esempio. I giovani avevano fatto domanda per il posto di lavoro presso la società di sicurezza del Falco, promettendo di essere degni dell'arruolamento. I colloqui e i test iniziali erano stati superati senza problemi dai due uomini, ma la prova finale - la prova *sul campo*, come la chiamava lui - era ora in corso.

Il Falco aveva imparato da tempo che addestrare un uomo alle tecniche di guerra era impossibile. Bisognava semplicemente metterli in una missione a fuoco vivo e vedere come se la cavavano. La loro capacità di adattarsi, di crescere, di imparare, erano abilità molto più importanti di quanto potessero sparare dritto o di quanto grande fosse l'uomo che potevano affrontare.

Quindi la prova finale era semplice: unirsi alla compagnia in missione e alla fine dell'escursione sarebbe stato espresso un voto. Se l'avessero superata, sarebbero stati ammessi. Se non l'avessero superato...

Beh, secondo il suo metro di giudizio, entrambi avevano appena fallito. Miseramente.

Lasciare non solo il loro principale contatto *e* capo senza sorveglianza - permettendole di fuggire senza essere seguita - *e* non riuscire a determinare il motivo per cui era fuggita due ore prima rispetto al loro piano iniziale era peggio del tradimento al Falco.

Avevano sbagliato una semplice missione di ricognizione, non necessaria, ed erano stati così stupidi da tornare in palestra.

Passeggiò al centro della stanza. Jenkins aveva gli occhi spalancati, ma Velacruz sembrava non sapere che aveva fallito la sua missione.

"Siediti, Jenkins", disse. Il Falco osservò Morrison che lo spingeva rudemente sulla poltrona metallica pieghevole, con un sottile cuscino incorporato come unico cuscino.

Lo sguardo spalancato di Jenkins trovò quello del Falco e il capo sorrise. "Benvenuto, Jenkins. Sei pronto?"

Jenkins aggrottò le sopracciglia, con gli occhi ancora fuori dalle orbite. "Sì, signore. Signore, è stato un incidente. Non abbiamo..."

"Risparmiati, Jenkins", disse Morrison. "È troppo tardi per questo".

"Ma signore, io voglio solo...".

"Capisco, Jenkins", disse il Falco. "Lo capisco davvero. Ma c'è una lezione qui, per tutti noi. È importante, e tu sei parte integrante di questa lezione".

Jenkins ha boccheggiato.

"Sei pronto?"

Jenkins annuì forzatamente.

"Grande. Morrison?"

Morrison e gli altri due uomini si fecero avanti e iniziarono a fissare le braccia di Jenkins alla sedia con delle fascette.

"Signore, per favore..."

Morrison colpisce Jenkins al mento.

"Smettila, Morrison. Ci sarà tutto il tempo per farlo".

"Stava parlando a vanvera, signore".

"E sai come tratto le persone che parlano a vanvera, vero?".

Morrison annuì. Con suo grande divertimento, il Falco notò che anche Jenkins annuiva.

"Quindi, poiché non apprezzo le persone che parlano a vanvera, *vi* permetterò di interrogare Jenkins".

Morrison sogghignava, con un'espressione sinistra in cui il suo naso storto rimbalzava su e giù sul viso, mentre gli occhi rimanevano immobili nelle loro cavità, scuri e vuoti.

Jenkins deglutì di nuovo. Gli altri due uomini fecero un passo indietro e uno di loro tornò al fianco di Velacruz. In tutta la stanza, altri uomini alzarono lo sguardo dalle loro postazioni e iniziarono a guardare la scena che si svolgeva al centro della palestra.

Il Falco indietreggiò, facendo cenno a Morrison di prendere il suo posto. Il sorriso di Morrison crebbe e si posizionò davanti alla sedia di Jenkins, proprio accanto al punto in cui Velacruz era in piedi con la sua guardia. Morrison gli spezzò il collo, poi le mani, poi la schiena. Il Falco lo guardò, sapendo che Morrison si sarebbe divertito. Purtroppo Morrison era un uomo semplice, che non aveva bisogno di altro che di un po' di intrattenimento - sia di tipo macabro che sessuale - e di cibo e vitto per essere felice. Il Falco rifletté sulle proprie abitudini e lodò silenziosamente il fatto di aver eliminato dalla sua vita i desideri degli uomini comuni e le emozioni che li affliggevano. Era ancora umano, ma era quanto di più vicino a un esemplare perfetto avesse mai visto.

Morrison si leccò le labbra e cominciò ad abbaiare ordini. "Porta qui la droga, Rogers. Richardson, portami i ventilatori e sistemali accanto a lui".

Entrambi gli uomini, dai lati opposti dell'enorme stanza, entrarono in azione. Un terzo uomo, Ashleigh, si unì a Emerson e lo aiutò con i grandi ventilatori a scatola. Corsero al muro, controllando che i rispettivi ventilatori fossero ancora collegati, poi corsero al centro della stanza e li sistemarono intorno alla sedia di Jenkins, angolandoli in modo che il loro getto puntasse verso l'alto, verso il soffitto della palestra.

"Abbiamo bisogno dei ventilatori, signore?". Chiese Morrison. "Il siero è probabilmente più...".

"Il siero va bene, ma è costoso. Ci sono rimaste solo poche fiale dal laboratorio di prototipazione. Useremo il metodo tradizionale".

"Certo, signore". Morrison tornò al centro della stanza e aiutò gli uomini a sistemare i ventilatori intorno a Jenkins.

Il metodo "tradizionale" era rozzo, ma quello che aveva detto il Falco era vero: la versione liquida prototipata del farmaco non era sufficiente per essere usata su una cosa così banale come una punizione. Il metodo tradizionale avrebbe prodotto una reazione minore, ma avrebbe avuto effetti collaterali molto più forti.

Un altro motivo per cui aveva optato per il metodo tradizionale.

CAPITOLO 28

JULIE NON SAPEVA SE fosse più impressionata dall'hotel o dal volto di Ben mentre attraversavano la hall. Il Rittenhouse, la principale struttura ricettiva di Philadelphia, era assolutamente immacolato. Ricco, boutique, fiorito ma non sgargiante, Julie era in soggezione per lo spazio lussuoso. Guardò con desiderio le enormi felci che spuntavano dal soffitto e che si ergevano da enormi pilastri di cemento che iniziavano sul pavimento e terminavano in vasi bulbosi. Una coppia di anziani cenava proprio sotto uno dei vasi, a un tavolo che sembrava essere stato fuso da un unico blocco d'oro, su grandi poltrone con lo schienale alto che sarebbero state ugualmente a casa nel salotto di una regina.

Appena oltre i tavoli e le piante c'era una parete di porte ad arco dal pavimento al soffitto, le cui porte di vetro rivelavano un pittoresco patio e un giardino. Altri ospiti parlavano e ridevano mentre mangiavano e bevevano, molti dei quali tenevano in mano e facevano roteare i bicchieri di vino.

"È bello", sussurrò.

Ben annuì, con gli occhi spalancati.

"Potrebbe essere anche più bello del Broadmoor", ha aggiunto.

Annuì di nuovo.

Avevano soggiornato un paio di notti all'hotel e resort di Colorado Springs qualche mese fa, prima e dopo il viaggio in Antartide. Era la prima volta che si incontravano come squadra, con Mr. E che parlava loro attraverso la televisione in una delle grandi sale da ballo dell'hotel.

"È un hotel storico", ha detto Reggie. "Non sono mai stato qui, ma ho sempre desiderato farlo. È fantastico, guardatelo!".

Julie seguì il dito indicante dell'uomo nell'altra direzione, verso l'ingresso di un bar. Anche il bar era perfettamente arredato, progettato per adattarsi all'arredamento e al tono del resto dell'hotel, senza distogliere l'attenzione dalla bellezza del luogo.

"È un bel vedere", disse Ben. "Offri tu?"

"Il primo lo offro io", disse Derrick. "Poi sei da solo. La mia diaria è sufficiente a farmi avere un cheeseburger a cena, il più delle volte".

Reggie rise, poi si rivolse a Joshua. "Non sono sicuro che abbiamo discusso della diaria per la *nostra* squadra, vero capo?".

"I drink li offrite voi", disse Joshua, con la sua caratteristica voce asciutta che non si concedeva allo scherzo. "E siate ragionevoli. Abbiamo i minuti contati".

Reggie sorrise di nuovo e tirò Ben verso il bar. "Te lo porteremo in camera", gli disse sopra le spalle.

Dopo che i due uomini se ne furono andati, Julie guardò di nuovo Derrick. "Perché tre stanze?", chiese. "Sei da solo, vero?".

Derrick annuì. "Compriamo sempre un blocco di tre stanze. Io sto in quella centrale, le altre due sono aperte".

"Per la sicurezza?"

"Qualcosa del genere. Di solito si allestiscono delle squadre di sorveglianza in almeno una di esse, ma è una tradizione ormai superata. Comunque, è bello nel caso in cui abbia bisogno di rinforzare la squadra all'ultimo minuto. E non è male non avere mai bambini urlanti o neonati che piangono accanto a me".

Joshua e Julie gli risposero con un cenno del capo. "Per noi va bene", disse Joshua.

"Bene. Non ci fermeremo a lungo comunque, visto che siamo qui solo per chiacchierare e capire come potremmo aiutarci a vicenda. Ma l'offerta è aperta se avete bisogno di un posto dove dormire quando tutto questo sarà finito. Io posso fare tre notti dopo che la missione sarà ufficialmente 'chiusa'".

"Wow", ha detto Julie. "Non pensavo che il Bureau fosse così ricco di denaro".

"Non lo è", disse. "È per questo che sono qui da solo".

Derrick aveva chiaramente finito di discutere, si girò e si avviò verso l'ascensore. Con la coda dell'occhio vide Ben e Reggie che si avvicinavano, con un bicchiere ciascuno in mano.

Rallentò e aspettò che li raggiungessero. Joshua teneva aperto l'ascensore e Derrick era già entrato.

Al piano di Derrick attesero tutti che l'omone uscisse dal retro della cabina dell'ascensore e si dirigesse verso la sua stanza. Camminò con decisione verso l'altra estremità del corridoio, poi si fermò fuori da una delle stanze.

"Sono io. Ho le chiavi delle altre stanze all'interno, se decidiamo di fermarci per la notte".

"Ma non avevi detto che non saremmo rimasti qui a lungo?". Chiese Julie.

"Beh, pensandoci meglio, ho pensato che avremmo voluto guardare la trasmissione domani mattina", rispose, "e mi sono reso conto che posso chiedere un favore e farle rintracciare le informazioni, così se domani sale su un aereo lo sapremo. Inoltre, non la sorprenderemo presentandoci sul set. Ci avrà già pensato e avrà un piano in atto, quindi la cosa migliore da fare è non dare nell'occhio fino a quando non sapremo dove è diretta, per poi entrare in azione dopo aver preparato un piano".

Nessuno ha discusso, così Derrick ha aperto la stanza e ha spalancato la porta.

Julie entrò e per la seconda volta in un'ora sussultò ad alta voce. La stanza era bella come quelle del Broadmoor, ma queste erano ancora più spaziose.

Un divano a grandezza naturale si trovava di fronte a un enorme televisore a schermo piatto, e due poltrone con lo stesso schienale alto si trovavano una di fronte all'altra, formando con il divano tre lati di un quadrato intorno a un piccolo e lungo tavolino.

Attraversò l'ingresso principale e vide un enorme bagno alla sua sinistra e un salotto alla sua destra. Uno specchio a parete sopra il bancone del salotto dava l'impressione che la stanza fosse ancora più grande di quanto sembrasse. Una cabina armadio aveva un'anta a soffietto aperta e poteva vedere la valigia di Derrick e tre paia di scarpe ordinatamente sistemate all'interno.

Dietro l'angolo, nella stanza principale, c'era il letto, un colosso di quercia che si ergeva a un metro e mezzo dal pavimento ed era pieno di cuscini di ogni forma e dimensione.

"Non sono sposato", ha detto Derrick, "e credo che sia in parte dovuto al fatto che ho sentito dire che alle donne piacciono questi cuscini da lancio. Mi fanno impazzire. Non sarei in grado di gestirli".

Reggie rise, poi si accasciò sul divano con il suo drink.

Julie notò che il drink di Ben, un whisky con un cubetto di ghiaccio, era già finito per più di metà.

"Avete fame?" Chiese Derrick. "Il servizio in camera qui è fantastico e il menu è spesso quanto il mio polso".

Indicò il tavolino vicino a Reggie, che prese il libro e iniziò a sfogliarlo.

"Ordiniamo qualcosa da mangiare - il mio piatto forte - e poi possiamo parlare un po' di più di Daris e del suo coinvolgimento nell'APS".

CAPITOLO 29

IL PIATTO DI CIBO CHE si trovava nel piatto, o nei *piatti*, di Ben era molto più grande di quanto si aspettasse. Non aveva avuto molta esperienza con il servizio in camera negli hotel di lusso, ma quel poco che aveva fatto lo aveva portato a credere che ordinare da quel menu significava ricevere poco cibo ma un conto *salato*.

Dato che non ci sarebbe stato un conto da pagare, si è dato da fare, razionalizzando il fatto che, dopo tutto, non sarebbe stato Derrick a dover pagare, ma il governo degli Stati Uniti.

In realtà lo sto pagando io, pensò. *I soldi delle mie tasse al lavoro.*

Aveva ordinato una bistecca, cottura media, e una patata al forno completamente carica. Pensando che la bistecca sarebbe stata una di quelle opzioni di valore da 7 once aggiunte al menu solo per far *sentire le* persone come se avessero avuto un'esperienza di "ristorazione elegante", aveva deciso di ordinare anche una coda di aragosta e un contorno di patatine fritte.

La bistecca, tuttavia, era un pezzo di carne di circa 20 grammi. Era perfettamente cotta, con un interno succoso e caldo e una sottile ma deliziosa crosta marrone intorno. Le patatine fritte occupavano un piatto a sé stante e l'aragosta e le patate al forno un altro.

Gli altri lo fissarono con la stessa espressione che avevano avuto quando aveva ordinato il cibo.

"Cosa?" chiese lui, innocentemente. "Ti ho detto che avevo fame. Ho pensato che potevamo dividere le patatine".

Julie rise. "Voi andate avanti, vedete cosa succede quando cercate di prendere una delle sue patatine".

Ben la guardò accigliato, ma tagliò un altro boccone di bistecca e se lo infilò in bocca.

Derrick si alzò di fronte a loro, tra il tavolino e la televisione.

"Ok", ha detto. "Siamo qui, stiamo mangiando, ci conosciamo. Ora parliamo di come potremmo trovare questa donna. Sappiamo che domani sarà a New York, ma dopo? Non ne abbiamo idea".

"La prima domanda da porsi è: "Cosa *vuole*?"". Disse Joshua. "Ho avuto la netta sensazione che *volesse* ucciderci tutti prima di oggi, non appena siete arrivati e il suo stratagemma è saltato. Ma è fuggita, quindi presumo che fosse solo perché non riusciva a pensare a niente di meglio da fare e non cercava uno scontro a fuoco".

"Giusto", disse Derrick. "Non *voleva* ucciderti finché non ha capito di aver perso il controllo della situazione. Ora, però, potrà riorganizzarsi, perché avrà tempo fino all'apparizione di domani mattina e, presumibilmente, dopo, sull'aereo per il luogo in cui andrà".

"Ok", disse Julie. "Questo ha senso, ma sono ancora un po' incerto sui dettagli che la collegano all'APS. È un membro? O stava solo usando il loro edificio?".

Derrick iniziò a camminare. "No, in realtà. Il suo coinvolgimento nell'APS va ben oltre la semplice affiliazione. È un'eredità: qualcuno i cui genitori o nonni erano nel club. Nel suo caso, entrambi. Proviene da una lunga stirpe di membri dell'APS".

"Quindi ci è cresciuta dentro", disse Reggie.

"Sì, ma quando ha raggiunto l'età adulta ha voluto qualcosa di più di una semplice iscrizione: voleva *gestirla*".

"Tipo, presidente o qualcosa del genere?".

"Esattamente come il presidente. Negli ultimi otto anni, Daris è stato presidente della Società Filosofica Americana".

"Wow", disse Ben. "Sembra un lavoro piuttosto prestigioso".

Reggie sorrise, ma Julie e Joshua rimasero stoici.

"In realtà lo è", disse Derrick. "È come guidare qualcosa come i massoni: la maggior parte di ciò che fanno è segreto, lontano dagli occhi del pubblico, e hanno un sacco di membri nelle alte sfere".

"Come il tizio che ha fatto la spia al signor E., il nostro benefattore".

"Giusto. Militare, proviene da una famiglia ricca, è un leader a tutti gli effetti".

"Ed è un membro dell'APS? Questa versione 'segreta' dell'APS?". Chiese Julie.

Derrick annuì. "Proprio come tanti altri rampolli militari, alcuni anche di grado superiore al suo. E Daris è il presidente di tutti loro".

"Ma cosa significa?" Chiese Joshua. "Anche se sono come i massoni, che cosa *fa* effettivamente il gruppo? Oltre a fare canti segreti e strani rituali?".

"Beh, storicamente niente", rispose Derrick. "Come già sapete, sono stati fondati sulla base dell'idea originale di Ben Franklin di un 'gruppo per il progresso del pensiero intelligente', quindi doveva essere più un luogo sicuro per i discorsi concettuali che un gruppo d'azione.

"Ma ci fu uno scisma poco dopo che divenne la Società Filosofica Americana, e i membri si trovarono divisi, da una parte o dall'altra".

"Una frattura nelle convinzioni?".

"Sì, più o meno. C'è stata una spaccatura su ciò che il gruppo doveva *essere* e su ciò che doveva *fare*. I membri che credevano nella "vecchia maniera", i "Frankliniti", non volevano altro che un luogo dove condividere e discutere nuove idee e vecchia saggezza.

Ma il pubblico della "nuova via" voleva *di più*: voleva scoprire cose nuove *facendo le* cose. Si sentivano chiamati all'azione, a prendere effettivamente parte al sistema politico della nuova nazione, attivamente e apertamente".

"Quindi non erano d'accordo", disse Reggie. "Sembra una politica moderna. "

"Beh, certo", disse Derrick. "Ma ricordate, questi ragazzi hanno sempre avuto una politica di 'porte chiuse'. Tutto ciò di cui discutevano era destinato solo alle loro orecchie. Ciò significa che c'erano dei segreti - proprio come per i massoni - che l'APS si incaricava di proteggere".

Reggie si alzò in piedi, posando il cibo e iniziando a camminare anche lui. "Ah, capisco. Quindi quelli della "vecchia maniera" volevano mantenere i segreti, mentre quelli della "nuova maniera" volevano rivelare tutto. Scandali e scheletri".

"Esattamente", disse Derrick. "C'erano - ci sono - cose che l'APS vuole tenere per sé, come il fatto che questo diario di Lewis era stato scritto da lui. Ma l'altra fazione voleva renderlo pubblico, per far sapere cosa diceva".

Ben rimase seduto per un altro momento, pensando intensamente. La bistecca era quasi finita e l'aragosta e le patate al forno erano già finite, ma non aveva ancora cominciato con le patatine. Ne prese alcune, le passò nel ketchup e le portò alla bocca.

"Aspetta", disse, poco prima di prendere un boccone. "Questo significa che *Daris* è da una parte e il tizio che l'ha detto a Mr. E è dall'*altra*. Ma lei non lo sapeva, giusto? Altrimenti non glielo avrebbe mai detto".

Derrick annuì. "Sì, questa è anche la mia interpretazione della situazione. Ci sono alcuni che mantengono i loro orientamenti privati, proprio come nella sfera politica. Quest'uomo doveva essere più un tipo della vecchia scuola, ma Daris ha intuito che era tranquillamente dalla sua parte".

"E comunque, perché tutto questo casino con questi 'lati'?".

Chiese Ben. "Chi se ne frega? Non è che stiano minacciando la sicurezza nazionale o altro".

Derrick inarcò un sopracciglio.

"Aspetta - *davvero*? *Sono* una minaccia? Com'è possibile? Non ci sono solo pochi membri nell'organizzazione?".

"Ci sono pochi membri direttivi, proprio come Franklin e il suo Junto l'hanno concepita, ma da quando c'è stata la scissione tra gli ideali, ogni parte ha reclutato pesantemente".

"Quindi... un centinaio di persone?". Chiese Reggie.

"*Migliaia*", rispose Derrick. "Molti di loro provengono dalle forze armate. Giovani soldati, ma anche, come ho detto, alcuni tipi di carriera di livello superiore".

"L'esercito è coinvolto in un'organizzazione segreta?".

"Non essere ingenuo", ha detto Derrick. "L'esercito è una confraternita a sé stante, ma per certi versi l'esercito non esiste da tanto tempo quanto il Junto e l'APS. Alcuni dei militari potrebbero aver voluto qualcosa di diverso dal sapore di 'fratellanza' che l'esercito forniva, e l'APS potrebbe averlo offerto".

"Ma allora perché non ne abbiamo mai sentito parlare?". Chiese Joshua.

"Non lo state cercando. Avete sentito parlare dei massoni perché hanno tutta la stampa. Tutti i libri scritti su di loro. Tutte le fiction e i film che escono e che hanno bisogno di un capro espiatorio o di un'organizzazione segreta che tira le fila dietro le quinte - i massoni hanno questa reputazione. Ma non c'è mai stato bisogno di *un altro* gruppo, quindi i media ignorano l'APS. Ma basta andare in biblioteca o cercare su Google per trovare un sacco di informazioni".

"Hmm", disse Julie. "Ha senso. Quindi c'è una spaccatura tra queste due fazioni, e ognuna di esse sta costruendo i propri ranghi, cercando di ottenere persone che credano nella propria parte. Ma su *cosa* stanno discutendo, nello specifico? Cosa sta cercando di dimostrare Daris?".

Derrick guardò Ben per un lungo momento e Ben si chiese se non gli fosse sfuggita una domanda rivolta a lui. Alla fine Derrick si avviò verso il tavolo, si fermò e rispose.

"È di questo che parlerà domani a Good Morning America. Perché non cerchiamo tutti di rilassarci un po' di più, dormire un po' e poi guardarlo qui domani mattina?".

CAPITOLO 30

JENKINS GEMETTE. IL FALCO OSSERVÒ. Morrison sorrise.

"Morrison, allontanati dalla nuvola, sei troppo vicino".

"Il fumo sta salendo, signore", disse Morrison. "Non c'è..."

"Non ne vale la pena, Morrison", abbaiò il Falco. "Torna indietro".

Il Falco osservò Morrison indietreggiare di due passi. Due *piccoli* passi. Morrison aveva sempre saputo come premere i suoi bottoni e, se non fosse stato un soldato brutalmente efficiente che tirava sempre fuori il meglio dai suoi uomini, sarebbe stato propenso a presentare Morrison alla sedia.

Ma ora era il turno di Jenkins.

Morrison aspettò un altro minuto. L'uomo che teneva fermo Velacruz fece un passo indietro dalla densa nube di fumo acre, entrambi allargarono gli occhi. Velacruz fece un passo indietro involontario, ma finì contro la canna del fucile dell'uomo.

"Jenkins", esordì Morrison. "Hai preso i voti di servizio per questa organizzazione, ti è stata affidata una missione, e sei stato trovato carente".

Jenkins annuì, con la testa che ondeggiava a destra e a sinistra, come se fosse girevole.

"E per questo, la vostra punizione sarà conseguente".

Jenkins non aveva smesso di annuire. "Sì, signore, Morrison. Signore".

"Volete raccontare i vostri errori?".

Di nuovo, un cenno. La testa di Jenkins sembrava sul punto di staccarsi dal collo. I suoi occhi si aprivano e si chiudevano, il fumo circondava ormai tutto il suo corpo. I ventilatori erano stati posizionati in modo strategico, a bassa intensità, in modo da soffiare il fumo verso l'alto in un'unica colonna, direttamente verso le ventole di raffreddamento dell'aria sul soffitto, che avrebbero incanalato il fumo in modo sicuro fuori dall'edificio.

Questo metodo "tradizionale" era ancora modernizzato; per prima cosa, i tradizionalisti che avevano scoperto il metodo non avevano ventilatori o elettricità, e quindi avevano semplicemente fumato la sostanza chimica all'interno di una pipa fatta a mano.

Il Falco aveva modificato un po' il metodo, secondo gli ordini di Daris. Voleva un modo per usare il fumo senza dover intaccare la piccola scorta della versione di nuova generazione del farmaco. La somministrazione per via endovenosa era ancora in fase di sperimentazione, ma il Falco sapeva che funzionava. Gli effetti collaterali erano stati in qualche modo attenuati, ma per il resto la droga era la stessa sostanza chimica che Jenkins inalava ora.

E sfortunatamente per Jenkins, gli effetti collaterali della versione inalata sarebbero *molto* più potenti con una tale quantità di fumo.

Jenkins iniziò a parlare, borbottando. "Io... posso... abbiamo provato, ma poi...".

Morrison e gli altri uomini risero e le loro risate raggiunsero le orecchie del Falco. Il Falco, tuttavia, non era divertito. Guardare un uomo che viene punito non è una cosa di cui ridere.

Si trattava di leadership, e la leadership non era sempre divertente.

Sospirò, sapendo che la forza della sua squadra a breve termine sarebbe diminuita.

Ma a lungo termine...

Avrebbe trovato nuove reclute, lo aveva sempre fatto. Si erano già messi in fila a frotte; erano già nella sua lista di candidati. Erano soldati ben addestrati, scontenti o sottopagati, o entrambi. La maggior parte di loro aveva già implorato di far parte della sua piccola squadra d'élite, sapendo che si trattava di un'unità di uomini così perfettamente abili nell'uccidere che avrebbero fatto quasi di tutto per farne parte.

E conoscevano i vantaggi: la paga, le indennità di viaggio, i periodi di non impiego che consentivano loro di fare quasi tutto ciò che volevano. Era come essere nell'esercito, senza tante regole, senza la supervisione del governo e solo con le parti che gli piacevano.

Era perfetta per il tipo di uomini di cui il Falco aveva bisogno. Sapeva che sarebbero bastati cinque minuti per chiamare cinque o sei di questi uomini sulla sua lista e averli pronti in poche ore. Non avrebbero riempito immediatamente i panni di Velacruz e Jenkins, ma gli avrebbero dato più respiro con l'attuale incarico. Inoltre, idealmente, lo avrebbero aiutato a portare a termine il compito senza perdere altri membri della sua unità.

Il suo programma di addestramento di tre mesi aveva finora eliminato con successo coloro che non erano del tutto seri nei confronti della squadra, lasciandogli l'attuale schieramento di candidati, tra i quali aveva scelto la sua "unità di lavoro", gli uomini che aveva a libro paga. Jenkins e Velacruz sarebbero mancati, ma questa era la natura della perfezione.

Jenkins borbottava tra sé e sé, agitandosi sempre di più mentre cercava di conciliare il fatto che la sua bocca non faceva quello che la sua mente gli diceva di fare.

Il Falco ricordava quelle sensazioni. Sapeva fin troppo bene come gli effetti debilitanti della droga lo rendessero stordito, ubriaco. Una sensazione di impotenza lo aveva investito, e solo questo lo aveva spinto a giurare di non sottoporsi mai più alla sua influenza. Era sufficiente sapere cosa poteva fare agli altri; si rammaricava di averla provata su se stesso. L'aveva fatto su richiesta di Daris, che aveva accettato di capire di cosa fosse capace la droga da un punto di vista personale.

L'aveva paragonato a programmi di addestramento che richiedevano ai partecipanti di sottoporsi a gassazione, per provare cosa si prova a essere colpiti con un getto di spray al peperoncino.

Ma questo farmaco era peggiore.

Osservò il deterioramento delle facoltà di Jenkins. Con il nuovo siero, questa parte sarebbe stata una fase temporanea, anche se più forte. Jenkins poteva ancora muoversi leggermente, con una sensazione simile a quella di avere tutti gli arti addormentati. Ma tutto sarebbe stato pesante e avrebbe provocato dolore se costretto ad agire. L'interruttore interno che regolava le funzioni volontarie avrebbe iniziato a funzionare male e Jenkins non sarebbe stato in grado di controllare i suoi movimenti.

La sua testa cadde in avanti e il Falco si avvicinò di qualche metro, incuriosito.

Velacruz era in piedi appena fuori dal perimetro dei tifosi, la colonna di fumo lo aveva mancato per poco. Ma poteva vedere Jenkins e il Falco poteva solo immaginare cosa stesse pensando la sua seconda recluta.

Morrison fece un altro passo avanti e il Falco poté sentirlo attraverso il suo sistema di comunicazione, con voce bassa e controllata. *Jenkins"*, disse, *"per favore, estrai la tua arma da fuoco"*.

Jenkins reagì immediatamente, il dolore che provava ora si manifestava sul suo volto. Le sue labbra si arricciarono verso il basso, i suoi occhi supplicarono Morrison di farlo smettere.

Grazie, Jenkins. Sollevare l'arma e disattivare la sicura".

Anche in questo caso, Jenkins si adeguò.

Grazie ancora, Jenkins. Ora, per favore, giri l'arma e appoggi l'estremità della canna sul lato della testa".

Il Falco fece una smorfia, sorpreso dalla spietatezza di Morrison. *A quanto pare Jenkins* non *avrebbe dovuto affrontare gli effetti collaterali.*

Sospirò di nuovo. *Il prezzo della leadership.*

Attraverso il suo comunicatore, sentì Morrison dare l'ultimo ordine al ragazzo. *Grazie, Jenkins. Mi dispiace che il tuo reclutamento non abbia funzionato. Per favore, premi il grilletto".*

CAPITOLO 31

DA RAGAZZO, IL GIOVANE HARVEY e il suo fratellino, di dieci anni più piccolo, trascorrevano le estati in viaggio con i genitori verso diversi parchi nazionali. Visitarono Glacier, Yellowstone e Yosemite, soggiornando in decine di campeggi e parchi statali. Molti dei campeggi più piccoli avevano piscine che sembravano a malapena sicure per nuotare, e i suoi genitori avrebbero preferito che i ragazzi si tuffassero in un laghetto vicino.

Tuttavia, era impossibile tenere Ben e suo fratello Zachary fuori dall'acqua e la passione di Ben per l'acqua e gli schizzi cresceva di pari passo. In rare occasioni un hotel economico offriva un prezzo migliore di un campeggio e la sua famiglia condivideva una stanza per la notte. In queste notti, quando c'era una vasca idromassaggio, Ben correva con il fratello attraverso i corridoi per trovarla e saltarci dentro.

In età adulta Ben aveva iniziato a preferire gli "ammolli" agli "spruzzi" e considerava un bagno in una vasca idromassaggio un meritato piacere ogni volta che ne aveva l'occasione. Per il momento non aveva ancora chiesto a nessuno, nemmeno a Julie, i progetti per la ristrutturazione e l'aggiunta della piccola baita, e se ci sarebbe stato spazio per una vasca idromassaggio. Si segnò mentalmente di chiedere al costruttore, quando sarebbero tornati, se c'erano soldi nel budget per fargli avere una bella vasca in veranda.

Ben si infilò nell'acqua calda dopo aver lasciato cadere la chiave della stanza e la camicia sul pavimento, poi portò il suo drink alle labbra mentre aspettava che Julie lo raggiungesse. Chiuse gli occhi e si appoggiò allo schienale, sospirando.

Il vapore salì intorno a lui, rilassandolo immediatamente e completamente, e lasciò che i piedi e le gambe salissero appena sotto la superficie mentre i getti e le bolle si accendevano, iniziando il loro ciclo di quindici minuti.

"Sembra che tu ti stia divertendo", disse la voce di Julie dalla porta del bagno.

Ben era rimasto scioccato e costernato nello scoprire che il Rittenhouse non disponeva di una vasca idromassaggio, ma si era riorganizzato e aveva puntato alla cosa migliore: la vasca idromassaggio nel bagno suo e di Julie.

Entrò, con un sopracciglio che si sollevava dalla fronte.

"Cosa?", chiese.

"Almeno hai tenuto il costume da bagno".

"Per rispetto", disse sorridendo. "Ma qui c'è abbastanza spazio per te".

Lei si schernì. "Sì, ti piacerebbe. Ho bisogno di entrare lì dentro per *pulire* davvero, non solo per assorbire lo sporco come fai tu. Stai monopolizzando tutto: quando finirai?".

Ben alzò gli occhi per incontrare quelli di Julie. "Dipende. Cosa c'è in programma adesso?".

Lei schivò la domanda e si spostò verso lo specchio che si estendeva lungo due pareti del bagno. Cominciò a controllare il trucco, poi i denti.

"Beh, divertiti".

Chiuse di nuovo gli occhi, sorridendo. "Ho avuto giorni peggiori".

"Beh, assorbitelo", disse lei. "Domani è un altro giorno".

Si alzò un po' a sedere e aprì gli occhi. "Che cosa significa?", chiese. "Pensi che stiamo andando incontro a qualcosa di brutto?".

Fece una smorfia, poi tornò a guardarlo attraverso il riflesso dello specchio. "Beh, non lo so, è solo che il signor E e questo nuovo ragazzo, Derrick, sembrano terribilmente seri nel voler raggiungere Daris".

"Davvero?" Chiese Ben. "Voglio dire, Derrick non sembrava terribilmente interessato a inseguirla una volta che siamo scesi nel seminterrato. Ed E non si arrabbia per nulla. Perché dovrebbe interessarsi a un teorico della cospirazione fuori di testa?".

"È vero", disse Julie. "Ma Derrick si è preso il tempo di portarci qui, come se volesse davvero il nostro aiuto. Se è dell'FBI, come dice, sta lavorando da solo e gli farebbe comodo una squadra".

"Potrebbe avere bisogno di qualche *pedina*, vorrai dire".

"Qualunque cosa siamo per lui, non è il nemico".

"Nessuno lo è", disse Ben. "È questo il punto. Daris ha cercato di spararti, ma sembrava che fosse per paura primordiale o qualcosa del genere. Come se si stesse guardando intorno per cercare di capire cosa fosse successo, e le fosse capitata in mano quella pistola, così l'ha usata".

"Sì", disse Julie. "Credo di sì. È sicuramente strana, ma non sembra un'assassina".

"Questo mi riporta al punto di partenza. *Chi* è il nemico? Daris è pazza, ma gestisce un'organizzazione filosofica pseudo-segreta, non l'esercito americano. Quanto può essere pericolosa?".

Julie scosse la testa. "Per questo mi sembra strano che Roger Derrick si presenti così, affermando che la teneva d'occhio da tempo e che solo ora sono stati rubati quei manufatti e il diario".

Ben scivolò di nuovo sotto la superficie dell'acqua, in modo che le sue spalle larghe potessero rilassarsi, e si accorse di dover appoggiare i piedi alla parete sul lato opposto della vasca. Si stiracchiò, sentendo svanire la tensione di aver volato per ore e ore, stretto in un sedile d'angolo. Il drink accanto a lui sembrava ancora più freddo e invitante di un attimo prima, così lo bevve e rimise il pesante bicchiere sul bordo della vasca.

Per un attimo pensò di chiedere a Julie di ordinare un altro drink, ma decise di non farlo. Si era sistemato, era a suo agio e si stava godendo il tempo con Julie. Con la follia degli ultimi mesi e i numerosi visitatori e costruttori che erano arrivati alla baita, lui e Julie non avevano avuto molto tempo per stare da soli.

Si spostò, cercando di mettersi comodo, poi notò che Julie lo guardava.

"Cosa?" chiese. "Hai pensato a qualcos'altro?".

Scosse ancora una volta la testa. "No", disse. "Non riguarda la missione, comunque. Sto solo pensando a te".

"Io?"

"Sei sexy lì dentro. I tuoi allenamenti hanno funzionato".

Si è scrollato di dosso il complimento. "Era ora che iniziassero a fare qualcosa per me. Mi sembra di essermi fatto il mazzo per Reggie solo per stargli dietro, e non ho nulla da mostrare".

"Bene", disse Julie, avvicinandosi al bordo della vasca. Allungò una mano e cominciò a slacciare i bottoni della camicia. "Lascia che ti ricordi per chi ti stai *davvero* facendo il mazzo".

CAPITOLO 32

JULIE SI TOCCÒ I CAPELLI E aspettò che cadessero al loro posto. "A posto", nel caso dei suoi capelli, significava "che cadevano in modo disordinato intorno alle spalle". Non sembrava male, ma era ben lontano dall'elegante look "intenzionale" che voleva ottenere. I suoi capelli, di un castano intenso e tenuti appena sotto la lunghezza delle spalle, le avevano sempre dato fastidio.

Ben lo adorava, ma lei sapeva che era obbligato a dirglielo. Anche le compagne di scuola glielo dicevano, ma lei sapeva che stavano solo recitando il ruolo della fidanzata competitiva e cercando di fare amicizia con lei.

Spruzzò ancora un po' di prodotto, ricordando che sua madre le aveva insegnato come trattarli tanti anni prima. I suoi capelli erano l'unica cosa che non era cambiata da allora. Li acconciò come aveva sempre fatto: lisci, ribaltati solo un po' verso l'alto nella parte inferiore, e fece scivolare la frangia di lato e la tagliò verso il basso.

Esaminandosi allo specchio per la centesima volta quella mattina, si chiese se Ben fosse già sveglio. A lui piaceva dormire e, dopo la notte scorsa, sapeva che ne avrebbe approfittato il più a lungo possibile. La combinazione di divertimento, viaggio e un letto perfetto preparato con un paio di scelte dal "menu dei cuscini" dell'hotel sarebbe stata sufficiente per permettere a Ben di dormire fino al giorno dopo, ma avevano del lavoro da fare.

"Ben", chiamò, spostandosi ora sulle ciglia. "Sei sveglio?"

Un gemito affermativo risuonò nel bagno e lei si concentrò sui suoi occhi. Era una donna semplice, con un viso da ragazza e un corpo ben curato, ma non era orgogliosa. Sapeva di essere bella, ma questo non le dava mai alla testa. Era soddisfatta del suo aspetto, a parte i capelli, ovviamente, e si rifiutava di lasciare che la vanità ostacolasse la bellezza naturale che le era stata donata.

Non uno schianto, ma certamente migliore della media, Juliette Richardson ha sempre avuto vita facile con i ragazzi. Crescendo aveva avuto la sua buona dose di fidanzati, ma nessuno era stato serio. Aveva capito subito che a loro piaceva qualcosa di diverso dalla sua mente brillante e dal suo talento per i computer.

La cosa buffa è che all'inizio Ben era sembrato a Julie esattamente il tipo di uomo con cui era uscita - e che aveva scaricato - numerose volte in passato. Sgargiante, muscoloso e un po' sgraziato, all'inizio l'aveva scambiato per un orso solitario che aveva problemi con il padre. Aveva avuto ragione sui problemi con il padre e soprattutto sulla solitudine di Harvey, ma dopo il loro incontro casuale al Parco Nazionale di Yellowstone, furono costretti a stare insieme per un po' e solo allora Julie riconobbe in lui qualcosa che le piaceva.

Anzi, le era piaciuto *molto*. La personalità di Ben era cruda, aperta e trasparente. Diceva quello che gli passava per la testa, ma di solito solo dopo essere stato sollecitato. Era silenzioso, certo, ma questo non significava che non stesse pensando, elaborando. Julie riconobbe in Ben un'intelligenza che bruciava in profondità, diversa dalle sue conoscenze tecniche e dalla sua esperienza pratica nel settore informatico, ma molto utile. Ben aveva una capacità di recupero che la rendeva orgogliosa. In più di un'occasione, quella capacità di recupero aveva salvato la sua vita e quella di tutti gli altri membri della loro squadra.

Si era innamorata di lui a un certo punto, durante le loro fughe dopo il primo incontro a Yellowstone, e poco dopo erano andati a vivere insieme nella baita di Ben in Alaska. Lui era divertente, volitivo e aveva un cuore più grande di lui, e facevano una bella squadra. Avevano avuto le loro difficoltà, ma niente di eccezionale. Entrambi erano testardi, ma questo significava che ognuno di loro era troppo testardo per abbandonare un litigio, e inevitabilmente risolvevano le cose in fretta.

"Ben", chiamò di nuovo. "Davvero. Lo spettacolo inizia tra cinque minuti. Sei pronto?"

Un altro gemito, questo più lungo e pronunciato.

L'uomo ama il sonno, pensò. Ben era in grado di bere, mangiare e dormire più di chiunque altro, e spesso si chiedeva se lui pensasse che ci fosse una competizione segreta a cui partecipare.

Uscì dal bagno dopo venti minuti di preparazione. Aveva messo la sveglia abbastanza presto per avere il tempo di pensare e prepararsi. Non era sicura di cosa le avrebbe riservato la giornata, ma qualche minuto al mattino faceva miracoli per la sua sicurezza.

Lui si girò, apparentemente percependo che lei era lì. I suoi grandi occhi marroni danzarono su e giù per il corpo di lei, che ricambiò lo sguardo accigliata.

Si tirò su in posizione seduta sul letto, poi si strofinò gli occhi. "Accidenti, sei sexy stamattina. Come fate voi ragazze? Vi rotolate fuori dal letto con un aspetto magnifico?".

"Non ho un bell'aspetto", rispose lei scherzando, "ma sto quasi sempre accanto a te, quindi *sembra che* io stia benissimo". Si avviò di nuovo verso il bagno per finire l'ultima parte della preparazione, guardando ancora una volta i suoi capelli e desiderando che fossero diversi. "Dai, non c'è più tempo".

CAPITOLO 33

BEN ENTRÒ nella stanza d'albergo di DERRICK, lì accanto, trenta secondi dopo, ma era già l'ultimo ad arrivare. L'espressione scioccata di Julie gli disse che era rimasta impressionata dalla rapidità con cui si era alzato dal letto e vestito, oppure che stava sanguinando dal viso. Non si era preoccupato di controllare.

Lei si avvicinò e iniziò a sistemargli i capelli, ma lui le scacciò la mano. "Smettila, mamma", disse.

Lei emise un suono di *tsk* e riprese la sua posizione dietro il divano, di fronte alla TV.

"Meno male che non sei *tu* quello in TV stamattina, amico", disse Reggie dal divano. "Sembra che tu abbia avuto una notte difficile".

"Scommetto che ho passato una notte migliore della tua", ribatté Ben. "Com'è stato fare il cucchiaio con Joshua?".

Joshua e Reggie avevano dormito insieme la notte precedente: non avevano programmato di rimanere in albergo e il posto era pieno. Tutte le camere prenotate li costringevano a dormire nella stanza accanto a quella di Derrick, condividendo il letto matrimoniale.

"Come dormire accanto a un pesce su un molo", rispose Reggie.

Fece un movimento di schiaffo con la mano, alternando il palmo verso l'alto e il palmo verso il basso sull'altro braccio, mimando l'aspetto di un pesce che si agitava avanti e indietro mentre ansimava per prendere aria.

"Almeno io non russo come te", disse Joshua.

"Come fai a saperlo?"

"Buongiorno, Ben", disse Derrick, interrompendo l'agitazione tra i tre uomini. "Spero che tu abbia dormito bene. La GMA sta per iniziare, ma c'è la colazione laggiù se la vuoi".

Ben guardò la scrivania accanto al letto di Derrick e vi trovò un vero e proprio banchetto. Da un lato c'era una pila di uova strapazzate, pane tostato e un pirottino di marmellata, dall'altro una pila di frittelle e una ciotola di sciroppo accanto a un altro pirottino di burro. Si avvicinò, notando una leggera spinta nel suo passo. Il cibo lo rendeva felice e a lui piaceva essere felice.

"Non mangiare troppo", ha detto Joshua. "Mantenetevi leggeri, con proteine e un po' di pane tostato".

"Grazie ancora, mamma", disse Ben.

"Davvero", continuò Joshua. "Sembra che dovremo fare un po' di escursioni".

"Escursioni? Qui? Nel centro di Philadelphia?".

Joshua scosse la testa. "No, dovremmo volare per arrivarci".

"Cosa? Dove? Volando?" Ben si voltò verso il resto del gruppo. "Non ero *così* in ritardo e avete già fatto un'intera riunione senza di me? Quando mi aggiornerete?".

Julie aprì la bocca per rispondere, ma il televisore si ammutolì e una voce di donna uscì dagli altoparlanti di metallo.

Buongiorno, America", ha esordito. *Mi chiamo Patricia Gonzales e oggi abbiamo qui con noi un ospite speciale. Ma prima, vi aggiorniamo su tutto quello che vi siete persi".*

L'allegria esagerata e saltellante che la donna indossava faceva sembrare la sua recita ancora più finta, ma Ben sapeva che faceva parte dello spettacolo. La televisione dei reality aveva smesso di essere qualcosa di vicino alla realtà dopo circa cinque minuti di vita, e non aveva molte speranze per il resto della programmazione della maggior parte dei canali. Lui e Julie non avevano nemmeno la tv via cavo alla baita; a parte il costo esorbitante del servizio via cavo rurale, semplicemente non passavano abbastanza tempo davanti alla televisione da giustificarne la presenza. Di tanto in tanto guardavano programmi in streaming, scaricandoli su un tablet o un telefono quando si trovavano in città in una caffetteria, per poi riprodurli prima di andare a letto.

È stato quindi ancora più sconcertante vedere la falsa felicità di migliaia di americani in piedi dietro la donna e i suoi membri del cast, tutti sorridenti e saltellanti e urlanti e in generale con l'aspetto di giganteschi marionette dipinte in modo più terrificante di qualsiasi clown.

I due osservano in silenzio per qualche minuto, fino alla prima interruzione pubblicitaria.

"Quando arriva Daris?" Chiese Julie.

"Non ne ho idea", ha risposto Derrick. "Ma probabilmente verso la fine. Fa sì che tutti lo aspettino, così possono mostrarti gli annunci fino a quel momento".

Ben mangiò, scegliendo di sedersi sulla poltrona accanto a quella di Joshua per dispetto, sapendo che Joshua lo stava guardando. Aveva ammucchiato la maggior parte delle uova nel piatto, proprio sopra due frittelle e un pezzo di pane tostato, poi aveva versato lo sciroppo su tutta la mostruosità. Diede tre morsi, uno più grande dell'altro, e alla fine mandò giù l'intero pasticcio in una volta sola.

Julie e Joshua distolsero lo sguardo, inorriditi, mentre Reggie sorrideva.

"Qualcuno ha del caffè?" Chiese Ben.

"Proprio lì", disse Julie, indicando il tavolo sopra il mini-frigo sistemato in un'alcova vicino all'ingresso.

Ben iniziò ad alzarsi, ma Reggie rise e si alzò in piedi. "No, amico, lascia che te lo prenda io. Questi ragazzi ti guardano mangiare e credo che gli piaccia lo spettacolo".

Joshua fece una faccia disgustata e tornò a guardare la televisione. Derrick, per sua fortuna, non aveva nemmeno guardato Ben.

La pubblicità finì e la donna tornò, questa volta affiancata da un uomo alla sua sinistra e da Daris alla sua destra. Erano nello studio ora, seduti su tre sedie che sembravano comode come un vetro rotto. L'uomo si spostò una volta, mettendosi comodo, e la donna incrociò le gambe sotto la sedia. Daris si sedette dritta sulla sedia, con i piedi appoggiati a terra.

"Dio, sembra così a disagio. È completamente diversa da ieri".

"Alcune persone sono tagliate per la TV, altre no", ha detto Joshua.

Bentornati", esordì la donna. Siamo *felici che siate con noi questa mattina e siamo* molto *felici che anche il nostro ospite sia con noi. Questa è la mia amica Daris Johansson. È una curatrice di musei e autrice, e ha recentemente completato un libro* meraviglioso *intitolato "L'eredità di Jefferson".*

"C'è qualcuno che compra queste schifezze?". Ben disse tra un boccone e l'altro. "Il curatore di un museo? Davvero?"

"Beh, chiunque può essere un autore al giorno d'oggi", disse Reggie. "Forse pensano che tutti penseranno lo stesso dei curatori di musei".

Daris, lei ha già scritto numerosi articoli e pezzi, ma ora ha pubblicato un intero libro. Perché hai deciso di pubblicare un libro?".

Daris si mise a sedere ancora più dritta, con la schiena che ora si trovava quasi davanti alla sedia. *Beh, ho deciso che il mio messaggio doveva arrivare alle masse. Voglio che tutti sappiano cosa è successo veramente all'epoca, e un libro è il modo perfetto per farlo".* '

Certo", rispose la donna, dando a Daris appena il tempo di respirare dopo aver risposto. *E che bel libro è. Può dirci brevemente di cosa parla?".*

'Beh, si tratta di Thomas Jefferson e della sua eredità'.'

Il pubblico in studio scoppia a ridere, e anche la conduttrice e il conduttore accanto a lei ridono. Daris sembrò spaventata, poi arrossì, apparentemente non capendo cosa ci fosse da ridere.

Certo", disse l'uomo, saltando dentro. Si avvicinò a Daris come se stesse per rivelare un segreto. *E credo che la maggior parte delle persone non abbia idea di quale sia la vera eredità di Jefferson. O, se è per questo, di come fosse veramente. Lei direbbe che è vero?*

Sì, assolutamente. Jefferson era conosciuto come un grande presidente e un fondatore della nostra nazione. Ma aveva anche un lato oscuro".

Un lato oscuro? Davvero? Che cosa intende dire?", chiese la donna.

Beh, per prima cosa, Jefferson era un proprietario di schiavi".

L'uomo e la donna sullo schermo scossero la testa, in modo solenne, come se fosse non solo la prima volta che uno di loro sentiva un'accusa del genere, ma anche qualcosa di assolutamente unico per l'epoca.

"Questa è spazzatura", disse Ben. "Lo sanno tutti".

"È la televisione americana", disse Derrick. "Non siate precipitosi e non date per scontato che qualcuno sappia *qualcosa".*

Ma non è tutto", disse Daris. *Jefferson ha anche rubato denaro agli spagnoli per pagare il territorio della Louisiana".*

Intende l'acquisto della Louisiana?" chiese l'uomo, ancora una volta scioccato. *"Quello che Jefferson comprò da Napoleone per pochi centesimi di dollaro?".*

Sì, la stessa cosa", disse Daris. *Usò l'oro spagnolo, preso dai naufragi, e pagò il territorio con quel denaro".*

CAPITOLO 34

MA È *BEN DOCUMENTATO CHE Jefferson aveva l'approvazione del Congresso per effettuare l'acquisto. Perché avrebbe dovuto acquistare il territorio usando qualcosa di diverso dal denaro che si trovava nelle casse del Congresso?".*

Derrick scuoteva la testa, furioso. "Sta mentendo, tra i denti".

"...televisione americana", disse Reggie. "Cosa ti aspettavi?"

"Integrità, intelligenza, buona recitazione? Almeno uno di questi".

Jefferson utilizzò un po' di denaro del Congresso: dopo tutto, era considerato un bene per la giovane nazione. Raddoppiare la loro terra con un semplice acquisto? E per quel prezzo.... Ma comunque lo fece perché poteva farlo. Aveva il denaro spagnolo e non gli costava nulla, quindi lo usò".

Tuttavia, Daris, sembra un po' inverosimile. Perché non tenere il denaro? Perché non risparmiarlo, lasciarlo crescere di valore o...".

Non capisci", disse Daris, questa volta quasi saltando dalla sedia e alzandosi in piedi. *Jefferson usò il denaro per* prendere in giro *gli spagnoli e il resto del mondo. Voleva che* sapessero che *ne aveva, che ne aveva* di più. *Usandone una parte per acquistare il Territorio da*

Napoleone, ottenne la loro attenzione. Disse loro che l'America non era qualcosa con cui scherzare, che aveva accesso a cose a cui nessun altro sulla Terra aveva accesso.'

Stai dicendo che lui...

Per la seconda volta, Daris interruppe la donna. La donna non sembrava molto entusiasta, ma ha smesso di parlare e ha permesso ancora una volta l'interruzione in onda.

Sì, lo sto dicendo. È tutto nel mio libro". Jefferson aveva accesso a un tesoro *spagnolo che era stato trovato da una persona di cui Jefferson si fidava, e lo teneva in privato, nell'Ufficio del Presidente. Ma non si trattava* solo di un *tesoro: era estremamente prezioso per gli spagnoli per altre ragioni, in particolare perché lo stavano cercando da tempo".*

Dall'anno 1715?

Daris sembrò orgogliosa che quell'uomo conoscesse i dettagli del suo libro, e si girò e si rivolse direttamente a lui.

Esattamente. La flotta del tesoro spagnola del 1715, partita da Cuba, si imbatté in un uragano da qualche parte intorno alla costa della Florida. Tutte le undici navi andarono perse".

Ma hanno trovato la flotta, giusto? I relitti?

Sullo schermo, Daris scosse la testa. *No, infatti. Non hanno trovato nessuna nave. Di tanto in tanto, nei circoli di caccia al tesoro, vengono fuori notizie sull'oro spagnolo che affiora sulla costa, ma nulla di degno di nota".*

La donna accanto a Daris si intromise di nuovo. *'Ma lei sta insinuando che la flotta è già stata trovata, giusto? Da Jefferson?*

Daris rise, ed era evidente che stava cercando di far apparire Patricia Gonzales sciocca. *Beh, non da Jefferson in persona, ovviamente. Ma da qualcuno che ha assunto".*

E chi era?

Non lo sappiamo, ma a un certo punto l'oro e l'argento spagnoli, identificati come lo stesso tesoro che si trovava a bordo di una delle navi, cominciarono a comparire in tutto il mondo, rimessi in circola-

zione da Jefferson stesso, al momento del pagamento del Territorio della Louisiana".

L'uomo sorrise, un sorriso genuino, anche se ingenuo, come se stesse discutendo dell'universo con un bambino. *Beh, hai fatto una bella storia, Daris. Grazie per averne parlato con noi e, naturalmente, potete leggere di più sulla teoria di Daris nel suo libro, The...".*

Non è una teoria", disse Daris, interrompendolo ancora una volta. *È basata su prove concrete, prove che ho visto con i miei occhi...".*

Lo schermo divenne nero per un breve momento, poi una pubblicità - il cui volume si alzò di molto, cogliendo di sorpresa tutti i presenti - balzò dal televisore.

"Wow", disse Reggie.

"Wow è giusto", rispose Julie. "È stata probabilmente la cosa più imbarazzante che abbia mai visto".

"Non sapevo che tagliassero così la pubblicità", ha detto Joshua. "Pensavo che le avrebbero chiesto di fermarsi o qualcosa del genere".

"Hanno messo il suo segmento lì", disse Derrick, "proprio prima di una pausa pubblicitaria, in modo da poterla fare franca se necessario. Probabilmente stanno ancora ascoltando il suo sproloquio sul set e nessuno si rende conto che non sono più in diretta".

Le sopracciglia di Ben si alzarono. "Amico, è stato terribile. È come se fosse caduta in una trappola. Perché l'avrebbe fatto?".

"Sta manovrando", disse Derrick. "Si tratta del tesoro, ora lo so. È convinta che esista e intende trovarlo. Ora avrà il suo appoggio".

"Sostegno? Non riesco a capire come. È appena andata a farsi *sbattere in* diretta TV", disse Joshua, scuotendo la testa. "L'hanno resa uno zimbello".

Derrick si mise davanti a loro, bloccando la visione del televisore. "Se Daris Johansson è qualcosa, è l'astuzia. È un'astuta, e fareste meglio a riconoscerlo. Ci ha riflettuto a fondo, ha giocato tutti gli angoli e, anche se può essere difficile da credere, scommetto che questa è stata la decisione migliore da prendere per lei. Per far sì che il popolo americano si dispiaccia per lei, che si senta come se avesse qualcosa di grande da dire, ma non sia mai riuscita a dirlo a causa dei media o altro.

"Ha studiato tutto questo, ha orchestrato tutto e ora sta dirigendo. Recita, qualunque sia il suo piano. Andare in televisione era parte di tutto questo, e senza dubbio sta lavorando per mettere a punto il suo piccolo spettacolo per un bel po' di tempo".

Julie si alzò e si diresse verso la caffettiera. "Sì, allora se l'è cavata bene. Mi dispiace per lei".

"Non farlo", disse Derrick, con severità. "È una professionista e ha altri assi nella manica".

"Come ha fatto a ottenere quell'accordo?", ha chiesto. "Ha presentato il suo libro a *Good Morning America*? Deve avere amicizie altolocate".

"Lo fa, come ho detto ieri sera. Ha buone conoscenze e guida un'organizzazione - almeno per metà - che vuole che il suo messaggio abbia successo".

Ben si alzò e si avvicinò a Julie. Prese il bricco dalle mani di Julie e iniziò a versare a entrambi un'altra tazza di caffè. Aveva un leggero cipiglio, un'espressione fisica che indicava la profonda riflessione in cui era impegnato. Gli piacevano gli enigmi, ma quello di questa donna sembrava irrisolvibile. Non riusciva a capire perché il capo di un'organizzazione - un'organizzazione *segreta*, per di più - avesse annunciato *pubblicamente il* suo libro e la sua teoria strampalata.

"Perché dirlo al mondo? Perché ha bisogno del loro sostegno?". Chiese Ben.

Derrick scrollò le spalle. "Potrebbe essere semplice come la trasparenza. Potrebbe voler avere una smentita plausibile nel caso in cui le cose si mettano male per lei. Se qualcuno viene ucciso, può rivendicare la sua apparizione a GMA come prova che è sempre stata dalla parte giusta, allineata con l'interesse del pubblico".

Joshua interviene. "E probabilmente avrà anche un supporto sul campo. Se ha bisogno di cercare il diario che ha perso, può presentarsi in qualsiasi museo del pianeta ed essere autorizzata a entrare, e probabilmente avrà anche uno staff di ricercatori che lavorerà per lei immediatamente".

"Giusto, questo ha senso", disse Ben. "Ma comunque la sua storia è completamente falsa, giusto?".

Si guardò intorno nella stanza. Julie era accanto a lui e guardava Ben, ma gli altri guardavano tutti in direzioni diverse. Significava che o pensavano che Daris stesse mentendo, o che stavano valutando la possibilità che stesse dicendo la verità.

"Penso che stia mentendo", disse Derrick. "*So che* sta mentendo, e l'ho già detto. Sta modificando i fatti per adattarli alla sua teoria della cospirazione. *Vuole che* Jefferson sia colpevole, perché questo sostiene le sue affermazioni nel libro. E questo la rende più potente all'interno dell'APS".

"Ma *potrebbe essere* vero, no?". Chiese Julie. "Intendo concettualmente. Potrebbe avere qualche *base* nella realtà?".

"Tutte le teorie di cospirazione hanno almeno *qualche* base nella realtà", ha detto Derrick. "Ma la sua è una di quelle che sono state cotte a metà da quando sono state messe in forno. Jefferson non era certo privo di difetti, ma rubare il tesoro spagnolo per poi darlo a Napoleone e insabbiare il tutto non era uno di questi".

Reggie inarcò la testa di lato e fissò Derrick. Derrick vide Reggie, ma nessuno dei due parlò per un momento. Ben lo guardò, sapendo che Reggie aveva appena capito qualcosa di importante.

Reggie aggrottò le sopracciglia, guardò il pavimento e poi di nuovo Derrick. "Perché ti interessa tutto questo, Derrick? Cosa ci guadagni?"

Derrick aprì e chiuse la bocca una volta. "Come sarebbe a dire? Io sono dell'FBI. Questo è il mio lavoro. E io..."

"Ho capito", disse Reggie, alzando una mano. "E tu vuoi fare un buon lavoro, sei un patriota, lo sappiamo. Ma perché preoccuparsi *così* tanto? È ovvio che hai fatto le tue ricerche e conosci la storia. Ho incontrato alcuni di voi dell'FBI, e lei è il primo che ho incontrato che sembra così interessato al suo lavoro da aver fatto una serie di ricerche *proattive"*.

"Stai cercando di dire che normalmente non...".

"Non sto cercando di dire nulla", disse Reggie. "E mi piaci, quindi mettiamo le cose in chiaro. Ho solo la sensazione che tu abbia altro da dire e non lo stai dicendo. L'unica volta che ho visto l'FBI o altre sigle agitarsi così tanto per qualcosa è stato quando c'era una minaccia *molto chiara*. E Daris, pur essendo un po' pazza e non essendo un'attrice, non sembra essere una grande minaccia".

Guardò Julie e sorrise. "Ma immagino che se Ben fosse stato più lento, sarebbe stata una bella minaccia per *te*".

Ben annuì. "Sì, ne stavamo parlando. Sembrava che non sapesse cosa stava succedendo. Come se avesse lasciato che le cose andassero fuori controllo, così ha cercato di sparare a Julie".

"Potrebbe essere", disse Derrick. "Ma ancora una volta, vi avverto di non sottovalutarla. Potrebbe aver pianificato e orchestrato ogni mossa nell'edificio dell'APS, e potrebbe essere pronta a fare la sua prossima mossa mentre parliamo".

"Non cambiare argomento, Derrick", disse Joshua. "Reggie pensa che tu ci stia nascondendo qualcosa, e ho imparato a fidarmi ciecamente del suo istinto quando ha un'idea. Ma ho capito. Non sei sicuro di poterti fidare di *noi*. È giusto, ma deve finire. Se non fossimo chi abbiamo detto di essere, lo sapresti già. L'FBI e tutto il resto, giusto?".

Derrick annuì.

"Quindi, se sei *davvero dell'*FBI, non avresti motivo di *non* fidarti di noi, il che significa che puoi iniziare a dirci la verità adesso, oppure non farlo, e allora sapremo che non sei chi dici di essere".

Reggie sembrò confuso per un momento, e Ben non lo biasimava, ma Derrick si raddrizzò e sospirò.

Ha parlato. "Sono dell'FBI, glielo assicuro. Può chiamare il mio capo, ma non servirà a molto. Siamo abbastanza bravi a fingere di *non essere dell'*FBI, quindi ci sarà bisogno di molto lavoro di gambe per sostenere la mia affermazione".

"Mi sembra giusto", disse Reggie. "Ma perché lavorate da soli? Pensavo che voi ragazzi non lavoraste mai da soli".

"È piuttosto raro, lo ammetto. Ma la risposta - a tutte le vostre domande, credo - è che questo è stato una sorta di progetto di passione per me. Lo faccio soprattutto nel mio tempo libero. Il mio capo pensa che sia una perdita di tempo, per gli stessi motivi per cui lo pensa lei. 'Daris non è una minaccia', 'l'APS è una bufala', lo dica lei, l'ho sentito dire".

"Eppure sei qui".

"Eppure sono qui. Credo in quello che sto cercando di impedire, e Daris sa che il tempo stringe. Devo solo trovarla".

"Perché? Cosa stai cercando di evitare?".

"Pensavo avessi detto che te l'aveva già detto", rispose Derrick. "Credevo che ieri ti avesse detto che stava cercando di impedire lo Spostamento".

CAPITOLO 35

"IL CAMBIAMENTO. ECCOLO DI NUOVO", disse Reggie. Camminava sul tappeto tra le sedie, il divano e il letto e si guardava i piedi, cercando di metterli nello stesso punto ogni volta che passava su una sezione.

"Lo Shift è solo ciò che usiamo per descrivere il cambiamento di potere dal vecchio al nuovo modo. Non è mai successo, e il mio lavoro - il mio *compito* - è quello di impedirlo.

"Noi?" Chiese Ben. "Stai cercando di dire che sei -".

"Sì", disse Derrick. "Mi dispiace di non avertelo detto prima, ma mi sembrava più importante assicurarmi che tu capissi prima la natura della situazione, in modo da non scartare immediatamente quello che ho da dire.

"Per la maggior parte della mia vita adulta, sono stato un membro della Società Filosofica Americana, lavorando duramente per prevenire esattamente ciò che Daris Johansson, il nostro presidente, sta cercando di realizzare".

"Lo spostamento".

"Esattamente", disse Derrick. "Il passaggio di potere dal gruppo che sostiene l'integrità della storia della nazione al gruppo che vuole dimostrare che Daris ha ragione".

"Quindi siamo bloccati tra una donna pazza che non sa recitare e un tizio che è dell'FBI ma fa anche parte della stessa organizzazione pazza che è abbastanza grande da mantenere l'appartenenza ma non abbastanza grande da far sì che qualcun altro ne sia a conoscenza?".

Derrick guardò di nuovo Reggie. "Sì, qualcosa del genere. E apprezzerei molto il tuo aiuto".

"Trovare Daris?" Chiese Ben.

"Trovare Daris e poi dimostrare che è fuori strada. Che Jefferson ha usato il denaro - solo quello americano - per acquistare la Louisiana".

"Ma di nuovo, che importanza ha?". Chiese Julie. "Non voglio mancare di rispetto, ma non facciamo parte della vostra organizzazione e non mi sembra che stia facendo del male a nessuno".

Derrick alzò un indice. "Questa è la parte che non vi ho detto. Ha sparato a te, Juliette, e per fortuna l'ha mancata. Ma non è la prima volta che tenta di farti del male e non sarà l'ultima. Infatti, ha già ucciso in passato".

"Daris?" Chiese Ben. "La piccola bibliotecaria che non riusciva a reagire abbastanza velocemente per sparare un colpo?".

"Sì, la signora Johansson potrebbe non essere una tiratrice provetta, ma le assicuro che ha altri... talenti. Sono due anni che mi occupo del suo caso e ho una lista di cadaveri lunga una cinquantina di persone".

"Tutto grazie a Daris?"

"Tutto a causa di Daris, indirettamente o direttamente".

"Quindi, per qualsiasi cosa stia cercando di ottenere, è disposta a uccidere".

Derrick annuì. "Così come la sua metà dell'organizzazione. La 'Nuova APS', come la chiamano loro. Sono disposti a fare di tutto per infangare Jefferson, dimostrare che hanno ragione e poi...".

Derrick si interruppe quando la sua testa si mise di traverso al rumore.

"Che cos'è stato?" Chiese Joshua.

"Sembrava una porta spalancata", disse Reggie. "Una porta *vicina a noi*. Derrick, hai modo di difenderci?".

Reggie aveva lasciato la sua pistola 9 mm nella stanza accanto e non era sicuro che Joshua fosse armato. Pensò che nemmeno Ben e Julie lo fossero, dato che nessuno dei due aveva con sé una fondina nascosta e non la portavano in tasca o alla cintura.

Derrick annuì, poi indicò. "Ho altri due pezzi. La Glock è per me, e ho una Taurus e una S&W. Tutte nove".

Reggie e Joshua si precipitarono a caricare e Derrick iniziò ad abbaiare ordini a Ben e Julie. "Voi due, testa bassa e occhi alti. Non vogliamo che nessun civile venga...".

"Io ci sto e a te fa comodo una mano in più", disse Ben. "Ti consiglio di trovare un piano migliore per noi due che non sia 'testa in giù', o dovrai sopportare qualsiasi cosa *io mi inventi*".

"Sono d'accordo con lui", disse Julie. "Non è il nostro primo rodeo".

"Bene", disse Derrick. "Il tuo funerale. Ma le armi sono per noi". Fece un cenno a Reggie e Joshua.

Reggie aprì un borsone e vi rovistò dentro finché non trovò la custodia della Taurus. La aprì e iniziò a caricarvi il primo caricatore, mettendo il secondo in una tasca posteriore.

Joshua lanciò la Glock a Derrick, che la prese, poi il caricatore, e tutti e tre gli uomini cominciarono a usare le armi e a provarle.

"Ben, perché non vai in bagno?". Disse Reggie. Derrick gli lanciò un'occhiata, ma la ignorò. Aveva visto Ben in azione e un Harvey Bennett incazzato era una bellezza. *Bastava farlo agitare e indirizzarlo nella giusta direzione*, aveva detto una volta a Joshua. "Porta Julie nell'armadio dall'altra parte del corridoio, ma tu sei l'ultimo a uscire dai cancelli, ok? Non abbiamo bisogno di vittime oggi".

Si guardò negli occhi con Ben e i due compagni condivisero un momento di comprensione. *Prenditi cura di Julie e noi ci prenderemo cura di te.* Julie era una rinnegata, una combattente solida, con un'attitudine al sacrificio e alla grinta che si rivelava perfetta in situazioni ad alto rischio come questa, ma Reggie sapeva che non era ancora un soldato addestrato come lui e Joshua. Neanche Ben lo era, ma Ben aveva qualcosa che nessun altro aveva mai incontrato.

Una furia pura e sfrenata unita a una struttura assolutamente massiccia. Ben era come un treno merci: ci voleva un po' di tempo per prendere velocità, ma una volta in movimento era quasi impossibile fermarlo. Se Joshua era il quarterback del gruppo, Ben era il linebacker.

Reggie, dal canto suo, non era sicuro di quale fosse il suo posto. Era un soldato, un ex cecchino dell'esercito che era stato addestrato come un qualsiasi agente delle forze speciali, e ciò che mancava al suo addestramento lo aveva poi recuperato nel suo tempo libero, insegnando e dirigendo un programma di addestramento alla sopravvivenza dalla sua casa brasiliana ai margini della foresta pluviale.

Si erano conosciuti lì: Reggie, Julie e Ben si erano riuniti per rintracciare un gruppo di mercenari guidati da Joshua, che all'epoca era il volto del nemico che stavano inseguendo. Joshua si era reso conto in seguito di essere dalla parte sbagliata e si era prontamente adeguato, guadagnandosi la fiducia di Reggie e degli altri.

Insieme erano una grande squadra, ma era difficile dire esattamente perché. Non erano stati addestrati insieme e si conoscevano a malapena da mezzo anno, eppure finora erano stati brutalmente efficaci. Il signor E e sua moglie avevano fatto un ottimo lavoro nel riunirli e nel convogliare le loro capacità individuali in un insieme coeso.

Ben annuì e si mise dietro Julie per condurla nel corridoio. Lei non si oppose, sapendo che, disarmata, non sarebbe stata in grado di opporre molta resistenza a un eventuale intruso.

"È ora", disse Derrick. "Sbrigati, Bennett".

Reggie guardò Ben che si girava e correva verso il bagno, dall'altra parte del breve corridoio rispetto all'armadio di Julie. Chiuse la porta, ma Reggie non la sentì chiudersi.

I muri erano spessi e l'albergo era ben costruito, ma riuscì a sentire il suono flebile di passi pesanti - più di uno - sul pavimento della stanza accanto, oltre a qualche voce bassa. I passi si mossero ancora per la stanza, controllando ogni armadio più piccolo e il bagno, poi si avviarono di nuovo verso la porta principale.

Non sentì la porta chiudersi e non sentì più né i passi né le voci.

Passarono alcuni secondi e Reggie strinse un po' di più l'impugnatura della Taurus. Si costrinse a rilassarsi, ad aspettare il momento giusto e a non anticipare lo sparo. Con armi piccole come la 9 mm, sapeva che mirare in una stanza, anche piccola come una camera d'albergo, sarebbe stato difficile. La porta avrebbe costituito un punto di strozzatura naturale, costringendo i loro assalitori in uno spazio ristretto e quindi permettendo solo a uno o due di loro di entrare alla volta, e Reggie sperava che con tre pistole puntate contro di loro almeno uno di loro avrebbe sparato.

Testò la pressione del grilletto, in attesa.

Sentì un clic. Il suono della chiave della stanza che scivolava nella serratura e disinnestava la chiusura magnetica. Osservò il corridoio, non riuscendo a vedere fino alla porta da quell'angolazione. La serratura scattò ancora una volta e sentì la maniglia girare e la porta aprirsi lentamente.

Poi la porta volò di lato, le ombre e le luci si mescolarono dal corridoio e si riversarono nella stanza. Impugnò la pistola e aspettò.

Derrick gridò, ma Reggie non riuscì a capire cosa avesse detto. Alzò la Taurus all'altezza degli occhi e si preparò a sparare.

Il primo uomo entrò nella stanza correndo a tutta velocità verso Derrick. Derrick sparò due colpi in rapida successione, il primo dei quali colpì l'uomo e andò a vuoto.

Il secondo colpo andò a segno, ma lo slancio dell'uomo lo mantenne in movimento e si scontrò con Derrick prima che potesse sparare un terzo colpo. Reggie aveva aspettato troppo a lungo e ora il suo bersaglio e Derrick si erano uniti in una grande massa che si contorceva. Girò di nuovo la pistola verso l'ingresso.

Crack!

Un colpo risuonò nello spazio chiuso e Reggie cadde di lato. L'uomo che aveva sparato contro di lui lo aveva mancato, ma per un pelo. Reggie sentì il bruciore dell'arco caldo del proiettile che gli attraversava la spalla e alzò ancora una volta la pistola.

Un altro colpo risuonò, questa volta dalla Smith & Wesson di Joshua. L'uomo cadde e Joshua lo colpì di nuovo. Si agitò e Reggie non pensò che fosse morto. Sperava, tuttavia, che l'uomo fosse abbastanza ferito da essere fuori dalla lotta per un po'.

Un terzo uomo era all'ingresso e Reggie osò allungarsi intorno al divano per vedere meglio. Dal corridoio partirono tre colpi di pistola, il primo dei quali si avvicinò pericolosamente alla testa di Reggie. Si rituffò dietro la relativa sicurezza del divano e guardò Joshua.

Joshua scuoteva la testa e alzava le spalle, confuso come Reggie.

"Sei riuscito a vederli?" Chiese Joshua.

"Per un pelo, prima che mi sparassero qualche colpo in testa. Niente di memorabile, però. Solo un tipo grosso, in piedi, vestito di nero".

"Mercenario?"

"Certo", disse Reggie. "Non ne ho idea. Non importa. Mi stanno sparando, quindi li ucciderò".

Joshua annuì.

In quel momento, la vetrata dietro Reggie si frantumò in mille pezzi e la sua mente passò al rallentatore. Rotolò di lato, sapendo di avere solo un metro o poco più di spazio prima di sbattere contro il divano.

Si è rivelata una mossa sbagliata.

Una persona volò attraverso la finestra, proprio sopra Reggie, che sentì l'aria uscire dai polmoni. Gemette, cercando di spostare l'arma sull'altra mano. Un piede si posò sulla sua mano, schiacciandola, e calciò via la pistola. Un altro pestone e sentì il naso rompersi, con uno zampillo di sangue che seguì a breve.

Con la coda dell'occhio vide Derrick che stava ancora lottando con il primo aggressore.

Non c'è aiuto.

Spostò di poco lo sguardo e vide Joshua che puntava la pistola contro l'uomo che stava sopra Reggie. Reggie chiuse gli occhi e aspettò che il colpo risuonasse, ma non lo fece mai.

Invece, un'altra finestra si ruppe, questa proprio dietro a Joshua. Joshua saltò, ma era un attimo in ritardo. Un'altra persona è passata attraverso il vetro sfondato, a piedi uniti, facendo volare Joshua.

Merda.

L'uomo che in precedenza era stato appena fuori dalla stanza d'albergo, nel corridoio, e che aveva sparato a Reggie, entrò, con la sua spavalderia e il suo sguardo su Reggie.

"Gareth Red", disse l'uomo. "Non avrei mai pensato di trovarti qui".

Per un attimo Reggie - Gareth Red - rimase sbalordito. Non era sicuro di come quell'uomo sapesse chi fosse.

Poi ha capito.

CAPITOLO 36

"FIGLIO DI..."

"Risparmiati, *Reggie*. Non è così che ti chiamavamo allora? Che razza di benvenuto è questo, comunque? Non sei contento di vedere il tuo vecchio comandante?".

Reggie pensò di sputare per terra davanti al Falco, ma si rifiutò di riconoscere il suo disgusto per il mercenario.

Tuttavia, una nota di incoraggiamento ben formulata non può far male.

"Brutto pezzo di..."

"Ancora con quella tua bocca", disse l'uomo, interrompendolo. Fece un cenno con la mano e altri due uomini entrarono nella stanza. Si fermarono per aiutare l'uomo colpito da Joshua, che sembrava essere solo stordito quando il proiettile aveva colpito e si era conficcato nella sua armatura. I due nuovi uomini lo aiutarono a rimettersi in piedi e poi si voltarono verso il loro capo, che era in piedi al centro della stanza.

Reggie non li aveva riconosciuti, ma non ne aveva bisogno. Conosceva il loro capo e quindi sapeva a cosa andavano incontro.

"Ravenshadow", disse Reggie. "Siete ancora in giro, allora? L'ultima volta che ho sentito parlare di voi stavate prendendo a pallate gli ambasciatori stranieri".

Derrick e il suo aggressore avevano raggiunto una situazione di stallo, con Derrick tenuto stretto in una semicolonna in piedi di fronte all'uomo che era accorso e lo aveva placcato.

"Che cos'è Ravenshadow?". Chiese Derrick, con la voce sforzata.

"È una società di sicurezza", disse Joshua. Anche lui, come Reggie, era prono sul pavimento, con l'arma persa e un uomo in piedi sopra di lui con un fucile d'assalto puntato verso di lui. "Sono specializzati in clienti aziendali poco affidabili e farebbero qualsiasi cosa per un dollaro".

"Siamo *specializzati* nel garantire la sicurezza dei nostri clienti", ha detto l'uomo. "E sì, siamo ancora in giro. Grazie per averlo chiesto. Ed è un piacere conoscerla finalmente, Joshua Jefferson. Mi sorprende che *lei sia* sorpreso della nostra presenza. È lei a guidare questa piccola missione, vero?".

Joshua si è arrabbiato.

"La mia raccomandazione? Da leader a leader? Dovete operare con un *po'* più di furtività. Sai quanto è stato *facile* per i miei uomini capire chi eri e dove ti trovavi?".

Il volto di Joshua non rivelava nulla, ma Reggie era un po' sorpreso che quell'uomo conoscesse Joshua.

"Chi diavolo sei?" Chiese Joshua. "Voglio dire, a parte Ravenshadow".

"Sono incaricato di proteggere e mettere al sicuro i beni della signora Johansson, sia in patria che all'estero. Mi chiamo Vicente Garza".

"*Capitano* Vicente Garza", ha aggiunto Reggie.

"Lo conosci?" Chiese Derrick.

"Ho servito con lui. Era un buon soldato e un discreto leader. A volte, però, si cade duramente, sai?".

Garza si avvicinò a Reggie e si inginocchiò, premendo la canna dell'arma contro la sua tempia. "Lei è sempre stato bravo con le parole, *signor* Red. Ho sentito dire che anche lei era fuori: è scappato con una ragazza e poi ha fondato una società di sopravvivenza?".

"Qualcosa del genere, stronzo".

"Ma li hai persi entrambi, no? Ora fai più o meno quello che *faccio io*, ma per una paga *molto* inferiore, ne sono certo".

"Non sono come te, Garza. Ho ancora un'integrità".

Garza gettò la testa all'indietro e rise. Si alzò, poi si avvicinò a Derrick e fissò il grande uomo.

"Lei deve essere il soldato del governo che hanno mandato qui. Non c'è molto da vedere qui, eh? Solo una signorina spaventata con un segreto? Trova il segreto e chiamalo, non ha senso mandarne più di uno?".

Derrick strinse la mascella.

"È questo il problema di voi, di tutti voi. Vi lanciate in situazioni di *gran lunga* sotto organico. È il governo degli Stati Uniti, per l'amor del cielo, potete *letteralmente* stampare denaro quando volete. Perché non riuscite a capire come stamparne un po' e usarli per assumere altri uomini?".

Garza fissò Derrick per qualche altro secondo, poi si voltò e si diresse verso il centro della stanza, proprio in mezzo al divano e alle sedie. Si girò per rivolgersi a Joshua e Reggie.

"Ok, ragazzi. Le presentazioni sono state fatte. È ora di tornare al quartier generale. Ho una telefonata programmata con la signora Johansson questo pomeriggio, e *muoio dalla voglia di* raccontarle quanto sia stato semplice occuparsi di questo piccolo problema".

Fece un altro cenno ai due nuovi soldati che erano entrati nella stanza e si avviarono.

In quel momento la porta del bagno si aprì e Reggie poté sentire dei passi pesanti. Dalla sua posizione sul pavimento non poteva vedere il bagno, ma sapeva cosa stava succedendo.

No, Ben. No. Non è vero.

In silenzio volle che Ben si fermasse, che si voltasse e si nascondesse di nuovo nel bagno, ma lo conosceva troppo bene. Sapeva anche che gli altri avevano sentito la stessa cosa ed erano meglio preparati all'attacco.

Reggie intravide le gambe spesse di Ben che si muovevano su e giù mentre colmava la distanza tra la porta del bagno e il primo soldato sulla destra. Sentì il rumore del contatto, poi entrambe le gambe si sollevarono da terra.

Maledizione, Ben.

Atterrarono rumorosamente sulla sedia accanto alla posizione di Garza e vi ruzzolarono sopra. Reggie poteva vederli ora, mentre lottavano proprio come avevano fatto Derrick e il primo soldato pochi minuti prima. Lottarono ancora per qualche secondo prima che Garza sorridesse e si avvicinasse a Ben.

Tenne la pistola in alto e fuori, e Ben smise di muoversi.

"Risparmiati, ragazzo", disse Garza. "Non vorrei ucciderti così facilmente".

Ben mormorò una risposta blasfema sottovoce.

"Sei un tipo esuberante, vero? Tu devi essere Harvey. Dimmi, Harvey, il signor Red ti ha detto qualcosa di me?".

Ben lanciò un'occhiata a Reggie. Il suo viso era rosso, arrossato dalla rabbia, e c'era un livido intorno all'occhio sinistro. Scosse la testa, una volta.

"Bene. Sarà ancora meglio che lui vi aggiorni sulle nostre imprese insieme. Il vostro amico Reggie ha delle lezioni di storia per tutti voi".

L'uomo che aveva lottato con Ben lo spinse via e si alzò, togliendosi i pantaloni. Alzò la propria pistola e la puntò alla schiena di Ben. Reggie osservò, cercando di prendere le misure degli uomini nella stanza. In un giorno migliore, con armi migliori e preparativi migliori, sarebbe stato un combattimento equo.

Ma un combattimento leale nel mondo di Reggie era inaccettabile. Un combattimento leale significava che alcuni di loro, alcuni dei *suoi* uomini, sarebbero stati colpiti. Probabilmente uccisi. Un combattimento leale, con squadre equamente bilanciate, significava che ci sarebbero state delle perdite.

Era stato un errore per Ben uscire di corsa dal bagno, soprattutto se disarmato. Ben lo sapeva e tutti gli altri lo sapevano. Il fatto che Ben non stesse sanguinando sul pavimento della stanza d'albergo in questo momento era una fortuna.

"Signor Bennett, era da tempo che desideravo incontrare il suo amico dell'FBI. Ho anche preparato un benvenuto speciale per lui, nella nostra struttura".

Reggie fissò Ben, che stava fissando il Falco. Garza sorrideva, una piccola, sottile scheggia di malvagità.

No.

"Ma ora che so che *sei* qui, so che anche la tua *ragazza...* scusa - fidanzata, giusto? - è qui anche lei".

Le narici di Ben si dilatarono, gli zigomi si scontrarono più e più volte.

No, pensò Reggie. Strinse gli occhi. *Per favore, no.*

"Dove si trova? Mi piacerebbe *molto* conoscerla".

CAPITOLO 37

SFORTUNATAMENTE, JULIE poteva sentire ogni parola della transazione che si svolgeva fuori dal suo armadio nella stanza principale dell'hotel. Era in preda al panico, ma riuscì a costringere i suoi respiri a lunghi e costanti incrementi.

Inspirare, espirare.

Si concentrò sui respiri, ma le voci dall'altra parte della porta la terrorizzarono. Sentì Reggie, che sembrava aver riconosciuto l'uomo - il Falco - che era venuto a prenderli. L'uomo e la sua squadra lavoravano per Daris, a quanto pare, come una sorta di squadra di sicurezza.

Ma invece della sicurezza, Daris li aveva assunti per trovare il gruppo di Julie? I conti non tornano. Se cercavano Roger Derrick, avrebbero semplicemente preso lui e lasciato in pace gli altri.

Il falco raccontò a Joshua un po' di cose sull'azienda, ma lei si concentrò ancora sui suoi respiri.

Inspirare, espirare.

Aspettò, con il battito del cuore che aumentava ad ogni tonfo. Aveva il controllo del respiro, ma non poteva fare nulla per il cuore.

Julie guardò nell'armadio, sperando che ci fosse qualcosa da usare come arma. Attraverso la luce che filtrava dalla fessura tra le due ante, scrutò la piccola stanza a forma di L. Le scarpe di Derrick erano su una scarpiera, la cintura pendeva da una delle grucce di legno. Se aveva con sé una valigia, non era nell'armadio.

Un calzascarpe pendeva da una piccola corda di cuoio che era stata fatta passare attraverso un foro nella sua parte superiore, mentre nell'angolo opposto, un asse da stiro era appeso alla parete.

Non c'è ferro da stiro.

Il ferro da stiro, pensò, si trovava in bagno, nascosto in un piccolo armadietto vicino al lavandino. La tavola stessa poteva essere usata come arma grezza, ma non aveva né la forza né lo spazio per brandirla abbastanza larga e forte da fare molti danni.

Julie non poteva giustificare facilmente la cintura o le scarpe come arma. Cosa avrebbe fatto? Lanciare le scarpe al primo uomo che entra e cercare di soffocare l'altro?

Tuttavia, sentiva di dover fare *qualcosa*. Doveva prepararsi. Doveva...

La porta del bagno si aprì di scatto e lei sentì i passi di Ben che sbattevano sul pavimento mentre usciva dal suo nascondiglio. Seguì una colluttazione, ma era silenziosa e lei riusciva a malapena a sentire il rumore dei grugniti degli uomini che lottavano.

Cercò di sbirciare attraverso la fessura della porta, ma l'angolazione era sbagliata. Riusciva a vedere solo il muro di fronte a lei, la parete opposta e il chiosco del caffè dietro l'angolo.

Poi i rumori cessarono e lei respirò a pieni polmoni.

Chi ha vinto?

Poi la voce dell'uomo, quello chiamato Garza.

Parlò a Ben, Ben imprecò e Garza continuò a parlare.

Inspirare, espirare.

Forzò i respiri, uno dopo l'altro, finché non sentì la testa vacillare e dovette fermarsi. Ora era in piena modalità panico, sapendo che presto sarebbe stata scoperta. *Non c'era via d'uscita.*

Non era un soldato addestrato. Prima di incontrare Ben, aveva sparato solo qualche volta da ragazza e due volte da adulta. Il suo lavoro presso i Centri per il Controllo delle Malattie, a capo di un gruppo ormai defunto chiamato Resistenza alle Minacce Biologiche, era un lavoro d'ufficio glorificato, e non esisteva un addestramento alle armi per il personale dei CDC che lei conoscesse.

Non era una combattente, né con le mani, né con i piedi, né con altro. Era rimasta affascinata dall'idea dei guerrieri di arti marziali miste che aveva visto e aveva persino chiesto a Ben se fosse interessato a imparare alcuni dei lanci e delle prese del jujitsu brasiliano. Lui aveva fatto spallucce, sostenendo che non era utile per l'attacco quanto per la difesa, e che lei avrebbe dovuto invece studiare qualcosa come il Krav Maga.

Eppure era qui, in un armadio, sul punto di essere scoperta.

La voce di Garza le squarciò il subconscio. "Dov'è? Mi piacerebbe *molto* conoscerla".

Voleva urlare, ma rimase in silenzio. Voleva svenire, ma si fece forza. Voleva reagire, ma tenne duro.

In attesa.

Passi, in bagno.

Altri, da un altro uomo, nell'area di fronte all'armadio. Un lampo di buio mentre l'uomo passava proprio davanti all'armadio.

Annusò, scostandosi di lato, sperando che lui non l'avesse vista.

Lui controllerà comunque, lo sapeva.

Ha comunque controllato.

L'uomo spalancò le porte, accecando Julie con la luminosità della stanza d'albergo, e lei sbatté le palpebre un paio di volte in risposta.

Ora aveva le mani su di lei, vecchie e profondamente strette, che sembravano consumate e indurite. Facevano leva, si aggrappavano, cercavano di afferrarla senza che lui dovesse entrare nell'armadio.

Lei non lo avrebbe permesso, ma continuò a respirare e a tacere. Gli scacciò le mani, ancora e ancora, finché lui non entrò nell'armadio e premette il suo enorme corpo odoroso di sudore contro il suo e le afferrò i polsi, tirandoli con forza verso i fianchi.

Poi, in quel momento, urlò.

Non riusciva più a trattenersi.

Ben urlò in risposta, qualcosa di volgare, ma lei non ci fece caso.

L'uomo sorrideva e la guardava con una strana espressione sul volto. Sembrava sporco, come se le sue mani grintose si abbinassero perfettamente, ma tutto ciò che lei riusciva a vedere nei dettagli erano i suoi occhi. I suoi brutti occhi bianchi. Erano fessure nella sua testa, appena aperte, in contraddizione con il suo sorriso.

Il suo naso pendeva verso sinistra, più lungo di quanto avrebbe dovuto essere, e metteva in mostra troppi picchi e cicatrici che un solo naso dovrebbe ospitare. Era disgustata, disgustata, ma soprattutto *terrorizzata*.

Lei urlò di nuovo, ma lui le tirò più forte le braccia, costringendola a stare dritta contro il muro, e poi si spinse su di lei, avvicinandosi al suo orecchio.

Poi sussurrò. "Sarò pronto, quando il Falco avrà finito con te".

Deglutì, quasi vomitando, ma il desiderio di svenire ebbe la meglio. Cadde in avanti, con i polsi ancora bloccati nelle sue mani, e l'uomo le passò il braccio sinistro dietro la schiena. La lasciò proseguire in avanti, scansandosi, e Julie lo sentì tirare il polso destro verso l'alto, nell'area tra le scapole.

Le fece male e si lasciò sfuggire un sospiro acuto. L'uomo rise, con un grugnito gutturale che la fece star male di nuovo, e la spinse fuori dall'armadio. Il polso sinistro pendeva dietro la schiena, tenuto in posizione dalla sua grande mano coriacea, mentre il polso destro era bloccato sulla schiena dall'altra mano. Non aveva altra scelta che piegarsi in avanti per alleviare la pressione.

In questo modo, uscì dall'armadio. Ben fu la prima persona che vide.

Piangeva, incapace di parlare.

Lui lo guardò, probabilmente anche lui stupefatto.

Poi vide gli altri - Reggie, Derrick, Joshua - tutti storditi in silenzio dall'estremità delle pistole, ogni arma impugnata da un uomo vestito in modo simile al rapitore di Julie.

"Perché?", balbettò. "Che cosa hai intenzione di fare?".

L'uomo che stava al centro della stanza, puntando una pistola contro Ben, si voltò verso di lei e sorrise. Le sue labbra erano sottili e i suoi occhi le davano l'impressione che non fosse veramente contento di nulla. "Ciao, Juliette. Spero che ti sia piaciuta la sistemazione qui. Abbiamo un altro posto dove vorremmo portarti, quindi saluta i tuoi amici".

L'uomo che la teneva in braccio le spinse la parte superiore del corpo più in basso, piegandola ancora di più in vita. Lei emise un grugnito di dolore, ma cercò di tenere la testa sollevata.

"Jules", disse Reggie. "Rimani calma. Verremo a prenderti. Te lo prometto".

Non era sicura se fosse arrabbiata o terrorizzata, o entrambe le cose. O nessuno dei due. Non sapeva *cosa* pensasse.

L'espressione di Reggie era sofferta e Joshua era chiaramente turbato. I suoi occhi erano duri, come sempre, ma sembrava che guardasse attraverso di lei. La studiava, come se cercasse di capire come avrebbe retto.

E poi ha visto Ben.

Fissava ancora lei, con gli occhi persi in una sorta di trance. C'erano delle lacrime e lui non cercava di nasconderle. Lei pianse ancora, non sapendo cosa avrebbe potuto dire.

"Ben", mormorò infine. L'uomo la fece girare in modo che fosse faccia a faccia con lui. "Ben, io..."

Il Falco si voltò e cominciò a uscire dalla stanza, mentre gli altri indietreggiarono di qualche passo, continuando a puntare le armi contro il gruppo. Uno degli uomini raccolse le pistole dalla borsa di

Derrick che era caduta a terra e le raccolse, portandole fuori dalla stanza.

Infine, a turno, i soldati si spostarono all'indietro verso la porta, sorvegliando i loro compagni di squadra con metodo, anticipando qualsiasi movimento del gruppo di Julie.

L'uomo di Julie le fece appoggiare il fianco al muro e la tenne ferma mentre uscivano dalla stanza e andavano in corridoio. Il Falco la aspettava con le manette e le mise una manetta intorno al polso destro.

Si chinò e le parlò, assicurandosi che lei lo guardasse. "Juliette, te lo dirò solo una volta", disse. "Se provi a scappare, ti renderemo semplicemente molto più difficile il procedimento successivo. Se provi a gridare, dirò ai miei uomini di rientrare in quella stanza e di piantare un proiettile in testa a ciascuno dei tuoi compagni di squadra.

"E se provi a chiamare qualcuno o a spiegare cosa sta succedendo, affogherò personalmente il tuo fidanzato nella vasca da bagno, mentre tu guardi".

Deglutì.

"Hai capito?"

Lei annuì.

Si appoggiò di nuovo e fece camminare uno dei suoi uomini con dei distintivi, consegnandone uno a ciascuno dei soldati. Solo allora capì qual era il loro piano: sul retro della camicia dell'uomo che passava, stampata a grandi lettere dorate, c'era una sola parola:

SWAT.

Stavano cercando di far uscire Julie proprio sotto l'occhio vigile dell'hotel, probabilmente con una storia già pronta. Sarebbero stati in grado di procedere senza inibizioni, uscendo dalla porta sul retro e salendo su un veicolo per le strade di Philadelphia.

La porta si chiuse alle loro spalle. Garza si girò, annuì e si avviarono lungo il corridoio. Una stanza si aprì alla sua sinistra, vicino all'ascensore, e il volto di una donna anziana spuntò dalla porta aperta.

Il Falco mostrò il suo distintivo. "Signora, è tutto sotto controllo. Ci dispiace per l'inconveniente, ma tutto dovrebbe tornare alla normalità a breve".

Lo vide fare un sorriso in direzione della donna, che poi scomparve nella sicurezza della sua stanza. Julie voleva urlare.

"Non dimenticare quello che ti ho detto, Juliette", disse Garza. "La durata della tua permanenza da noi è direttamente correlata a quanto sei collaborativa con i miei uomini".

Le spalle si abbassarono e la testa cadde. Tuttavia, la sua ostinata forza interiore la costrinse a mettere i piedi in avanti, un passo alla volta.

Inspirare. Espirare.

CAPITOLO 38

"BEN – *BEN!*" URLÒ REGGIE. "STAI BENE?"

Ben si guardava intorno nella stanza, stordito. Si sentiva stanco, consumato, addirittura esausto. Una cosa strana da provare, considerando che non si era allenato, né aveva corso, né aveva combattuto, né aveva fatto nulla che giustificasse la stanchezza.

"Ben..."

Lanciò un'occhiata a Reggie.

"Ben, io..."

"Risparmiati, Red", disse Ben. Il mento di Reggie si sollevò appena, ma mantenne lo sguardo su Ben.

Ben capì cosa stava succedendo ora. Julie era stata rapita, *la sua* Julie, e Reggie stava cercando di assicurarsi che stesse bene.

Ma non stava bene. Non gli andava bene niente di tutto questo, nemmeno prima che atterrassero a Filadelfia. Non erano i voli, non era il viaggio in macchina e non era nemmeno Daris stessa.

Era qualcos'altro, qualcosa che *sapeva che* anche gli altri sentivano. Tutto questo casino era iniziato come un semplice progetto investigativo, qualcosa che il signor E voleva che "controllassero", per usare le sue parole. Aveva pensato che potesse trattarsi di qualcosa di più serio di un semplice omicidio e di due effrazioni e furti collegati, ma non aveva detto cosa.

Anche a Ben sembrava sospettosamente semplice. Era stato preparato a qualcosa di più, a che Daris reagisse nel modo in cui aveva reagito, e persino a qualcosa come un agente dell'FBI che li avesse sorpresi e avesse improvvisamente chiesto loro di far parte della sua squadra.

Ma quello a cui Ben *non era* preparato, quello a cui *nessuno di loro* era preparato, era ciò che stava accadendo ora. Julie era sparita, loro erano stati lasciati in una stanza d'albergo senza armi e nessuno di loro aveva idea di cosa fare dopo.

In una situazione del genere, la prima reazione di Ben fu quella di iniziare la caccia. Iniziare a rintracciare gli uomini che avevano fatto questo e iniziare a camminare deliberatamente nella direzione in cui pensava fossero andati. Lo aveva già fatto nella foresta amazzonica e lo aveva fatto in Antartide.

Trovare la minaccia, eliminare la minaccia. Non c'erano burocrazia, riunioni di bilancio o sessioni di pianificazione. Voleva solo *iniziare a muoversi*. Voleva trovarli e ucciderli.

Anche gli altri lo facevano, ma preferivano pianificare prima.

La mente cosciente di Ben sapeva quanto fosse stupido e rischioso uscire dalla porta e camminare senza meta finché non avesse avuto una pista, ma le sue emozioni stavano vincendo la battaglia.

Si alzò, guardò gli altri tre uomini, uno alla volta, poi si avviò verso la porta.

"Ben", disse ancora Reggie. "Cosa stai facendo? Dove stai andando?"

"La troverò, Reggie. Non è così difficile da capire".

Joshua si avvicinò alle sue spalle. "Harvey, non è una buona idea. Non hai idea di dove sei...".

"Nemmeno tu!" Ben urlò, girandosi di scatto per affrontarli. "Nemmeno tu. E tu?"

Nessuno dei due parlò.

"È quello che ho pensato. Allora *dimmi* perché non dovrei *iniziare* e basta? Perché non dovrei iniziare a muovermi e capire cosa fare? In passato ha sempre funzionato per me. Perché non ora?".

Cominciò a voltarsi di nuovo, ma Reggie lo fermò.

"Ben, per favore. Pensaci".

Ben abbassò la testa e una lacrima cadde dall'occhio sinistro e si posò sullo stivale. Non gli importava di nasconderla e sapeva che a loro non sarebbe importato che stesse piangendo. Annusò.

"È... avrei potuto... avrei dovuto...".

"Ben, andiamo. *Non* avresti potuto fare *nulla*. L'hanno presa e noi la riporteremo indietro. Gliel'ho già promesso e lo prometto anche a te".

"Ma cosa le faranno?". Chiese Ben. "Hai visto come la guardava quel tipo, come se fosse un contorno di carne o qualcosa del genere. Reggie, *devo riprenderla*".

"E lo faremo, amico. Torna qui e pianifichiamo tutto".

Ben rimase lì, in silenzio, per mezzo minuto. Poi si voltò, lentamente, e si diresse verso il centro della stanza. Si fermò dove si era fermato il Falco, Vicente Garza. Si avvicinò all'armadio, dove si era nascosta Julie.

Dove avrei dovuto essere, a proteggerla, pensò.

Scosse la testa, la rabbia ora si mescolava alle lacrime. Strinse i pugni e si voltò verso la stanza.

Derrick, Reggie e Joshua erano in piedi intorno alle sedie e lo guardavano. Lo stavano aspettando.

"Cosa vuoi da me?" Chiese Ben. "Sono inutile. Avete gli Stati Uniti che vi sostengono, e tutti voi avete addestramento ed esperienza. Io sono solo un grasso ranger del parco che è senza lavoro".

Reggie scosse la testa. "No, Ben. Ti sbagli. Non dirò altro al riguardo. Vieni qui e cerchiamo di capire come fare per riavere Julie".

Si avvicinò, si sedette e fissò Reggie. Non aveva nulla da offrire, nulla da dire. Si sarebbe seduto lì, finché lo avessero costretto, e avrebbe aspettato. Avrebbe annuito, scosso la testa, qualsiasi cosa avessero voluto da lui.

Alla fine, quando decisero che era passato abbastanza tempo e che avevano la direzione giusta, lui avrebbe iniziato a muoversi, a cercarla.

Poi, quando era il momento, avrebbe combattuto.

Li avrebbe uccisi tutti.

CAPITOLO 39

REGGIE NON RIUSCIVA A PENSARE a molte cose in questo momento. Di solito la sua mente correva, pronta a inserire un dettaglio, un'idea o un pensiero. Ma ora, in questo momento, la sua mente era vuota.

Voleva trovare Julie più di ogni altra cosa, ma sapeva che avrebbe trovato anche Garza e i suoi uomini. Li avrebbe trovati e li avrebbe uccisi.

Se Ben non li uccide prima.

Reggie aveva visto Ben fare cose incredibili, cose che gli uomini normali non potevano sognare e che i suoi stessi soldati avevano difficoltà a fare. La mente di Ben poteva non essere piena di fatti e rivelazioni brillanti, ma era un animale quando si trattava di brutale efficacia fisica.

Reggie ne aveva bisogno ora, e Joshua aveva bisogno di entrambi. Anche loro avevano bisogno di Joshua, ma Ben era la chiave di tutto. Era lui quello di cui dovevano preoccuparsi, quello che era più vicino al limite.

L'aveva già visto in passato, in servizio. Gli uomini cadevano e gli altri se ne accorgevano. Si lasciavano condizionare, in un modo che li riguardava più di quanto riguardasse tutti gli altri. Si affezionavano, si aggrappavano ad esso e questo li teneva fermi.

Ben stava per essere trattenuto. Julie era sparita e lui era sotto shock. Era un uomo forte, ma questa era una situazione che nessuno, a parte Reggie stesso, aveva vissuto. Joshua Jefferson aveva perso il padre all'inizio dell'anno, ma per Joshua l'uomo era scomparso da molto più tempo.

Reggie sapeva come si sentiva Ben in questo momento e sapeva che non poteva fare molto per aiutarlo. Nessuna parola lo avrebbe confortato e nessuna falsa promessa lo avrebbe trattenuto. Ben era un uomo d'azione, quindi l'unica cosa che Reggie poteva fare era invitare Ben a casa sua e metterlo al lavoro.

"Dovremo sapere tutto", disse Reggie, guardando l'agente dell'FBI seduto di fronte a lui.

Derrick annuì. "Lo so, ma non qui. La polizia sarà qui tra pochi minuti, la squadra SWAT tra altri. Le finestre spente, gli spari? Probabilmente il personale dell'hotel sta già radunando tutti fuori dal nostro piano".

Reggie annuì. "Il che significa che abbiamo pochi minuti per uscire da qui senza essere visti. Possiamo prendere le scale?".

"Probabilmente - sarebbe l'opzione che preferisco. Usciamo; se ci separiamo, ci ritroveremo dietro l'hotel. C'è una yogurteria sulla 20ª strada che condivide un vicolo con il Rittenhouse. Andate lì e aspettate il resto di noi".

Reggie annuì in segno di assenso, poi attese che Joshua e Ben si alzassero.

Derrick rimase indietro, rovistando nelle sue borse. Reggie sapeva che avrebbe cercato di lasciare la stanza il più vuota possibile. Non era possibile, ma almeno Derrick poteva recuperare tutto ciò che poteva ricondurre a lui.

L'uomo avrebbe prenotato le camere con uno pseudonimo, facendo perdere qualche ora preziosa all'hotel e alle squadre SWAT.

Nel momento in cui sarebbero risaliti all'FBI - se lo avessero fatto - l'FBI avrebbe iniziato la sua modalità di controllo dei danni: preparare le dichiarazioni alla stampa e le storie di copertura, togliendo di fatto Roger Derrick dai guai.

Non poteva sapere se Derrick si sarebbe arrabbiato con l'ufficio centrale. Immaginava che il suo capo non sarebbe stato molto contento che una piccola missione di ricognizione e raccolta di informazioni come questa fosse saltata.

Ma non era questo il problema di Reggie. Derrick probabilmente aveva previsto questo, o almeno qualcosa di simile. Dopotutto era dell'FBI.

Almeno dice di essere dell'*FBI*.

Reggie non aveva ancora deciso se credere o meno a quell'uomo. Finora l'uomo sembrava essere dalla loro parte, in regola. Stava giocando lentamente le sue carte, ma le stava comunque giocando. Reggie sapeva che i membri dell'FBI sono un gruppo schizzinoso, riservato e lento a fornire informazioni. Per questo, Derrick faceva al caso suo.

Si avviarono a passo svelto verso la fine del corridoio e trovarono la porta che conduceva alle scale. La spalancò, Ben la tenne aperta e aspettò che gli altri due uomini passassero. Reggie diede un'occhiata alla stanza e fu sorpreso di vedere il loro nuovo amico dell'FBI che stava già uscendo nel corridoio. In una mano teneva una grossa valigetta, probabilmente quella delle armi che aveva prima, e nell'altra una valigetta più piccola.

"Proprio dietro di te", gridò Derrick. "Ti raggiungo".

Reggie annuì e si voltò verso le scale. Joshua stava già scendendo, scendendo al livello della strada.

La mente di Reggie tornò improvvisamente all'ultima volta che erano stati insieme mentre scendevano le scale. In Antartide, all'inizio di quell'anno, un piccolo esercito cinese e un numero uguale di guardie della stazione nemica cercavano di abbatterli. L'avevano scampata per un pelo e avevano vissuto per raccontarlo.

Ma Julie era stata con loro allora.

Sperava che Ben non avesse pensieri simili.

Mentre raggiungeva il livello successivo, Derrick raggiunse la rampa sopra di lui. L'omone richiuse la porta con un colpo secco che riecheggiò nella tromba delle scale di metallo e cemento.

"Continua a muoverti", disse Derrick. "Mi sembrava di aver sentito la porta dell'ascensore aprirsi proprio prima di entrare qui".

COME DERRICK HA PROMESSO, la yogurteria si trovava all'angolo tra la 20ª strada e Locust Street, una piccola vetrina stretta che si affacciava su alcuni altri negozi che condividevano il proprietario.

Reggie non era un grande fan dello yogurt, soprattutto da quando in America era scoppiata la "mania dello yogurt". Gli sembrava più un prodotto destinato alle mamme casalinghe e ai liceali alla moda che un vero e proprio dessert. Quando prendeva il gelato, era tutt'altro che soft-serve: cumuli di rocky road ricoperti di M&M e irrorati di caramello caldo.

Il pensiero gli fece sorridere. Avrebbe dovuto controllare se c'era una *vera* gelateria nelle vicinanze, se ne avessero avuto il tempo dopo la fine di questo pasticcio.

"Reggie, stai bene?" La voce di Ben raggiunse le orecchie di Reggie e lo riportò indietro. L'arredamento alla moda e le luci brillanti della yogurteria erano stridenti, e sovrapponevano un falso senso di speranza alla loro realtà fioca.

Annuì. "Sì, Ben, sto bene. Come te la cavi?".

Ben scrollò le spalle.

"Sì, ti capisco".

"Ok", disse Joshua, interrompendolo. "Siamo tutti qui. Mettiamo le sedie in cerchio e io preparo l'iPad di Derrick con un richiamo al signor E.".

Reggie e Derrick iniziarono subito a sistemare le sedie nel negozio vuoto e il negoziante, un uomo piccolo e asiatico, sembrò intuire che gli uomini non erano qui per lo yogurt. Pulì un bancone e poi sparì nel retro del negozio. Il gruppo si sedette su un'unica sedia al centro di un cerchio. Reggie ruotò la sua sedia e si sedette al contrario.

"Prima di chiamare il signor E", disse Ben, "cerchiamo di capire chi sei veramente".

Derrick si accigliò. "Io?"

"Siete dell'FBI?"

"Lo sono davvero".

"Perché allora ci hai tenuto nascosto qualcosa?". Chiese Ben.

Reggie sorrise. "Perché è dell'*FBI*, Ben. È quello che fanno".

Derrick non sembrò apprezzare la battuta e iniziò rapidamente a spiegare. "Non ti ho tenuto nascosto nulla per nessun altro motivo se non questo: Avevo la sensazione che Daris avesse assunto una squadra di sicurezza e volevo assicurarmi che non foste in pericolo o che non foste la sua squadra di sicurezza".

"Grazie per questo", disse Joshua. "Capisco il tuo punto di vista, ma ora ci siamo dentro. Insieme".

"Bene", disse Derrick, sporgendosi in avanti e sciogliendo un nodo del collo. "Cosa vuoi sapere?"

"Dove stanno portando Julie?" Chiese Ben, intervenendo.

Derrick scosse la testa. "Non lo so. Non ho informazioni su questo gruppo che Daris ha ingaggiato, né su dove abbia la sede. Potrebbe essere qui in città o ovunque. Lei conosceva il loro capo, il Falco?".

Reggie annuì. "Sì, ma non lo conosco più. La tua ipotesi è valida quanto la mia su dove la tengono".

Ben si spostò per rivolgersi a Derrick. "Beh, di' ai tuoi grugni di iniziare a cercare. Non avete una tecnologia per questo?".

"Non abbiamo la tecnologia o le risorse per farlo. Senza offesa, Harvey, non è che abbiamo a che fare con il rapimento di un presidente".

"Allora fai mandare una squadra!". Ben scattò. "Dovete essere in grado di fare *qualcosa*".

Derrick alzò una mano e si guardò intorno per vedere se fosse apparso qualcun altro. Il negoziante era ancora assente, probabilmente rintanato in un ufficio sul retro a guardare la loro conversazione su un monitor di sicurezza. "So come ti senti, Harvey, credimi. Ma comunque, non posso fare di questa indagine qualcosa che non è".

"E questo cosa vorrebbe dire?".

Reggie vide gli occhi di Ben che si muovevano intorno al cerchio di sedie verso gli altri uomini. Stava cercando di mettere insieme i pezzi, proprio come aveva fatto Reggie. Joshua lo sapeva, e anche Reggie lo sapeva.

Interviene Joshua. "Ben, significa che l'FBI è interessata solo al loro caso. Julie ora fa parte di quel caso, ma non è la parte *più importante*".

Ben sembrava scioccato e ferito. "Ma se *n'è andata*, e tu mi stai dicendo...".

"Ti dico che la troveremo", disse Reggie. "Ma lo faremo da soli o con l'aiuto di Derrick".

"E l'unico modo in cui Derrick ci aiuterà - l'unico modo in cui *può* aiutarci - è se lavora al caso".

Reggie guardò Derrick per avere conferma e Derrick annuì solennemente.

"Non posso dire che sia l'ideale, Ben", disse Derrick. "Ma è quello che è. Devo *prima* proteggere qualsiasi cosa Daris stia cercando, e solo allora potrò aiutarti".

"Allora lo faremo da soli", disse Ben, preparandosi ad alzarsi. "Proprio come hai detto tu. 'Lo facciamo con o senza questo tizio dell'FBI', giusto? Allora facciamolo senza di lui".

"Non è così facile, Ben", disse Joshua.

"Sì? Perché? Perché *non è mai* così facile?".

"Perché qualunque cosa Daris stia cercando è qualcosa per cui era disposta a far prendere Julie alla sua forza di sicurezza. Significa che sta pianificando di usare Julie come merce di scambio in qualche modo".

"O come modo per farci fare qualcosa per lei", ha aggiunto Reggie.

"Julie fa parte della stessa cosa che tutti cercano", ha detto Derrick.

"Così aiutiamo Derrick e troviamo Julie. Lavoriamo tutti insieme in questo caso".

Ben annuì. "Capisco, ma ancora non *capisco*. Cosa stiamo cercando?".

Reggie non era sicuro della risposta a quella domanda e sapeva che nemmeno Joshua lo era. Qualunque cosa fosse, valeva la pena di essere uccisa o rapita, e questo la rendeva molto probabilmente un premio di valore.

"Beh", disse Derrick. "Ti ricordi cosa ha detto Daris stamattina a GMA?".

"Su Jefferson? Che ha usato soldi non suoi?".

"Esatto. In particolare, ha usato denaro che non era suo *o* della nazione. Soldi trovati da una flotta di tesori spagnoli affondata nel 1715".

"Pensi che si tratti di *oro?*"

"Penso che si tratti di *prove*. La prova che c'era *l'*oro e che è stato usato per acquistare il Territorio della Louisiana".

Li guardò tutti a turno, poi lentamente, deliberatamente, si alzò a sedere e si chinò in avanti.

"Ma non *si* tratta di questo. L'oro è quello che lei dice di essere, per generare buona volontà e conquistare la maggioranza silenziosa che potrebbe volersi unire alla sua parte".

Reggie si chinò, spingendo la sedia all'indietro sulle due gambe posteriori.

"Credo che Daris abbia già trovato qualcosa e che stia seguendo le tracce lasciate da Lewis nel suo diario segreto per trovarne altre".

"Più di cosa?"

Derrick fece una pausa, unendo le labbra, e Reggie sapeva che stava discutendo in silenzio se giocare o meno l'ultima carta che aveva in tasca. Alla fine si chinò un po' anche lui, arrivando quasi a toccare la fronte di Reggie.

"Hai mai sentito parlare della pianta, *Borrachero?*"

CAPITOLO 41

"BORA-COSA?" CHIESE BEN.

"BORRACHERO", disse Derrick. "Una pianta originaria della Colombia. È molto comune lì, cresce praticamente ovunque".

"E Daris ne ha trovati alcuni che crescono sul sentiero di Lewis e Clark?".

Derrick scosse la testa. "No... beh, non proprio. Ma credo che abbia trovato qualcosa di simile. Un altro ceppo, forse dello stesso genere, ma sicuramente con proprietà simili".

Il cuore di Ben affondò. "E quali sono, esattamente, queste "proprietà"?".

"Beh, hai mai sentito parlare della droga dello stupro?".

Ben annuì. "Sì, la pillola che ti mettono nel bicchiere alle feste... e poi ti svegli il giorno dopo. Non hai idea di cosa sia successo la sera prima".

"Giusto", disse Derrick. "Ma è un po' più complicato di così".

"Certo che lo è".

"Le droghe da stupro sono in realtà un'intera *classe* di sostanze chimiche, dall'alcol ai barbiturici più potenti. Sono in realtà solo una classificazione di cose che causano questi effetti. Basta un dosaggio sufficientemente alto di Ambien e sei fuori".

Gli uomini seduti intorno a Derrick annuirono.

"Queste droghe sono tutte versioni per bambini della sostanza madre di tutte le droghe da stupro, la scopolamina. È usata in dosi estremamente ridotte come ioscina in farmaci per il sonno e per il mal d'auto, come il cerotto che si indossa e che rilascia lentamente la scopolamina secondo un programma prestabilito".

"Quindi questa pianta di Borrachero contiene scopolamina?". Chiese Joshua.

"Lo fa, ma in concentrazioni *molto* più alte di quelle considerate sicure. Negli ultimi anni, dalla Colombia sono giunte notizie di oggetti contenenti scopolamina, come biglietti da visita, pompe di benzina e bancomat, che hanno reso inabili le persone".

"Ma non uccidendoli?" Chiese Ben.

"Non sempre. Anzi, non sempre. La droga è stata usata da bande e guerre organizzate per controllare i loro obiettivi. La persona si sveglia e non ricorda nulla".

Ben deglutì, pensando a Julie. Voleva chiedere, ma non poteva.

Chiese Reggie. "Pensi che la squadra di Daris abbia questa roba?".

"Non è difficile da ottenere", disse Derrick, annuendo. "Sono quasi certo che abbia un team di scienziati che ci sta lavorando. Come ho detto, è facilmente reperibile grazie alla pianta resistente che la produce. Si può coltivare praticamente ovunque e costa poco".

"Ma *abbiamo* già le 'droghe da stupro'", ha detto Reggie, mettendo le virgolette intorno alle parole. "Anche se questa roba è più potente di quella che abbiamo già, come può essere una minaccia per la sicurezza nazionale?".

"Beh, prima di tutto, non credo che lei capisca la quantità di scopolamina necessaria per avere un effetto. Basta mezzo milligrammo per stendere qualcuno, e una quantità maggiore gli toglierà la memoria".

"Woah", disse Reggie. "Quindi qualche milligrammo in più potrebbe uccidere qualcuno".

"Assolutamente sì, ed è così. I cattivi giù in Colombia hanno usato tra i 2 e i 5 milligrammi per rendere le loro vittime non solo inermi, ma anche in uno *stato cosciente*. Possono quindi impartire loro dei comandi e la persona li eseguirà senza discutere".

Le narici di Ben si dilatarono e lui strinse i denti. "E il giorno dopo non se lo ricordano".

"E il giorno dopo non se ne ricordano più", ha detto Derrick. "L'ultimo caso importante di cui ho sentito parlare è stato a Bogotà. A una donna è stato rubato il suo bambino appena nato, direttamente dalle sue braccia. È stata ritrovata tre giorni dopo, mentre borbottava tra sé e sé e camminava sull'autostrada, in topless".

Gli occhi di Ben si allargarono. "Mi stai prendendo in giro...".

"Vorrei esserlo. La chiamano "droga degli zombie". In quelle concentrazioni, se non uccide, ti incasina *davvero*".

"Non ci credo", disse Reggie, borbottando sottovoce. "Wow".

"Quindi credo che Daris sia incappato in qualcosa di importante, qualcosa che gli stessi spagnoli volevano tenere segreto".

"Una cosa *voluta* dagli spagnoli", ha detto Joshua.

"Esattamente. Lo volevano così tanto che mandarono undici navi a recuperarlo. Caricarono le navi di oro e argento e altri tesori, ma anche di qualche pianta di *borrachero*, per riportare tutto in Spagna".

"La flotta del tesoro spagnola del 1715", disse Ben.

"Ancora una volta, giusto. Volevano usarlo come arma, senza dubbio, per vedere se potevano perfezionarlo, perfezionarlo. Magari capire in quanti modi diversi potevano impiegarla. Sarebbe stata una delle prime - e più efficaci - armi chimiche al mondo".

"Un'intera popolazione sotto il suo incantesimo, che fa tutto quello che le si dice di fare", ha detto Joshua.

"Se si fosse in prossimità di loro e si potesse comandarli tutti, certo", ha detto Derrick. "Ma anche come agente chimico unico, che potrebbe essere distribuito in tè, fumato come il tabacco o spennellato sulla pelle di qualcuno da un pezzo di carta".

Ben scosse la testa. "Daris vuole usarlo su Julie".

"No, Ben", disse Derrick, toccando la spalla di Ben. "Non lo sappiamo. E non c'è motivo di sospettare che lo faccia. Ma credo che Daris stia cercando proprio questo: un nascondiglio di questa roba che chi ha trovato la flotta spagnola ha riportato a Jefferson, che l'ha prontamente voluta nascondere e ha mandato Meriwether Lewis a nasconderla".

"Bene", disse Ben. "Ma non sono convinto che Julie sia al sicuro. Anzi, non è affatto *al sicuro*. Quindi cerchiamo di capire come trovarla".

CAPITOLO 42

ERANO STATI COMMESSI DEGLI ERRORI, non c'era dubbio. Ma c'era ancora la ragazza, la graziosa signorina che sembrava essere abbastanza grintosa da rendere tutto ciò utile.

Il Falco aveva pianificato di prendere l'agente dell'FBI. Voleva portarlo in palestra, legarlo alla sedia e ottenere ciò che poteva da lui. Ci sarebbe voluto del tempo per far cadere l'omone, ma quando avessero finito con lui sarebbe stato disposto a servire il Falco come il resto dei suoi uomini.

Ora aveva due uomini in meno, ma si stava già rimediando. Aveva ordinato a Joseph Mikel, uno dei suoi uomini più anziani, di lavorare per trovare i sostituti di Velacruz e Jenkins, i cui corpi erano attualmente in fase di smaltimento.

Dopo aver lasciato l'albergo con Juliette, aveva deciso che un test perfetto per gli uomini che sarebbero entrati a far parte della sua squadra sarebbe stato quello di eliminare il resto della minaccia al suo cliente. All'inizio non voleva eliminare il resto della squadra dell'FBI, perché non era sicuro del casino che avrebbe potuto causargli, ma dopo aver soppesato le opzioni e aver capito che Julie sarebbe stata una merce di scambio più che sufficiente per il suo capo, se ne avesse avuto bisogno, decise di inviare altri uomini per finire il lavoro.

La telefonata di Mikel non era durata più di trenta secondi; l'uomo che aveva chiamato era in zona da due settimane, nella speranza di ottenere un appuntamento con la squadra del Falco. Gli disse dove si trovava il gruppo di Julie e da quanto tempo erano lì.

L'uomo aveva confermato a Mikel di essere pronto per il lavoro e aveva confermato che avrebbe contattato gli altri cinque uomini che il Falco voleva mettere alla prova. Sarebbe stata una prova delle loro capacità, ma anche una prova della loro leadership. Mikel fece il segno del pollice in su al Falco dal lato della palestra, facendogli sapere che l'azione era stata compiuta e che il gruppo di uomini sarebbe stato pronto entro un'ora.

Riportò la sua attenzione al centro della palestra.

Forse la ragazza non ne sapeva quanto l'agente dell'FBI, ma avrebbe offerto molto più divertimento al resto dei suoi uomini una volta terminato l'interrogatorio. Forse avrebbe anche concesso loro un po' di meritato divertimento *prima di finire l'*interrogatorio. Forse anche lui stesso avrebbe avuto bisogno di un po' di svago. Da quando aveva eliminato queste tentazioni dalla sua vita, aveva bisogno di poca compagnia da parte dell'altro sesso, ma quando ne aveva bisogno non era una sfida trovare qualcuno disposto a farlo.

Vicente Garza sapeva di essere un uomo di bell'aspetto, almeno migliore della media. Aveva i capelli neri, tagliati corti ma non in modo trascurato. Li teneva un po' più lunghi sul davanti, perché gli piaceva il modo romanesco in cui gli ricadevano sulla fronte, piccole strisce di capelli che gli davano un aspetto alla George Clooney.

Il suo viso era sorprendentemente privo di macchie, soprattutto se si considera il suo passato e la sua storia di soldato. Aveva partecipato a molte missioni a fuoco vivo e a molte altre operazioni clandestine che lo avevano temprato e reso più resistente nel corso degli anni.

Ma era un uomo più potente e pensava che il suo aspetto lo dimostrasse. Aveva lo sguardo di un uomo esperto, appassionato e sicuro di sé. Non una spavalderia, come spesso appariva l'atteggiamento troppo sicuro di Morrison, ma una sicurezza tranquilla che gli altri uomini rispettavano e a cui rispondevano.

Anche questa donna, Juliette Richardson, avrebbe imparato a rispettarlo e a rispondere. All'inizio era difficile, si opponeva quando arrivava il momento delle domande, ma alla fine cedeva.

Lo hanno sempre fatto.

O per la droga o per la paura di essa, crollavano sempre.

La guardò dal lato della palestra, dalla porta bloccata dove gli piaceva stare mentre il resto dei suoi uomini lavorava. Era il suo trespolo, il suo trono in piedi, dove poteva dirigere e imporre ciò che doveva essere fatto. Poteva impartire un ordine o parlare direttamente con un altro uomo nella stanza usando il sistema di comunicazione personale che ognuno di loro indossava. Era efficiente, efficace e faceva procedere le cose verso i loro obiettivi.

La donna era alla porta opposta, quella davanti alla quale si trovava Morrison. Passò al canale di Morrison e diede istruzioni all'uomo.

"Portala dentro, Morrison. Vediamo se sarà disposta a collaborare".

"Mi assicurerò *che sia* disposta a collaborare, signore".

"Portala dentro e basta. Non fare nulla di avventato, come hai fatto nella stanza d'albergo".

Garza sapeva che il suo comandante in seconda l'aveva maltrattata un po', probabilmente per la sua stessa frustrazione. Morrison poteva essere un buon soldato, ma era orribile con l'altro sesso. Aveva visto come Morrison le trattava in più di un'occasione e in più di un'occasione aveva dovuto allontanare l'uomo dalla ragazza che stava "trattando".

Il Falco osservò Morrison e un altro dei suoi uomini trascinare

Juliette attraverso il pavimento aperto della palestra e costringerla sulla sedia. Aveva un'espressione rigida sul volto, priva di emozioni. Non era spaventata, né arrabbiata, né confusa. *Era* e basta.

Si lasciò attraversare da un leggero sorriso mentre lei lo fissava. *Cominciano sempre così,* pensò. *Trionfanti, come se lo avessero già battuto.*

Non fu sorpreso dalla sua reazione agli uomini che la legavano alla sedia. Era seduta, con calma, a guardarlo. Lo fissava. Sapeva che era lui a comandare e lui *voleva che* lo sapesse.

Lui ha ricambiato lo sguardo.

Avrebbe mantenuto quella faccia il più a lungo possibile, ma non sarebbe durata per sempre.

Alla fine, i suoi uomini avrebbero cancellato quel volto e l'avrebbero costretta a indossarne uno nuovo. Un volto che mostrava *sicuramente* la sua paura, la sua confusione e il suo dolore.

Era un viso bellissimo e avrebbe fatto in modo che i suoi uomini lo mantenessero tale.

"Morrison", ha detto.

"Signore?"

"Lasciateli finire e poi fate fare una pausa agli uomini".

"Ma signore, siamo pronti per iniziare...".

"Si meritano una pausa, Morrison. Lei non andrà da nessuna parte e voglio assicurarmi che lo sappia".

Morrison guardò da Juliette a lui, poi di nuovo indietro.

"Sì, signore. Ci siamo capiti".

Il Falco incrociò le braccia, osservando i suoi uomini che finivano di legare le braccia e le gambe della donna alla sedia. Infine, dopo aver sistemato tutte le fascette, le fecero passare una corda intorno al collo e la strinsero alla base dello schienale della sedia, assicurandosi che avesse abbastanza spazio per respirare.

Gli sembrò di vedere un leggero sussulto sfuggirle dalle labbra quando le legarono il collo, e si chiese se sarebbe crollata molto prima di quanto si aspettasse. Ma lei chiuse di nuovo la bocca, alzò un po' il mento e continuò a fissarlo.

Bene, Juliette. Buono.

Ora era legata alla sedia, non poteva piegarsi in avanti senza soffocarsi e non poteva muovere nessuna delle sue appendici. Si era dimostrato un modo efficace e poco costoso di tenere un prigioniero, oltre che portatile. Per anni era riuscito a trattenere molti prigionieri in questo modo, indipendentemente dal paese del terzo mondo o dall'inferno in cui si trovava.

Ma qui, in questa palestra improvvisata, con i suoi uomini che la sorvegliavano da vicino e nessun posto dove lei potesse correre, la sedia non era necessaria, solo per tenere la prigioniera in un posto.

La sedia era eccessiva solo a scopo di contenimento e il Falco lo sapeva.

La sedia era stata progettata per estrarre effetti *psicologici* dai suoi prigionieri e non lo aveva mai deluso.

CAPITOLO 43

SEMBRA *che la situazione si sia aggravata parecchio"*, disse il signor E. Il suo volto risplendeva dallo schermo dell'iPad che Joshua aveva appoggiato sulla sedia al centro del cerchio. Il suo volto brillava sullo schermo dell'iPad che Joshua aveva posizionato sulla sedia al centro del cerchio. Reggie e Ben avevano spostato le loro sedie più vicino a quelle di Derrick e Joshua, in modo che tutti potessero vedere lo schermo.

"'Escalation'?" Ben chiese, quasi urlando. "Devi essere - Julie se *n'è andata. È* tutto quello che hai da offrire?".

Reggie sentì la tensione nella stanza iniziare a salire. Avevano chiamato il signor E, proprio come avevano previsto, e fino a quel momento avevano raccontato al loro benefattore tutto quello che era successo.

No", ha detto E. *Spero di avere qualcosa di più da offrire. Anche mia moglie mi ha contattato, appena un'ora fa. È con il proprietario del banco dei pegni e sono entrambi al sicuro. Ma c'è stato uno sviluppo"*.

Le sopracciglia di Reggie si sono alzate.

Sembra che la donna che mia moglie è andata a cercare sappia più di quanto pensassi".

"Come cosa?"

Credo che faccia parte dell'American Philosophical Society, tanto per cominciare".

Reggie ci pensò un attimo. Il proprietario del banco dei pegni che era volato in Australia per partecipare - apparentemente - a una conferenza sulla gestione di un banco dei pegni, faceva parte dell'APS.

"Mi chiedo se la donna che è stata uccisa - Delacroix? - era anche APS", ha detto Joshua.

L'immagine del signor E annuì sullo schermo dell'iPad. *È quello che credo anch'io. È logico che le due donne siano disposte a scambiare l'oggetto in questione per un prezzo così alto. Tuttavia non ci dice di che oggetto si trattasse, e mia moglie non è riuscita a trovare nulla al riguardo".*

"Potrei essere in grado di aiutarvi", disse Derrick, facendo un passo avanti in modo che il signor E potesse vederlo in faccia. "Mi chiamo Roger Derrick e sono dell'FBI".

Da soli?

"Purtroppo sì. Almeno per il momento. Ma dopo oggi, forse riuscirò a convincerli a mandare una squadra".

Spero, per la vostra sicurezza e per quella di Julie, che sia vero", disse il signor E. "Ma grazie per la protezione e l'aiuto che mi avete dato finora". *Ma vi ringrazio per la vostra protezione e il vostro aiuto finora".*

Derrick annuì. "È un progetto di passione, in realtà. Qualcosa che seguo da anni, quando il tempo lo permette. Siamo vicini, ora. Lo sento. E se la sua squadra è disposta, vorrei che...".

Non dica altro", disse il signor E. *La mia squadra è a sua disposizione. Capisco che la situazione si è aggravata e che la sicurezza di Julie è in pericolo. Ma aiutare voi aiuterà lei e viceversa".*

Derrick annuì di nuovo, poi si guardò intorno nella stanza, come per chiedere il loro ultimo permesso.

Reggie gli rivolse uno sguardo severo, ma annuì. "Questo nostro progetto ci è sfuggito un po' di mano", disse. "Ma siamo qui per aiutare. Ci dia la sua parola che ci aiuterà a trovare Julie quando tutto questo sarà finito".

"Certo", disse Derrick. "Come ho detto, seguire questa pista di Daris ci porterà più vicino a Julie. Stanno cercando la stessa cosa e volevano lei come merce di scambio".

Reggie osservò come il volto di Ben si oscurasse, la sua mascella diventasse esagerata mentre stringeva i denti. Reggie ci era già passato, aveva provato quella sensazione.

Perdita totale. Impotenza.

Non era una sensazione che aveva mai accolto con favore e non era mai riuscito a superarla. Si era allenato per tutta la vita a rimuovere quella sensazione dalla sua persona, a negare completamente alla sua mente la capacità di provarla.

Ben lo sentiva ora e lo avrebbe sentito per un po' di tempo.

Ma Reggie sapeva anche che nelle ore successive sarebbe stato più vigile, con la mente in uno stato di grande lucidità. Domani sarebbe stato spento, l'acutezza palpitante del dolore che provava oggi sarebbe stata respinta in una tensione costante. Sarebbe stato ancora presente, ma sarebbe scivolato via rapidamente.

Se volevano l'aiuto di Ben, era importante farlo muovere oggi. Se possibile, tenerlo in movimento, tenerlo sveglio e farlo parlare. Si sarebbe opposto a qualsiasi sostegno o incoraggiamento, ma sarebbe stato in preda all'adrenalina.

Reggie e Joshua dovevano indirizzarlo nella giusta direzione e lasciarlo correre prima che iniziasse a precipitare.

Ben infine annuì, concordando con gli altri. Si alzò in piedi, entrando nella visuale della telecamera dell'iPad. "Dobbiamo muoverci, allora. Stiamo perdendo tempo".

"Ben", disse Joshua. "È per questo che abbiamo indetto questa riunione, ricordi? Non sappiamo *dove* andare. Per questo dobbiamo trovare il diario".

Derrick annusò rapidamente e distolse lo sguardo.

Reggie si girò verso di lui e lo fissò.

"Io - scusate, non ve l'ho detto prima...".

Reggie parlò tra i denti. "*Cosa* non mi hai detto prima?".

"Abbiamo - voglio dire *ho* - il diario".

Joshua emise un sospiro e gli occhi di Reggie si chiusero. Stringeva i pugni.

"Prima non ero sicuro di potermi fidare di te e non sapevo perché ti trovassi nella sede dell'APS. Stavo sorvegliando Daris e mi era stato detto che potevo entrare quando mi sentivo a mio agio con la situazione, così mi sono mossa rapidamente quando ho saputo che non era sola lì dentro. Non volevo che le cose sfuggissero di mano".

"Beh, ci *sono sfuggiti di* mano, amico", disse Reggie. "Ti fidi di noi, *adesso*?".

Derrick annuì. "Lo so. Mi dispiace, non avevo intenzione di tenertelo nascosto per tutto il tempo. Dovevo solo assicurarmi che stessimo tutti combattendo per la stessa parte".

"Sto combattendo per Julie. Tutto qui. Se ci avvicini a Julie, significa che siamo dalla stessa parte".

Lo sguardo indurito di Joshua perforò il più grande e grosso Roger Derrick. Reggie aveva già visto quello sguardo e sapeva che aveva indebolito uomini molto più forti di Derrick.

"Dove hai preso il diario?".

Derrick guardò ogni uomo, poi lo schermo dell'iPad. Mr. E lo stava fissando, stoico, con il viso come una maschera immobile. Se il video fosse stato congelato, non avrebbero potuto capirlo.

"L'ho preso dalla struttura dell'APS. Sono stato *io* a rubarlo a Daris".

CAPITOLO 44

BEN OSSERVÒ l'espressione del grande uomo. Sembrava che dicesse la verità, ma Ben si era già sbagliato in passato. Voleva fidarsi di quest'uomo, voleva credergli. Sapeva che la storia aveva senso e che avrebbe potuto fare la stessa cosa se fosse stato nei panni di Derrick.

Ma Julie era là fuori e quest'uomo era disposto a giocare con loro. Nella loro squadra. Almeno per il momento, i loro interessi erano allineati.

Ma cosa succede quando i nostri interessi non sono più allineati? Ben ha pensato. *Giocherà ancora a pallone?*

"Perché?" Chiese Ben. "Perché prenderlo?"

"Ve l'ho detto, questo è un mio progetto da tempo. Ho seguito Daris e la sua ascesa al potere all'interno dell'organizzazione. Quando un mese fa ho scoperto il diario, ho capito che valeva la pena di metterci le mani sopra".

"Perché il diario sembrava un pezzo importante della sua lotta per il potere?".

Derrick annuì. "È così, e lo è. È fondamentale per la sua campagna".

"Come?"

"È la mappa, Harvey. Dentro c'è tutto quello che le serve per trovare il suo tesoro".

"Come lo sai?"

"Perché è stato tenuto segreto al resto dell'organizzazione - e al resto del mondo - in generale. È qualcosa di cui *nessuno* voleva parlare e di cui solo circa sette persone in vita, in qualsiasi momento della storia, sono venute a conoscenza. Qualcosa che sarà importante. Ci sarà la mappa del tesoro".

"Allora perché non l'ha ancora trovato?".

"Ha scoperto il diario solo di recente, quando le è stato lasciato in eredità dal precedente presidente. Fa parte della tradizione, tramandata di generazione in generazione, fino a Benjamin Franklin. Ci sono anche altri segreti, alcuni piccoli, altri grandi, altri mortali. Li tramandano per tenerli all'interno dell'organizzazione, ma li trasmettono solo alla leadership del gruppo. Non tutti i membri sanno tutto. Quindi ha messo le mani su questa cosa solo di recente, ma è ansiosa di capire dove porta. Perché nessun altro abbia voluto andare alla ricerca del tesoro che nasconde è un'ipotesi che non si può fare, ma direi che è perché nessuno pensa davvero che sia quello che lei dice di essere. È più una reliquia, un bel pezzo di storia. Ma una mappa del tesoro? Nasconde una cospirazione che risale a Jefferson e Lewis? Non sono sicuro che qualcun altro ci abbia creduto".

"Quindi l'APS *è* molto più simile ai massoni", ha detto Joshua.

"In questo senso, sì", ha detto Derrick. "Ma fin dalla sua nascita, l'organizzazione aveva uno scopo positivo, doveva tenere sotto controllo la giovane nazione, fornendo alla leadership del Paese idee e soluzioni ai problemi".

"L'idea originale del Junto di Ben Franklin".

"Esattamente. Era un patriota, così come gli altri membri. È sempre stato così, e lo è ancora. Ma ci sono ovviamente diverse facce della stessa storia, e la storia di Daris - quella che lei stessa sta raccontando - è che l'APS ha bisogno di avere un controllo più forte sulla politica degli Stati Uniti, più controllo in generale sulla nazione, e lei è disposta a uccidere per ottenerlo".

Reggie annuì e Ben ascoltò in silenzio. Prese in considerazione le parole, confrontandole con la descrizione di Daris che Derrick aveva dato loro in precedenza, con la donna che aveva incontrato nell'ufficio dell'APS e con la donna che aveva visto in TV.

Era una manipolatrice, lo aveva visto personalmente. Ma questo significava che era anche intelligente, capace di lavorare su più fronti contemporaneamente. In grado di lavorare su diverse *persone contemporaneamente*.

Improvvisamente lo colpì.

"Lei è dell'APS, vero?", mi chiese.

Derrick lo guardò e sentì gli occhi di Reggie e Joshua su di lui. Non poteva vedere lo schermo dell'iPad, ma aveva la sensazione che Mr. E si fosse avvicinato alla telecamera, cercando di sentire meglio cosa avrebbe detto Derrick.

"Sei dell'APS, ed è per questo che hai rubato il diario. Sei contro Daris e la sua parte, e vuoi assicurarti che non ottenga ciò che vuole".

Derrick non masticava nulla, la mascella si stringeva e si allentava.

"Dillo", disse Ben. "Dicci la verità".

Finalmente Derrick parlò. "Sì", disse. "Sono io. Faccio parte della Società Filosofica Americana. La parte del Vecchio Mondo. Voglio proteggere l'integrità della nazione che amo. Voglio il meglio per il suo popolo e voglio il meglio per me".

"Fai parte della leadership?".

"Più o meno. Sono il prossimo a prendere il loro posto. Non presidente, ma uno dei membri direttivi. Tuttavia, sono molto vicino a loro. So per cosa stanno lottando e so con cosa hanno a che fare".

"Mercenari disposti a uccidere chiunque sia contro Daris?".

"Qualcosa del genere, sì", disse Derrick.

"Bene". Disse Reggie. "Questo è quanto. Adesso ha molto più senso".

Joshua si acciglò. "Non siete dell'FBI?"

"No, lo sono. Ma è proprio come ho detto prima. Questo è un mio progetto personale, per il quale ho a malapena le risorse. Ho dovuto implorare per avere questo incarico, visto che la priorità è piuttosto bassa. In questo momento sono in vacanza e il mio capo ha quasi avuto un infarto quando ha scoperto che stavo lavorando. La maggior parte di ciò che ho fatto l'ho fatto nel mio tempo libero, con i miei soldi. Non ho il vantaggio di un'intera squadra di ragazzi che mi aiuta nella ricerca e nell'organizzazione di tutto per questo incarico, quindi è praticamente tutto quello che riesco a mettere insieme".

"E ora siamo qui, ed è per questo che volete il nostro aiuto".

"Non voglio", ha detto Derrick. "*Bisogno*. Ho davvero bisogno del tuo aiuto. Anche se non credete a queste stronzate, Daris è disposta a sacrificare *qualsiasi cosa* - e *chiunque* - per ottenere il suo scopo. Si inventerà una storia se è necessario. Deve essere fermata".

"Ha preso Julie", disse Ben. "Quindi verrà fermata. Su questo hai la mia parola".

Derrick si alzò, girò intorno all'iPad seduto sulla sedia al centro della stanza e allungò una mano. Ben la prese, la strinse e sentì la forza schiacciante di Roger Derrick restituirgli la sua stessa presa.

"Grazie a tutti voi. Vorrei potervi ripagare, ma...".

"Aiutaci a prendere Julie", disse Joshua. "È un pagamento sufficiente".

"Hai capito".

Reggie si rimise a sedere dopo il giro di strette di mano, poi guardò ancora una volta Derrick.

"Ottimo. Ora, a proposito di quel diario. Possiamo vedere..."

Alla sinistra di Ben si udì un forte *schianto* e la finestra andò in frantumi. I pezzi di vetro caddero all'interno, le piccole scintille di cristallo rimbalzarono e volarono di nuovo verso l'alto colpendo il duro pavimento laminato.

CAPITOLO 45

BEN CADDE DI LATO, cercando di schivare le schegge di vetro tagliente. Aveva sentito a malapena il primo sparo, ma il secondo e il terzo risuonarono: lontani, ma ovviamente diretti verso di lui.

"Merda!" Reggie urlò. "Che cos'è?"

"Qualcuno ci sta sparando", rispose Ben, dalla sua posizione sul pavimento. "Di nuovo".

Derrick camminò all'indietro verso il bancone della yogurteria, facendo scivolare la valigetta e la custodia rigida accanto a sé. Reggie e Joshua seguirono l'esempio. Nessuno di loro era armato, poiché la squadra del Falco aveva preso le loro armi. Ben si chiese se Derrick avesse un'altra arma nella valigetta e stesse cercando di mettersi al riparo per caricarla e prepararla.

"Sono tornati? Perché non ci hanno ucciso la prima volta?".

Ben raggiunse il bancone proprio mentre il proprietario del negozio, un piccolo uomo asiatico, arrivava di corsa all'ingresso del negozio.

"A terra!" Joshua urlò. "Ora!"

L'uomo, con gli occhi spalancati e tremanti, si tuffò a terra, con un grugnito che gli sfuggì dalle labbra mentre un fiume di spari esplodeva sopra la sua testa.

"Non sono sicuro che siano lo stesso gruppo o meno", ha detto Derrick. "Questi ragazzi non sembrano così attenti. Quelli di Hawk avevano la chiave della nostra stanza e tutto il resto, ricordi?".

"Beh, attenzione o no, questi ragazzi sparano molto di più", ha detto Reggie. "E questo è il centro di Filadelfia, per la miseria. Non possono pensare di farla franca".

Ben aveva le mani sopra la testa, impotente a difendere la loro posizione. Si rese conto che *tutti loro* erano indifesi e poté vedere sul volto di Derrick che anche lui lo sapeva.

"Dobbiamo andarcene da qui, ragazzi", disse Derrick. "Non smetteranno di sparare finché non saremo tutti morti. E dubito che finiranno le munizioni prima di allora".

"Il retro del negozio", disse l'uomo asiatico. "Retro del negozio, porta di uscita".

"Retro del negozio, porta di uscita", ripeté Reggie. "Per me va bene".

Ben si accovacciò in attesa che Joshua ordinasse loro di raggiungere la porta sul retro. I proiettili, temporaneamente, avevano smesso di volare.

Il che significa che si stanno avvicinando per ottenere una ripresa migliore.

"Cosa stai aspettando?" Chiese Joshua. "Hai sentito l'uomo - porta sul retro".

Ben non ebbe bisogno che glielo si dicesse due volte e cominciò a camminare verso la porta posteriore del negozio, a mani e ginocchia. Era scomodo, e il pavimento a piastrelle marroni dell'area del retro bottega era appiccicoso di vecchie croste di yogurt e di altre macchie marroni sconosciute.

Sentì un'ondata di repulsione, ma la respinse e proseguì.

È disgustoso, pensò. *Ma credo sia meglio che farsi sparare.*

"Mi chiedo se questo pavimento sia mai stato pulito", disse Reggie da dietro Ben.

Altri due colpi di pistola risuonarono e uno si schiantò fragorosamente contro una grande ciotola di metallo su una mensola sopra la testa di Ben. La ciotola volò in aria, atterrando vicino a un lavandino traboccante di piatti e argenteria sporchi.

"Al diavolo", disse Reggie, alzandosi in piedi e saltando sopra Ben. "Se mi devono sparare, lo farò in piedi".

Ben stava per ignorarlo, quando si accorse che Reggie aveva già attraversato la piccola cucina per raggiungere la porta sul retro della lunga e stretta vetrina. Seguì l'esempio di Reggie, alzandosi in piedi e correndo per il resto della strada.

Reggie stava armeggiando con la porta, che fortunatamente era fuori dalla linea visiva diretta con la facciata del negozio, quando arrivarono Joshua e Derrick.

"È chiusa a chiave?" Chiese Derrick. "Si può entrare con un calcio?".

"No, e no", disse Reggie. "È solo vecchia. Si è incastrata in qualche modo e..." grugnì mentre la maniglia finalmente cedeva. "Ecco."

Spinse la barra verso l'interno e verso il basso e la porta si aprì di scatto. La luce intensa del pomeriggio si riversò all'interno e accecò Ben, che seguì comunque Reggie all'uscita, scendendo i due gradini che portavano al vicolo da cui erano entrati pochi minuti prima.

Gli occhi avevano bisogno di un momento per abituarsi, così guardò a terra e sbatté le palpebre un paio di volte, poi le alzò di nuovo.

E vide che erano tutti in piedi nel vicolo, faccia a faccia con tre uomini ben armati.

Tutti puntano le armi verso di loro.

CAPITOLO 46

L'UOMO CON IL NASO CROCIATO, Morrison, cercò di aiutare gli altri due uomini a legare Julie alla sedia. L'aveva trascinata nella grande palestra aperta, l'aveva spinta sulla sedia e ora cercava di aiutarla.

Il suo modo di "aiutare", tuttavia, consisteva nel raggiungere e afferrare le braccia e le gambe di lei e semplicemente... sentire.

Era disgustoso e Julie sentiva il groppo in gola che doveva far scendere ogni volta che lui si avvicinava. Quell'uomo era malato, pervertito e ovviamente privo di contatti con le donne. Non aiutava il fatto che l'uomo avesse un aspetto orrendo.

La sua faccia scabra e il suo naso storto sfiorarono il viso di lei, mentre si tuffava ancora una volta per "controllare" che lei fosse seduta sulla sedia il più possibile.

Si abbassò, le accarezzò la coscia, stringendola un po', poi risalì fino alla vita. Sospirò un po', provocandole solo più disgusto, poi si spinse indietro. Le sue dita ruvide premettero con forza e lei sentì l'intestino cedere, l'impossibilità di spostarsi dalla sua portata le provocò un'improvvisa sensazione di claustrofobia.

Voleva urlare, ma si rifiutò. Questo gli avrebbe permesso di vincere, e lui lo avrebbe saputo.

Invece, fissò. Dall'altra parte della stanza, l'uomo che l'aveva rapita, Vicente Garza, il Falco. Lui la fissava a sua volta, con un leggero sorriso di soddisfazione sul volto. Lei si contorse, con la voglia di sferrare un pugno al pervertito che la stava palpando, di distruggere i due uomini che usavano le fascette per tenerla legata alla sedia, e poi di correre da Falco e staccargli la testa.

Ma non poteva. Non era una combattente e non era armata. Non aveva altra scelta se non quella di obbedire, di aspettare, di stare seduta e lasciare che facessero qualsiasi cosa avessero intenzione di fare. Non l'avrebbe aiutata a combattere, ma avrebbe dato loro piacere.

Così ha rifiutato.

Invece, fissava.

Morrison aveva la mano appena sotto il seno e la spingeva lentamente verso l'alto.

Fallo e muori, bastardo, pensò. Poi si rese conto che, indipendentemente da ciò che quell'uomo faceva o non faceva, era già morto. "Ti ucciderò io stessa", sussurrò.

Morrison si fermò e la guardò dall'alto in basso. "Cos'è stato, ragazza?".

Scosse la testa. *Ti staccherò la testa dal resto del corpo.*

Pensò tra sé e sé a una serie di oscenità lunghe trenta secondi dirette all'uomo.

Lui continuò a palparla, avvicinandosi sempre di più al suo seno. Lei continuò a fissare, a bocca aperta, l'uomo responsabile di tutto questo.

Morrison", disse una voce. Ascoltò, rendendosi conto che si trattava di un piccolo altoparlante per comunicazioni in-ear che Morrison indossava. L'uomo all'altro capo della stanza aveva parlato al suo subordinato.

Julie lo fissò.

Morrison tolse la mano, fece un passo indietro e continuò a parlare con il Falco.

"Signore?"

Non sentiva più la voce del Falco nell'orecchio dell'uomo, ma Morrison sembrava improvvisamente turbato.

"Ma signore, siamo pronti per iniziare...".

Il Falco lo interruppe, poiché sul pavimento della palestra la sua bocca aveva iniziato a muoversi prima che Morrison avesse finito.

Morrison guardò da Juliette al suo capo e poi di nuovo indietro.

"Sì, signore. Ci siamo capiti".

Julie tremò, il momento di disgusto era finalmente finito.

Ma tremava di nuovo al pensiero di ciò che poteva aspettarla. Il Falco le sorrise dall'altra parte della stanza, poi incrociò le braccia.

Improvvisamente si sentì tirare la testa all'indietro. Una corda le fu posta sul collo e poi tirata. I suoi occhi si spalancarono e sussultò.

No, per favore, no, lo volle. *Non così.*

Un attimo dopo la corda si allentò leggermente e lei inspirò profondamente. Non la stavano soffocando, ma semplicemente legando il suo collo alla sedia. Era un metodo efficace, dal quale sapeva che sarebbe stato impossibile fuggire. Le braccia e le gambe erano legate alla sedia con fascette in più punti e ora anche il collo era trattenuto, impedendole di muovere la testa in avanti per vedere i legacci.

Poteva sopportare di essere legata. Non aveva paura dei legacci, né del cappio intorno al collo. Indurì nuovamente lo sguardo e fissò il Falco in fondo alla stanza.

Ti batterò, pensò. *E pagherai per questo.*

I due uomini e Morrison finirono il loro lavoro e se ne andarono, sparendo da qualche parte dietro di lei. Anche il Falco iniziò a camminare. Si diresse direttamente verso di lei, fissandola per tutto il tempo.

Ci siamo, pensò. *Questo è il momento in cui scopro di cosa si tratta.*

Lui la guardò mentre lo guardava, senza che nessuno dei due volti si scomponesse. Gli occhi di lei erano fissi su quelli di lui, non disposti a sacrificare a quell'uomo nemmeno quella piccola parte di controllo.

Doveva saperlo, perché poco prima di raggiungere la sedia si fermò, la guardò e sorrise.

Un sorriso genuino, vero, come se quello che stava accadendo in questa stanza fosse la cosa migliore che potesse pensare, e che Julie non fosse altro che un'attrazione di contorno di cui si compiaceva.

Si sentì scossa, improvvisamente vulnerabile. Si rese conto di ciò che era successo: i momenti di assoluto terrore e agonia che fino a quel momento era riuscita a tenere dentro di sé, ora le uscivano fuori. Rabbrividì, ma sentì la forza delle legature sulle braccia e sulle gambe.

Ansimò di nuovo, questa volta l'aria le entrò nei polmoni in modo barcollante e spaventato. Annusò, sapendo che le lacrime stavano per arrivare.

Eppure, Vicente Garza la guardava dall'alto in basso. La sua testa era leggermente inclinata di lato, proprio come un uomo che sta davanti a un premio. Incuriosito dalla sua preda, aspetta che questa faccia una mossa.

Non aveva mosse da fare, e lo sapevano entrambi.

Le lacrime cominciarono a scendere, anche se aveva pregato di non farlo. Voleva Ben, voleva che fosse qui per distruggere quell'uomo e tutti gli altri suoi uomini.

Eppure non parlava ancora.

Alla fine, dopo un minuto intero in cui la fissava, sollevò di nuovo la testa e iniziò a camminare nella direzione in cui erano andati i suoi uomini.

Era terrorizzata, soffriva e ora era confusa.

Cosa sta succedendo?

Sentì i suoi passi, vuoti sul pavimento di legno duro, i tacchi dei suoi stivali che battevano sulla superficie consumata, riecheggiando tra le pareti di cemento e il tetto d'acciaio della struttura.

E poi il clic e lo scricchiolio di una porta che si apre.

Passò un attimo e il contrario di quel suono - il fruscio di una grande porta che si chiudeva, poi il rumore di una serratura che veniva girata - arrivò alle sue orecchie.

Sussultò di nuovo. Non era sicura se fosse meglio o peggio.

Le luci si spensero improvvisamente. Intorno a lei, il buio.

Non riusciva a vedere nulla, poiché le finestre sul bordo superiore delle pareti intorno alla stanza erano state intonacate e non lasciavano passare la luce. Julie era immersa nella pura oscurità, legata in posizione seduta su una sedia.

Non aveva mai avuto paura del buio fino a quel momento. La paura la stava consumando quasi con la stessa velocità dell'oscurità. Il Falco e i suoi uomini non erano più qui e lei non aveva idea di dove fossero andati o di quando sarebbero potuti tornare.

O se Morrison potrebbe tornare... da solo.

Una leggera brezza proveniente dalla porta che si chiudeva raggiunse la sua sedia, raffreddandola. Si rese conto che anche lei aveva freddo, ma solo un po'.

Si scosse di nuovo, tremando liberamente, piangendo e non riuscendo a rannicchiarsi o a posare la testa.

Chiuse gli occhi, ma l'aspetto era esattamente lo stesso.

CAPITOLO 47

"QUAL È LA NOSTRA MOSSA, CAPO?". chiese REGGIE, con le mani già sulla testa. Ben sapeva che non era la prima volta che quell'uomo veniva minacciato con una pistola, e nemmeno la sua, ma Reggie in qualche modo manteneva quell'atteggiamento calmo e quasi divertito ogni volta che era sotto pressione.

E in questo momento, mentre cuoceva alla luce del sole ed era tenuto sotto tiro da tre sconosciuti a caso, Ben sapeva che Reggie sentiva la pressione.

La mascella di Joshua si strinse e Ben poté quasi vederlo mentre elaborava la loro disfatta. Finalmente, dopo qualche altro secondo di tensione, parlò. "Non lo so, Reggie. Sembra che questa sia una sorpresa per tutti noi. Chi siete voi stronzi?".

I tre uomini che puntavano le armi - una pistola e due piccole mitragliatrici subcompatte - si guardarono intorno.

Ben ha capito che *non sanno chi comanda. Sono stati ingaggiati per ucciderci o per portarci dentro, ma non sanno chi di loro deve parlare.*

L'uomo di fronte a Ben scorse gli occhi a destra e a sinistra, poi tornò a guardare Ben. Era quello che impugnava la pistola, un'enorme calibro 45 che teneva con entrambe le mani.

Sa come usare quell'arma, pensò Ben. *Anche se non è sicuro di chi sia al comando.*

"Non avete intenzione di parlare, vero?". Disse Reggie. "Potreste almeno dirci con chi di voi due dobbiamo parlare".

"Non parlare e non dovrai preoccuparti", disse l'uomo al centro. Indossava una maglietta nera, occhiali da sole e il suo collo era largo quanto la sua testa. Non era una persona con cui Ben volesse scherzare.

Reggie, a quanto pare, voleva metterlo in difficoltà.

"Che ne dici di questo?" Chiese Reggie, con le mani ancora sopra la testa e il suo caratteristico sorriso stampato in faccia. "Dimmi per chi lavori e non ti infilerò quel paio di occhiali da sole di merda su per il...".

"Quello che il mio amico *intende* dire", disse Derrick, "è che sembrate confusi. Anche noi siamo confusi, visto che siamo stati letteralmente *appena* attaccati".

"Il Falco", disse l'uomo. "È per lui che stiamo lavorando. Ora chiudete la bocca e seguitemi al SUV laggiù".

L'uomo all'estrema sinistra della fila si voltò e indicò un SUV rosso, un enorme Escalade, parcheggiato vicino all'ingresso del vicolo.

"Il Falco se n'è andato", ha detto Derrick. "Non pensava che valesse la pena ucciderci allora. Dubito che pensi che valga la pena ucciderci adesso".

"Non vale la pena di ucciderti. Ma vuole parlarti ancora un po', quindi sali pure in macchina. Oppure posso aiutarti, decidi tu".

"Senta", disse Derrick. "Sono dell'FBI e il suo capo può verificare questa informazione. Sono certo che non vuoi che l'FBI si intrometta nei tuoi affari, o che ti porti dentro per...".

L'uomo alzò la pistola e la puntò direttamente sul viso di Derrick.

Reggie fece un passo avanti e Ben sentì il suono schioccante di tre armi che si alzavano sull'attenti. "Woah", disse. "Calma, amico. Sto solo cercando di darti un'occhiata".

"Se mi fai aspettare finché non arrivano gli altri tre ragazzi, ti *assicuro che* non sarà così indolore", disse l'uomo.

Ben non poté farne a meno. Scorse gli occhi verso la fine del vicolo, cercando di capire se le affermazioni dell'uomo fossero fondate. *Sei contro quattro, ma al momento era solo tre contro quattro. Una* buona probabilità, pensò, ma la sua parte non era armata.

Le probabilità non gli piacevano, ma gli piacevano ancora di meno se in effetti stavano arrivando altri tre uomini. Ma probabilmente l'uomo stava dicendo la verità: questi tre sembravano senza capo e Ben e il suo gruppo erano stati colpiti dall'*altro lato* della yogurteria.

Era molto probabile che ci fossero tre uomini che si stavano dirigendo verso il vicolo posteriore e che uno di loro fosse a capo di questo gruppo di straccioni.

Reggie guardò Ben e Ben sentì che l'uomo cercava di leggere i suoi pensieri. Fece del suo meglio per aiutare l'amico. Facciamo *un tentativo*, pensò Ben. *Per favore, proviamoci. Julie è là fuori...*

Reggie era fuori dalla visuale di Ben prima che potesse finire la frase che aveva in mente. Si è spostato all'indietro, cercando di capire che cosa fosse successo.

Reggie era caduto quasi completamente a terra, poi era risalito *all'interno del* cerchio di armi dell'uomo, arrivando proprio davanti al suo viso. Il suo pugno era pronto e sferrò un montante perfettamente calibrato al mento dell'uomo, mentre con la mano libera afferrava la pistola.

Ben si riprese, poi si girò rapidamente per schivare la raffica di proiettili che sapeva sarebbe arrivata.

Ma la raffica non arrivò mai. Gli altri due uomini si voltarono verso Reggie e cominciarono a prendere la mira. Portarono le armi all'altezza degli occhi, perdendo la loro disinvolta spavalderia e sembrando improvvisamente soldati *molto* capaci.

Ben reagì d'istinto, tuffandosi in avanti per eliminare l'uomo più vicino a lui. La schiena dell'uomo era rivolta verso di lui, permettendo a Ben di schiacciare la fronte e le spalle nella parte bassa della schiena dell'uomo, schiacciandolo in avanti e facendolo entrare nell'uomo che Reggie aveva attaccato.

Joshua, dal canto suo, si era abbassato e rotolato verso l'uomo a sinistra, poi si era avvicinato e gli aveva sferrato un calcio all'inguine. Il calcio andò a segno, ma non sembrò avere abbastanza potenza da rendere l'uomo incapace di reagire. Joshua seguì con uno sgambetto e il nemico cadde, mentre i due uomini erano ora alle prese con una solida presa sull'altro.

Ben raggiunse la testa del suo uomo, afferrandone una manciata di capelli, e la sbatté con tutta la forza possibile sull'asfalto. L'uomo sembrò anticipare l'attacco e strinse il collo, mentre Ben non riuscì a sollevare la testa da terra abbastanza da fare molti danni. L'uomo gemette per l'impatto, uno schizzo di sangue schizzò di lato, ma Ben sapeva che non era un impatto sufficiente per fare abbastanza.

Ci riprovò, mettendo l'altra mano davanti alla testa dell'uomo, sulla fronte, poi tirando con forza e velocità e spingendo con tutto il suo peso verso il basso. Questa volta Ben sentì - e percepì - lo scricchiolio del cranio dell'uomo. Gli sembrò di sentire l'uomo che si dibatteva sotto di lui, così ci riprovò.

E ancora.

"Ben!" Reggie gridò. "Andiamo... ora!".

Reggie sembrava incazzato, ma nemmeno il suo urlo bastò a staccare Ben dal nemico che aveva abbattuto. Sentì Reggie e Joshua che gli tiravano su le braccia, afferrandolo sotto le ascelle, strappandolo letteralmente dall'uomo. Derrick era in piedi, con un'espressione scioccata sul volto.

"Basta, Ben", disse Joshua. "Non qui, non ora".

Un colpo di pistola silenziata rimbalzò sul muro di mattoni dell'edificio dietro la yogurteria e un altro cadde sul lato di un cassonetto. Ben si rese conto di ciò che era successo - i tre uomini che avevano attaccato erano stati raggiunti dal resto della loro squadra - e ritrovò improvvisamente i suoi piedi. Mancavano un centinaio di passi alla fine del vicolo, ma gli uomini che li stavano inseguendo stavano riducendo la distanza, velocemente.

"Mi... mi dispiace", disse. "Non ho..."

"Va tutto bene, Ben", disse Reggie, continuando a tirargli il braccio verso l'alto e la sicurezza della yogurteria. "Devi solo... devi solo pianificare meglio queste stronzate".

"Pianificare cosa?" Chiese Ben. "Il mio carattere?".

"Sì", dissero all'unisono tutti e tre gli uomini.

Corrono nella cucina sul retro e trovano l'asiatico ancora rannicchiato dietro il bancone, ora spostato in un angolo, vicino a un congelatore.

"Entra nel congelatore", disse Reggie mentre passavano. "Per favore. È per la vostra sicurezza".

Il negoziante annuì, poi si alzò. Aprì la porta e corse dentro; la pesante porta di metallo si chiuse con un tonfo profondo.

Ben e Reggie guardarono l'uomo che si ritirava nel freezer, mentre Joshua controllava la parte anteriore del negozio. Derrick corse a prendere l'iPad che avevano lasciato all'ingresso del negozio, lo raccolse e lo mise nella sua valigetta.

"Ok", disse Joshua. "Sembra che sia tutto libero. Ma tra qualche secondo correranno dietro l'angolo o attraverso il negozio. Quindi muoviamoci".

"Dove?" Chiese Ben.

Joshua alzò le spalle. "Non ha importanza in questo momento, davvero. Rimaniamo insieme. E quella folla di persone laggiù?".

Di sicuro, una folla di persone dall'aspetto giovane stava attraversando la strada, l'incrocio di auto e camion fermi dietro i rispettivi fari. In ogni direzione, gli edifici svettavano sopra di loro, con i tetti ben al di sopra delle loro teste. Nessuno degli edifici circostanti era alto come la Rittenhouse, che dominava le immediate vicinanze, ma dava la sensazione che Ben fosse costretto, costretto in una piccola scatola in mezzo a scatole più grandi.

Non gli erano mai piaciute le città, soprattutto i centri storici. Julie aveva una passione per le strade del centro e lo aveva trascinato con sé in numerose occasioni, facendolo salire e scendere per le stradine e tra i palazzi, alla ricerca del caffè o della caffetteria perfetta. Aveva persino detto che le sarebbe piaciuto vivere in uno dei minuscoli bungalow in alto, con il portico affacciato sulla vivace strada sottostante.

Cercò il più possibile di distogliere il suo pensiero da una simile fantasia, perché non era sicuro di come se la sarebbe cavata se lei lo avesse costretto a vivere in un posto simile. C'erano appartamenti come quello di fronte a loro, sopra una lavanderia ad angolo su cui si affacciava la yogurteria.

"Anche se a loro va bene sparare a passanti innocenti, in quel gruppo saremo più protetti e potrebbero avere difficoltà a trovarci". Joshua si stava già muovendo, correndo fuori dalla porta aperta. Ben, Reggie e Derrick si affannavano per stargli dietro.

Quando Ben raggiunse la strada, strizzò gli occhi, aspettando la fila di proiettili che sapeva sarebbero volati verso la sua schiena. Ma non ne arrivarono, ed egli prese velocità e riuscì ad attraversare il labirinto di auto e a raggiungere l'angolo opposto, proprio dove si trovava il gruppo di giovani uomini e donne. Il gruppo aveva circa l'età dell'università, un mix omogeneo di uomini e donne, e sembravano tutti sbalorditi come Ben. Ma, a loro merito, non si mossero.

"Rimanete sotto di loro", disse Joshua, con la voce ordinata ma calma. "Non alzate assolutamente la testa, non vogliamo che ci vedano e ci sparino addosso".

"Non dovremmo usare le persone come scudi umani?". Chiese Derrick.

Due dei ragazzi più vicini a Ben gli lanciarono un'occhiata, indietreggiando un po'.

"Non lo stiamo facendo", ha detto Joshua. "Ci stiamo solo nascondendo. Quando ne avremo l'occasione, ci infileremo qui dentro, *subito*!". Joshua urlò l'ordine proprio mentre si avviava, sfrecciando fuori dal gruppo di persone ed entrando nel negozio all'angolo. Ben cercò di muoversi velocemente, ma era il più lento degli uomini e riuscì a entrare nel negozio ben due secondi dopo gli altri.

Si girò, trovando il gruppo, poi si girò e guardò fuori dalla finestra principale, verso la yogurteria. Riuscì a vedere i loro aggressori, cinque uomini in tutto, che camminavano lentamente lungo la strada e verso la facciata della yogurteria.

"Pensi che qualcuno abbia sentito gli spari?". Chiese Reggie.

"Se lo avessero fatto, questo incrocio sarebbe un manicomio in questo momento", ha detto Derrick. "Scaricare un'arma in un'area urbana è il modo più veloce per creare caos e sommosse, quindi credo che sapremmo se qualcuno ha sentito gli spari".

"E ora c'è un cattivo in meno", disse Reggie. "Grazie a Ben".

"Mi dispiace", disse Ben. "Io... era solo...".

Reggie mise una mano sulla spalla di Ben. "Non c'è niente di cui scusarsi, amico, stavo solo cercando di attirare la tua attenzione".

Ben annuì e si voltarono a guardare ciò che li circondava. Si trovavano nella lavanderia. Un bancone si estendeva per tutta la lunghezza del minuscolo spazio e un'unica seggiola segaligna sedeva nell'angolo accanto a una pianta finta troppo ambiziosa. Non c'era quasi spazio per muoversi tra gli altri uomini che si trovavano all'interno e, cosa più scoraggiante di tutte, c'era solo un'entrata.

"Siamo bloccati qui dentro", disse Ben. "Se decidono di guardare negli edifici vicini, ci vedranno immediatamente".

"Probabilmente c'è un'uscita sul retro, proprio come nella yogurteria", ha detto Reggie. "Questi posti sono piccoli, ma di solito hanno un'entrata sul retro per caricare e scaricare le attrezzature".

"Vediamo se riusciamo a trovarlo", disse Derrick. "Non mi piace rimanere bloccati qui dentro più del necessario".

I quattro uomini si spostarono verso la sezione del bancone che si sollevava e consentiva l'accesso al retro del negozio, e Joshua li guidò attraverso. Una donna entrò nell'area del retrobottega e si fermò, con un'espressione stupita.

"Mi... mi dispiace", balbettò. "Posso aiutarla?"

"Siamo solo di passaggio, signora", disse Joshua. "Ci dispiace di essere di disturbo".

"Ma non puoi..."

"FBI, signora", ha detto Derrick, tirando fuori un portafoglio e un documento di riconoscimento.

I suoi occhi si allargarono ancora di più, ma lei fece un passo di lato. "È... è a sinistra, tutto indietro. L'uscita, intendo."

Derrick annuì e si affrettarono ad attraversare file di lunghi scaffali curvi di vestiti, alcuni coperti di plastica e altri in attesa del loro turno di pulizia. Lo spazio angusto creava una sorta di labirinto e la porta all'uscita dell'edificio non era certo una strada diritta. Si sono girati e rigirati tra gli scaffali degli indumenti finché Joshua non ha trovato l'insegna illuminata dell'uscita e ha spinto la porta per aprirla.

Ben si ritrovò in un altro vicolo, ma questa volta erano soli. Controllarono in entrambe le direzioni, trovando solo turisti occasionali e uomini e donne d'affari che camminavano su e giù per le strade della città alla loro sinistra.

"Sembra che siamo al sicuro, per ora", disse Joshua.

"Probabilmente ci torneremo, non appena avremo capito dove andare", ha detto Reggie.

"Posso aiutarvi", disse Derrick. "Sono riuscito a fare qualche passo avanti nella prima parte del diario".

"Sì?" Chiese Ben. "Dove ci porterà questa piccola escursione?".

Derrick si guardò intorno e guardò ognuno di loro a turno. "Spero che a voi ragazzi piaccia volare".

CAPITOLO 48

BEN GUARDAVA DERRICK che prendeva la valigia che aveva portato con sé. Recuperò un'altra cassaforte per armi, quasi identica a una di quelle più piccole che Reggie aveva regalato a Ben e Julie all'inizio dell'anno. Rilevava le impronte digitali, era abbastanza grande da contenere un'arma e alcuni caricatori e abbastanza resistente da sopportare le botte.

Ma all'interno della cassaforte non c'era una pistola; invece, Derrick aprì la valigetta e tirò fuori un piccolo diario di pelle usurata. Sembrava un diario Moleskin, delle dimensioni di un palmo, con un piccolo nastro che pendeva dal fondo.

Il diario era marrone e la copertina screpolata e sbiadita. Il nastro era strappato, la parte penzolante quasi completamente consumata, e Derrick maneggiò il pezzo il più delicatamente possibile. Le prime pagine del diario mantenevano ancora la loro forma rettangolare, ma i bordi sfilacciati di alcune delle pagine rimanenti si erano strappati e accartocciati, creando piccoli picchi e valli sul bordo lungo del diario chiuso. Lo riportò e lo posò sulla stessa sedia su cui era stato l'iPad durante la telefonata con Mr.

"Sembra che quella cosa abbia retto bene dopo 200 anni", ha osservato Reggie.

"Per non parlare delle botte subite *durante* la spedizione", disse Derrick. "È stato avvolto in carta da macellaio e cellofan, abbastanza stretto da tenere fuori l'aria, e poi conservato in una teca sotto altra plastica e carta".

"Da quando Lewis l'ha finito?".

"Da quando l'ha terminato e ha cercato di consegnarlo a Thomas Jefferson", rispose Derrick. "Jefferson, ricordate, assunse Lewis - che poi richiese Clark come suo pari per la spedizione - per trovare e mappare un passaggio verso il Pacifico, e attraverso il territorio appena acquisito".

"... che è stato acquistato con l'oro spagnolo", disse Ben.

"A quanto pare, se credi a Daris".

"E tu non le credi".

Derrick scosse la testa. "Non lo faccio. *Non* posso. È troppo..."

"Inverosimile?" Chiese Reggie.

"Beh, no. Non necessariamente. Voglio dire, la flotta del tesoro spagnola del 1715 *è* affondata, grazie a un uragano al largo delle coste della Florida, e da allora ci sono state segnalazioni di oro e argento che sono stati portati a riva. L'acquisto della Louisiana è avvenuto con Napoleone e Jefferson, con considerazioni discutibilmente *sospette*, e infine", fece una pausa d'effetto, "la nostra nazione ha avuto una lunga storia di pugnalate alle spalle e di cospirazioni, oltre alla necessità di continuare a costruire la borsa per finanziare le sue tendenze imperialistiche".

Ben ascoltò, annuendo. Non era sicuro di quanto ci credesse - la storia era più adatta a Reggie - ma tutto sembrava ragionevole. Non riusciva a ricordare quante volte qualcosa che aveva imparato a scuola come *fatto assoluto e concreto* fosse stato ribaltato da prove successive, da nuove scoperte o da una semplice riscrittura della storia conosciuta da parte di qualcuno che non fosse il vincitore.

Pensò alla scuola elementare e all'apprendimento del colore del cielo, ricordando che i suoi insegnanti non solo avevano insegnato, ma *credevano* davvero, che fosse blu perché rifletteva il colore dell'oceano sulla superficie del globo.

Era strano, poi, quando la sua famiglia aveva attraversato la regione delle Grandi Pianure del Paese e il cielo era ancora blu, come l'oceano, eppure c'era una notevole mancanza di oceano nelle vicinanze e un'abbondanza di verdi campi di grano e pianure gialle.

Era stato un decennio dopo quando aveva scoperto la verità. Qualcosa sulla diffusione di qualcosa o altro e sulla lunghezza delle onde luminose che raggiungevano la terra e il suo occhio. Non riusciva a ricordare i dettagli - un'altra caratteristica comune dell'istruzione pubblica statunitense - ma sapeva tre cose: uno, il cielo era blu; due, non importava molto il perché e tre, i suoi insegnanti non erano l'autorità assoluta su tutto ciò che insegnavano.

Significa anche che la conoscenza è diversa dalla saggezza. Pensò al vecchio adagio: "La conoscenza è sapere che un pomodoro è un frutto; la saggezza è sapere di non metterlo in una macedonia".

A parte i pomodori e le macedonie, Ben sapeva che la conoscenza cambiava quando, beh, la conoscenza cambiava. I fatti con cui era cresciuto non erano "fatti" in sé, ma "cose che crediamo ora, salvo ulteriori prove del contrario". Apprezzava il fatto che la comunità scientifica avesse abbracciato l'idea che una "teoria" non si chiamasse tale perché era un'ipotesi, ma il contrario: una teoria era considerata la migliore spiegazione che un gruppo poteva proporre, e non era ancora stata smentita. Erano intelligenti, ma disposti ad ammettere che la vita era in continua evoluzione e che le informazioni e i nuovi modi di guardare alle vecchie informazioni erano sempre all'orizzonte.

Cercò di mantenere questa visione della vita, ma la sua testardaggine ebbe spesso la meglio su di lui. Era un uomo semplice, disposto ad accettare le novità ma non a cercarle attivamente. Gli piaceva ciò che gli piaceva, e questo era quanto. Non è una grande citazione, ma Julie amava ricordargli queste esatte parole quando cucinava qualcosa di nuovo o lo trascinava in un nuovo ristorante in cui non era mai stato.

Ora, ascoltando Roger Derrick spiegare il suo punto di vista sulla storia dell'America primitiva, dovette ammettere che sembrava inverosimile, ma plausibile. Ma perché era inverosimile? Era solo perché era cresciuto in un mondo che credeva specificamente a qualcos'altro? Gli era stato inculcato fin da piccolo che gli Stati Uniti erano i "buoni", che entravano in ogni situazione come un poliziotto impeccabile, offrendo verità e ragione al resto del mondo?

Voleva conoscere la risposta.

Voleva trovare Julie, ma c'era anche un assillo nella sua mente, qualcosa non basato sull'emozione ma sulla ragione. Voleva sapere, probabilmente solo perché la questione era stata sollevata.

Anche Reggie sembrava incuriosito. Il suo amico era proteso in avanti, con l'inizio di un sorriso sul viso, mentre ascoltava Derrick parlare.

"Quindi Jefferson avrebbe potuto aver bisogno di qualcos'altro - qualcosa di più di quello che il Congresso era disposto a offrire - per invogliare Napoleone a vendere. Qualcosa che potesse essere usato contro gli spagnoli in seguito, o qualcosa che potesse essere usato *per* gli spagnoli. Non gli importava, perché la Spagna non era certo una minaccia come gli inglesi in quel territorio, ma sapeva che ciò che aveva era prezioso".

"Sembra che tu creda a questa teoria", disse Joshua. Se c'era qualcuno che non era rimasto indifferente al monologo di Derrick, quello era Joshua. Da vero irriducibile, raramente permetteva alle emozioni di intralciare il lavoro. Il suo compito, ora, era fermare Daris e trovare Julie. Ben lo apprezzava, ma sapeva anche che quanto più capivano delle convinzioni di Derrick e Daris, tanto più avevano la possibilità di precederli.

"No", disse Derrick. "Non è vero. Sto solo facendo notare come potrebbe essere *plausibile*. Non è una teoria inverosimile, come se gli alieni avessero costruito Stonehenge o qualcosa del genere. È basata su fatti storici, e ci sarebbero stati forti motivi per farlo".

"Che cosa *stai* dicendo, allora?". Chiese Joshua.

"Sto dicendo che non è troppo inverosimile. È solo troppo... *conveniente*. Che tutti questi tasselli vadano a posto in questo modo: che Jefferson abbia le mani sul tesoro spagnolo, che Lewis sia disposto a lanciarsi in una spedizione pericolosa e a rischio di vita, e che la giovane nazione abbia bisogno di una borsa "segreta". Sembra troppo comodo per essere vero".

"Eppure Jefferson *ne uscì* vincitore, mandò Lewis nel Pacifico e tornò indietro, e la nazione *fu* in grado di permettersi qualsiasi cosa volesse, fino a quando non fu semplicemente in grado di stampare più denaro ogni volta che ne aveva bisogno".

Derrick annuì. "Giusto. Comunque..."

"Senti, noi siamo con te, amico. Te l'abbiamo già detto. Forse quello che troviamo non è niente. Forse troviamo un tesoro miracoloso e diventiamo tutti ricchi. Il punto è che ora siamo in gioco fino alla fine, finché non troviamo Julie".

Ben è d'accordo. "Finché non troviamo Julie".

Derrick lo guardò.

"Io ci sto", disse Ben. "Ma quando avremo Julie, saremo fuori".

Reggie lo guardò. "Pensavo che fossimo d'accordo...".

"L'abbiamo fatto", disse Ben. "E mantengo l'accordo: cerchiamo il tesoro di Daris, o smentiamo in qualche modo la sua esistenza, e poi troviamo Julie. Ma se troviamo *prima* Julie, la porto a casa. Allora abbiamo finito. Capito?"

Reggie sospirò, poi guardò Derrick.

"Va bene", disse Derrick. "Ho capito". Si girò verso Ben. "Lo apprezzo molto, Harvey. Grazie. Accetterò tutto l'aiuto possibile. E credo davvero che se *riusciremo* a battere Daris e la sua squadra fino alla loro destinazione, troveremo Julie poco dopo. È stata rapita grazie a me e alla mia ricerca, e per questo sono in debito con te".

Ben annuì, solennemente. Aveva commesso l'errore di credere alla storia di Derrick, di iniziare a sentirsi eccitato da tutto questo. Il mistero, la storia, il tesoro che li chiamava.

Si scrollò di dosso quella sensazione. Julie era là fuori, spaventata e sola, e probabilmente stava...

Anche questo era un pensiero doloroso. Strinse i pugni e ricordò a se stesso cosa avrebbe fatto agli uomini - e alle donne - che l'avevano rapita.

Pagheranno, pensò. *Pagheranno con le loro vite.*

Non sapeva come e quando, ma li avrebbe trovati.

CAPITOLO 49

"NON POSSO CREDERE che mi abbiate fatto venire qui su un aereo di linea", disse Reggie, stiracchiandosi le gambe. "Pensavo che aveste un conto spese".

Derrick sorrise. "Lo facciamo, solo che non coprono le nostre spese. A proposito, grazie per questo".

Il gruppo di quattro uomini era a bordo di un jet noleggiato, in volo attraverso il paese con una rotta che li avrebbe portati all'aeroporto internazionale di Portland in sette ore e mezza. Joshua aveva chiamato il signor E e gli aveva spiegato la loro situazione: erano stati colpiti da un proiettile e ora erano in fuga da altri uomini di Ravenshadow, e avevano bisogno di arrivare in fretta in Oregon.

Nel giro di un'ora avevano raggiunto la sezione dei charter privati dell'aeroporto di Filadelfia e stavano salendo alla quota di crociera.

Sebbene la sistemazione fosse di gran lunga migliore di un jet commerciale o di un minuscolo pond hopper, Ben sentiva lo stress e l'ansia più di quanto avesse fatto nell'ultimo anno. Julie non c'era, presumibilmente ancora a Filadelfia, e lui voleva tornare con lei. Il signor E e gli altri uomini lo avevano dissuaso, perché comunque non sarebbe stato in grado di trovarla o di recuperarla da solo. Inoltre, avevano sostenuto che era parte integrante della squadra.

Era d'accordo sul fatto che rimanere indietro gli avrebbe procurato solo più dolore e problemi, e avrebbe dato al gruppo una testa in meno da usare per risolvere i problemi. Salì a malincuore sull'aereo, si sedette, si allacciò le cinture e si strinse nei braccioli durante il decollo.

Ora che si erano stabilizzati all'altitudine di crociera, accese lo schermo del telefono e cercò il riassunto che gli altri avevano letto. Aveva intenzione di dargli una scorsa, ma le spiegazioni concise e semplici lo coinvolsero rapidamente. Lesse, mentre gli altri erano impegnati in una discussione sul modo migliore di procurarsi le armi una volta atterrati. Il discorso era di informarsi su un rifugio dell'FBI in Oregon e di chiedere a Derrick di prendere in prestito la quantità di pistole e munizioni di cui avrebbero avuto bisogno senza sollevare troppe bandiere rosse allo stesso tempo.

Il signor E. aveva organizzato un veicolo per loro e, subito dopo l'atterraggio, avevano pianificato di guidare verso sud fino alla casa sicura, che non era molto lontana dalla strada per la loro *prossima* destinazione: Fort Clatsop, l'accampamento occidentale della spedizione di Lewis e Clark, oggi monumento storico nazionale vicino ad Astoria, in Oregon.

Erano seduti sulle loro sedie, dall'altra parte del corridoio rispetto a Ben, ma la sedia di Derrick, un corridoio più avanti, era stata ruotata in modo da essere rivolta verso Reggie e Joshua. Tra loro avevano sistemato un piccolo tavolino pieghevole che Joshua aveva trovato in un ripostiglio vicino al fondo dell'aereo, e sopra questo Roger Derrick aveva sistemato l'oggetto che aveva tolto dalla sua valigetta. Ben si alzò e si avvicinò all'altro corridoio, cercando di vedere meglio il piccolo libretto che Derrick aveva messo sul tavolo.

Derrick recuperò una pinzetta da un sacchetto che aveva preso in tasca e un paio di occhiali da baro che ora gli pendevano dalla punta del naso. Ben aveva stimato che l'uomo avesse tra i 40 e i 45 anni, abbastanza vecchio da giustificare i capelli appena brizzolati che portava, ma abbastanza giovane da far sembrare superfluo un paio di occhiali.

Ma quando Derrick aprì la copertina del diario, Ben capì immediatamente perché gli occhiali erano necessari. Il testo scritto a mano era scarabocchiato, a casaccio e in diagonale, sulla prima pagina.

Meriwether Lewis, capitano.

Derrick, fortunatamente, lesse ad alta voce la riga scarabocchiata sotto il monogramma. "Il diario che descrive e registra gli eventi e le attrazioni della spedizione, destinato a T. Jefferson".

"Questo era destinato *solo* a Jefferson?". Chiese Reggie. "Era così anche per gli altri diari?".

"No", disse Derrick. "Gli altri della collezione di diari iniziano tutti con il suo solo nome e poi si addentrano semplicemente nei dettagli, ma si presume che siano sempre stati destinati a essere una sorta di 'documenti pubblici'. Destinati a essere letti e studiati dal resto del mondo. Disegna immagini, scrive saggi sugli uccelli e sulla fauna selvatica e descrive nei minimi dettagli le piante e le scene in cui si sono imbattuti durante la spedizione".

"Sembra una mole di lavoro piuttosto impressionante", ha detto Joshua. "Abbiamo letto qualcosa di tutto questo nel dossier".

Ben annuì, potendo ora concordare con l'affermazione di Joshua. Era rimasto impressionato quando aveva visto quanta scrittura aveva fatto la squadra della spedizione di Lewis e Clark durante il viaggio di andata e ritorno.

"Lo era", disse Derrick, con un'espressione di riverenza sul volto. "Era incredibilmente impressionante. Quell'uomo scriveva saggi di 2.000 parole *dopo aver* viaggiato per 20 miglia al giorno, cacciando e pescando e cucinando il loro cibo. Era follemente produttivo e il suo lavoro rimane ancora oggi una guida affidabile per l'alta montagna".

"Wow", disse Reggie.

"Wow è giusto". Fece una pausa, avendo cura di sfogliare la pagina successiva con la massima attenzione possibile. "Quest'uomo era, tra le altre cose, un eroe americano. Sono state scritte canzoni su di lui e l'intera nazione conosceva il suo nome e la sua storia".

La pagina cadde, con un leggero scricchiolio, sulla copertina aperta e Ben poté vedere la prima pagina di testo: la stessa calligrafia scarabocchiata e quasi illeggibile riempiva la pagina. La carta era ingiallita, ma ancora abbastanza robusta da fornire uno sfondo decente alla scrittura stessa.

Derrick continuò la sua spiegazione. "Inizia nel dicembre 1805, verso la fine della spedizione e dopo che hanno raggiunto il Pacifico e sono tornati a casa".

"Quindi, a qualsiasi cosa fosse destinato il diario, non ci ha pensato fino a quando non sono tornati a casa?".

"Beh", spiegò Derrick. "Forse. Oppure è semplicemente che la sua missione 'segreta' non doveva iniziare prima di aver raggiunto gli altri obiettivi: trovare il Pacifico, stabilire una sorta di accordo commerciale tra l'America e gli indiani delle pianure e non morire".

"Quindi ha compiuto queste cose e *poi* ha iniziato il diario?". Chiese Ben.

"Esatto", disse Derrick annuendo. "Aspetta a iniziarlo finché non sono ben avviati verso casa. Ma questa prima pagina è proprio al centro della vicenda, a Fort Clatsop, nell'attuale Oregon, dove svernarono durante l'ultimo mese del 1805 e i primi mesi del 1806".

"Fuori da Astoria?" Chiese Joshua. "Ci sono stato. Cioè, non ho mai visto il forte, ma ricordo di averne visto un cartello una volta".

"Una cosa sola", disse Derrick. "Costruirono il forte nel dicembre del 1805, sperando di posizionarlo prima dell'arrivo dell'inverno. Fu un periodo piovoso e infelice, ma lo finirono e si trasferirono a metà dicembre. Da allora è stato ristrutturato e ricostruito dal National Parks Service".

"E Lewis iniziò allora il suo diario *segreto*".

"Esatto. Cominciò a scrivere la notte di Natale del 1805, dopo aver scambiato i regali".

"Perché iniziare allora?".

Derrick scrollò le spalle. "Questo fa parte del mistero, visto che non lo affronta mai. C'è un'unica annotazione sul diario alla vigilia di Natale, poi il diario salta a marzo, il giorno in cui lasciano Fort Clatsop. Ma dopo l'iscrizione, il diario inizia semplicemente, come se fosse qualcosa che ha sempre fatto. È stata un'impresa, anche perché ha mantenuto il suo programma di scrittura negli *altri* diari, quelli pubblici".

"Dove scriveva migliaia di parole al giorno?".

"Sì, o almeno qualcosa. Aveva dei saggi sulle piante, gli animali e gli indiani incontrati lungo il cammino, e ha raccolto, catalogato e documentato anche innumerevoli specie di animali selvatici".

"Un tipo impegnato".

"Beh, non aveva un cellulare per distrarsi", disse Reggie. "Ma sì, è impressionante".

"È dannatamente impressionante. Quasi incredibile. E Clark faceva anche questo, per assicurarsi che avessero sempre più punti di vista, o che si sovrapponessero ai diari di altri uomini che avrebbero fornito l'analisi più accurata".

"È incredibile che siano riusciti a tornare", ha detto Joshua. "Ho letto nel rapporto che era pazzesco che non fossero stati uccisi o scalpati da una tribù".

"È miracoloso", ha detto Derrick. "Eppure ce l'hanno fatta. Un viaggio straordinario, che è parte del motivo per cui sono ancora oggi celebrati".

Derrick si fermò e abbassò lo sguardo sul diario che aveva davanti, e Ben ne sentì il peso, il momento di riverenza. Lo rispettò e aspettò che Derrick fosse pronto.

Alla fine Derrick girò la pagina successiva e iniziò a leggere.

"Vigilia di Natale, 1805. Siamo stanchi, ma il morale è alto. Gli uomini sono incerti su ciò che potrebbe portare il domani, eppure l'ottimismo è vero. Non possono temere ciò che non conoscono, eppure ciò che conosco non lo temo nemmeno io".

Ben incrociò le braccia. "È un modo criptico per iniziare un diario".

"A dir poco", disse Reggie. "Cavolo, è strano. Gli altri suoi diari sono scritti così?".

Derrick scosse la testa. "No, per niente. È per lo più schietto, piuttosto diretto. Dopotutto, i diari dovevano essere basati sui fatti, solo osservazioni su ciò che vedeva, con poche pontificazioni e speculazioni".

"È chiaro che non scrive più appunti sul campo", ha detto Joshua.

"Così sembrerebbe", disse Derrick. "Ecco perché credo che Daris fosse così preso da questo diario".

"Allora l'ha letto?".

"Probabilmente ha copie di ogni singola pagina, sia copiate a mano che scansionate. Suppongo che le abbia esaminate personalmente e che abbia anche contattato i membri della comunità accademica per chiedere il loro aiuto. In modo sottile, naturalmente, e senza menzionare la provenienza delle scansioni".

"Sì", disse Reggie. "È quello che farei io".

"Beh, *è* quello che faremo", rispose Derrick. Tutti lo guardarono. "Siamo diretti in Oregon, ma non andremo a Fort Clatsop. Ci incontreremo con la più grande esperta al mondo di Lewis e Clark. Ha passato la vita a studiare il loro viaggio e ha trasformato la sua casa in un museo di Lewis e Clark che ha costruito da sola dopo che il marito l'ha lasciata".

"È la *più grande esperta* del mondo?" chiese Reggie.

Derrick si schiarì la gola. "Beh... secondo lei".

Reggie ridacchiò. "Fantastico. Scommetto che è anche molto facile parlare con lei. Il marito l'ha lasciata, vive da sola in un museo, ha una strana ossessione per Lewis e Clark. Nessun imbarazzo sociale o altro, giusto?".

Derrick si acciglò, poi si rivolse direttamente a Reggie. "Beh, non è priva di stranezze. Dice di essere una discendente di Sacagawea, in realtà".

"Ancora meglio. Come si chiama? Forse possiamo fare una piccola ricerca prima di atterrare".

Derrick scosse la testa. "Beh, non *fa* cose *su* Internet, e questo è uno dei motivi per cui nessuno sa del suo piccolo museo. Ma io so tutto quello che c'è da sapere su di lei".

Ben notò che Joshua cominciava a sorridere e sentiva di sapere dove sarebbe andato a parare.

"Perché?" Chiese Reggie.

"Perché è mia nonna. Cornelia Derrick".

Reggie gemette e il sorriso di Joshua si trasformò in un vero e proprio sorriso.

CAPITOLO 50

NELL'ULTIMO GIORNO, BEN aveva attraversato il paese due volte. Era stato picchiato e gli avevano sparato, e Julie gli era stata portata via. Era arrabbiato, irritato e stanco. Il volo, per quanto confortevole, non offriva molta tregua. Avevano deciso di provare a riposare un po', per poi ricominciare a scrivere il diario al risveglio.

Durante il volo si era rigirato sul sedile dell'aereo e quando la "voce annunciatrice" del pilota, che dichiarava la discesa, irruppe nel suo sonno agitato e li svegliò, si rese conto che ora era dolorante, oltre a tutto il resto.

Gemette e si rimise a sedere.

"Anche tu, fratello?" Chiese Reggie, strofinandosi gli occhi e sbattendo pesantemente le palpebre.

"Ha dormito come un sasso", ha detto Ben. "Cadendo da un precipizio".

"E atterrare su un letto di chiodi", aggiunse Joshua. "Siamo già qui?"

"Credo di sì", disse Ben. "Purtroppo. Ma ogni ora che passiamo a dormire, Julie la passa...".

"Non pensare così, amico", disse Reggie. "La riporteremo indietro. Te l'ho promesso".

Ben annuì. *Non importa cosa prometti*, pensò. *La riporterò indietro in ogni caso.*

Roger Derrick sembrava essere l'unico uomo a bordo, a parte il pilota stesso, che non era arrabbiato. "Siamo pronti a partire?" chiese. "Il tempo scorre".

"Non si può andare da nessuna parte finché questo uccello non atterra, ragazzone", disse Reggie.

"No, ma possiamo pianificare la nostra prossima mossa. Direi che abbiamo circa mezz'ora prima di essere a terra e di essere tassati. È una mezz'ora di pianificazione".

"Pensavo che il piano fosse: 'parla con la tua strana nonna'", ha detto Reggie.

Derrick lo guardò con cipiglio.

"Scusa. Volevo dire: 'parla con la tua nonna *completamente normale ed equilibrata*'".

"Lo è", disse Derrick. "Ma... potrebbe non essere in grado di darci molto di più di quello che abbiamo già".

"Credevo avessi detto che era la 'massima esperta mondiale'", disse Ben.

"L'ho fatto... ma anche che lei era la principale esperta *autodichiarata*, ricordi? È passato qualche anno da quando abbiamo parlato di queste cose e lei ha avuto... problemi di salute".

"Mi dispiace sentirlo, amico", disse Reggie.

Derrick si scosse. "Grazie. È tutto a posto, davvero. Amnesia, probabilmente una forma precoce di Alzheimer, ma sta per compiere novant'anni, quindi non posso lamentarmi. È una cosa che fa parte del territorio".

Per un breve momento Ben ricordò sua madre, Diana Torres. Aveva ripreso il suo cognome da nubile qualche anno dopo la morte del padre e Ben aveva sempre pensato che fosse soprattutto perché non riusciva a perdonare il figlio per la morte del marito. Non aveva lottato contro l'Alzheimer, ma aveva avuto frequenti vuoti di memoria, anche se aveva lavorato e mantenuto uno stile di vita sano e attivo fino alla fine.

La fine che ho causato, pensò Ben. Aveva conosciuto Juliette a causa di un allarme virus a Yellowstone, dove lavorava, e aveva inviato a sua madre, analista chimica, un campione del ceppo.

Nel giro di una settimana se n'è andata.

Il vuoto nel suo cuore era di solito più che riempito dalla presenza di Julie, ma dato che anche Julie se n'era andata...

"Comunque", disse Derrick. "Sono solo preoccupato che dica le stesse cose di cui ha sempre parlato. Che c'è 'qualcosa là fuori, ma è stato nascosto per proteggerci'. È sempre una qualche forma di pettegolezzo. Ma quando la metto sotto pressione, si chiude a riccio, come se fosse suo dovere mantenere il segreto".

Reggie annuì. "Sa del diario?"

Derrick lo guardò. "No, credo che questo possa cambiare le cose".

"Se crede davvero a queste cose, e ne ha *quasi* parlato con te, scommetto che si aprirà subito quando le metterai davanti quel vecchio libro polveroso".

"Sì", disse Derrick. "Probabilmente hai ragione. Tuttavia, penso che sia meglio se lavoriamo sulla nostra prossima mossa, per vedere se riusciamo a capire dove questo diario sta cercando di indicarci".

Aprì di nuovo il diario e sfogliò la pagina dopo l'iscrizione iniziale, poi iniziò a leggere.

"23 marzo. Verso i Cottonwoods, dove giacevano i tre unici".

Alzò lo sguardo.

"Tutto qui?" Chiese Reggie. "A pagina uno? Solo una frase?".

Derrick sorrise. "Perché pensi che non siamo riusciti a capire cos'è che è stato nascosto?".

"Perché è tutta roba senza senso", disse Reggie. "Non significa nulla, come sospettavi. Sono solo gli scarabocchi di un pazzo".

Derrick scosse la testa. "No, non posso crederci. *Logicamente* ha senso che non ci sia una 'grande cospirazione', che Daris stia facendo una fanatica caccia al tesoro per niente, ma come ti ho detto prima, credo che ci sia *qualcosa dall*'altra parte. Credo che Lewis *abbia* nascosto qualcosa, anche se si tratta solo di qualche pianta, anche se qualche pianta con il potere di rendere inerte qualcuno per qualche giorno".

"Quindi è tutto in codice?" Chiese Ben. "Stava scrivendo un messaggio in codice a Jefferson?".

"Beh, questo è chiaro", disse Derrick. "Aveva bisogno di trasmettere un messaggio a Jefferson, così lo ha scritto. Ma *quello che* stava cercando di dirgli è molto poco chiaro. Non è un codice, di per sé, perché è scritto in inglese. Ci sono numerosi errori di ortografia, ma questo era normale per tutti gli uomini che tenevano un diario durante la spedizione".

"Allora, dove sono questi boschi di cotone?". Chiese Ben.

"Non ne abbiamo idea", ha detto Derrick. "Ci sono alberi di cotone *ovunque* in questa parte del mondo".

"Allora dov'erano il 23 marzo 1806? A Fort Clatsop, giusto?".

Scosse la testa. "No... cioè, sì, erano al forte in Oregon, pronti a partire. Ma ho perlustrato quella zona più volte. Ormai è una trappola per turisti, e anche la zona circostante è molto frequentata. Se ci fosse stato qualcosa, sarebbe già stato trovato".

Joshua si sfregò il mento, pensando.

Ben aggrottò le sopracciglia. "Boschi di cotone *unici*. Tre di loro. Sì, ha ragione. Sono ovunque, e noi dovremmo trovarne solo *tre*".

"Aspetta..." disse Reggie. "Sei solo al *primo indizio?*".

Derrick sospirò, poi alzò lo sguardo dal diario e si aggiustò gli occhiali da baro. "Beh, sì, dobbiamo ancora determinare il significato del primo indizio, ma gli altri indizi non sono altrettanto criptici. Non credo".

Joshua si alzò e cominciò a camminare. "Ok, allora. Quanti indizi ci sono?".

"Tre".

Joshua si fermò. "*Tre?* Sono solo *tre?* Che razza di caccia al tesoro è questa?".

Derrick annuì. "Solo tre. E come ho detto, non sono sicuro che *si tratti di* una caccia al tesoro, per quanto Daris voglia credere che lo sia. E la seconda sembra piuttosto autoesplicativa, come se Lewis non riuscisse a trovare qualcosa di intelligente da scrivere. Sarà stato anche un grande naturalista e topografo, e certamente un abile condottiero di uomini, ma non un creatore di mappe del tesoro". Sorrise, poi girò la pagina con la pinzetta e la lasciò cadere delicatamente sulle prime due. "All'interno della Caverna delle Ombre".

"All'interno della Grotta delle Ombre", disse Reggie. "Capito. Quindi hai già cercato questo posto 'Grotta delle Ombre'?".

"Per quanto possibile, sì", disse Derrick. "È un sentiero lungo e c'erano molti posti in cui avrebbero potuto trovare una grotta".

"Quindi oggi non c'è niente che si chiami 'Grotta delle Ombre'?".

Derrick scosse la testa.

"E il terzo indizio?"

"Nell'argento c'è l'oro".

"All'interno del - *sul serio*?" Chiese Reggie. "È *l*'ultimo indizio di Lewis?".

"Te l'ho detto che era criptico. Non era un tipo da prosa fiorita e scommetto che non era molto creativo per quanto riguarda il codice. Aveva bisogno di qualcosa di utile, pragmatico, qualcosa che potesse scrivere e che nascondesse efficacemente il tesoro a chiunque lo cercasse casualmente. Solo chi aveva una conoscenza sufficiente della spedizione, come lo stesso Jefferson, poteva decifrarlo. Ed è anche una progressione lineare. Non ha senso cercare le risposte al secondo e al terzo indizio finché il primo non è stato risolto.

"Per questo andiamo a trovare mia nonna. Lei può aiutarci".

"Fantastico", disse Reggie, strofinandosi di nuovo gli occhi. Sbadigliò. "Non solo non ho dormito abbastanza, ma ora non abbiamo idee migliori che andare a trovare tua nonna".

"Sa il fatto suo", disse Derrick. "Vedrete".

"Non vedo l'ora di conoscerla", disse Reggie.

CAPITOLO 51

REGGIE SI SENTIVA COMBATTUTO. Da un lato, non aveva mai incontrato in vita sua una persona così eccentrica, così *strana*. La donna di fronte a lui sembrava essere un misto tra un francese cajun e un giamaicano, con capelli che portava alti in testa, alla Marge Simpson. Vi erano infilati pezzi di cianfrusaglie che evidentemente aveva trovato durante i viaggi della sua lunga vita, e Reggie non poté fare a meno di fissarla.

Erano passate tre ore da quando erano atterrati ad Astoria, avevano raccolto le armi dal rifugio dell'FBI in cui Derrick le aveva portate e poi avevano guidato fino alla piccola casa-museo della nonna di Derrick. Si chiese se non stesse solo delirando, per la mancanza di sonno, e se la donna che aveva davanti non fosse altro che una normale, equilibrata, Oregoniana.

Tre pettini, due bacchette, un centinaio di perline e... cos'è? È un uccello finto? Continuò a guardare Joshua e Ben per vedere se avevano notato i capelli e la personalità della donna, e se ne erano influenzati, ma entrambi sembravano essere più bravi di lui a trattenere le emozioni.

D'altra parte, la madre di Roger Derrick, Cornelia Derrick, era una delle migliori cuoche che avesse mai avuto il piacere di conoscere. Il suo cibo avrebbe fatto impallidire la jambalaya di un ristorante cajun, e non stava scherzando. Aveva provato *centinaia* di piatti cajun, direttamente dal bayou e in altri luoghi del mondo, e il suo era il migliore.

"Vivere vicino all'acqua, mio caro", gli aveva detto con il suo accento spesso e trito. "Qui si trova il miglior pesce del mondo, ma nessuno lo sa". Le parole si susseguivano, salendo e scendendo, ma si fermavano appena una sillaba finiva e iniziava la successiva.

"Beh", disse Reggie, cercando di parlare senza perdere il boccone. "È assolutamente fenomenale. Io... non so nemmeno dirvi...".

"Me lo dice il mio ragazzo", disse, dando una gomitata a Derrick. "Ma io dico sempre che mi sta solo assecondando".

Derrick scosse la testa. "Ho provato a dire a mia nonna di aprire un ristorante, ma non mi ascolta. Dice che è troppo impegnata".

"Devo innaffiare le piante", spiegò. "Non possono annaffiarsi da sole, no?".

Mentre Reggie finiva la sua prima ciotola di jambalaya, ancor prima di riuscire a bere il brodo piccante, Cornelia gliene aveva versato un'altra cucchiaiata davanti.

"Mangia", disse. "Il mio ragazzo mi ha detto che avete un'avventura".

"Non ho detto questo", disse Derrick. "Ti ho detto che stiamo cercando qualcosa".

"E se siete venuti qui, significa che state cercando qualcosa legato alla Spedizione".

Reggie sorrise. "Perché lo pensa, signora?".

Si acciglò. "Non chiamarmi "signora", ragazzo. Cornelia è il nome che mi ha dato mia madre e dovrebbe essere sufficiente per te".

Reggie annuì, con un sorriso crescente. Quella donna gli ricordava per certi versi la propria nonna, ormai scomparsa da tempo. Crescendo, andare a trovare "Meemaw" era un'occasione speciale: potevano mangiare quello che volevano, quando volevano, e non c'era nessuno che dicesse loro di smettere. Finché lui e i suoi fratelli si comportavano bene e badavano alle buone maniere, Meemaw era la loro migliore amica.

Ma se *non si* comportassero bene...

Reggie rabbrividì al pensiero.

"Mi scusi, sì ma - Cornelia. Grazie ancora per averci ospitato. Come ha detto Der - *Roger, stiamo* cercando qualcosa. Dice che lei ha familiarità con la... *spedizione*".

"Familiare?"

La piccola donna dai capelli enormi si girò e guardò Derrick con un'espressione che, se non fosse stata per la sua statura minuta, avrebbe spaventato Reggie. Derrick scoppiò a ridere.

"Mi dispiace, nonna. Ho detto loro che eri la migliore, ma...".

"*Sono* il migliore", disse, voltandosi a fissare gli altri tre uomini al tavolo. "So *tutto* sulla spedizione di Lewis e Clark. Ora iniziate a dirmi cosa state cercando, mentre io vi porto altro cibo".

Reggie osservò i suoi due compagni. Joshua aveva gli occhi spalancati e la sua ciotola mezza finita gli stava davanti, senza che né l'uomo né la ciotola desiderassero altro cibo. Ben, il suo opposto, era seduto con i gomiti sul tavolo, un cucchiaio in una mano e un tovagliolo nell'altra, aspettando con ansia di mangiare ancora la zuppa. Reggie rise, aspettandosi che Ben cominciasse a leccarsi le labbra.

"Bene, signora - bene, Cornelia", disse Joshua. "Stiamo cercando un tesoro. Pensiamo che Meriwether Lewis possa averlo portato con sé lungo il sentiero".

"Ah, sì", disse l'anziana donna. "Il tesoro di Jefferson".

"Tu... tu lo sai?" Chiese Joshua.

"Te l'ho detto, so *tutto* della Spedizione. E si dice che sia stata nascosta per proteggere tutti noi, sai. Non andrei a cercare una cosa del genere".

Derrick sgranò gli occhi. "Dov'è, allora, nonna?".

Guardò ognuno di loro, con un occhio quasi chiuso, esaminando ognuno di loro a turno. Come se fosse un esame e lei fosse l'allieva. "Non lo so", sbuffò. "Ma so tutto il *resto*".

Reggie sorrise. Questa donna gli piaceva, e non solo per il suo cibo. Tutto l'insieme: l'accostamento tra la personalità e l'aspetto della donna e le sue capacità culinarie, il suo atteggiamento di accoglienza e la sua gentilezza nel lasciare che i quattro entrassero in casa sua senza nemmeno una domanda.

"Beh, nonna", disse Derrick. "*Lo sapevi?*"

Frugò nella valigetta e recuperò la piccola rivista rilegata in pelle e la pose davanti a sé sul tavolo.

Guardò il diario, studiandolo, poi finalmente lo prese. Derrick le afferrò il polso piccolo e fragile e le porse un paio di pinzette. "Tieni, usa queste".

Prese la pinzetta e aprì la copertina alla prima pagina. Reggie e gli altri aspettarono che finisse di leggere. Lei alzò lo sguardo, con gli occhi spalancati e la bocca leggermente aperta.

"Dove l'hai preso, ragazzo mio?", chiese. E poi, dopo un attimo, "è *vero*?".

"È vera, nonna. È davvero la sua calligrafia. Ho controllato prima, e il cuoio è abbastanza vecchio per essere dell'epoca".

Lei inarcò un sopracciglio, aspettando che lui rispondesse alla sua *prima* domanda.

"L'ho preso in prestito", disse. "Dalla Società".

"Hai *preso in prestito...*" sbuffò, poi gettò le mani in aria, esasperata. "L'hai *preso in prestito*? L'hai *rubato*, ragazzo mio! L'hai *preso* dalla Società stessa. Sai cosa significa per...".

Si fermò, inarcando un po' le spalle e abbassando la testa.

"Va tutto bene", disse Derrick. "Loro lo sanno. Sanno tutto".

"Sanno che fai parte della Società?".

"Lo sanno, e sanno anche che sono dell'FBI".

"È così che hai avuto il diario?", chiese.

Annuì, senza rivelare se fossero stati i suoi legami con l'APS o la sua carriera nell'FBI a portarlo a collaborare con il giornale.

"Beh, questo è... questo è semplicemente...", si toccò la fronte. "Ho bisogno di un bicchiere d'acqua". Cornelia Derrick si allontanò dal tavolo e cominciò ad alzarsi.

"Ecco, nonna", disse Derrick. "Lascia che te lo prenda io. Tu continua a leggere. Dobbiamo capire cosa sta cercando di dirci questo piccolo libro e dobbiamo farlo in fretta".

Reggie lanciò un'occhiata a Ben, ma il suo volto non rivelò nulla. Era una corsa contro il tempo, ora, e la vita di Julie era in gioco. Non si trattava più solo di un diario e della lotta di un uomo contro una donna assetata di potere.

"Ho visto quel tuo amico in televisione stamattina", ha detto.

"Chi?" Chiese Derrick.

"Sai chi. Quella donna carina dell'organizzazione".

Reggie guardò Derrick, in attesa di una conferma.

"Nonna, non è mia amica. È la nuova presidente dell'APS e le ho già parlato qualche volta. Tutto qui".

Il sorriso di Cornelius lasciava intendere altro. "Beh, è carina. Non dico altro".

Per la prima volta da quando si erano conosciuti, Reggie guardò la mano di Derrick e si ricordò del suo precedente commento sul fatto che non era sposato. *Non c'era la fede nuziale. Si* chiese quale fosse la vita privata di quell'uomo, se uscisse spesso o meno e quali fossero i suoi trascorsi con le donne.

Si spera che non si tratti di donne come Daris Johansson.

"Non mi interessa, nonna. Possiamo tornare al diario?".

"Hai paura di lei, vero?". La nonna di Derrick sbottò all'improvviso.

Reggie sentì la tensione nella stanza aumentare. Guardò a destra e a sinistra, in attesa.

"Cosa vuoi dire?"

"Intendo quello che ho appena detto. Hai *paura* di quella donna".

"Perché dovrei avere paura?".

"Per via del Turno".

CAPITOLO 52

IL TURNO, PENSÒ BEN. *Eccolo di nuovo.*

"Lo sai?", chiese.

"So *tutto* della Expedition", fu la risposta immediata della donna.

"Ma lo Shift fa parte dell'American Philosophical Society, non è vero? Non aveva molto a che fare con la spedizione di Lewis e Clark. O mi sono perso qualcosa nel briefing?".

Derrick ridacchiò e la nonna si mise a ridacchiare.

"Ok", disse Reggie accanto a Ben. "Cosa ci manca?"

"Beh, niente", ha detto Derrick. "A parte il fatto che le due cose sono *intimamente* legate. Certo, l'APS è antecedente alla spedizione, e la spedizione è stata un viaggio unico, ma è stata l'APS a sostenere il viaggio".

"Aspetta, davvero?" Chiese Joshua. "Non lo sapevo. Pensavo che fosse stato Thomas Jefferson a sostenere il viaggio".

Cornelia si raddrizzò sulla sedia, con gli occhi che scintillavano. Ben ebbe l'impressione di essere di nuovo a scuola, una vittima sfortunata costretta a inalare informazioni da un insegnante zelante.

Ma doveva ammettere che questa storia era intrigante. Voleva saperne di più e voleva trovare Julie.

"L'American Philosophical Society pagò gran parte della spedizione *perché* Thomas Jefferson pagò la spedizione".

"Jefferson era un membro dell'APS?".

"Lo era", disse Derrick. "Divenne membro della Società qualche anno dopo la sua rinascita. Il Benjamin Franklin's Junto, il precursore della Società, si è spento per qualche anno ed è stato poi rinnovato quando si è fuso con un gruppo chiamato American Society for Promoting Useful Knowledge".

"ASPUK?" Chiese Reggie, pronunciando l'acronimo. "Già, non mi stupisce che abbiano cambiato il nome".

Derrick tornò con il bicchiere d'acqua della nonna. Ben guardò la donna che lo beveva in un sorso, con le mani magre che nascondevano una forza che lui sapeva essere lì, guadagnata in anni di vita. Sarà anche ottuagenaria, ma la donna era piena di vita come sempre.

Solo la sua cucina lo dimostra.

Ben si guardò intorno nella piccola cucina e nella sala da pranzo mentre aspettava che lei finisse il suo bicchiere d'acqua. I cimeli riempivano ogni tavolo, scaffale e angolo della stanza, e le foto pendevano da ogni parete, a volte così affollate che i bordi delle cornici toccavano altre foto e dipinti.

Tutto era legato a Lewis e Clark, ma c'era un'enfasi particolare sulla *donna* più famosa della spedizione, Sacagawea. La sposa indiana era certamente la persona più importante della casa e i suoi busti e ritratti riempivano gli angoli e le pareti di tutta la casa.

Sembra che Cornelia Derrick fosse in qualche modo imparentata con la famosa squaw, il che spiegherebbe l'enfasi posta sulla sua versione della storia nella "casa museo" di Cornelia.

La stanza in cui si trovavano era probabilmente la meno decorata, e probabilmente perché non era mai stata destinata ai turisti. La sala da pranzo era destinata alla famiglia, proprio come lo era stata a casa di sua nonna. Non aveva mai conosciuto il padre di suo padre e i genitori di sua madre erano morti quando lui era piccolo, così la nonna paterna era diventata "la nonna", l'unica e sola.

Aveva un bel ricordo della sua casa in North Carolina, in un piccolo terreno a due piani con due capre nel cortile. Lui e suo fratello, Zachary, davano da mangiare alle capre tutto ciò che trovavano nel cortile, mettendo alla prova le voci che avevano sentito sul fatto che le capre avrebbero mangiato qualsiasi cosa e testando la miccia del temperamento della nonna.

Sorrise, senza poter fare a meno di sentirsi confortato da quel pensiero. Era ancora viva, ma sua madre l'aveva trasferita in una casa di riposo due anni prima e lui era andato a trovarla solo una volta. Si segnò mentalmente di portare Julie lì e di far incontrare i due membri della famiglia.

La felicità si trasformò rapidamente in terrore, in una sensazione di sprofondamento nello stomaco, quando pensò a Julie. Voleva, aveva *bisogno di* riaverla, e stare seduto qui a godersi la compagnia e il cibo di conforto non faceva che peggiorare la situazione. Julie era là fuori, sola, spaventata. Aveva bisogno che lui la trovasse e, sebbene fosse una donna forte, lui sapeva che la sua forza, come quella di chiunque altro, alla fine si sarebbe esaurita.

"Bene", disse Cornelia. "Immagino che stiate aspettando che io racconti il resto. Molto bene".

Derrick si rimise a sedere dopo aver chiesto agli altri se avessero bisogno di altro. Essi scossero la testa e Cornelia Derrick continuò la spiegazione.

"Jefferson divenne quindi un membro di lunga data dell'APS e fu sempre interessato ad ampliare le sue conoscenze e quelle degli altri. Era affascinato da quasi tutto, un fatto che probabilmente ha avuto un ruolo importante nella sua corsa alla presidenza".

"Degli Stati Uniti", ha detto Reggie, precisando.

"No, anche se il suo amore per l'apprendimento non ha danneggiato le sue possibilità nemmeno lì", disse lei. "Mi riferivo all'APS".

"Jefferson era *presidente dell'*APS?". Chiese Joshua.

"Il 3 marzo 1797", ha detto Derrick. "E un giorno dopo divenne vicepresidente degli Stati Uniti d'America".

"E per tutto il tempo continuò a perseguire la conoscenza, proprio come l'organizzazione era stata fondata. Spingeva idee, scriveva documenti e si sforzava di riunire le più grandi menti della prima nazione. Lavorò a una prima spedizione nel West, guidata da un botanico di nome Andre Michaux, ma il viaggio fallì.

"Così, nel 1803, Jefferson ci riprovò, invitando l'APS a sostenere un viaggio guidato dal giovane Meriwether Lewis, di cui Jefferson era pienamente a favore. Il viaggio fu finanziato, furono fatti i piani e si partì".

Ben scosse la testa. "Quindi Jefferson *era* intimamente coinvolto".

"Notevole, non è vero?". Chiese Derrick. "Sembra quasi troppo perfetto".

Sua nonna fece un sorriso sornione. "Niente si incastra troppo perfettamente quando i pezzi sono stati progettati per incastrarsi perfettamente".

"Credo di no", disse Joshua. "Il Turno, quindi, è il potere che passa di mano. E questo 'tesoro' che stiamo cercando è qualcosa di cui Daris - l'attuale leader dell'organizzazione - ha bisogno per farlo accadere".

"Forse lo è", disse Cornelia. "Ma non lo troverete".

Ben si accigliò. "Perché no? Abbiamo il diario. Bisogna solo seguire gli indizi e...".

"Gli *indizi* vi porteranno lì, ma gli *indizi* puntano a qualcosa che non si può trovare".

"Perché dici così?"

"Perché questo tesoro, questa cosa così potente da poter 'spostare' il potere da una parte all'altra, non può essere tenuto in mano. Non può essere rubato, scambiato o scoperto".

"Nonna", disse Derrick. "Questo non è utile. Dobbiamo trovarlo, prima che...".

"*È* utile, ragazzo mio", disse Cornelia. "Sono parole del signor Jefferson in persona".

Ben si bloccò.

Accanto a lui, anche Reggie si fermò. Joshua si schiarì la gola e parlò. "Hai... hai motivo di credere che Jefferson abbia detto che il tesoro non è reale?".

"No", ha detto. "Ho una sua *lettera* che dice che il tesoro non è reale".

CAPITOLO 53

REGGIE ERA APPASSIONATO, ma anche in senso positivo. Questa donna era proprio come aveva sperato: un po' pazza, un'ottima cuoca, e *in realtà* così esperta come Derrick aveva lasciato intendere. Durante il viaggio in aereo se l'era chiesto, immaginando che Derrick la stesse prendendo in giro, visto che era di famiglia.

Ma lei sembrava essere un vero affare. L'arredamento della minuscola casa era reale, i cimeli a cui passava davanti quando doveva usare la toilette erano reali, e le foto appese alla parete avevano ognuna una storia, una storia ricercata e documentata dalla donna stessa e poi stampata su un piccolo cartoncino spillato a ogni cornice.

Conosceva la Lewis e la Clark, questo è certo. Sapeva dello Shift, dell'APS e di tutto ciò di cui le stavano parlando. Ora, a quanto pare, stava per parlare loro di una lettera segreta di cui nessuno di loro era a conoscenza.

"Questa lettera", disse Derrick. "Nessun altro ne è a conoscenza?".

Scosse la testa mentre tornava al tavolo, con un raccoglitore a tre anelli sotto il braccio. "No", disse. "Come potrebbero? È stato tramandato dalle famiglie vicine al presidente, ma è stato tenuto nascosto in una scatola per anni. Il mio prozio lo scoprì in un armadio".

"Wow", disse Joshua.

"Wow è giusto, ragazzo mio", disse. Sollevò il raccoglitore sul tavolo, facendolo cadere accanto al diario di Lewis. "Aprilo", ordinò.

Derrick aprì il raccoglitore da mezzo pollice e Reggie fu sorpreso nel vedere che era pieno di separatori di pagine in plastica trasparente, ognuno dei quali conteneva un singolo pezzo di carta. Alcuni erano scarti, mentre altri erano pagine rettangolari a grandezza naturale. Nessuna delle strisce ingiallite era abbastanza grande da riempire i loro contenitori di plastica.

"Verso il fondo, ragazzo mio. È una delle lenzuola più grandi e c'è una linguetta che spunta di lato".

"Hai... hai solo questo qui?". Chiese Reggie. "Sembra che appartenga a un..." si interruppe.

"Questo *è* un museo", disse sorridendo. "Il *miglior* museo di Lewis e Clark di tutto il mondo".

"Devo dire che sono d'accordo", ha detto Joshua. "Questo posto è incredibile. Qui c'è ogni sorta di reliquia e potrei passare una giornata a camminare e a guardare tutto".

"Potresti passare una *vita intera* qui, ragazzo mio", disse lei, allargando il suo sorriso. "L'ho fatto". Puntò un dito magro verso un bastone lungo e stretto appeso alla parete sopra un piccolo camino. "Sai cos'è quello?", chiese.

Tutti scossero la testa.

"È un remo, o quello che ne è rimasto", disse. "Da una delle piroghe della spedizione. Una specie di canoa stretta, dall'aspetto davvero strano. Ma è una cosa vera. Non si trova in nessun altro posto al mondo".

Reggie era impressionato e lo disse. "Mi piace molto, Cornelia. È una collezione fantastica. Grazie per averla condivisa con noi".

"Ma certo! Il mio ragazzo Roger ha curiosato in questo posto per tutta la vita, è ora che venga a chiedermi aiuto per trovare qualcosa. Fermati, proprio lì".

Si abbassò e posò il dito indice sulla pagina che Derrick aveva appena sfogliato. La carta era meno ingiallita delle altre, ma c'erano degli strappi lungo le due linee di piegatura che attraversavano il foglio. Resti di un sigillo di cera si trovavano in alto e al centro del retro della pagina, visibili attraverso la sottile pergamena.

"Carissimo M. Lewis", disse leggendo la lettera, "sono molto obbligata alla tua felicità per il tuo accordo di partecipazione, anche se non posso esprimerti la mia preoccupazione per la tua sicurezza".

Reggie notò che la donna aveva gli occhi chiusi. *Sta recitando a memoria.*

"Prevedo un grande successo per il vostro viaggio e sono sopraffatto dalla gratitudine nei confronti vostri e del signor Clark. Che la vostra mente e i vostri occhi siano pieni di passione per le scoperte che vedrete. Il mio - di potervi accompagnare!".

Cornelia "lesse" la lettera con la sua passione, sottolineando alcune parole e quasi cantando in altri momenti. Era nel suo elemento e Reggie sentì l'eccitazione e l'esuberanza della storia che prendeva vita. Questo era il tipo di storia che amava: le storie, raccontate da uomini e donne che avevano una passione per esse e le conoscevano a fondo.

Lui sorrise mentre lei continuava.

"... Tra i doveri che vi sono stati assegnati, vi chiedo un ultimo favore, che non deve essere condiviso con nessuno. Questa spedizione, come è stato detto, è destinata alla scoperta delle nuove terre che ho acquistato per questa nazione. Ma è anche destinata a qualcos'altro, qualcosa di più grande.

"È destinato alla scoperta di un nascondiglio e ai vostri segni discreti che conducono al suo luogo di riposo finale. Ho in mio possesso qualcosa che deve essere nascosto, anche se non deve essere distrutto. Questa 'cosa' di cui vi scrivo vi sarà descritta al nostro ultimo incontro prima dell'imbarco, in modo da non suscitare attenzioni ingiustificate.

"... questa cosa, così potente da spostare il potere da una parte all'altra, non può essere tenuta in mano. Non può essere rubata, scambiata o scoperta. È già posseduta e non è mai stata scambiata. È già stato scoperto, e non deve esserlo mai più".

Inspirò profondamente con il naso, con gli occhi ancora chiusi e un sorriso soddisfatto ancora sulle labbra. Reggie percepì l'apprezzamento dell'anziana donna per il passato.

E che passato era, pensò. *Questa è la prova che Jefferson stava cercando di nascondere qualcosa. La prova che ha mandato Meriwether Lewis attraverso una terra sconosciuta per nascondere il suo segreto, e la prova che...*

"Daris aveva ragione", disse Derrick, esprimendo ad alta voce il pensiero di Reggie. "Ha sempre avuto ragione". Scosse la testa, con le labbra a forma di linea sottile.

"Non preoccuparti", disse Joshua. "Non significa nulla. Ha ragione, non ha ragione, non fa differenza. Dobbiamo comunque batterla per ottenere qualsiasi cosa stia cercando".

"La pianta?" Chiese Ben.

Cornelia si è alzata in piedi. "Quale pianta, ragazzo mio?".

Reggie guardò Derrick per vedere se stava cercando di dare a Ben qualche segnale non detto. Forse non voleva rivelare la loro mano, o forse Cornelia non avrebbe approvato la loro missione.

Si voltò verso il nipote. "Intendi il Borrachero?".

Gli occhi di Reggie si allargarono. "Tu... tu sai anche questo?".

A questo punto, gettò la testa all'indietro e scoppiò a ridere, una risata davvero contagiosa che fece crescere il sorriso di Reggie più di quanto non avesse fatto nell'ultimo anno.

"Non sei migliore di Roger", disse lei, con la voce rotta dalle lacrime del riso. "Quando imparerai? So *tutto quello che c'è* da sapere sulla Spedizione".

"Tranne *dove si* trova veramente questa pianta, il tesoro", disse Derrick.

"Beh, non c'è nessun *tesoro*, ragazzo mio. Te l'ho già detto".

"Ma ci hai appena letto la lettera...".

"Ti ho appena letto *una* lettera, ed è vera. Da Thomas Jefferson in persona al suo giovane protetto, Meriwether Lewis. Ed è criptico come sempre, lo ammetto. Sembrerebbe che stia nascondendo qualcosa, cercando di vendere l'intrigo che cattura con le sue parole. Ma come ho già spiegato in precedenza, là fuori non c'è altro che false speranze e bugie".

"Spiega".

Sospirò. "Molto tempo fa, quando Jefferson fece nascondere a Meriwether questo "tesoro", forse c'era qualcosa per cui valeva la pena morire. Ma diciamo che si tratta di questa pianta, il 'Borrachero', proveniente dal Sud America. Quanto sarebbe sopravvissuta questa pianta fuori dal terreno? Forse una settimana? Un mese?".

"Ma è arrivato alla flotta spagnola, vero? Quanto è stato lungo il viaggio?".

"Forse non abbastanza a lungo da far morire la pianta. Forse le sostanze chimiche contenute nella pianta sono arrivate fino a Jefferson stesso, come narra la leggenda. Ma è successo più di duecento anni fa: quali piante possono vivere così a lungo? "

Ben annuì. "Ha senso. Ma forse è stato reimpiantato. Piantato nel terreno da qualche parte lungo il sentiero di Lewis e Clark, dove poteva sopravvivere e prosperare".

Cornelia sorrise a Ben. "Sì, potrebbe aver funzionato. Ma non credi che ne avremmo sentito parlare prima? Questa pianta che può trasformare le persone in zombie? Siamo in America, ragazzo mio. Quella pista è stata percorsa e percorribile fin da quella spedizione, e ci sono città lungo i suoi fiumi. Qualsiasi cosa volessero nascondere sul sentiero è stata trovata da tempo".

Joshua si alzò e cominciò a camminare. "Sì, hai ragione. Qualsiasi cosa palesemente nascosta sul sentiero sarebbe già stata trovata, ma - forse, sto solo ipotizzando - e se non fosse sul sentiero?".

"Cosa vuoi dire?" Chiese Reggie. "E se il tesoro si trovasse da qualche parte *fuori dal* sentiero di Lewis e Clark?".

"Beh, sì", disse Joshua. "Perché nascondere qualcosa che è destinato a rimanere nascosto su un sentiero che sai che sarà percorso da migliaia di persone dopo la tua scomparsa?".

"Ma ha ragione", disse Reggie. "Qualsiasi cosa organica sarebbe ormai solo polvere. Non avrebbe senso cercare di nascondere qualcosa come una pianta o un fiore, e loro lo avrebbero saputo. Scommetto che metà degli esemplari che Lewis e Clark inviarono a Washington erano già decomposti al loro arrivo".

"Anche se li avessero conservati?".

"Non sarebbero stati in grado di conservare una quantità massiccia di qualcosa, e se il tesoro di Jefferson è davvero una specie di pianta come questo Borrachero, non si sarebbe preso la briga di nasconderlo se non ce ne fosse stato molto".

Reggie guardò gli altri membri del gruppo. Sentiva che stavano iniziando ad essere tutti d'accordo, e questo era pericoloso. Essere d'accordo in una situazione significava che non stavano pensando fuori dagli schemi. Non stavano risolvendo il problema in maniera creativa, ma si limitavano a buttare lì le ovvie ragioni del "perché non si può fare". Era la fallacia del cacciatore di tesori, la più grande minaccia per la professione. Gli "esperti" dicevano loro che qualcosa era impossibile e, dopo una vita di spedizioni fallite, si cominciava a credergli.

Ma Reggie voleva la verità più di quanto volesse il tesoro. Il tesoro poteva essere una bugia, ma la verità era là fuori.

"Quindi forse non era una pianta", ha detto. "Forse è semplice come pensava Derrick all'inizio: solo una scatola vuota, pensata per depistare la gente o per guadagnare tempo. Avrebbe avuto senso politicamente, per quel periodo".

"Ma per Jefferson non avrebbe senso", disse Ben. "Tutto quello che questi due ci hanno detto su quell'uomo dice che non perderebbe tempo - e denaro - per una cosa così frivola".

"E l'idea di Daris che ha condiviso in TV?". Chiese Reggie. "Che si tratta *di* argento e oro spagnoli, estratti dal Sud America e presi dai conquistadores?".

"L'argento non si decompone", ha detto Ben.

"No, e se ne aveste abbastanza, varrebbe la pena di nasconderlo", disse Derrick. "E inviarlo con Lewis e Clark sarebbe stata una mossa brillante: farlo sparire dalla vista, lontano dai leader della nuova nazione, e nasconderlo nella terra che ora possedete. Terra che non è abitata da molte persone".

Gli occhi di Cornelia scintillarono di nuovo mentre ascoltava. "Vedi, *ora* stai pensando come un cacciatore di tesori. Certo, perché nasconderlo sul sentiero?".

"Perché è l'unico modo per sapere dove trovarlo", disse Reggie.

"A meno che tu non abbia la *mappa*", rispose rapidamente. "E sembra che il mio ragazzo, Roger, abbia davvero la mappa".

"Ma non sappiamo dove punta. Non abbiamo idea di come leggerlo".

"Vediamolo di nuovo", disse, avvicinandosi al tavolo della sala da pranzo. Reggie si avvicinò e guardò Derrick che sfogliava la pagina fino al primo indizio. Lo lesse ad alta voce.

CAPITOLO 54

"VIGILIA DI NATALE, 1805. Siamo stanchi, ma il morale è alto. Gli uomini sono incerti su ciò che potrebbe portare il domani, eppure l'ottimismo è vero. Non possono temere ciò che non conoscono, eppure ciò che conosco non lo temo nemmeno io".

Le sottili sopracciglia bianche di Cornelia Derrick si alzarono e si abbassarono mentre il nipote leggeva la prima iscrizione. La sua gigantesca massa di capelli ondeggiava su e giù come una boa mentre annuiva. Quando lui finì, lei alzò lo sguardo.

"Quello è Fort Clatsop, proprio in fondo alla strada. Avete intenzione di visitare il parco?".

Derrick scosse la testa. "No, nonna. Non credo che ci darà qualcosa che non abbiamo già".

"Sono d'accordo", disse lei. "Ci sono stata una quarantina di volte e ho percorso tutta la zona, comprese -" abbassò la testa e sorrise - "le aree off-limits". "

Derrick ridacchiò. "Come hai già detto tu. No, non credo che ci sia altro oltre ai turisti e ai souvenir".

"Non ci sarebbe", ha detto. "Se Lewis volesse nascondere qualcosa, l'ultimo posto in cui immagino si troverebbe è all'interno - o vicino - a un forte in cui hanno svernato. Il pericolo che gli altri uomini lo trovino sarebbe troppo grande e l'ovvietà del nascondiglio sarebbe, beh, deludente".

"Vero. Quindi non è a Clatsop", disse Joshua. Poi, rivolto a Cornelia, aggiunse: "Se è reale".

Sorrise. "Io posso credere in quello che voglio, e tu puoi credere in quello che vuoi. L'importante per me è che tu *creda* in quello che credi e che non permetta a nessuno di portartelo via".

Derrick sorrise di nuovo, posando la mano su quella della nonna. "Grazie. Ammettiamo che tu ci creda. Da dove pensi che dovremmo iniziare a cercare?".

"Beh, hai la mappa del tesoro proprio davanti a te, ragazzo mio. Cosa dice la pagina successiva?".

Derrick lo lesse ad alta voce dopo aver girato la pagina. "23 marzo. Verso i Cottonwoods, dove giacevano i tre unici".

"Tutto qui?", chiese.

"È quello che ho detto", disse Reggie. "Mi sembra un pessimo indizio".

Cornelia assunse un'espressione sorniona e lo sguardo si diresse verso il raccoglitore a tre anelli appoggiato sul tavolo.

"Cosa c'è?" Chiese Reggie. "Conosco quello sguardo - sai qualcosa che noi non sappiamo?".

"Lo so", disse lei, prendendo il raccoglitore, che era ancora aperto sulla lettera di Jefferson. "Non ti ho ancora letto il *retro* della lettera".

"Aspetta, c'è una schiena?". Chiese Derrick. "Perché non hai - perché non hai detto nulla?".

"Mi piace il brivido di tutto questo, ragazzo mio", disse. "Ora smetti di blaterare e aiutami con questo".

Fece scivolare il raccoglitore verso Derrick e lui girò la protezione della pagina. Dall'altra parte del tavolo, Reggie poté vedere un'iscrizione postuma in cima alla pagina. Era incuriosito, ma rimase in silenzio e aspettò con impazienza che Derrick lo leggesse.

"P.S.: vi prego di informarmi sui luoghi scelti per gli oggetti che vi regalerò al nostro prossimo incontro. Desidero che registriate la posizione e la direzione approssimativa dei nascondigli che avete deciso, con una precisione tale da poter essere seguita con successo dagli esploratori successivi".

Derrick sbatté le palpebre un paio di volte, poi lesse l'ultima frase che Jefferson aveva scritto sul retro della lettera. "Confido che queste informazioni rimangano riservate a questa casa e a lei".

Ben si sedette. "Wow, quindi Jefferson ha chiesto esplicitamente a Lewis di scrivere le posizioni di questi *nascondigli, di* tenerli segreti e di non dirlo a nessuno tranne che a Jefferson? Signora - Cornelia - mi scusi, ma come fa a non credere che ci sia un tesoro?".

Lei si mise a ridere. "Vedi, ragazzo mio, c'è sempre stata una domanda nella mia mente. Sempre. Ma non ho mai avuto questo diario davanti a me. Non ho mai avuto informazioni che mi facessero credere che ci fosse, in effetti, un tesoro, e sono arrivato alla conclusione, molto tempo fa, che questa lettera non era di Jefferson, ma nient'altro che un imbroglio".

"Ma ora, con il diario?".

"Si tratta di una possibilità intrigante", ha detto l'autrice. "Tutti gli altri diari sono stati catalogati e ben documentati. Sono stati tradotti, revisionati e messi in ordine cronologico di creazione. Non ci sono buchi, né lacune nel tempo, che permettano a chiunque altro di inserire l'idea che ci sia un tesoro - un diario mancante".

"Ha senso", disse Joshua. "Ed è così che l'APS ha tenuto segreto *questo* diario per così tanto tempo. Tuttavia, lei stesso ha ammesso che non solo *non c'è* un tesoro, ma che non è nemmeno vicino a Fort Clatsop. Ma il prossimo indizio *obbliga a* trovarlo nelle vicinanze".

"Davvero?" chiese lei. "Come mai?"

"Si tratta di Fort Clatsop, il giorno in cui partirono all'inizio della primavera del 1806".

Derrick annuì, poi lesse la pagina successiva. "23 marzo. Verso i Cottonwoods, dove giacevano i tre unici".

Si accigliò, guardando la piccola pagina del diario mentre il nipote leggeva. Fino a quel momento Ben non era sicuro di quanto la vista dell'anziana signora avesse retto al tempo, ma ora lo era. A quanto pareva, riusciva a leggere ogni parola di quel gratta e vinci senza nemmeno sporgersi di qualche centimetro.

"Non hai letto bene", ha detto. "Hai letto '*Marzo*', ma c'è scritto '*Mar*'. *Mar, punto.*"

"Giusto. Una forma abbreviata di *March*, giusto?". Chiese Derrick.

"No, non in questo caso".

Ben fissò la donna. *Cosa stava per rivelare?*

"Ricordate, Lewis non era il miglior ortografo. Nessuno degli uomini lo era, e abbiamo dovuto tornare indietro e tradurre in inglese corretto molte delle voci che hanno scritto. Erano incoerenti anche nell'ortografia e nelle descrizioni. Ma questa parola, *Mar.* è probabilmente scritta correttamente, ma non è coerente con quello che sappiamo del linguaggio corrente".

"Vuoi dire che non è affatto destinato ad essere *marzo*?".

"Esatto. La parola *Mar.* in questo caso, se me lo chiedete, è in realtà *Marias.*"

Ben guardò Reggie e Joshua, con l'eccitazione che gli cresceva dentro. Sapeva cosa significava e si stupiva di non averci già pensato. Quando si rese conto che gli altri tre uomini intorno a lui erano ancora al buio, parlò. "Marias? Come il fiume di Maria?".

"Sì", ha detto. "Il Maria's - chiamato da Lewis per sua nipote - è un fiume molto importante per la spedizione di Lewis e Clark".

"È un fiume del Montana", disse Ben. "Nel territorio degli indiani Blackfeet. È un po' più a nord di Yellowstone e l'ho pescato qualche volta in passato".

"È vero", ha detto. "Ed è importante perché è il luogo della 'Spedizione delle Marias' che Lewis condusse con un piccolo gruppo di uomini di *ritorno* dal Pacifico".

"Una spedizione nella spedizione", disse Derrick. "Mi sembra appropriato".

"È perfetto", ha detto. Lewis e Clark si separarono all'inizio di luglio del 1806, per "coprire più terra", come descrivono i libri di storia. Ognuno di loro prese alcuni uomini e prese strade diverse: Lewis viaggiò verso nord e Clark verso sud. Lewis attraversò il Montana fino a incrociare il fiume Marias, dove trascorse un paio di settimane tra la metà e la fine di luglio. Si dice che fosse lì per determinare se il fiume scorresse o meno a nord fino al 50° parallelo, il che avrebbe aumentato la quantità di terra americana che l'Acquisto della Louisiana aveva dato a Jefferson".

"*È* perfetto", disse Ben. "Si adatta, si adatta perfettamente a tutto. Il Marias inizia proprio in montagna, sulle Montagne Rocciose. Se si volesse nascondere qualcosa...".

"Allora è lì che lo nasconderei", dichiarò Cornelia. "Prendere il minor numero possibile di uomini, correre fino a un punto lontano che non è stato completamente esplorato, e poi lasciare indizi che possono essere interpretati solo se si guarda nel posto giusto".

"E non posso credere di non essermene accorto prima", disse Ben. Tutti si voltarono a guardarlo, in attesa. "L'indizio - parla dei 'tre alberi di cotone', giusto? I tre *singolari* alberi di cotone?".

"Sì", disse Reggie. "Sai di quali tre parlava Lewis?".

"Lo so", disse Ben. "È stato davanti a me per tutto il tempo. Ho lavorato a Yellowstone, quindi avrei dovuto saperlo. All'inizio dell'anno ho letto un libro sulle piante delle Montagne Rocciose e...".

Reggie scoppiò a ridere. "Hai letto un libro sulle *piante?*"

"Parlava anche un po' di animali", disse Ben. "Il punto è che ci sono diversi tipi di alberi di Cottonwood. *Tre* specie distinte".

Cornelia iniziò ad annuire, con gli occhi di nuovo scintillanti.

"Questi tre tipi vivono tutti negli Stati Uniti, ma crescono *solo* nello stesso luogo geografico... nel *Montana*".

"Una presa di coscienza astuta", ha detto Cornelia. "Ricordo di aver letto in una delle biografie di Lewis e Clark che anche Meriwether Lewis giunse alla stessa conclusione. Scrisse in uno dei diari che tutte e tre le specie crescevano insieme in quelle colline pedemontane, a differenza di qualsiasi altro luogo".

"È geniale", disse Joshua. "È esattamente così. Quindi, da qualche parte sul fiume Marias, nella zona pedemontana, è il luogo in cui il primo indizio punta".

"Aspetta un attimo", disse Derrick. "E il *23*? C'è scritto proprio qui, *23 marzo*. Se 'Mar' significa 'Marias', allora cosa significa il '23', se non '23 marzo'?".

"È la posizione", disse Reggie. "23... miglia?"

"23 miglia dal Marias?"

Cornelia scrollò le spalle. "Potrebbe essere. Lewis e i suoi uomini si accamparono tra le 20 e le 30 miglia dai piedi delle montagne", disse Cornelia. "È scritto che si trovavano nel territorio degli indiani Blackfeet, con le montagne visibili in lontananza".

"Quindi erano sul Marias, accampati, a circa 23 miglia dalle montagne". Ben sospirò di sollievo. "Questo restringe il campo. Se tutto ciò è esatto e c'è davvero qualcosa là fuori, direi di iniziare dal fiume Marias. Sì?"

Tutti annuiscono. Il sorriso di Cornelia illuminò la stanza. "Voi ragazzi siete stati buoni con me", disse. "Non lo dimenticherò. Io non bevo, ma il mio defunto marito ha lasciato una sorta di alcolici, che sono rimasti nell'armadietto per vent'anni. Non so se questa roba va a male, ma qualcuno di voi vuole dello scotch?".

Ben incrociò lo sguardo di Reggie mentre la donna parlava. Quasi rideva di gusto. Reggie, per fortuna, intervenne. "Lei... lei ha uno *scotch che ha* più di vent'anni? Sì, sarei interessato a un assaggio".

"Sì, e per cominciare aveva venticinque anni. Non ho intenzione di farci niente. Perché non lo prendi e basta?".

CAPITOLO 55

ERA PASSATO QUASI UN GIORNO, per quanto ne sapeva. Le gambe e i piedi di Julie erano intorpiditi, e le mani erano poco distanti. Era seduta nella stessa identica posizione, incapace di muoversi di un centimetro, da ore. L'oscurità della palestra si era insinuata in lei, agghiacciandola, e persino il suo respiro sembrava lento e fuori sincrono con il resto del corpo, come se stesse ascoltando il respiro di qualcun altro.

I respiri non potevano provenire da lei.

Non c'era modo...

Lei guaì e improvvisamente sentì una mano sulla bocca.

Si rese conto che non era il *mio respiro quello che sentivo.* Inorridita, sbatté rapidamente le palpebre, cercando invano di costringere gli occhi a illuminare la stanza. Invece, solo più buio.

Era in preda al panico e questo le stava costando caro. Qualunque cosa stesse per accadere, aveva bisogno di forza. Forza di volontà. Il panico gliela toglieva, e fece del suo meglio per calmare il respiro, ma...

La puzza di sudore e di carne le riempì i polmoni e ebbe un

conato di vomito. Sentiva il sapore della mano, la mano dura e screpolata di un soldato.

Il soldato. Quello che prima aveva cercato di palpeggiarla e toccarla. Morrison.

"Salve, signorina", sussurrò, la sua voce in qualche modo più disgustosa della sua mano. Lei ebbe un altro conato di vomito, quasi soffocando la lingua per paura che toccasse il palmo dell'uomo.

Non parlava, *non poteva* parlare. La mano di lui era stretta sulla bocca aperta, coprendola facilmente e impedendole di parlare. Quasi non riusciva nemmeno a respirare, dato che la parte superiore della sua mano mostruosa era schiacciata vicino alle sue narici.

Tuttavia, costrinse un respiro, poi un altro. E un altro ancora. Lentamente riportò la paura in posizione di sottomissione. Il disgusto, la rabbia, quelli sarebbero rimasti. Ma la paura non aveva posto qui, non ora. Quest'uomo voleva una cosa sola, e non aveva nulla da temere.

Poteva temere l'uomo al comando, il capo di Morrison, l'uomo che chiamavano il Falco. *Come si chiamava? Vincent?* Qualcosa come "Garza", lo sapeva. Poteva temerlo: era un uomo organizzato e risoluto, con un piano che prevedeva di legarla a una sedia nel mezzo di una palestra abbandonata, dove le urla non sarebbero state udite e uomini come Morrison avrebbero potuto avvicinarla di soppiatto nel buio e...

Temeva il Falco, ma non avrebbe temuto Morrison. Quell'uomo era un ratto, un flagello, il tipo di mangiatore di fondo che ogni organizzazione aveva in abbondanza. Probabilmente lo sapeva anche il Falco, ma avrebbe permesso a Morrison di fare i suoi giochetti finché l'uomo avesse portato dei risultati.

"Ho detto: "*Ciao, signorina*"", ha detto ancora Morrison.

Lei strizzò gli occhi nel buio, cercando di fissarlo. "Che cosa vuoi?"

Una risatina.

"Oh, credo che tu sappia *esattamente* cosa voglio".

Julie sentì un'altra mano sulla coscia. La strinse, con forza. Fa male.

"Fermati e non ti ucciderò", disse. La sua voce non si incrinò e ne fu orgogliosa. *Non si sa quando perderò la testa*, pensò.

Un'altra risata, questa volta più forte. "Uccidermi? Tu? Proprio adesso?".

"No", disse lei. "Non ora. Forse nemmeno qui. Ma ti ucciderò, se non mi lasci andare la gamba".

Ci fu una pausa, come se l'uomo stesse valutando la sua offerta. Poi la sua bocca si liberò, l'aria fredda le fluì sul viso e raffreddò la zona in cui si trovava la mano sudata dell'uomo.

Poi la mano passò all'*altra* gamba.

"Intendi dire di lasciare andare *queste* gambe?".

Si spinse di lato con il busto, cercando di staccare l'uomo e di togliergli le mani di dosso, ma questo servì solo a farle sentire un forte dolore al fianco sinistro. Gridò di dolore, poi urlò.

"Pensi che qualcuno ti sentirà?". Morrison scattò. "In realtà, ti sentiranno. Tutti quanti. Sono proprio là fuori".

Se stava indicando, Julie non riusciva a vederlo.

"Ma non entreranno. Ci è stato ordinato di non farlo. Ma il mio capo - Il Falco, credo che tu lo conosca - e io abbiamo un accordo un po' *speciale*".

"Toccami e muori, stronzo", sussurrò a denti stretti. "Ti avverto. Ti strapperò la testa dal corpo".

Le sue mani scivolarono su, lentamente. "Mi prenderò il mio tempo con te, signorina. Abbiamo iniziato male, proprio in quell'albergo in fondo alla strada. Te lo ricordi? Solo io e te, nell'armadio. Difficile da dimenticare, scommetto".

Julie girò la testa di lato e un leggero sussulto le sfuggì dalle labbra. Si *fermò, si* impose. *Non dargli questa soddisfazione.*

"Sai che non mi piace che ti abbia fatto legare così bene. Mi piace quando sei in grado di muoverti un po', di renderlo interessante. Non sei d'accordo?".

Julie sentì una lacrima cadere dall'occhio destro e posarsi sulla spalla. *Non più. Sei finito.* Le sue parole silenziose erano forti, ma non servirono a nulla.

"Penso che lo sistemerò", disse. Nell'oscurità, una mano dell'uomo si spostò dalla sua gamba.

Sentì il rumore di un coltellino che si apriva e scattava in posizione. Una leggera pressione sul polso sinistro.

"Penso che forse solo alcuni di questi vincoli possono essere eliminati, non credi? Per darti un po' di margine di *manovra*".

La pressione aumentava, sempre di più, e Julie aspettava con ansia che la legatura si spezzasse. Le fascette erano di quelle spesse e industriali, ma anche quelle alla fine avrebbero ceduto al coltello. Stava prendendo in considerazione il piano che lui le aveva dato: aspettare che lui la "liberasse" un po', poi lamentarsi che non era abbastanza. Sarebbe rimasta immobile, senza muoversi.

Se voleva che si contorcesse, avrebbe aspettato che lui le togliesse altre fascette.

Infine, con uno *scatto*, la fascetta del polso sinistro si staccò e cadde sul pavimento di legno duro. C'era ancora una cravatta vicino al gomito e le due sull'altro braccio.

"Ecco fatto", disse Morrison. "Che ve ne pare? Magari anche dall'altra parte? Liberare quelle belle manine?".

Aspettò, sperando che lui seguisse il suo esempio.

Si avvicinò al braccio destro di lei, con una mano ancora stretta contro la parte superiore della coscia. La pressione sul polso iniziò e il coltello invisibile iniziò il suo lavoro. Passarono alcuni secondi: Morrison stava ovviamente tirando il più a lungo possibile, assaporando il momento.

Sentì uno *scatto* e aspettò che la pressione sul polso destro venisse allentata, ma non lo fu mai.

Invece, l'intera sala fu improvvisamente immersa in un bianco brillante. Le luci sul soffitto della palestra erano state accese e Julie stava sbattendo le palpebre per evitare che il bagliore del bianco le arrivasse agli occhi. Ci volle un attimo perché si adattassero, ma quando lo fecero Julie vide finalmente il suo aggressore.

Morrison era a torso nudo, indossava lunghi pantaloni cargo neri e gli stessi stivali neri che gli aveva visto addosso prima.

Anche lui sembrava stordito, e fissava la porta sopra la testa di lei.

"B - capo", disse. "Mi dispiace. Stavo solo scambiando due parole con la nostra signorina".

Passi sul legno.

La mano di un uomo le si posò sulla spalla e lei sobbalzò.

"Sembra che una delle sue cravatte sia caduta, signorina Richardson. Morrison, le dispiace?".

Morrison allungò la mano e Julie vide che aveva in mano un'altra fascetta. La mise intorno al polso liberato, legandolo ancora una volta alla sedia. Quando ebbe finito, si alzò in piedi, guardando il suo capo da sopra la spalla di Julie.

"Morrison, fuori".

Morrison annuì, poi si allontanò alacremente.

Il Falco non si mise mai davanti a Julie. Aspettò semplicemente che Morrison uscisse dalla stanza, poi girò i tacchi e seguì il suo subordinato all'uscita.

Poco prima di lasciare la stanza, però, spense nuovamente le luci, riportando Julie nel suo inferno nero come la pece.

CAPITOLO 56

IL VOLO PER BROWNING, MONTANA, non ebbe conseguenze. Atterrarono tardi, il sole cominciava già a tramontare sullo sfondo delle Montagne Rocciose. Ben sentì la presenza degli uomini che li avevano preceduti mentre guardava le pianure desolate. Quest'area del Paese non era mai stata sviluppata più di qualche città e paese in stile avamposto. In particolare, l'area in cui erano atterrati, compresa la città, si trovava nella riserva indiana Blackfeet, e Derrick aveva dovuto tirare qualche filo per ottenere l'autorizzazione ad atterrare sulla proprietà della riserva, sotto l'egida di un "viaggio di ricerca".

Ben aveva pensato a Julie per tutto il volo, e il timore e la paura che provava per lei non facevano che aumentare l'ansia che derivava dal volo. Odiava gli aerei, la sensazione di non avere il controllo, e Julie era l'unica persona che avesse mai incontrato in grado di placare un po' quelle paure. Lei gli teneva la mano, anche quando lui la stringeva tra le nocche, mentre decollavano e atterravano.

E questa volta non era stata lì ad aiutarlo. Provava vergogna per aver sentito di *aver* bisogno di *lei*, sapendo che probabilmente lei stava molto peggio di lui. La semplice paura di volare non era nulla in confronto a quello che stava passando lei, ma non era servita a calmare i suoi nervi.

Si allontanarono dalle montagne, Joshua al volante del SUV a noleggio che il signor E aveva ordinato e fatto arrivare al piccolo aeroporto comunale in concomitanza con il loro arrivo. Ben si sedette dietro, con le gambe strette contro il sedile di fronte a lui, ma dato che era molto meglio che viaggiare in aereo, non si lamentò. Il viaggio in auto durava trenta minuti e portava al sito dell'accampamento più settentrionale della spedizione di Lewis e Clark, Camp Disappointment.

Roger Derrick si sedette sul sedile anteriore del passeggero e Reggie si sedette accanto a Ben, dietro Joshua. Ben aveva mangiato uno spuntino da un distributore automatico in aeroporto, ma il loro volo, essendo uno scambio dell'ultimo minuto organizzato dal loro benefattore, non era stato predisposto per il servizio di ristorazione. Sperava che avrebbero trovato qualcosa all'atterraggio, ma conoscendo un po' l'entroterra del Montana per via del periodo trascorso come guardiaparco a Yellowstone, sapeva che erano a ore di distanza da un cheeseburger.

Fece del suo meglio per placare la fame, ma dopo circa quindici minuti di viaggio il suo stomaco si contorse fortemente.

"Hai fame, ragazzone?" Chiese Reggie.

"Sempre".

"Ci fermiamo in una cittadina che dovrebbe essere proprio sul sentiero, vero Joshua?".

Joshua annuì dal posto di guida, ma Derrick rispose. "Sì, il serbatoio non era nemmeno pieno quando l'abbiamo preso. Pensavo fosse una regola. Comunque, sì, ci fermeremo presto in una città che non è quasi sulla mappa, ma è proprio accanto a Camp Disappointment. Circa 200 persone e nemmeno un centro visitatori per il sentiero".

"È quello che stiamo cercando", ha detto Reggie. "Qualsiasi posto con un centro visitatori verrà ripulito dai tesori. Una cosa come questa, remota, in mezzo al nulla, è lì che troveremo questa cosa".

"Voglio solo trovare un McDonald's", disse Ben, spostandosi sul sedile.

"Ehi amico", disse Reggie, "sei in un'auto con tre *esperti* survivalisti. Tutti noi siamo stati addestrati a vivere sulla terraferma. Possiamo accostare in qualsiasi momento e ti mostrerò quali insetti e piante mangiare".

Ben lo fulmina con lo sguardo. "Aspetterò il McDonald's, ma grazie".

La città verso cui erano diretti apparve alla vista di Ben pochi minuti dopo, e capì subito che Derrick aveva ragione. La città non era affatto degna di questo titolo, poiché gli unici edifici in vista erano una stazione di servizio che, da qui, sembrava completamente priva di vita umana e una minuscola baracca su cui era dipinta la parola *bar*, e che sembrava ancora più desolata della stazione.

Comunque sia, Joshua accostò alla stazione di servizio e si fermò a controllare il GPS del suo telefono.

"Spero che questo sia davvero il posto giusto", disse Reggie. "Se no, siamo a metà strada verso il nulla e la strada più veloce per tornare indietro non è affatto veloce".

"Anche il gruppo di Daris cercherà il tesoro", disse Derrick. "Ma hai ragione. Se non è qui, ci precederanno".

E se lo prendono, pensò Ben, *Julie muore.*

Scosse il pensiero dalla mente e cercò di concentrarsi nuovamente sulla fame. Almeno la fame era per lo più controllabile.

"Sto per fare il pieno, ma se volete capire dove si trovava *effettivamente* l'accampamento di Lewis, possiamo cercare di risparmiare tempo".

"Pensi davvero che sia qui?". Chiese Reggie. "So che Camp Disappointment era il punto più a nord del loro sentiero, ma perché Lewis avrebbe dovuto nascondere qualcosa lì? Da quello che ho letto, l'accampamento oggi non è altro che un marcatore storico recintato, con dei campeggi intorno".

"Il che dovrebbe rendere ancora più facile trovare qualcosa", disse Derrick, "visto che non è notevole in nessun altro modo".

"Inoltre", disse Joshua, sporgendosi dal finestrino aperto dell'auto, "il primo indizio ci dice solo che si trova sul fiume Marias. 23 qualcosa. Camp Disappointment si trova su uno degli affluenti del fiume, ma è probabile che Lewis si trovasse lì quando scrisse la prima nota".

"Quindi troviamo l'accampamento, cerchiamo una specie di '23', o camminiamo per 23 miglia in qualche direzione... o 23 passi? Quale direzione? 23 gradi? Davvero, se questo è l'unico indizio che abbiamo, siamo fregati".

"Potrebbe essere molto più semplice di così", disse Ben. Joshua aveva finito di riempire il serbatoio, rientrò nel SUV e girò la chiave.

Reggie lo fissò e Derrick si girò sulla sedia per vederlo.

"Voglio dire, Lewis era un ragazzo intelligente e tutto il resto, ma non si presenta mai come un intellettuale, sai? Non un sempliciotto, ma di certo non un genio dell'enigmistica".

"Allora?"

"Mi chiedo quindi se la risposta sia davvero così semplice come sembra. Pensavamo che '23 marzo' fosse una data, ma non lo è. O, almeno, la parte 'marzo' non lo è. O, almeno, la parte 'Mar' non lo è. Ma forse il '23' *è* ancora una data".

"Un appuntamento... per cosa?".

"Una data per quando arrivarono al campo o quando Lewis nascose il tesoro. Derrick, tua nonna ha detto che sono stati a Camp Disappointment dal 20 al 26 luglio 1806, giusto?".

Derrick annuì. "Sì, qualcosa del genere. Il che li porterebbe proprio dove ci serve il 23 luglio".

"Esattamente", disse Ben mentre Joshua si allontanava dalla piccola stazione di servizio. "Finora tutto ha senso. Ma questo è solo un indizio e non si può dire se sia giusto o meno. Derrick, hai quel diario a portata di mano? Forse possiamo iniziare il prossimo o i prossimi due?".

"Cominci a sentirti un cacciatore di tesori, Ben?". Chiese Joshua.

"No. Ho fame. E quando ho fame, mi aiuta a distogliere la mente dalla fame facendo qualcos'altro".

"Mi sembra giusto", disse. "Beh, restate affamati. C'è molto da fare".

CAPITOLO 57

L'AREA DEL PAESE in cui si trovava Reggie era sacra, in un certo senso. Era stata occupata per centinaia - forse migliaia - di anni dai nativi americani. Meriwether Lewis si era fermato in questo punto, guardando la vasta distesa delle Montagne Rocciose a destra e a sinistra, a perdita d'occhio.

A cosa stava pensando? Si chiese Reggie. *Di cosa era preoccupato?*

Camp Disappointment, la punta più a nord dell'intera spedizione, era stato chiamato così per frustrazione. Lo spartiacque del fiume Missouri, infatti, non si estendeva a nord fino al 50° parallelo, il che significa che la terra acquistata da Jefferson non era molto più grande di quanto sperato. Prima di tornare a sud per incontrarsi nuovamente con Clark e il resto degli uomini, il piccolo gruppo di Lewis si accampò qui, "deluso".

O forse sì? C'era qualcos'altro per cui essere delusi? Oppure non c'era proprio nulla di cui essere delusi e Lewis stava solo facendo il furbo?

Reggie aveva una formazione storica, avendo anche insegnato come professore part-time in Brasile per qualche tempo. Amava la storia di come i popoli del mondo interagivano e perché. Le lezioni nascoste in tutto questo. Non aveva dedicato tempo allo studio della spedizione di Lewis e Clark, ma ora era in piena modalità storica. Voleva imparare tutto, scoprire i loro segreti e le ragioni per cui avevano fatto ciò che avevano fatto tanti anni prima.

Ma c'era una questione più urgente, e lui sapeva anche questo. Sospirò. Julie se n'era andata, portata via dal loro gruppo dall'uomo che aveva conosciuto molto tempo prima, l'uomo che i suoi subordinati avevano chiamato il Falco. Vicente Garza, una figura grande e imponente nella comunità della sicurezza, e in precedenza sergente dell'esercito degli Stati Uniti. Reggie lo aveva conosciuto allora, quando lui stesso stava facendo carriera come cecchino dell'esercito. Aveva prestato servizio in un campo di addestramento con lui e si era quasi lasciato convincere dalla promessa di libertà - e di un'*ottima* paga - di Garza quando aveva lasciato l'esercito per fondare la sua società.

Garza non era stato un uomo cattivo, prima. Reggie aveva persino ammirato la sua leadership. Il suo carisma era impareggiabile e molti dei compagni di squadra di Reggie avevano parlato di andarsene per lavorare con Garza.

Poi l'uomo è scomparso. Gli stessi compagni di squadra non riuscivano a capire cosa fosse successo all'uomo che aveva promesso loro un lavoro stabile e ben pagato, facendo ciò per cui erano stati addestrati, *al di fuori dell'*esercito.

Reggie non si era preoccupato: la gente faceva cose strane. Reggie stesso aveva persino "fatto il botto" una volta, trasferendo la sua vita e la sua giovane moglie in Brasile per avviare un'attività di insegnamento della sopravvivenza a dirigenti aziendali che volevano "fare un'esperienza". Possedeva un poligono di tiro, un rifugio antiatomico da lui progettato fungeva da casa loro e aveva vissuto lì, per lo più felicemente, per anni.

E poi aveva conosciuto Juliette Richardson e Harvey Bennett. Era piombato nelle loro vite - letteralmente - dopo che erano stati attaccati da un gruppo di mercenari non dissimile da quello che li aveva attaccati a Filadelfia.

Un gruppo guidato nientemeno che da Joshua Jefferson. L'uomo era stato ingannato, raggirato e gli avevano mentito, ed era salito al potere nell'organizzazione di cui facevano parte suo padre e suo fratello. La squadra di Joshua era stata indirizzata verso Julie e Ben e lasciata libera, e sarebbe stata completamente spazzata via se non fosse intervenuto Reggie.

Quando Joshua aveva disertato il "lato buono", come amava dire Reggie, erano diventati tutti amici, creando alla fine la squadra di Operazioni Speciali Civili di cui ora facevano parte. Joshua andava d'accordo con tutti ed era un solido leader per la loro allegra banda di buoni.

Reggie si chiedeva se Vicente Garza potesse avere una storia simile in attesa di essere scritta. Voleva uccidere quell'uomo per quello che aveva fatto a Julie, per quello che aveva fatto a Ben. Ma c'era una parte di lui, anche se *piccola*, che voleva vedere se il Falco era davvero così cattivo come i suoi uomini lo facevano sembrare.

La gente faceva cose folli per i soldi, e Reggie stesso aveva fatto cose di cui ancora si pentiva per la promessa di un buon stipendio. Si chiese quindi se ci fosse speranza per quell'uomo. Se lo avessero preso, interrogato, permesso di spiegare, le sue azioni avrebbero potuto essere redente?

Reggie guardò gli altri membri del suo gruppo: Roger Derrick, l'agente dell'FBI trasformatosi in cacciatore di tesori che non desiderava altro che eliminare Daris Johansson e impedire qualcosa in cui credeva, chiamato "Lo spostamento".

Joshua Jefferson, il nuovo amico e alleato che lo aveva aiutato a uscire da più di qualche guaio.

E infine Harvey Bennett stesso, il ranger del parco senza pretese, la cui resilienza e testardaggine aveva fatto al gruppo più favori di quanti ne potesse fare una quantità di armi addestrate.

Questi uomini erano la sua squadra in questo momento, nel bene e nel male. Erano loro. Bene o male, il Falco era attualmente il nemico, così come Joshua era stato il loro nemico nella Foresta Amazzonica. Reggie era un uomo di parola, e in questo momento la sua parola a Ben era che avrebbe fatto tutto il necessario per riavere Julie.

E questo significava risolvere questo mistero.

"Vediamo quel diario", disse Ben.

Reggie si voltò, uscendo dalla sua meditazione. Avrebbe avuto tutto il tempo, una volta finito, di esplorare e studiare la storia che amava tanto.

Derrick si avvicinò, tenendo il diario aperto davanti a Ben. A quanto pare non era ancora pronto a passare l'inestimabile manufatto nelle mani di qualcun altro.

Derrick e Ben guardarono la pagina che aveva aperto, quella con il loro primo "indizio". Accigliati, nessuno dei due parlò.

"C'è altro lì?" Chiese Reggie.

"Non dall'ultima volta che abbiamo guardato", disse Ben. "Ho solo pensato di ispirarmi a...".

Reggie ha aspettato.

Ben inclinò la testa di lato.

"Cosa? Trovare qualcosa?"

"Io... io penso..."

Ben prese il diario dalle mani di Derrick, che lo guardò con un'espressione a metà tra lo scioccato e l'irato. Si avvicinò a Ben, allungò la mano per afferrare il diario, ma Ben gliela tolse.

"Aspetta, credo che ci sia...".

Ben inclinò il diario di lato, in modo che il bordo lungo della pagina che stavano fissando fosse ora parallelo al terreno. Ben tenne la pagina, lasciando che il diario cadesse aperto, con le due copertine che ora pendevano sotto l'unica pagina.

La singola pagina *fragile*.

Il cuore di Reggie batteva forte. Conosceva il valore inestimabile del manufatto e non poteva fare a meno di provare ansia per il trattamento sconsiderato del libro da parte di Ben.

Derrick ha fatto un lavoro peggiore cercando di nascondere le sue emozioni.

"Harvey, dammi quel dannato diario", disse, con la voce rotta. "Lo strapperai a metà. Se lo fai, ti sbatto per terra".

"Guarda", disse Ben, zittendo di fatto l'uomo. "Proprio lì".

Tenendo ora la pagina - e il resto del diario - con una mano, indicò le montagne con l'altra. "Lo vedi?" Chiese Ben.

"Cosa?" Chiese Joshua. Si era messo dall'altra parte di Ben e stava cercando di capire tutto quel trambusto. Anche Reggie era confuso, così girò intorno agli altri tre uomini e cercò di capire cosa Ben stesse indicando dalla sua prospettiva.

Guardò la pagina, in orizzontale rispetto alla piccola collinetta su cui si trovavano, un crinale che era stato chiamato "Camp Disappointment", e poi alzò lo sguardo e si concentrò sulla catena di montagne in lontananza.

E poi l'ha visto.

La catena montuosa.

E il bordo strappato della pagina.

Si allinearono perfettamente. Reggie si spostò alla sua destra, ora si trovava quasi direttamente dietro a Ben, si alzò sulle punte dei piedi e allungò il collo per avere una visuale migliore, più precisa di quella di Ben.

Il bordo strappato aveva esattamente la stessa forma della catena montuosa di fronte a loro. Era stato strappato di proposito, probabilmente da Lewis stesso, per far coincidere per sempre il paesaggio che avrebbe voluto che qualcuno vedesse.

Qualcuno che potrebbe trovare il suo tesoro.

"È una mappa", disse Derrick, con la voce piena di stupore.

Anche tutta l'ansia di Reggie si era dissolta, ma il suo cuore batteva ancora più forte.

"È una mappa *del tesoro*", disse Joshua. "Ben, l'hai trovata. Questo è il *punto esatto in cui dovremmo* trovarci per vederla e far sì che abbia un senso".

"Ha ragione", sussurrò Reggie. "Siamo qui".

CAPITOLO 58

IL MOMENTANEO SENTIMENTO di orgoglio di BEN per aver scoperto la "mappa" nelle pagine del diario svanì rapidamente. Julie era ancora sparita, dietro di loro c'era ancora una banda di teppisti dal grilletto facile e il tempo a loro disposizione stava per scadere.

"Quanto tempo ci vorrà per arrivare là fuori?", chiese.

"Dove?"

Ben indicò di nuovo. Aveva riconsegnato il diario a Roger Derrick, che lo aveva ispezionato, riposto con cura in una busta di plastica e poi di nuovo nella sua valigetta.

"Le montagne. La mappa ci indica la strada, ma dobbiamo ancora andare là fuori. Ci sono altri indizi, ricordi?".

"Ah, giusto", disse Reggie. "Speravo che gli altri fossero solo per divertimento e che questo fosse il posto giusto".

"Potete iniziare a scavare", disse Derrick, "ma credo che Ben abbia ragione. Il tesoro - se c'è ancora - è da quella parte".

"Verso ovest, sulle montagne. Ma quanto lontano?". Chiese Joshua.

Ben si guardò intorno agli altri. Era in piena attività, quindi pensò che non aveva nulla da perdere. "Beh, ci ho pensato anch'io".

"Sì?" Chiese Reggie. "Hai decifrato il prossimo indizio?".

"No", ha detto. "Fa ancora parte di questo. Scommetto che dovremmo camminare lungo il fiume Marias, partendo proprio da qui, dritti verso le montagne".

"Ma per quanto tempo?"

"23 miglia", disse Ben rapidamente. "E scommetterei anche che ci troviamo in un punto esattamente a 23 miglia a monte del punto in cui il Marias incontra il Missouri".

"Nel mezzo di dove crescono insieme i 'tre unici Cottonwood'", ha aggiunto Derrick, con un sorriso sul volto.

"Accidenti, Ben", disse Reggie, abbinandosi al sorriso di Derrick. "È la cosa più intelligente che tu abbia mai detto".

"Per questo non parlo molto", rispose Ben. "Ma tornando alla mia prima domanda: quanto ci metteremo a camminare laggiù? Non ci sono strade, quindi non vedo altre vie per arrivare lassù". Si rivolse a Derrick. "A meno che il tuo capo non voglia prestarci un elicottero".

Derrick si acciglò. "Il giorno in cui l'FBI si limiterà a "distribuire" elicotteri è un giorno che vorrei vedere. Ho fatto abbastanza fatica a convincere il mio capo che avevo bisogno di un arsenale di armi più grande".

"Allora andiamo a piedi?".

"No", disse Joshua. "Ci sono alcune città sulle montagne. È un po' un percorso tortuoso, ma possiamo guidare e arrivare molto più velocemente".

"Inoltre, non saremo a 23 miglia sulle montagne senza un modo per tornare indietro".

"Per me va bene", disse Joshua. "Andiamo".

CAPITOLO 59

"OK, CAPO", DISSE MORRISON. "Siamo pronti per voi".

Il Falco annuì, allontanandosi dal suo trespolo in fondo alla palestra. Juliette Richardson era ancora seduta al centro, con le braccia e le gambe legate e la testa bassa.

Sta iniziando a rompersi, pensò. *Cominciano sempre a rompersi.*

Di solito si tratta di uno spavento o di una minaccia, ma a volte, come nel caso di Julie, di qualcosa di più *psicologico*. Nel suo caso, era il buio. Il buio pesto per un certo numero di ore ha funzionato, anche quando tutto il resto ha fallito.

Non dovette mai toccarli, né puntare loro una pistola, né fare altro di drastico. Queste cose erano più semplici, molto più semplici delle cose troppo complicate che i suoi uomini gli avrebbero fatto fare.

Morrison, per esempio, avrebbe rovinato ogni possibilità di estrarre informazioni dalla donna. La sua idiozia aveva quasi fatto deragliare i piani del Falco, ma fortunatamente aveva passeggiato vicino alla palestra e aveva sentito le avances di Morrison.

Non c'era bisogno di punizioni, non ancora. Morrison era ancora un buon soldato e lui aveva bisogno di tutti i buoni soldati possibili.

La squadra di reclute che aveva mandato a recuperare l'agente dell'FBI e i suoi amici aveva fallito, almeno inizialmente. Si erano concessi numerosi errori, ma la piccola squadra era ora diretta verso il Montana. Il Falco sapeva che avrebbero commesso degli errori; l'aveva pianificato. Solo attraverso gli errori si può imparare ad avere successo. Non aveva problemi a fallire, ma solo a fallire quando non venivano presi provvedimenti disciplinari.

Le reclute sarebbero state punite, avrebbero capito le loro mancanze e cosa avrebbero dovuto fare. Per questo sarebbero diventate più forti e solo allora avrebbero potuto guadagnarsi un posto nella squadra del Falco. Ravenshadow sarebbe stato più forte per questo, e il Falco avrebbe potuto far pagare di più la sua sicurezza.

È stato un vantaggio per loro, anche se non se ne sono resi conto mentre venivano puniti.

Ma la disciplina poteva venire dopo. Al momento aveva un compito da svolgere, ed era quello di fornire a Daris le informazioni di cui aveva bisogno.

Il Falco raggiunse il centro della stanza e guardò Julie. Lei lo guardava, sotto quel raccolto arruffato di capelli neri, lo guardava in alto ma senza reclinare la testa all'indietro. I suoi occhi sgusciavano fuori dal viso rovesciato, visibili solo nella metà inferiore.

Se non fosse stata legata a una sedia nel mezzo di una stanza circondata da soldati, il Falco avrebbe pensato che avesse un aspetto terrificante.

Invece, sapeva che era terrorizzata. Stava recitando, stava giocando, e lo stava facendo bene. Era quasi distrutta, e quando lo sarebbe stata gli avrebbe dato tutto ciò che lui voleva.

Fece cenno a uno dei soldati di portargli il carrello mobile che Morrison aveva preparato in precedenza. Il carrello rotolò e i barattoli di vetro e la scatola sopra di esso tintinnarono quando si sfiorarono. L'uomo lo portò con decisione al fianco di Julie e il Falco osservò la sua reazione.

Non poteva sapere cosa fosse, ma non importava. Non ne aveva bisogno. Non saperlo avrebbe accresciuto il suo terrore, consentendogli di agire più velocemente. L'avrebbe fatta cedere più velocemente.

Si avvicinò al carrello, lentamente, assicurandosi che gli occhi di Julie lo seguissero. Si abbassò e aprì la parte superiore della scatola che si trovava al centro dei vasetti. Aprì il coperchio ed estrasse una delle siringhe che si trovavano all'interno, poi afferrò uno dei vasetti.

Rovesciò il barattolo e inserì l'ago attraverso il coperchio. Tirando indietro l'asta della siringa, riempì la camera con il liquido argenteo e traslucido.

La testa di Julie si alzò di scatto.

Bene, pensò. *Sta già iniziando a rompersi.*

Il siero era ancora in fase di sperimentazione, ma aveva scoperto che era necessario un dosaggio molto più basso di quello che gli avevano comunicato i chimici di Daris. Una parte dell'effetto di qualsiasi farmaco è costituita dal placebo, e bisogna tenerne conto. Studi in doppio cieco avevano dimostrato che l'effetto placebo, in alcuni casi, poteva essere altrettanto forte del farmaco stesso.

Aveva previsto il placebo, sapendo che il solo *pensiero* di iniettare un fluido estraneo sconosciuto nel braccio di Julie avrebbe provocato terrore e panico. Avrebbe gettato le basi perché il farmaco facesse il suo *vero* lavoro.

"Juliette", disse il Falco. "Ti metterò questo nel braccio e poi mi dirai tutto quello che sai sulla tua squadra".

Lei lo fulmina con lo sguardo. "Siero della verità? Davvero? È fantascienza".

"Esatto", ha detto. "Ma una dose di scopolamina ai recettori neurali del cervello, che gli dice di spegnersi temporaneamente e di permettere che i pensieri volontari siano, per la maggior parte, sostituiti da reazioni involontarie, *non è* fantascienza. È scienza, e ce l'ho in mano proprio adesso".

Lei si tese e il Falco ne trasse un certo piacere. Si chinò e infilò la siringa nel braccio di Julie. Aveva fatto qualche rapida ricerca in rete e, pur non essendo un infermiere o un medico, pensava di aver capito il concetto di base: trovare una vena, infilare l'ago e pompare lentamente.

I modi di fare e la precisione erano per i *veri* medici. Lui doveva solo mettere la roba dentro di lei.

Lei sussultò, ovviamente spaventata dall'ago doloroso e dal modo in cui il Falco l'aveva fatto, ma lui si chinò ulteriormente, concentrandosi ora sul non far piegare l'ago. Dritto, con attenzione e lentamente: questo era l'obiettivo. Spinse la siringa, osservando il fluido che entrava nel flusso sanguigno.

"Perché lo stai facendo?". Chiese Juliette.

"È il mio lavoro, Juliette", disse il Falco. "E mi piace il mio lavoro".

"Non so nulla di...".

La donna sussultò, si agitò sulla sedia e gettò la testa all'indietro. Gli occhi le brillarono bianchi per un attimo, mentre si rovesciavano all'indietro nella testa, e la bocca si aprì. Dondolò un paio di volte, gli spasmi aumentarono fino a raggiungere un'intensità eccitante e poi si attenuarono.

Il Falco aspettava, sapendo che questa fase era la peggiore per il paziente. L'assunzione iniziale era la fase fisicamente più dolorosa del processo, ma si concludeva rapidamente. Con un dosaggio così basso non ci sarebbero stati molti effetti collaterali e nessuno sarebbe stato permanente.

Sperava.

Daris lo aveva informato che i suoi chimici stavano ancora cercando di capire come il fluido reagisse ai diversi gruppi sanguigni, dato che c'erano delle differenze. Lievi e in gran parte impercettibili, se non per gli effetti collaterali. Avevano detto al Falco che avrebbero potuto isolare l'ingrediente attivo e concentrarlo, insieme alla scopolamina, ma questo era previsto per un ciclo di test successivo, dopo che la squadra del Falco avesse consegnato ciò che stava cercando.

Così Juliette Richardson poté fare da cavia per la versione beta del farmaco. Il siero era efficace, ma aveva dovuto diluirne la potenza per evitare un arresto cardiaco o un'insufficienza renale. Avrebbe potuto avere di nuovo bisogno di questa donna, quindi doveva essere prudente.

Finalmente la testa di Julie tornò su e gli occhi smisero di fluttuare. Sbatté le palpebre un paio di volte, cercando di adattarsi automaticamente. Le sue mani si aprirono e si chiusero, e rotolò la testa di lato un paio di volte, facendo scrocchiare il collo.

Al Falco piaceva pensare che il soggetto si stesse "resettando", preparando la mente alle sue inclusioni. Il siero funzionava molto meglio del metodo del fumo per un test controllato ed equilibrato, ma l'effetto non sarebbe stato così pronunciato a un dosaggio così basso.

"Juliette", disse.

"Preferisco Julie", rispose lei.

"Naturalmente. Le mie scuse. Come si sente?"

"Mi sento - mi sento bene, credo. Che cosa mi hai fatto?".

"Ti ho iniettato il siero che il mio capo sta sviluppando. Rende il soggetto 'coscientemente incosciente'. Sei in grado di rispondere e di muoverti, ma non di tua volontà".

Julie lo fissò a sua volta. "Che bello".

"È bello, Julie. Inoltre, tra quindici minuti, quando ti sveglierai, non ricorderai nulla di questa conversazione. Avrà un leggero mal di testa, ma a parte questo non ci aspettiamo effetti collaterali".

"Ottimo", disse lei. La sua voce era calma, imperturbabile, come se le avessero appena detto che c'era un buono spesa che un commesso aveva appena applicato al conto della spesa.

Il Falco amava questa parte. Non poteva fare a meno di divertirsi un po' con i soggetti.

"Julie", disse. "Chi è il tuo fidanzato?".

"Harvey Bennett", ha detto. "Ben."

"Ben, giusto. Ma chi ami *davvero*?".

"Io amo Ben".

"È fantastico, Julie. Fedele fino in fondo. E Gareth Red?"

"Reggie?", chiese.

"Sì, Reggie. È un bell'uomo, non trovi? Lo ami?"

"È così", ha detto, "ma in un modo diverso. L'ho sempre visto come una specie di fratello maggiore".

"Ah, capisco", disse il Falco. "Bene, entriamo nel vivo delle cose. Chi è Roger Derrick?"

"È un agente dell'FBI".

"E cosa vuole?"

"Lui... vuole trovare Daris Johansson, credo".

"Tu pensi"

"Voglio dire che è quello che ci ha detto. Non ho motivo di sospettare altrimenti".

"Capisco. Perché vuole trovare Daris Johansson?".

"Vuole fermarla. Sta cercando di trovare qualcosa di pericoloso, almeno nelle sue mani".

"Esatto".

Lo guardò con curiosità, come un topo che guarda un gatto. Ignorando il pericolo.

Ignorando di essere controllata.

"Julie", disse il Falco, "ti toglierò i lacci. Va bene?"

"Certo", rispose lei. "Non c'è problema".

Morrison si avvicinò e iniziò a tagliare le fascette dalle braccia e dalle gambe di Julie. Il Falco osservò attentamente, ma il suo uomo non tentò nulla di stupido questa volta. Quando ebbe finito, raccolse le fascette rotte e tornò dietro il carrello.

"Grazie, Morrison. Julie, puoi muovere il braccio destro?".

Sollevò il braccio destro e lo agitò una volta, poi lo rimise a terra.

"Molto bene, Julie. Ora, quello era uno dei miei uomini, Morrison. Cosa ne pensa di Morrison? Credo che tu abbia avuto modo di conoscerlo prima".

Il volto di Julie rimase inespressivo. "L'ho incontrato. Lo ucciderò".

Uno degli uomini ridacchiò in sottofondo, ma il Falco si avvicinò alla sedia di Julie. "Julie, non sei più legata. Vuoi alzarti e uccidere Morrison *adesso*?".

"Sì, lo so".

"Ok".

"Ok".

Julie non si mosse. Rimase seduta sulla sedia, fissata, come se i legami fossero ancora al loro posto.

"Julie, vuoi che il mio coltello uccida Morrison?".

"Funzionerebbe, sì".

"Ecco, Julie". Il Falco fece l'ultimo passo verso la sedia di Julie e tese un enorme coltello da combattimento, con la lama affilata come un rasoio nella mano e il manico allungato verso Julie. "Prendi il coltello, Julie".

Lo prese. Non si mosse. Lo tenne semplicemente in mano, con gli occhi spalancati, senza muoversi.

"Morrison", disse il Falco. "Vieni qui".

Morrison fece qualche passo in avanti.

"Più vicino, Morrison".

Seguì l'ordine e ora si trovava proprio alla destra di Julie, con il ventre all'altezza della spalla della donna.

"Julie, vuoi ancora uccidere Morrison?".

"Sì".

Il Falco attese, osservando sia il suo soldato insubordinato che Julie. Nessuno dei due si mosse, ma Morrison era bloccato dalla paura, non dalla droga.

Dopo un minuto, il Falco congedò Morrison con un gesto della mano.

"Julie, non hai ucciso Morrison, anche se volevi farlo. È corretto?".

"Sì", ha detto. "È corretto".

"Capisco. Julie, non abbiamo molto tempo prima che il farmaco finisca. A quel punto vorrai fare un bel pisolino, e non posso biasimarti. Questo significa che ho bisogno di sapere, *adesso,* tutto quello che sai sul resto della tua squadra. Può dirmelo?".

"Cosa vuoi sapere?" Chiese Julie.

"Cominciamo dal vostro capo, Joshua Jefferson. Parlami di lui".

CAPITOLO 60

LA TELEFONATA ARRIVÒ AL TELEFONO di Reggie, circa a metà di un ripido passo di montagna. Ben era sul sedile posteriore, ancora una volta dietro al loro compagno di squadra dell'FBI, quando Reggie tirò fuori il telefono dalla tasca e guardò lo schermo.

"Chiamata sconosciuta", disse Reggie. "Probabilmente è un operatore di telemarketing".

"Lasciar partire la segreteria telefonica?". Chiese Ben.

"Lasciate che risponda", disse Derrick. "Non è un operatore di telemarketing".

Ben sapeva di aver ragione, ma non voleva pensare a cosa significasse. Il signor E, se fosse stato lui a chiamare, avrebbe instradato la chiamata attraverso un prefisso locale dell'Alaska. Considerando la loro situazione attuale, Ben sapeva che era una coincidenza troppo grande che un operatore di telemarketing chiamasse il telefono di Reggie proprio in questo momento.

Reggie sospirò. Toccò il pulsante sulla parte anteriore del telefono e poi un altro per attivare l'opzione del vivavoce. "Gareth Red".

Una voce bassa e rimbombante emanava dall'altoparlante di cartone. *Il Falco.*

"Reggie. Come stai? Come sta quella banda di disadattati?".

La mascella di Ben si strinse. Guardò da Reggie a Derrick, poi a Joshua. Joshua si girò verso gli altri e pronunciò le parole: *"Devo accostare?".* Derrick scosse la testa, poi fece ruotare l'indice in cerchio. *Fallo parlare.*

Joshua schiacciò l'acceleratore, approfittando di un lungo rettilineo. Secondo le stime di Ben, erano solo a una decina di minuti dalla prima delle "cittadine" di cui aveva parlato Joshua, e questo significava che mancavano pochi minuti per parcheggiare e partire a piedi. Non sapevano cosa stessero cercando. Ma Joshua aveva segnato alcuni luoghi sulla mappa del suo telefono, sperando che la loro area di ricerca fosse relativamente vicina al quadrato di due miglia che aveva delineato.

Ben sapeva che la loro tecnologia era migliore di quella di Lewis, ma questo non significava nulla. Anche per un navigatore esperto come Lewis, un piccolo errore da parte sua poteva significare che il gruppo di Ben, 200 anni dopo, avrebbe usato una tecnologia accurata per cercare nel punto sbagliato.

Per Ben era un momento di crisi di pancia. Sapeva che avrebbero avuto bisogno di fortuna, di tempismo e di cercare nel posto giusto al momento giusto. Non avevano nemmeno deciso se stavano cercando una grotta, come l'indizio aveva inizialmente fatto credere, o qualcosa di completamente diverso.

La "caverna" a cui si fa riferimento nell'indizio era una caverna vera e propria o era una metafora per qualcos'altro?

Stavano cercando un ago in un pagliaio, ma il pagliaio era grande come un paese.

Ben spostò la testa indietro per fissare il telefono in grembo a Reggie mentre l'amico rispondeva.

"Dove diavolo è Julie?"

"È proprio qui accanto a me. E negli ultimi dieci minuti mi ha raccontato tutto del vostro gruppetto. Tra un minuto o poco più non

avrà voglia di parlare, quindi speravo che tu fossi disposto a dirmi qualcosa di più".

Ben ansimava, stringendo i pugni. Non poteva più tacere. "Ascolta, piccolo stronzo", disse, quasi urlando. "Se la tocchi con un dito, sai che ti dico? Fanculo. Sei già morto".

La voce profonda rise. *"Mi fa piacere che tu sia preoccupato, Harvey. Significa che ci tieni. Julie stava tessendo le tue lodi poco fa, e sarai soddisfatto di sapere che non ha altro che cose meravigliose da dire su di te".*

Ben chiuse gli occhi, costringendosi a respirare. Derrick era quasi completamente girato sul sedile anteriore, con la mano sinistra attorno all'altro lato del poggiatesta e sulla spalla di Ben. "Va tutto bene", sussurrò. "Andrà tutto bene".

"Comunque, torniamo al punto: Julie era disposta - con qualche sollecitazione da parte nostra - a rivelare tutto ciò che sapeva sulla vostra piccola banda di guerrieri. Il 'CSO? È un'idea meravigliosa!". Garza rise, questa volta più forte, poi tornò al telefono. *"Mi ha raccontato del vostro viaggio in Antartide, non molto tempo fa, e ci ha detto tutto sul vostro solitario benefattore. Il "signor E"? È davvero questo il suo nome? E non sai nient'altro di lui?".*

"Perché ti sta raccontando tutto questo?". Reggie scattò. "Cosa le hai fatto?"

"Niente, davvero. Almeno niente che non svanisca presto. Sarà stanca, ma non ne risentirà. Volevo testare il siero con cui il mio bene-fattore ha giocato. A volte ci sono alcuni effetti collaterali... di tipo permanente, se il dosaggio è abbastanza alto. Ma Julie ne ha avuto quanto basta per essere disposta a collaborare, e non di più".

Ben si sentiva come se stesse per perdere la testa. Si sentiva improvvisamente claustrofobico. Voleva dire a Joshua di accostare, di fermare la macchina e di farlo uscire. I suoi pugni erano ormai bian-chi, ma continuava a stringerli, aprendoli e chiudendoli di continuo, ogni volta più forte.

"Lasciami essere franco per un momento, Gareth. E a tutti gli altri. Il mio datore di lavoro è molto interessato a concludere questa piccola avventura il più rapidamente possibile. Per accelerare le cose, ho inviato alcune delle mie reclute verso di voi. Si incontreranno con voi tra pochi minuti. Credo che vi siate già incontrati a Philadelphia.

"Collaborerete o morirete. Se gli dai un qualsiasi dispiacere, la signora Richardson muore. Sono stato chiaro?".

Ben guardava dritto davanti a sé sul sedile. La schiena era dritta, le gambe rigide. Voleva urlare, ma non riusciva ad aprire la bocca per parlare.

Da qualche parte dietro l'uomo all'altro capo del telefono, una voce di donna urlò improvvisamente.

Julie.

"Siamo qui, a Philadelphia. In una palestra proprio di fronte al Ritten...".

La voce di Julie fu interrotta e si udì un suono di schiaffo e un piccolo guaito.

Ben si irrigidì ancora di più e tirò la mano di lato, schiacciandola contro la finestra. Il suono forte fece sobbalzare Reggie, ma lo sfogo di Ben non ebbe alcun effetto sul Falco. Con la stessa voce calma ed esperta, tornò al telefono.

"Spero che questo dimostri la mia serietà in questa faccenda, Harvey. La posta in gioco è alta, figliolo. Spero che non mi deluderai".

"Ti ammazzo, figlio di...".

"Sono stato chiaro?" Chiese ancora il Falco.

Il sorriso caratteristico di Reggie era svanito. Inspirò lentamente. "Chiaro, Garza. Chiaro come il vetro".

Il Falco riagganciò e lo schermo del telefono divenne nero.

CAPITOLO 61

"È LÀ FUORI", disse BEN, quasi gridando. "È là fuori, a Philadelphia, proprio dove eravamo noi".

"Non lo sappiamo, Ben", disse Derrick. "Garza ha detto che è stata drogata, che le ha dato una specie di siero".

"È lì", disse Ben. "So che è lì. "

"E se lo fosse, Ben?" Chiese Reggie. "Voglio trovarla tanto quanto te, ma non possiamo semplicemente tornare indietro...".

"Possiamo, e lo faremo. Adesso".

"Ben, non possiamo..."

"*Girati,* Joshua", disse Ben. Si tirò su contro la cintura di sicurezza, come se cercasse di alzarsi. Avrebbe strappato quella cosa dai suoi bulloni, se fosse stato necessario.

Joshua stava ancora guidando, ora stava salendo dietro un'altra curva della strada. "Ben, mi dispiace, noi...".

Le narici di Ben si dilatarono. Tirò la cintura di sicurezza, lottando contro la costrizione. "Torno indietro".

"No, Ben".

"Lo sto facendo. Prova a fermarmi". Ben fece scattare la serratura della porta e poi si slacciò la cintura di sicurezza.

"Ben! Fermati!" La voce di Derrick disse. "Sono d'accordo con te".

Ben stava per aprire la porta e scivolare fuori: non aveva idea di cosa avrebbe fatto *dopo*, ma non gli importava del *dopo*. Gli importava di Julie e ora sapeva dove si trovava.

Non gli avrebbe mentito. Forse le avevano mentito, ma per quanto ne sapeva, era detenuta a Filadelfia, vicino alla Rittenhouse.

In una palestra.

Era una cosa strana da dire, e per questo era rimasta impressa nella mente di Ben. Se avesse detto "stanza" o "edificio", non sarebbe stato utile: ce n'erano migliaia vicino all'hotel di Philadelphia.

Ma aveva detto "palestra". A voce alta e chiara, poco prima di essere colpita da uno degli uomini del Falco. O dal Falco stesso.

Ben guardò Derrick.

"Sono d'accordo con te, Ben", disse ancora. "Penso che sia a Filadelfia e credo che abbia senso andare a cercarla. Se trovi lei, trovi gli uomini che stanno facendo questo".

"Da soli?" Chiese Reggie.

"No, uno di noi viene con noi. Ci dividiamo: due di noi restano qui, cercando di mettere insieme il prossimo indizio, e due di noi tornano a Philadelphia. Ci vorranno ore per arrivare lì, ma potremmo impiegare altrettanto tempo qui per trovare il tesoro".

Per la prima volta da quando era salito in macchina, Ben sentì che la sua mente scivolava verso una normale tranquillità. Non stava "bene", tutt'altro, ma stava meglio. Riusciva a pensare con chiarezza.

Questo funziona, pensò. *Due di noi tornano a Philadelphia, due restano qui per trovare il tesoro.*

"E gli scagnozzi di Garza?". Chiese Reggie. "Ha detto che 'ci raggiungeranno', ricordi? "

"Arrivano in ogni caso", disse Derrick. "E Garza ha Julie in ogni caso".

"Saprà che stiamo venendo a prenderla".

"Lo fa già. Probabilmente ha iniziato a pianificarlo subito dopo aver riattaccato il telefono. Julie ha corso il rischio di spifferarlo, comunque lo sapesse, ma è un'informazione utile e lui lo sa. Sarà pronto".

Joshua annuì. "Ha ragione. Non cambia la nostra situazione, in realtà. Siamo solo stati fortunati, grazie a Julie, e dobbiamo approfittarne".

Reggie sembrava essere l'unico a non essere d'accordo, ma annuì comunque. "Non mi piace, ci indebolisce notevolmente. Ma se giochiamo bene le nostre carte, possiamo scambiarle con una mano migliore. In questo modo abbiamo due strade per farlo: trovare il tesoro prima che lo prenda Daris, o trovare Julie prima che...".

"Giusto", disse Ben. "E prima di allora andrò a cercare Julie".

"Chi va con lui, allora?". Chiese Joshua. "Derrick deve essere qui, visto che è finita se il Falco gli mette le mani addosso. Un agente dell'FBI in possesso del diario è tutto ciò di cui ha bisogno. E presumo che tu non sia ancora pronto a fidarti di noi con quel libro".

Derrick scosse la testa. "Non si tratta di fiducia. Rimarrò qui nel Montana, finché non la troverò".

"Quindi non resta che scegliere tra me e Reggie", ha detto Joshua. "Onestamente, non riesco a giustificare il fatto di rimandare indietro Reggie: abbiamo bisogno di lui qui, per respingere qualsiasi cosa Garza ci stia lanciando. E la sua conoscenza della storia potrebbe rivelarsi più utile qui".

"Allora siamo io e te, amico", disse Ben, rivolgendosi a Joshua. "Facciamo un piano quando arriviamo in questa città".

"Ci sei, amico. La riporteremo indietro. Te lo prometto".

CAPITOLO 62

A REGGIE non piaceva lasciare BEN a cavarsela da solo, anche se c'era Joshua. Joshua Jefferson era un brav'uomo e un leader capace, ma non aveva l'amicizia con Ben che aveva Reggie. Reggie riusciva a comunicare con Ben quando nessun altro, nemmeno Julie, ci riusciva.

Avevano un cameratismo, un'intesa, una fratellanza che poteva essere forgiata solo in battaglia. Joshua era un po' più chiuso, più personale, quindi era sempre stato un po' distante da loro. Grazie all'amore comune per il bourbon e alla collaborazione forzata in situazioni difficili, Reggie e Ben erano diventati subito amici.

Per questo aveva sofferto un po' quando Ben e Joshua erano partiti per Philadelphia, ma sapeva che era stata una decisione saggia. Roger Derrick era un combattente capace quanto Ben e in questo momento Reggie aveva bisogno di combattenti.

Gliene servirebbe qualcuno in più, ma se ne avevano due - armati solo di pistole da 9 mm - dovevano bastare.

Ora era Derrick a guidare e stavano salendo lungo una strada secondaria sterrata che portava in una valle montuosa. Il paesaggio era di una bellezza mozzafiato, ma Reggie si sentiva tutt'altro che romantico, considerando la loro situazione e la sua attuale compagna.

Avevano parlato poco, e anche in quel caso solo per scambiarsi idee su quale direzione prendere e quando pensavano di imbattersi ancora una volta negli uomini di Ravenshadow. Dopo aver lasciato Ben e Joshua all'unico autonoleggio della città, si erano addentrati nelle colline, cercando di raggiungere la piazza che Joshua aveva tracciato sulla mappa del suo telefono.

Ben e Joshua sarebbero tornati a Browning il più velocemente possibile e poi all'aeroporto per prendere un volo commerciale per Philadelphia. Avevano previsto che l'intero viaggio sarebbe durato tre ore, se fossero stati fortunati, quindi il compito di Reggie e Derrick era quello di tenere occupati i ragazzi di Ravenshadow per quel periodo di tempo, fino a quando non fossero riusciti a coordinare gli attacchi da entrambe le parti.

I piani, Reggie lo sapeva, erano malleabili. Cambiavano, spesso rapidamente, e spesso senza il consenso del pianificatore. Sperava che si avvicinassero a ciò che avevano pianificato, ma sapeva che era un'illusione che il loro piano venisse eseguito alla perfezione.

Anche Derrick lo sapeva, ed era sicuro che lo sapevano anche Joshua e Ben. Ma non c'era un piano migliore. La moglie del signor E non avrebbe potuto raggiungerli almeno fino al giorno successivo e le ore di luce erano già poche.

A differenza di Vicente Garza, Reggie non aveva una squadra di reclute che poteva semplicemente chiamare in azione, in qualsiasi parte del Paese. Era una delle caratteristiche enigmatiche dell'uomo; il suo carisma e la sua leadership ispiratrice erano abbastanza grandi da convincere i giovani in cerca di gloria ad arruolarsi, pronti a eseguire gli ordini dell'uomo.

Inoltre, Derrick aveva informato Reggie che nemmeno l'FBI era in grado di inviare supporto. Avevano detto a Derrick di aver capito la situazione - non era così - e che li stavano sorvegliando - non era così. Derrick spiegò che, poiché non si trattava di una missione "autorizzata" - era stato solo incaricato di osservare e registrare le azioni di Daris - ci sarebbe voluta troppa burocrazia e burocrazia per far muovere le cose in tempo. Il punto di vista di Derrick sulla conversazione con il suo capo era, come aveva detto a Reggie, una "tipica manovra di blocco dell'FBI". Potevano riconoscere che c'era un pericolo, ma non erano interessati a impegnarsi troppo in fretta.

Tuttavia, assicurò a Reggie che l'FBI si stava mobilitando, anche se lentamente. Non erano preparati a un'esplosione simile del caso di Daris e avevano ritenuto che gli avvertimenti di Roger Derrick fossero stati fuorvianti, nella migliore delle ipotesi. Per quanto lui li avesse combattuti, avrebbero stanziato ulteriori fondi solo se lui avesse potuto dimostrare, con un rapporto, che erano necessari. Derrick sospettava che qualsiasi cosa sarebbe accaduta sarebbe stata già finita quando i suoi colleghi sarebbero arrivati alla festa.

Reggie aveva chiesto quale fosse la politica di segnalazione delle situazioni di sparatoria attiva e Derrick aveva riso. Aveva detto a Reggie che erano certamente in allerta, ma che al momento non esisteva un piano per gestire questa situazione specifica. Avrebbero mandato una squadra ad aiutare solo se fossero riusciti a trovare uomini e donne da prelevare da altre task force, e a questo punto era un'ipotesi remota.

A Reggie non andava giù che un'importante organizzazione di sigle del suo paese, apparentemente creata per servire quel paese, avesse difficoltà a mandare i rinforzi a uno dei suoi senza che lui "facesse rapporto".

Ma quella era la loro situazione e Reggie doveva essere preparato a combattere un esercito con due soli uomini. L'aveva già fatto in passato e aveva la sensazione che l'avrebbe fatto di nuovo oggi.

Si segnò mentalmente di "fare rapporto" al loro ritorno, chiedendo al signor E di non mandarli più in "missione di scoperta" senza essere completamente armati e preparati alla battaglia.

La strada sterrata terminava in un piccolo parcheggio e un cartello di legno nelle vicinanze indicava a Reggie che stavano entrando in un'area della Lewis and Clark National Forest. La loro era l'unica auto nel parcheggio.

"È un buon segno", mormorò Reggie. Scesero dall'auto e raccolsero la loro attrezzatura: pistole armate da 9 mm, due a testa, e munizioni sufficienti per superare le ore successive. Derrick prese anche uno zaino che aveva infilato nel bagagliaio. Una "BOB", o "Bug-Out Bag", una borsa preconfezionata piena di materiale di sopravvivenza che serviva per "fuggire" quando le cose si fossero messe male. Reggie le vendeva nel suo campo di sopravvivenza in Brasile e ne conservava ancora alcune di diverse dimensioni.

Era rimasto colpito nel vedere Derrick prenderlo dal rifugio, e non vedeva l'ora di aprirlo e di gustarne il contenuto. In quanto autodefinitosi "survivalista", il campeggio e gli attrezzi di sopravvivenza erano come giocattoli per lui. Poteva passare ore in un negozio di surplus dell'esercito, anche se spesso sapeva più cose su ogni articolo che sul proprietario, e la maggior parte dell'attrezzatura venduta lì era così usata da rasentare l'inutilità.

"Tutta questa zona è foresta nazionale", ha detto Derrick. "Compreso il Glacier National Park. In totale, ci sono circa 2.000 miglia quadrate di natura selvaggia da esplorare. Quindi, se non vediamo altre persone qui fuori probabilmente significa che stiamo cercando nel posto sbagliato".

"Cominciamo dall'inizio, dal primo indizio. Abbiamo trovato quest'area che Joshua ha mappato per noi, e immaginiamo che sia il quadrante corretto in cui cercare perché è a circa 23 miglia da dove eravamo, a Camp Disappointment?".

"Giusto", disse Derrick. "Quindi probabilmente siamo vicini a questa 'Grotta delle Ombre', ma questo non la renderà facile da trovare".

"Beh, anche la squadra di Garza si sta dirigendo qui, a quanto pare, anche se non sono sicuro di dove siano. Ma ascoltando Garza che ne parlava, sembra che sapessero bene dove andare".

"Potrebbero seguirci", disse Derrick.

"Come?" Reggie rispose. "So bene quanto te che non hanno la rete tecnologica per farlo. E gli eventuali dispositivi personali che avremmo... beh, li avremmo già visti?".

Reggie provò un momento di inquietudine. *E se* avessero *piazzato un piccolo dispositivo di localizzazione su uno di loro?*

Derrick scosse la testa. "No, non l'hanno fatto. Siamo passati attraverso un controllo di sicurezza di qualità TSA all'aeroporto, e mi avrebbero preso da parte per parlarmene".

"O forse *non* l'avrebbero fatto, *perché* è di qualità TSA".

"Il loro sistema di scansione è migliore di quanto si pensi", ha detto Derrick.

"La mia asticella è piuttosto bassa per questi ragazzi, quindi 'meglio di quanto penso' significa solo che mi stai dicendo che il sistema di scansione è 'meglio che camminare tra due pezzi di carta d'alluminio'".

"Sì", disse Derrick. "È sicuramente meglio di quanto si pensi".

Anche se avevano attraversato l'aeroporto per raggiungere la pista di decollo, erano passati attraverso una corsia preferenziale di sicurezza, perché era il percorso più rapido. Reggie non fu sorpreso quando Derrick gli disse che l'aeroporto avrebbe individuato un dispositivo di localizzazione sui loro vestiti, ma non sarebbe stato sorpreso nemmeno se la TSA li avesse lasciati passare senza nemmeno chiedere informazioni.

Controllò le tasche e le pieghe dei pantaloni. Niente. Era pulito.

"Allora, come ci hanno trovato?", chiese.

"Forse non l'hanno fatto", ha detto Derrick.

"Spiega".

"Beh, hanno una copia del diario, no? Daris ha persone che

stanno lavorando per decifrare i nostri stessi codici, quindi forse ha già capito anche il secondo indizio".

"E il Falco presume che anche noi siamo vicini a capirlo".

"Il che significa che sta aspettando che *noi lo* troviamo. O almeno i suoi uomini".

"Esattamente. E ha Julie, quindi sa che non ci fermeremo per riorganizzarci o abbandonare la missione".

"Ha teso una trappola in cui dobbiamo cadere. Consapevolmente". Reggie scosse la testa. "Sembra proprio l'uomo che conoscevo".

Derrick lo guardò mentre camminavano. "Sì, raccontami di più. Come vi siete conosciuti?".

"Campo di addestramento, tempo fa. Avevo voglia di fare un po' di azione e, in qualità di cecchino di prim'ordine, ho pensato di fargli sapere che aveva bisogno di me per questa nuova squadra di sicurezza che stava creando".

"Era in servizio attivo?"

"Ci siamo sovrapposti per pochi mesi, quindi era già in partenza, ma sì. Ha prestato servizio in Storm e Shield, credo, e probabilmente anche in qualche missione delle operazioni nere. Sembra fatto apposta per la leadership di livello nero".

"Perché dici così?"

"È spietato. È disposto a infrangere tutte le regole che gli vengono poste davanti, solo per vedere i suoi uomini lottare contro di esse. È il tipo di persona che ti fa passare l'inferno solo per vedere come reagisci".

"Come l'addestramento dei SEALS?"

"No, come intrattenimento. La roba che ha preparato per le esercitazioni ha lasciato alcuni uomini gravemente feriti, e ho sentito voci che più di uno è morto".

"Cristo", disse Derrick.

"Non è uno scherzo. È un mostro, ma nessuno è mai riuscito a capire esattamente perché. Non sarebbe mai stato colto con le mani nel sacco, suppongo, e i grugni che vengono attratti dal suo stile di comando sembrano essere i tipi che lo venerano. Pensano, come lui, che sia tutto necessario".

"Sembra molto simile al crimine organizzato", disse Derrick. "Mi sorprende che non abbiamo sentito parlare di Ravenshadow".

"Forse non l'ha fatto", rispose Reggie. "Ma scommetto che c'è uno spesso fascicolo sulla scrivania di qualcuno nel suo ufficio. Scavate un po' quando tutto questo sarà finito, scommetto che troverete qualcosa su di loro".

"Lo farò", disse Derrick. "Se non riusciamo ad abbatterli adesso, puoi star certo che farò le mie ricerche".

Reggie e Derrick trovarono un sentiero che portava più in profondità nella foresta, nella direzione in cui erano già diretti. Si avviò lungo il sentiero e camminarono per mezzo chilometro fino a raggiungere la linea degli alberi, che si affacciava su un profondo catino scavato nella valle.

La cresta su cui si trovavano era ripida, ma non sarebbe stato impossibile attraversarla se fosse stato necessario.

"Bella vista", disse Derrick. "Avrei voluto che avessimo preparato un picnic".

Reggie sorrise. "Sapevo che mi piacevi. Sono contento di vedere che ti stai alleggerendo un po'". Si voltò di nuovo verso la ciotola e sforzò gli occhi per vederci attraverso. "Hai idea di cosa stiamo cercando? Soldatini che marciano in fila verso una grotta?".

"Sarebbe comodo".

"Questo è il quadrato, però, credo. Le coordinate di Joshua collocano questa ciotola proprio al centro della griglia, quindi forse cominciamo dai bordi e facciamo il giro...".

Reggie si fermò, poi si accovacciò. Derrick fece lo stesso.

"Hai sentito?"

Derrick aspettò qualche secondo prima di rispondere. "Intendi il rumore di un elicottero?".

Mentre Reggie annuiva, osservò il crinale opposto della conca. Due picchi montuosi si ergevano più alti di tutta l'area circostante e tra quei due picchi, sul bordo della conca, un piccolo elicottero nero veleggiava in vista. Il rumore del rotore rimbalzava e riecheggiava sulle pareti della conca, direttamente nelle orecchie di Reggie.

"Beh, credo che abbiamo trovato quello che stavamo cercando".

CAPITOLO 63

"PENSI CHE CI ABBIANO VISTO?" Chiese Derrick.

"Non è possibile", rispose Reggie. "Stanno arrivando a tutta velocità, diretti verso il fiume. È impossibile che guardino quassù".

"Eppure..." Roger Derrick si infilò dietro un albero, muovendosi con cautela e disinvoltura per non attirare un'attenzione ingiustificata nel caso in cui gli uomini dell'elicottero stessero guardando nella loro direzione. Reggie scivolò nella direzione opposta, sapendo che non c'era nulla di male nell'essere un po' più prudenti.

"Quanti ce ne sono lì dentro?" Disse Derrick.

"Può contenere fino a otto, forse nove persone, a patto che siano leggere. Immagino che lo siano: l'elicottero lo parcheggerà e aspetterà che abbiano finito, poi li riporterà alla civiltà. Non c'è motivo di portare qualcosa in più".

"Quindi non resteranno al campo".

Reggie sorrise. "Ne dubito".

L'elicottero atterrò nell'unico tratto di foresta che Reggie riuscì a vedere, e fu impressionato dall'abilità del pilota di navigare perfettamente tra gli alberi e i loro rami estesi, con solo pochi metri di margine su ogni lato. Non sarebbe stato un atterraggio legale in nessun altro luogo, ma Reggie aveva la sensazione che gli uomini che stavano per scendere non fossero molto inclini a rispettare la legge.

"Seguiamoli", disse Reggie.

"Non vuoi aspettare che escano, per vedere dove vanno?".

Reggie scosse la testa. "Gli alberi sono troppo fitti. Li perderemo immediatamente. Ma se scendiamo lungo il pendio, seguendo un po' questa frana, credo che potremo tenerli d'occhio e non farci vedere".

Derrick esaminò il piano di Reggie, poi annuì. "Per me va bene. Sei pronto?"

Reggie controllò di nuovo i caricatori di entrambe le pistole, poi si alzò in piedi. "Pronti".

Reggie si mise in testa, scivolando per metà lungo il fianco della montagna, nella conca in cui era atterrato l'elicottero. Aveva ragione; potevano vedere gli uomini - chiaramente gli stessi soldati che li avevano affrontati dietro la yogurteria di Philadelphia - uscire dall'elicottero e radunarsi in un piccolo cerchio vicino ad esso, sotto i rotori.

Un altro motivo per cui Reggie aveva voluto muoversi rapidamente era che, mentre l'elicottero era ancora in rotazione, avrebbero potuto muoversi senza essere sentiti. Solo un'occhiata fortunata nella loro direzione e il luccichio di qualcosa di metallico alla luce del sole in dissolvenza avrebbero messo Reggie e Derrick a rischio di essere visti. La copertura era perfetta: abbastanza da potersi nascondere mentre si muovevano verso il basso, ma non abbastanza da non poter sfruttare il loro vantaggio in termini di altezza per vedere giù nel catino e nell'unità del Falco.

Gli uomini hanno controllato le loro armi - fucili d'assalto - e poi uno di loro ha alzato una mano e ha indicato gli alberi.

"Si allontanano da noi", disse Derrick. "È un bene".

"Sì, a meno che non li perdiamo. Forza, acceleriamo. Il pilota rimane indietro, quindi dovremo muoverci anche intorno all'elicottero. E scommetto che il Falco ha mandato un paio di occhi in più per sorvegliare l'elicottero, quindi il pilota ha anche un mitragliere".

Derrick annuì, ma non disse nulla. Avevano camminato fianco a fianco, ma Derrick indietreggiò di qualche passo quando il percorso si restrinse, camminando ora direttamente dietro Reggie. Nessuno dei due respirava a fatica e Reggie era contento di avere un compagno quasi in forma come lui.

Raggiunsero il fondo del catino proprio mentre l'altro gruppo - quattro uomini - entrava tra gli alberi. Reggie iniziò a correre, rimanendo all'interno del fitto bosco per circa tre o quattro metri e correndo lungo il perimetro della zona aperta per assicurarsi che gli uomini dell'elicottero non li individuassero. Derrick tenne il passo e nel giro di altri dieci minuti si trovarono sul lato opposto della radura.

"Li vedi?" Chiese Derrick.

"No, ma vedo le loro tracce".

Reggie non era un grande segugio, ma aveva imparato abbastanza per essere utile in situazioni come questa. Inoltre, gli uomini non erano stati interessati a muoversi con cautela: c'erano bastoni spezzati ogni cinque piedi e impronte di stivali nel terreno soffice della foresta.

Seguirono la strada, rallentando di nuovo a un'andatura ragionevole. L'elicottero era silenzioso, quindi Reggie non voleva correre il rischio di farsi sentire mentre camminava nel bosco.

Il sentiero dei soldati era quasi rettilineo, girava solo intorno ad alberi e grossi massi. Dopo un centinaio di metri, il sentiero ricominciava a salire e Reggie e Derrick lo seguirono finché non sentirono delle voci davanti a loro.

"Proprio lì", disse Reggie, indicando. "C'è un ragazzo alla nostra destra. Lo vedi?"

"Sì", disse Derrick. "Ma sta parlando. Con chi sta parlando?".

L'uomo si stava lavando, parlando per tutto il tempo. Reggie strizzò gli occhi attraverso gli alberi, cercando di vedere chiunque altro potesse essere vicino al soldato, ma non vide nulla.

Alla fine vide il piccolo trasmettitore sul collo dell'uomo.

"Hanno una radio a onde corte", disse Reggie. "Probabilmente sta parlando con il resto della sua squadra, che a questo punto potrebbe essere ovunque".

"Non si saranno divisi molto, vero?".

"Probabilmente no", disse Reggie. "Ma aspettiamo un po', vediamo se si unisce di nuovo a loro".

L'uomo si riabbottonò i pantaloni e si girò per andarsene, continuando a parlare. Reggie non riuscì a distinguere le parole dell'uomo, ma gli sembrò di cogliere la parola "ombra".

"Stiamo cercando una grotta, giusto?", chiese.

"La Grotta delle Ombre, sì", disse Derrick.

"Credo che abbia detto solo 'ombra'".

"Quindi *sanno* dove si trova".

"Sembra di sì. Probabilmente si aspettano che noi siamo già lì, o che ci avviciniamo dopo che loro sono arrivati, il che ci dà un vantaggio".

"Davvero?"

"È così. *Non siamo* già lì, ma loro non lo sanno. Quindi o controlleranno per vedere se ci siamo, oppure si divideranno e lasceranno due uomini all'ingresso a fare la guardia mentre altri due entreranno a vedere".

"Capito. Quindi dobbiamo accelerare e assicurarci di essere lì dietro di loro, quando arrivano".

"Esattamente".

Reggie si spinse di nuovo in avanti, soddisfatto che l'uomo fosse rimasto indietro di un minuto rispetto al resto del gruppo. Lo raggiunsero quando la collina si fece ripida fino a diventare un precipizio quasi verticale.

Reggie tese la mano per fermare Derrick e l'uomo che stavano seguendo si girò.

Reggie e Derrick cadono a terra, atterrando sulle mani per non fare rumore.

"Pensi che ci abbia visti?" Chiese Derrick.

"No, ma credo che sappia che siamo qui fuori. È un bene, però. È spaventato. Non è sicuro della direzione da cui veniamo".

"E pensa che siamo in quattro", aggiunge Derrick.

È vero, pensò Reggie. *Non avrebbero avuto motivo di sospettare che Ben e Joshua stessero tornando a Philadelphia proprio ora.*

Calcolò, cercando di capire se dovevano modificare il loro piano per tenere conto dei membri "fantasma" aggiuntivi del loro gruppo. Avrebbero già avuto l'elemento sorpresa, ma Reggie voleva sfruttarlo il più possibile.

"Ti ricordi la prima scena di combattimento in Patriot?".

"Il film?"

"Sì, con Mel Gibson".

Derrick fece una faccia disgustata.

"Ma almeno tu l'hai visto. Comunque, ricordate come finge di essere più di una persona sola, correndo in giro e rimanendo nascosto il più possibile? Ha persino sistemato le armi in punti diversi del sentiero, in modo da poter correre verso un altro fucile e sparare di nuovo rapidamente?".

"Sì, ricordo che Hollywood lo faceva sembrare realistico".

Reggie ridacchiò. "Il punto è che è quello che faremo. Visto che *si aspettano* quattro persone, direi di correre dentro, con le armi spianate, ma continuando a muoverci in direzioni diverse, in modo che non sappiano mai quanti siamo".

"Capito".

Derrick fece una pausa, poi inclinò la testa verso Reggie. "Il Patriot era il *miglior* esempio che ti veniva in mente?".

Reggie scrollò le spalle. "Cosa? Mi è piaciuto".

CAPITOLO 64

C'ERA un altro spiazzo in cima alla piccola scogliera, e c'erano abbastanza massi che sporgevano dalla sua faccia che scalarla non era un grosso problema. L'uomo che Reggie e Derrick stavano seguendo saltò da uno all'altro finché non raggiunse la cima, e Reggie lo seguì.

In cima aspettò Derrick, poi alzò la testa e superò il bordo per vedere bene. I quattro uomini erano in piedi insieme, tutti rivolti verso Reggie.

Di fronte all'imboccatura di una piccola grotta.

La Grotta delle Ombre.

"Deve essere così", sussurrò Reggie.

"È troppo piccolo", disse Derrick. "Non c'è modo che un uomo possa...".

Uno degli uomini, quello che li guidava, si abbassò improvvisamente ed entrò nella bocca della grotta. Scomparve dalla vista, poi Reggie lo sentì gridare.

"È molto più grande all'interno", ha detto l'uomo. "Sono in piedi. E sembra che vada avanti per un po'".

La grotta si trovava sul fianco di un'altra collina, più alta e più ripida di quella che Reggie e Derrick avevano appena scalato. Si chiese se Lewis avesse saputo della grotta dalle tribù indiane locali o se l'avesse scoperta da solo.

"Guarda", disse Derrick, indicando. "Ecco perché Lewis l'ha chiamata Grotta delle Ombre".

Reggie guardò, all'inizio senza capire di cosa stesse parlando Derrick. Poi, dopo aver osservato per qualche secondo l'imboccatura della grotta e gli uomini in piedi vicino ad essa, lo vide.

Le ombre create dagli alberi ai lati della radura sembravano lottare. Si chinarono, con le punte che quasi toccavano i lati della piccola bocca della grotta.

"Le ombre indicano la grotta", disse Derrick.

"E scommetto che hanno questo aspetto per la maggior parte dei giorni dell'anno. Affascinante". Ancora una volta Reggie era deluso di non avere tempo per esplorare ed esaminare le caratteristiche geologiche uniche di questo luogo. Ancora una volta era deluso dal fatto di essere qui per combattere quegli uomini, non per fare una piacevole passeggiata nel bosco.

"Avrei dovuto fare il geologo", sussurrò.

Il capo tornò dalla grotta con in mano una torcia accesa. La spense e fece cenno agli altri di raggiungerlo.

"Continua ad andare avanti, come ho detto", disse l'uomo. "E potrebbero essere lì dentro, ancora più in basso".

Reggie guardò Derrick e alzò un sopracciglio.

"Johnny, Evans, voi state qui fuori", disse l'uomo. "Kalib, tu vieni con me".

Reggie annuì, lodando silenziosamente il soldato per la sua decisione di portare con sé nella grotta l'uomo più grosso del gruppo. Probabilmente voleva tenere vicino a sé quell'enorme bestia di uomo per proteggerlo, ma Reggie era semplicemente contento di non doverlo combattere.

Kalib annuì, con un gesto lento e arcuato che gli fece abbassare la testa quasi fino al petto e poi la fece risalire. Impugnò il fucile e seguì il suo capo nella grotta.

"È la nostra occasione", disse Reggie. "Ricordate, invocate il Mel Gibson che è in voi".

Derrick sorrise, scuotendo la testa. "Vuoi perdere questa battaglia?".

Reggie ridacchiò e controllò ancora una volta le sue armi, poi si preparò ad alzarsi. Scivolò all'indietro sulle punte dei piedi, poi lasciò cadere i piedi su uno dei massi sotto di lui. Derrick fece lo stesso, preparandosi all'attacco a sorpresa.

Proprio mentre gli uomini stavano per spingere fuori dalla roccia e caricare su e oltre la collina, Reggie guardò il suo compagno.

"Non c'è niente da fare", ha detto.

Derrick scosse la testa. "No. Qui finisce *tutto*".

A Reggie venne ricordato ancora una volta che per l'uomo accanto a lui questa battaglia era tutto. Questa missione era tutto.

Reggie annuì e si accucciò di qualche centimetro, pronto a colpire.

E fu allora che sentì la pistola contro la schiena.

CAPITOLO 65

"MUOVITI", DISSE L'UOMO.

REGGIE osò dare un'occhiata alle sue spalle. L'uomo indossava una tuta di volo nera e portava una grande radio alla cintura.

Il pilota.

Era uno degli uomini dell'elicottero: dovevano essere stati avvistati mentre passavano di nascosto, e quest'uomo li aveva seguiti fin qui, aspettando il momento perfetto per entrare in azione.

E, secondo l'opinione professionale di Reggie, aveva fatto centro.

Né lui né Derrick erano preparati a un'imboscata.

Ma possiamo adattarci.

Reggie fece il punto della situazione. Derrick era alla sua destra e i due scagnozzi della squadra del Falco erano ancora in piedi davanti alla grotta, a guardare il loro capo e l'uomo di nome Kalib che sparivano nella bocca della caverna.

Questo significava che Reggie e Derrick potevano ancora essere in vantaggio. C'era solo *un* uomo che puntava la pistola alla schiena di Reggie e, anche se poteva significare una pallottola nella spina dorsale, dare a Derrick l'opportunità di attaccare era ora l'obiettivo finale.

Incontrò gli occhi di Derrick, poi annuì. *Ti prego di capirmi,* pensò. *Non voglio doverti spiegare per filo e per segno.*

Voleva che Derrick colpisse il pilota, per farlo indietreggiare dalla collina, o almeno che caricasse in avanti e rendesse evidente al pilota che non avevano intenzione di essere una facile preda.

Vide Derrick irrigidirsi, sapendo che l'uomo aveva capito. Emise un sospiro, sentendo che un piano cominciava a prendere forma.

"Qui, Evans!" urlò improvvisamente il pilota. "Johnny, dammi una mano".

I due uomini vicino alla grotta si girarono e videro il loro pilota in piedi dietro due facce nuove.

O meglio, volti che non vedevano dai tempi di Philadelphia.

"Sono sfuggiti all'elicottero giù nella valle. Li ho seguiti fin qui. Rodriguez e Swartz sono ancora là dietro, a guardia dell'uccello".

Ottimo, pensò Reggie. Ce ne *sono altri* due *all'elicottero.*

In totale erano sette uomini, secondo i calcoli di Reggie. C'era abbastanza spazio nell'elicottero con un po' di riserva.

Evans e Johnny, la recluta più giovane che avevano visto scaricare prima, corsero verso il loro posto appena oltre il bordo della ripida collina. Evans teneva il fucile puntato direttamente alla pancia di Derrick, mentre Johnny sogghignava a Reggie.

Reggie lo riconobbe dal vicolo di Philadelphia.

"Come va, ragazzo?", disse Reggie.

"Fatti vedere. Vieni qui, stronzo".

"Woah, ehi, non ti ho fatto niente. Per ora".

Il ghigno di Johnny non fece che aumentare. "Il Falco sarà *molto* contento di rivederti, Red. Ci ha parlato di te, raccontandoci tutte le vostre piccole scappatelle insieme".

"Allora dice un sacco di stronzate", disse Reggie, salendo e superando l'orlo del precipizio per raggiungere il terreno solido. "Non abbiamo mai prestato servizio insieme".

"Non è quello che ha detto", rispose Johnny. "Ha detto che eri uno di noi, una delle reclute. Ha detto che sei stato espulso".

Il ricordo tornò a Reggie in un lampo. Il ragazzo aveva ragione, ovviamente, a voler far parte della nuova impresa del Falco. Era successo anni fa e Reggie non si era mai pentito di essersi "ritirato" nemmeno per un istante. Aveva visto di cosa si occupava questo gruppo e che cosa apprezzavano, e non ne aveva voluto sapere.

Derrick gli lanciò un'occhiata.

Reggie scrollò le spalle. "Te l'ho detto che lo conoscevo, ai tempi".

"Dovrò sentire questa storia prima o poi", disse Derrick.

"Sì", rispose Reggie. "Dovrai farlo".

La voce abrasiva di Johnny interviene. "Muovetevi. Andrews e Kalib ti stanno già cercando lì dentro, quindi dobbiamo andare a dirgli cosa abbiamo trovato".

Si fermò, poi studiò Reggie per un momento. "È un peccato che tu non sia riuscito a farcela, amico. Saresti stato un buon soldato, ma il Falco dice che non ce l'hai fatta".

"Perché non ci confrontiamo e vediamo esattamente cosa posso e cosa non posso fare?". Chiese Reggie.

Johnny si voltò ed Evans e il pilota spinsero la loro preda verso la piccola grotta.

"Come hai trovato questo posto?". Chiese Reggie, sinceramente incuriosito. "Non mi sembri un tipo *intelligente*".

Johnny non rispose. Il resto della camminata fu silenzioso, tranne che per la voce del pilota che fendeva l'aria del crepuscolo, chiamando il suo uccello alla loro scoperta. Spiegò che erano tutti a posto e che sarebbero tornati a piedi entro un'ora.

Il pilota aveva un suono autorevole per Reggie e, se doveva tirare a indovinare, sospettava che il pilota fosse uno dei membri effettivi della squadra del Falco, mentre il resto di questi uomini, compreso il sedicente leader che era già entrato nella grotta con Kalib, erano reclute.

La stessa cosa che pensavo di voler essere, una volta, pensò Reggie. Scosse la testa, rabbrividendo. Aveva schivato un proiettile allora, e ora era più contento di essere stato "eliminato" dalla squadra omicida del Falco di quanto non lo fosse mai stato.

Il telefono di Reggie squilla. *Merda.* I mercenari non avevano rimosso nessuno dei due telefoni e ora se lo ricordavano a gran voce.

"Rispondi", disse il pilota. "Mettete il vivavoce. Non dirgli nulla di dove siamo. Capito?"

Reggie annuì. "E se non eseguo i suoi ordini?".

Il pilota abbassò la pistola verso il suolo, verso i piedi di Derrick, e sparò.

Lo sparo fu forte, più forte di quanto Reggie si sarebbe aspettato, e lo sentì riecheggiare nella conca rotonda del canyon.

"Non c'è nessuno qui fuori che possa sentirti morire", disse il pilota.

Era vero, Reggie lo sapeva. Questa era la terra di nessuno, il confine tra il Glacier National Park a ovest e la riserva indiana. Non era sicuro di dove si trovassero esattamente, e potevano essere da una parte o dall'altra di quella linea. In ogni caso, a meno che non ci fosse un ranger del parco troppo zelante o un indiano Blackfeet smarrito da qualche parte nelle vicinanze, erano lontani come nessun altro posto in cui Reggie fosse mai stato.

Il telefono squillò di nuovo, per la quinta volta. Lo tirò fuori dalla tasca, si tappò le orecchie e rispose.

"Ehi Ben", disse.

CAPITOLO 66

"L'ABBIAMO CAPITO, REGGIE", disse Ben dall'auto in cui si trovavano lui e Joshua. Joshua stava di nuovo guidando e, anche se Ben preferiva guidare la maggior parte delle volte quando era con Julie, era felice di questa tregua.

Aveva programmato di dormire un po', di aggiornarsi sulle notizie di Mr. E, se ce n'erano, e di mettere in ordine i pensieri per il loro piano quando sarebbero atterrati a Filadelfia.

"Cosa c'è fuori?" La voce di Reggie gracchiava attraverso l'altoparlante del telefono. Joshua non era sicuro che lui e Ben avrebbero avuto il servizio di telefonia mobile nell'entroterra rurale del Montana, e pensava che Reggie e Derrick non ne avrebbero avuto in montagna. L'obiettivo era parlare velocemente, per dare a Reggie il maggior numero di informazioni possibile, sapendo che il segnale cellulare sarebbe stato orribile.

"L'indizio, Reggie. Abbiamo capito l'indizio".

Reggie disse qualcosa di incomprensibile.

"È una grotta, proprio come pensavamo. Probabilmente non è molto grande, però. Le ricerche non hanno portato a nulla, ma pensiamo di aver trovato un riferimento incrociato".

Di nuovo, qualcosa di incomprensibile.

"Ok, senti questa", disse Ben. "Il signor E ha consultato un database e ha trovato un contatto nella riserva indiana Blackfeet, che ha accettato di fare un consulto telefonico. Non è stato molto contento di sapere che il signor E aveva già una squadra sul posto, ma... pazienza.

"Comunque, ci ha appena chiamato e ci ha detto che i Piedi Neri sono in questa zona da secoli, e che ci sono tre tribù distinte che vivono qui insieme, proprio come i Cottonwood. Il primo indizio era un riferimento al secondo, credo".

Joshua guardò Ben e alzò le sopracciglia. *Giusto,* pensò Ben, a *corto di tempo.* Sapeva che la connessione del telefono da entrambe le parti poteva essere precariamente vicina all'interruzione.

"Mi dispiace. C'è una parola che Lewis ha usato in uno dei suoi diari, uno dei diari conosciuti. È una parola dei Piedi Neri, ma ovviamente era scritta male e nessuno sapeva a cosa si riferisse. Ma quando il signor E ha chiesto al ragazzo della "Grotta delle Ombre", lui ha risposto che non lo sapeva. Ma conosceva questa parola che Lewis aveva scritto. Nella sua lingua madre significa "ombra".

"A quanto pare gli indiani Blackfeet non erano completamente ostili a Lewis, come la storia suggerisce. Uno di loro potrebbe aver accompagnato Lewis alla grotta. Si trova in una valle, che chiamano 'Bowl of Shadows'".

Ben aspettò, sia per assicurarsi che Reggie fosse ancora all'altro capo del filo, sia per ridimensionare un po' l'importanza della sua scoperta. Quando il signor E li aveva chiamati per ricapitolare la conversazione, aveva assicurato a Ben e Joshua che il suo contatto alla riserva non aveva idea di cosa stessero cercando, e non sapeva che c'era anche un'altra squadra, più pericolosa, là fuori a cercare.

Non avevano interesse a sconvolgere una riserva, una lunga storia di americani che vivono pacificamente nel Montana, perché sarebbe stato un incubo politico e mediatico, anche se avessero trovato qualcosa su quelle colline.

Ben lo apprezzava, così come Joshua. Meno parti interessate ci sono, meglio è.

Il telefono ha gracchiato.

"Pronto?" Chiese Ben. "Reggie, riesci a sentire...".

"Lei. Trova Julie, Ben. Trova..."

Il segnale è stato perso. Il telefono morì nella mano di Ben.

Joshua guardò Ben. "Pensi che abbia ricevuto il messaggio?".

"Non ne ho idea. Ma era una cosa strana da dire, no? So già cosa dobbiamo fare, perché ricordarcelo di nuovo?".

Joshua scrollò le spalle. "Non saprei. Forse sono bloccati da qualche parte e non si aspettano di uscire. Oppure..."

Guardò Ben.

"Pensi che si siano imbattuti in Ravenshadow?".

CAPITOLO 67

LA GROTTA ERA FRATTA E, proprio come aveva detto l'uomo, si apriva in una caverna sorprendentemente grande una volta entrati. Reggie sbatté le palpebre un paio di volte finché gli occhi non si adattarono.

Kalib e il suo capo erano lì, ad aspettarli. Ognuno di loro portava una lampada frontale e Kalib non aveva mai imparato il galateo di non puntare la luce direttamente negli occhi di qualcuno, oppure pensava che non gli importasse.

"Vuoi abbassare la luce, amico?". Chiese Reggie.

Kalib lo guardò. O forse no: Reggie non riusciva a vedere il suo volto. La luce, tuttavia, rimase nei suoi occhi.

"Tu sei il grande Gareth Red", disse il leader. "Il mio nome è Phillip Mance. Benvenuto a Ravenshadow".

"Non faccio parte del tuo club di merda, stronzo", disse Reggie. "E nemmeno il mio amico, qui".

"Giusto. Non preoccupatevi: ho sentito che non siete riusciti a entrare la prima volta che ci avete provato, quindi non vi recluteremo di nuovo. Ma per il momento siete nostri ospiti, quindi dovremmo conoscerci meglio".

"Sono un libro aperto".

"Grazie, ma mi interessa molto l'ultimo indizio. 'All'interno dell'argento giace l'oro?' Ne sai qualcosa?".

"So che è un indizio di merda", disse Reggie. "Pensavo che la caccia al tesoro sarebbe stata un po' più divertente".

"Anch'io", disse Mance. "Ma eccoci qui. Che mi dici del tuo amico dell'FBI? Roger Derrick, giusto?".

Derrick annuì. "La tua ipotesi è valida quanto la mia".

"Ma è così? Il Falco mi ha detto che lei sta spiando la signora Johansson da un po' di tempo. Dice che sei ossessionato da questo tesoro, anche più di lei".

"Beh, non sono io a mentire sulla televisione nazionale e a manipolare i media per diffondere il mio messaggio, no?".

Mance sorrise, come se stesse trattenendo una risata. Reggie si sentì un po' più rilassato quando lo vide. *A quanto pare non sono così ciecamente fedeli al loro benefattore come lo sono al loro capo.*

"È una pazza, te lo concedo", ha detto Mance. "Ma abbiamo ancora un lavoro da fare. Dice che qui c'è qualcosa. Qualcosa di cui abbiamo bisogno, ed è nostro compito trovarlo".

"Beh, diamo un'occhiata in giro. Sono sicuro che Meriwether Lewis non sarebbe stato molto creativo nel decidere il suo ultimo nascondiglio".

"Abbiamo già *dato un'occhiata in giro*", disse Kalib. Sempre con la lampada frontale.

"Cristo, che schifo. Toglimi quella cosa dagli occhi".

Kalib abbassò il faro e Reggie provò un breve senso di vittoria.

"Non è qui. Non c'è niente qui. È solo una grotta che va da quella parte -" indicò dietro Kalib "- per circa trenta metri. Si spacca fino a un'intercapedine verso la fine, poi niente. Si ferma e basta".

"Qualche propaggine?", chiese il pilota, tenendo ancora la pistola contro la schiena di Reggie.

Mance scosse la testa. "No, niente. È solo un tubo storto. Completamente vuoto".

Reggie si guardò intorno, ora che i suoi occhi, ancora una volta, si erano adattati. Mance sembrava dire la verità. Non c'era nient'altro in vista che roccia ricurva, nemmeno formazioni interessanti sul pavimento o sul soffitto della caverna. Sarebbe stata un buon riparo per chi viaggiava sulle montagne, ma a parte questo non c'era nulla di notevole.

"Beh, non puoi tornare a mani vuote", disse Reggie. "Qual è il piano? Pensi che il Falco ti lascerà entrare a Ravenshadow senza il tesoro di Daris?".

"No", disse il pilota. "Ma abbiamo te. Sarà un premio sufficiente".

"Ma lo farà?"

Mance sembrava turbato da questo suggerimento, frustrato. Reggie aveva ragione. Erano inutili per il Falco se non consegnavano, e prendere un paio di cacciatori di tesori disonesti non gli sarebbe servito a nulla.

La luce di Kalib rimbalzò sulla sua testa mentre faceva un rapido giro, guardando intorno alla caverna. Reggie seguì il fascio luminoso, osservando dove si posava sulle pareti e sul pavimento della caverna. Doveva ammettere che il luogo sembrava completamente privo di qualsiasi cosa. Compreso il tesoro. Seguì la luce di Kalib in un giro completo, osservandola tornare alla sua posizione precedente, puntando dritto -.

Si fermò. Girò leggermente la testa.

Poi alzò gli occhi su Mance. Quell'uomo aveva visto Reggie? Non poteva esserne certo.

"Non sembra che tu abbia altra scelta, allora", disse Reggie. Si voltò verso il pilota e la sua pistola. "Dovremmo fare un piccolo volo? Torniamo a Philadelphia?".

"Aspetta", disse Mance. Reggie chiuse gli occhi. "Tu sai qualcosa. Che cosa hai appena visto?".

Scosse la testa. "Che diavolo stai dicendo?" Il calcio del fucile di Kalib colpì lo stomaco di Reggie. Cadde a terra, ansimando per il dolore. Kalib non si era quasi mosso, usando solo la forza delle braccia e delle mani per bloccare il fucile verso Reggie. Se fosse stato più agitato o avesse deciso di darsi da fare, Reggie avrebbe potuto avere un problema serio.

Ho fatto bene a non voler combattere con questo bruto, pensò.

Si afflosciò per un attimo, poi recuperò l'equilibrio. Si alzò in piedi e si avvicinò all'uomo più alto. "Fallo di nuovo e ti ritroverai...".

"Basta", disse Mance. "Kalib, allontanati. Lascia parlare quest'uomo".

Reggie annuì a Mance.

"È ora di iniziare a parlare, o è ora di iniziare a sparare. Non dimenticare il tuo posto qui, Red. Non abbiamo bisogno di prigionieri, e di certo non ne abbiamo bisogno di *due*".

"Giusto", disse Reggie. "Ok, sì, non è niente. Ho solo visto qualcosa qui". Indicò alla sua sinistra, vicino al braccio destro di Kalib. "Sul muro. Frankenstein, ti dispiace?".

Kalib tenne la luce direttamente negli occhi di Reggie per un secondo, poi la spostò alla sua destra, puntandola verso la parete. La parete della caverna si illuminò di luce bianca e Reggie la vide di nuovo.

"Sembra una piccola vena d'argento", disse Reggie. "Tutto qui".

Mance si avvicinò ad essa. "Sì, credo che lo sia. 'Dentro l'argento si nasconde l'oro'. Evans, portami quella...".

Evans era già in movimento e ora brandiva una mazza gigante. Reggie dovette abbassarsi per schivare il martello oscillante mentre Evans lo faceva cadere sulla parete della caverna.

Crack! Il martello staccò un grosso pezzo di roccia dalla parete.

"Fermati!" Reggie urlò. "Cosa *diavolo* credi di fare?".

Evans alzò di nuovo il martello.

"Davvero", disse Derrick. "Pensi che sia *nel* muro?".

"È questo l'indizio, vero?". Chiese Mance. "È quello che c'è scritto".

"Davvero?" chiese il pilota. "'Il tesoro è *nel* muro?' Non ricordo di averlo letto".

Reggie guardò il pilota. *Almeno abbiamo un uomo dalla nostra parte. Più o meno.*

Il pilota ha continuato. "Come avrebbe fatto Lewis a portarlo lì? *All'interno della* parete della grotta? Infilandolo in un buco nella parete e poi intonacandolo con altra roccia?".

Mance fissò il pilota per un lungo momento, mentre Kalib e gli altri si guardarono intorno.

Questi idioti sono davvero così stupidi? O non gli credono?

Reggie aspettò, cercando di vedere il riconoscimento che stava nascendo nei loro occhi. Lewis da solo, o anche con l'aiuto degli altri tre uomini con cui viaggiava, non sarebbe stato in grado di mettere nulla dietro una solida parete di roccia.

"Sì", disse Mance. "Hai ragione".

"Non scherziamo, Sherlock", disse Reggie.

Kalib si mosse di nuovo verso Reggie, alzando il calcio del fucile, ma Mance intervenne. "No", disse. "Potremmo aver bisogno di lui. Il Falco voleva che li riportassimo indietro, ricordi?".

Kalib sbuffò, quel gigante di uomo evidentemente disgustato. Reggie ascoltò le parole di Mance, cercando di capire perché gli erano sembrate strane.

Poi ha capito.

Pensò all'elicottero. L'elicottero non poteva ospitare più di 8-9 persone, a seconda dell'equipaggiamento, e la squadra del Falco da sola era composta da sette uomini.

Sette uomini... più i nostri quattro.

Reggie, Derrick, Ben e Joshua.

Sono troppi.

Gli occhi di Reggie si allargarono un po', mentre fissava Kalib, notando che gli occhi dell'uomo diventavano scuri mentre si chiudevano.

In tutti gli anni di addestramento di Reggie, nient'altro che l'esperienza gli aveva insegnato la sua abilità più preziosa: la capacità di anticipare, con precisione quasi assoluta, ciò che un altro uomo stava per fare.

Il fucile di Kalib iniziò a muoversi verso l'altra mano dell'uomo. Cambiò l'impugnatura, in modo che invece della mazza che era stata prima, ora era di nuovo il tipo di arma per cui era stato progettato.

Reggie si rese conto che avrebbe *sparato a Derrick.*

Nell'elicottero non c'era abbastanza spazio per gli uomini, per il tesoro che avrebbero potuto trovare o per un piccolo campione di esso, *e per* la squadra di quattro uomini che erano stati mandati a intercettare.

Due di loro dovrebbero essere uccisi.

Reggie non sapeva bene perché, ma Mance aveva detto a Kalib che il Falco *lo* voleva. Vicente Garza lo voleva vivo.

"Sì, capo", disse Kalib. "Ma non abbiamo bisogno di *lui*".

Il fucile fece un rapido arco di rotazione e si posò direttamente su Derrick. Premette il grilletto.

CAPITOLO 68

REGGIE ERA GIÀ IN MOVIMENTO e raggiunse l'uomo enorme appena prima dell'esplosione. Si lanciò direttamente contro il suo petto, mirando "ai numeri" proprio come gli aveva insegnato il suo allenatore di football del liceo. La sua fronte fu colpita nello stesso momento in cui sentì lo sparo.

Era assolutamente assordante e Reggie si rese improvvisamente conto che un fucile d'assalto che sparava in uno spazio chiuso e riverberante come quello avrebbe potuto *davvero* renderlo sordo, ma fu un pensiero fugace. Stava ancora avanzando e il corpo massiccio di Kalib lo seguiva. Non sapeva se il placcaggio sarebbe stato sufficiente a reindirizzare lo sparo, ma non gli importava.

Avrebbe abbattuto quest'uomo e *poi avrebbe* deciso cosa fare dopo.

L'errore che aveva commesso era di non essere pienamente consapevole di ciò che lo circondava.

L'uomo dietro di lui, Evans, si era avvicinato con disinvoltura a Reggie e gli aveva conficcato l'estremità del fucile nella schiena. Reggie sentì la fredda e dura canna d'acciaio e alzò immediatamente le mani.

Kalib si spostò, spingendo via Reggie come se fosse solo un cucciolo fastidioso, e si alzò in piedi. Tirò il braccio teso di Reggie e lo tirò in piedi, e Reggie si girò per vedere cosa era successo durante la lotta con l'orso.

Tutti e cinque i soldati avevano le armi spianate, tre di loro su Reggie e due su Derrick.

Anche Derrick aveva alzato le mani.

Reggie guardò l'agente dell'FBI e fece spallucce. "Mi dispiace, amico. Ho fatto del mio meglio".

"È stato sufficiente per non farmi sparare", ha detto.

"C'è ancora tempo per questo", ha detto Mance. "Ma non qui. Abbiamo un sacco di spazio nell'uccello per entrambi, considerando che i vostri amici probabilmente stanno già tornando a Filadelfia in questo momento".

Reggie e Derrick si scambiarono uno sguardo.

"Sì, il Falco ci ha detto tutto", disse Mance. "Ha detto che voi quattro probabilmente vi sareste divisi, ma se non è così, liberatevi del bagaglio". Guardò Derrick. "Questo tizio e il vostro capo, il Jefferson".

Joshua e Derrick, pensò Reggie. *Queste sono le due "questioni in sospeso", secondo Garza.*

"Ma a Philadelphia sta lavorando su una tecnologia interessante", ha continuato Mance. "Scommetto che gli farebbe comodo qualche altro soggetto su cui fare dei test".

"Non c'è niente qui, Mance", disse il pilota. "Stiamo perdendo tempo. Torniamo indietro".

Mance annuì. "Sì, va bene. Riporta questi ragazzi all'elicottero. L'elicottero è in volo tra dieci minuti".

Il pilota sgranò gli occhi, evidentemente infastidito dal grossolano fraintendimento del leader meno esperto sulla rapidità con cui sarebbero riusciti a tornare a valle e sulla velocità con cui il pilota sarebbe riuscito a far girare l'elicottero.

Reggie guardò ancora una volta la sottile vena argentea che correva lungo la lunghezza della piccola caverna. Non sapeva bene perché, ma sapeva che c'era qualcosa di più di quello che credevano i mercenari.

Non ora, ricordò a se stesso. *Abbiamo informazioni che possiamo usare, se necessario. Non è il momento giusto per sprecarle.*

Derrick osservava il volto di Reggie e Reggie gli fece un cenno. Gli uomini si capivano e Reggie era contento che Derrick la pensasse come lui. Dovevano tornare a Philadelphia e cercare di raggiungere Ben e Joshua prima che trovassero Julie.

Stavano cadendo in una trappola.

CAPITOLO 69

"SIAMO QUI", disse BEN nel cellulare. "Avete qualche indizio?"

La voce del signor E ha risposto attraverso il collegamento. *"Forse. Ci sono molti edifici abbastanza grandi da poter essere considerati 'palestre', ma senza più tempo per fare un controllo incrociato con gli edifici esistenti e gli indirizzi conosciuti, sarà discutibile se valga la pena indagare su questi quattro."*

"Certo che vale la pena indagare", disse Ben. "Julie è in uno di essi".

Sapeva però cosa intendeva il suo benefattore. *Julie si trova in una di esse e, se non abbiamo una pista solida, potremmo non avere abbastanza tempo per cercarle tutte.*

Joshua guardò Ben, con occhi interrogativi.

Ben annuì. "Quattro".

Joshua rimase stoico, ma Ben sapeva cosa stava pensando. La stessa cosa che pensava Ben.

"Dobbiamo restringere il campo", disse Ben. "C'è qualcos'altro che può dirci?".

"No, purtroppo", ha detto il signor E. *"Non ci sono altre informa-*

zioni su cui basarsi. Tuttavia, se c'è qualcos'altro che può dirmi, forse posso...".

"No, sai già tutto. L'ha detto di getto: 'Siamo qui, proprio di fronte alla Rittenhouse'".

Oltre a Rittenhouse Square, l'hotel era l'unica cosa a Philadelphia che portava il nome "Rittenhouse". Non c'era nient'altro che Julie potesse significare.

Erano atterrati da un'ora, ma c'era voluto tutto quel tempo per arrivare dall'aeroporto al veicolo che avevano noleggiato e poi, attraverso il traffico del centro, al Rittenhouse. Joshua e Ben erano di nuovo seduti nella hall, ma questa volta Ben non stava ammirando l'affascinante arredamento.

Non guardava nemmeno il bar. Voleva un drink, ma sapeva che un drink era una ricompensa. Era qualcosa da gustare dopo una vittoria e, a parte aver trovato gli indizi nel Montana, non aveva avuto vittorie da un bel po' di tempo.

"Deve essere vicina, Ben", disse Joshua.

Ben sospirò, poi si portò il telefono all'orecchio. "Dacci un ordine delle ipotesi più probabili", disse. "Prima il candidato migliore".

L'uomo all'altro capo fece una pausa, poi parlò. *"Ok, ci proverò. Innanzitutto, c'è un edificio bianco all'angolo tra Rittenhouse Square e la 18esima".*

Joshua stava ascoltando, con il suo telefono acceso e aperto su una mappa della piazza. Scosse la testa. "No, non è questo. Non c'è vista da qui. Julie ha detto 'qui, proprio di fronte...' Credo intendesse dire che ha visto la Rittenhouse in qualche modo, forse da una finestra. Ci sono troppi edifici alti che bloccano tutto in quell'angolo".

Ben attese che il signor E indicasse la sua prossima opzione. *'Ok, forse il prossimo è in Locust Street, vicino alla 20esima'.*

Joshua scorre la mappa e trova questo luogo. "Potrebbe essere. Non sembra che la mappa sia stata aggiornata, ma da lì si può vedere l'hotel. Lo segnerò e potremo controllare. C'è altro?"

"Gli ultimi due sono sulla 19ª strada. Uno a Sansom Street e uno a Chestnut".

"Capito", disse Ben. "Resta vicino, controlleremo". Stava per riattaccare, poi aggiunse: "Come sta tua moglie?".

"Sta bene. Si è ripresa dal viaggio in Australia e vorrebbe potervi raggiungere ora. L'ho tenuta al corrente della situazione e sta facendo quello che può da qui".

Ben annuì. La signora E era enigmatica quanto il marito, eppure i due sembravano stranamente diversi per una coppia di marito e moglie. Mentre il signor E sembrava fragile, quasi malaticcio, la signora E era una donna grande e sicura di sé, ugualmente addestrata nelle arti marziali e nelle armi. Era stata una risorsa preziosa in Antartide e Ben era deluso che non avesse potuto unirsi a loro in questa escursione. Il signor E non poteva sapere in che cosa si stavano cacciando, quindi mandare sua moglie a rintracciare un banco dei pegni in Australia non era certo una commissione strana.

Ben sapeva che si sarebbe strappata i capelli per cercare di aiutare. Probabilmente avrebbe armeggiato con apparecchiature elettroniche e di comunicazione che non capiva, intralciando gli appaltatori che cercavano di portare a termine il loro progetto nella baita di Ben. Era più utile sul campo, ma probabilmente era troppo tardi per mandarla a Filadelfia: sarebbe arrivata il giorno dopo, molto dopo la fine dell'azione.

Sperava.

Se doveva esserci un'azione, voleva che finisse in fretta e a suo favore. Julie aveva bisogno di lui e lui intendeva trovarla e fare giustizia degli uomini che l'avevano rapita. Non c'erano eccezioni e nessuno di loro poteva dire nulla per fargli cambiare idea. Erano tutti dei morti che camminavano.

"Sei pronto?" Chiese Joshua.

Ben annuì, alzandosi in piedi. Cercò la pistola che portava alla cintura, infilata sotto la camicia. Non era sicuro della politica dell'-

hotel in materia di armi, o della città in generale, ma non aveva bisogno di perdere tempo a rispondere alle domande e a tirare fuori il suo permesso. C'era già abbastanza attenzione sulla zona, con la sparatoria e la "rapina" che erano avvenute quel giorno alla yogurteria.

Anche ora le strade erano bloccate in due direzioni e il traffico e i curiosi si erano ammassati dove la polizia e le squadre SWAT si aggiravano con le luci lampeggianti. Guardò fuori dalle finestre della hall dell'hotel, vedendo i riflessi delle luci della polizia provenienti da tutto l'isolato.

"Pensi che lo capiranno?". Chiese Ben.

"La sparatoria?" Chiese Joshua. "Sì, di solito lo fanno. Almeno capiranno che non si trattava di rapinare una yogurteria. Ma ci vorranno settimane, forse mesi, per arrivare a questa conclusione".

"Speriamo che il tizio della yogurteria non acceleri le cose", disse Ben, sapendo che più la polizia rimaneva impegnata nella sparatoria, più tempo avevano lui e Joshua per trovare Julie.

"È sotto shock", ha detto Joshua. "La prima cosa che farà quando si riprenderà tra qualche giorno sarà richiedere la polizza assicurativa. Questo lo terrà *molto* legato per i prossimi anni".

Ben sorrise e annuì mentre uscivano dalla facciata dell'hotel, dall'altra parte della strada rispetto a Rittenhouse Square. Guardò in entrambe le direzioni, nord e sud, e girò a destra. La città era ancora molto viva, anche se la notte era calata sulla città storica. La piazza e i grandi edifici che la sovrastano erano illuminati, con migliaia di scintillii multicolori che illuminavano il cielo notturno.

"Locust Street, giusto?", chiese.

"Sì, appena passata la ventesima. Diamoci una mossa: si sta facendo tardi".

CAPITOLO 70

"STIAMO ANDANDO NELLA DIREZIONE SBAGLIATA", disse Ben, fermandosi in mezzo al marciapiede".

"Ben, di cosa stai parlando?". Chiese Joshua. Si girò di scatto, evidentemente non voleva rallentare. "Siamo quasi arrivati. Locust Street è proprio in cima...".

"No", disse Ben scuotendo la testa. "Non è... non è questo il posto".

"Come lo sai?"

"Mi ascolti", rispose. "Ha detto che ce n'era uno in *Chestnut* Street, giusto?".

Joshua annuì.

"Chestnut Street è la stessa strada in cui si trova l'edificio dell'APS".

"Beh, in ogni caso quel blocco".

"Sì, ma è praticamente Chestnut Street. E l'Independence Hall, *la* Liberty Bell *e la* Old City Hall".

"Parli come Reggie. Da quando hai imparato tutte le chicche di storia?".

"Ho letto il memoriale".

Le sopracciglia di Joshua si alzarono.

"Cosa? So *leggere,* Jefferson".

Joshua sorrise, sollevando solo un angolo della bocca, che poi tornò al suo posto come un'unica linea illeggibile. "E allora? Tutti quei monumenti storici, ma stiamo cercando una palestra".

"No, stiamo cercando il luogo in cui Julie è tenuta prigioniera. Ha *detto che* era una palestra, ma immagino che non abbia potuto esplorarla molto".

"Quindi pensi che sia tenuta in un punto di riferimento? Un sito storico?".

"No, non necessariamente, ma...". Ben iniziò a camminare nella direzione opposta, risalendo verso l'hotel Rittenhouse che si estendeva sopra di loro alla loro sinistra. "Camminiamo e parliamo. O facciamo jogging. Dobbiamo sbrigarci".

"Ben..."

"Sono serio su questa cosa. Credo di avere in mente qualcosa, ascoltatemi".

"Bene", disse Joshua, iniziando a raggiungere Ben. "Ma sbrigati".

"Daris Johansson ha assunto il Falco, quindi è ragionevole supporre che lavori nelle sue strutture. È una società di sicurezza prima di tutto, giusto?".

"Giusto".

Ben girò l'angolo e si avviò verso West Rittenhouse Square, in direzione nord, ripercorrendo i passi che avevano fatto quindici minuti prima.

"Quindi, se è nelle *sue* strutture, dobbiamo pensare come *lei*. Forse le ha detto di dargli un po' di spazio per lavorare, uno spazio per i suoi uomini. Ma è *lei che* paga il conto. L'organizzazione".

"Quindi la Società Filosofica Americana è probabilmente la proprietaria dell'edificio?".

"*Esattamente.* E se fossi Daris, e fossi appassionata di storia e di teorie cospirative come lei, probabilmente *amerei il* significato di mettere la mia struttura sulla stessa strada di tutti quegli altri punti di riferimento nazionali".

Joshua stava avanzando accanto a Ben, ora, annuendo. "Hmm", disse. "Ha senso".

"Avrà ancora più senso quando lo vedremo", disse Ben.

"Sei sicuro di te".

"È *giusto*, Joshua. Te lo dico io". Tuttavia, Ben tirò fuori ancora una volta il suo telefono e compose la linea protetta del signor E. L'uomo rispose dopo due squilli.

"*Cosa avete trovato?*" Chiese il signor E.

"Puoi fare una ricerca per me?".

"*Lo sono ancora. Al momento ho stilato una lista di diciotto siti, tutti edifici che hanno le caratteristiche da lei richieste, e...*".

"Non sono quelli", disse Ben, interrompendolo. "È quello di Chestnut Street".

"*Harvey, sei sicuro? Come fai a...*"

"Quali informazioni sull'edificio riesci a vedere?".

"*Beh, io... vediamo. Non c'è molto, in realtà. La proprietà è passata di mano un paio di volte negli ultimi dieci anni e - Harvey, questi sono documenti pubblici, quindi dubito fortemente -*".

La voce del signor E si interrompe.

"Ci sei?" Chiese Ben.

"*Un momento. Sto visualizzando una mappa della zona della città, sovrapponendovi la mappa di Google e...*".

"Cosa?" Chiese Ben. Cominciò a sentirsi eccitato e il suo battito cardiaco aumentò. *Ci siamo,* pensò. *Lo* so.

Il Rittenhouse incombeva su di loro alla loro sinistra, l'ingresso del grande albergo era sovrastato dall'edificio che lo sovrastava, mentre la Rittenhouse Square si estendeva alla loro destra. Ben e Joshua continuarono a dirigersi verso nord, seguendo West Rittenhouse Street verso Chestnut.

Intorno a lui gli edifici si innalzavano verso il cielo. Ebbe una breve sensazione di nostalgia, chiedendosi come fosse lo skyline di questa grande e vecchia città americana quando i carri trainati da cavalli riempivano le strade cittadine al posto dei veicoli dei pendolari e dei taxi. I "grandi" edifici sarebbero stati minuscoli rispetto ai colossi architettonici di oggi, ma avrebbero avuto una bellezza tutta loro, i loro progetti artigianali che prendevano la vita dei loro progettisti.

Avrebbe voluto fermarsi, chiudere gli occhi e lasciarsi andare all'immaginazione, ma non lo fece. Invece, fissò lo sguardo sull'obiettivo, sapendo che ogni perdita di tempo era il tempo che scorreva su un orologio invisibile.

E quando l'orologio arriva a zero...

"Va bene", disse la voce di Mr. E., che perforava l'aria notturna mentre camminavano. Ben aumentò involontariamente il passo e Joshua lo seguì. *"Ho qui i registri. Sembra che questo edificio sia rimasto abbandonato per molti anni, poiché in origine era una casa residenziale che ora si trova su un terreno che è stato classificato come commerciale. Tre anni fa è stato acquistato dalla DJ Holdings, Inc."*.

"Daris Johansson", ha detto Joshua.

"Deve essere così", disse il signor E. *"Ma qui non ci sono prove di questo. L'edificio, tuttavia, sembra avere un certo significato storico, dato che non è mai stato abbattuto e non è mai stato venduto per meno di un quarto di milione di dollari"*.

"Non sembra molto in questa città", ha detto Ben.

"Beh, sto includendo l'intera storia delle vendite che è stata registrata", ha detto Mr. *"A partire dall'inizio del secolo scorso"*.

Joshua fischiò. "Ok, questo cambia le cose. Questo posto valeva così tanto nel *1900*?".

"Sembra di sì. Inoltre, la casa è stata immediatamente riqualificata e al momento dell'acquisto sono stati rilasciati i permessi di costruzione. Una ristrutturazione estesa, a giudicare dal numero di permessi richiesti".

"Informatevi su quei permessi", ha detto Joshua.

"Sì, la signora E ci sta già lavorando", disse l'uomo. *"Ma non credo che sarà necessario"*.

"Non lo sai?" Chiese Ben.

"No. Sto vedendo che c'è stata un'altra offerta presentata alla città per la proprietà, poco prima che la DJ Holdings, Inc. la chiudesse".

"Luogo popolare".

"No, non credo che il motivo sia la proprietà in sé. L'offerta presentata era di mezzo milione in più *rispetto al prezzo di vendita, ed è stata fatta dall'APS"*.

Ben guardò Joshua, che lo stava già fissando, ed entrambi si misero a correre.

CAPITOLO 71

"IL POSTO È QUELLO", SUSSURRÒ JOSHUA. "È un po' più indietro, lontano dalla strada".

Entrambi gli uomini erano accovacciati dietro un basso e fatiscente muro di mattoni, scrutando oltre il bordo il vicolo che conduceva all'edificio.

Joshua controllò tre volte il suo telefono, poi annuì. "Sì, è così, di sicuro".

"Hai visto qualche cattivo?" Chiese Ben.

"No, ma non lo faremo da qui. Se stanno sorvegliando il posto all'esterno, dobbiamo risalire il vicolo e fare un controllo del perimetro".

"Non abbiamo tempo per questo", disse Ben. "Julie è lì *dentro* e...".

"*Pensiamo che* Julie sia lì dentro. Non dimenticate che abbiamo un sacco di altri posti sulla mappa che dovremmo controllare".

"È lì dentro", disse ancora Ben. "Andiamo."

Ben prese a correre, risalendo il vicolo e dirigendosi verso l'edificio corto e biancastro che si trovava alla fine di esso. Se il luogo era mai stato storicamente importante, ora non lo dimostrava.

La "casa", come l'aveva chiamata il signor E, non assomigliava affatto a qualcosa in cui Ben avrebbe voluto vivere. Una fila di finestre rettangolari oscurate si estendeva per tutta la lunghezza del muro, ma il resto della parete era completamente privo di elementi degni di nota. La semplice e noiosa imbiancatura era sbiadita da tempo e, insieme alla tonalità fioca del vicino lampione, il muro sembrava decrepito, ingiallito dall'età.

Ben raggiunse la fine del vicolo e vide che c'era un altro vicolo - una strada stretta, in realtà - che si estendeva a destra e a sinistra, collegando Chestnut Street a sud con qualsiasi strada si trovasse a nord.

Joshua lo raggiunse. "Ehi, amico, almeno avvertimi quando hai intenzione di correre in quel modo. Se il gruppo del Falco ci vede, siamo morti".

"Bene", disse Ben. "Attenzione."

Sfrecciò di nuovo fuori, questa volta a destra, verso sud, in direzione di Chestnut Street. Sentì Joshua gemere da qualche parte dietro di lui, ma i passi dell'uomo risuonarono sul vecchio muro e nelle orecchie di Ben.

Quando raggiunse Chestnut Street, rallentò e lasciò che l'adrenalina si calmasse. Benché sapesse per esperienza personale che gli uomini di Ravenshadow non avevano paura di sparare in pubblico, per di più in pieno giorno, si trovava in mezzo a una folla di turisti e pedoni della tarda serata. I cani venivano portati al guinzaglio e le famiglie percorrevano il grande viale antico in entrambe le direzioni.

"È questo", disse Ben. "La parte anteriore della 'casa'".

La parte anteriore della casa era identica a quella laterale, solo che era molto stretta e aveva una porta.

"È un po' un pugno nell'occhio", ha detto Joshua.

"Sì, non scherzo".

La casa, per quanto modesta, era certamente abbastanza grande da contenere una palestra. L'ampiezza sarebbe stata perfetta e la lunghezza era superiore a quella di una tipica palestra di basket scolastica.

"Potrebbe essere la volta buona", disse Joshua.

"*È* questo", rispose Ben. "Dobbiamo bussare?".

Joshua non diede nemmeno una risposta a Ben. Invece, continuò a camminare intorno alla struttura, proprio come aveva detto a Ben che avrebbero dovuto fare.

Ben era sempre più ansioso e sentiva che stavano perdendo tempo, ma seguì comunque Joshua. Ben si rese conto *che* quell'uomo sapeva cosa stava facendo. Joshua Jefferson era stato membro di una squadra di sicurezza non diversa da Ravenshadow. Si erano conosciuti nella Foresta Amazzonica, ma Ben immaginava che Joshua non fosse estraneo alla ricognizione urbana.

Joshua, ora fuori dagli occhi indiscreti dei passanti di Chestnut Street, teneva la pistola davanti a sé, a due mani, pronta. Camminava lentamente, con decisione, non permettendo che i suoi passi venissero uditi nemmeno da Ben, che camminava da vicino.

"Spostatevi nell'angolo", sussurrò Joshua. "Vediamo se c'è una porta sul retro".

Ben annuì, sapendo che Joshua non poteva vederlo, ma passò davanti al suo capo e si diresse verso l'angolo dell'edificio. Aspettò sul bordo, incerto sul da farsi.

Non capitava spesso che Ben si sentisse fuori dal suo elemento. Gli piaceva stare all'aria aperta e nella natura e da tempo aveva deciso di trascorrere il maggior tempo possibile al suo interno. Aveva comprato la baita e il terreno su cui si trovava in Alaska, sapendo che sarebbe stato qualcosa che avrebbe tenuto per sempre, un rifugio personale a cui sarebbe sempre potuto tornare per ricaricarsi e ringiovanire.

Poi è arrivata Julie e lui si è trovato catapultato in un mondo completamente diverso. Non era colpa di lei, ma c'era un aspetto in tutto questo che portava Ben a chiedersi se sarebbe stato diverso se non si fossero mai incontrati. Non aveva intenzione di rinunciare a lei, ma c'erano momenti nella loro relazione in cui la tensione tra l'amore per la donna che gli aveva promesso la sua vita e il desiderio di nascondersi per sempre nella baita arrivava al limite.

Ora sentiva la pressione di essere esposto e di trovarsi in un ambiente che non capiva e in cui non si sentiva a suo agio, e sapeva che tutto questo era per riavere Julie.

Aspirò un respiro, lasciando che gli riempisse i polmoni e spingesse il petto in fuori. Aveva bisogno di forza ora, soprattutto se dovevano andare a combattere la squadra di Ravenshadow sotto organico.

"Vedi qualcosa?" Joshua sussurrò.

Ben scosse la testa. "Non senza saltare fuori, ma credo che ci sia una porta". Un unico gradino si trovava a metà del vicolo, adiacente al retro dell'edificio.

"Sembra che sia così".

Ben si bloccò. "Ci siamo, Joshua. Sono sicuro".

"Come fai a dirlo?"

Ben indicò il vicolo, l'edificio *di fronte a quello* dietro il quale si trovavano. Aspettò che Joshua seguisse il suo braccio teso, per vedere ciò che Ben aveva visto.

A circa tre metri di altezza, all'angolo dell'edificio, era montata una telecamera di sorveglianza.

Puntato direttamente su di loro.

CAPITOLO 72

LE BRACCIA DI JULIE SONO QUASI SANGUE nel punto in cui le fascette sono state rimesse sulla pelle. La seconda volta che le mani erano state legate era stata peggiore della prima: i legami erano molto più stretti, tirati con qualche scatto in più rispetto a prima, e l'uomo si era persino preso la briga di trovare esattamente il punto in cui si trovavano le fascette precedenti e di posizionare le nuove proprio sopra. Le profonde linee rosse sui polsi rendevano facile l'operazione.

Era stanca e allo stesso tempo si sentiva come quando aveva dormito troppo. Credo che fosse qui da quasi due giorni, o qualcosa del genere, ma non poteva essere sicura di quanto tempo fosse realmente.

O quale fosse l'ora del giorno. Le finestre oscurate non offrivano alcuna informazione. La luce del sole - o della luna - non vi proiettava il suo bagliore e, se non fosse stato per le luci accecanti sul soffitto della palestra, accese da circa un'ora, sarebbe stata ancora al buio.

Gli uomini si affaccendavano, lavorando a compiti che lei non capiva né le interessava capire. Da tempo aveva rinunciato a cercare di raccogliere informazioni, non credendo più di poter avere un vantaggio sul Falco e sulla sua squadra.

Se sarebbe uscita viva da qui, sarebbe stato grazie a Ben e al resto del gruppo.

Sentì del trambusto alle sue spalle. All'improvviso, alcune voci maschili gridarono e un rumore di schianto - una porta, lontana - sbatté.

Cercò di girare la testa, ma il collo non le permetteva di muoversi. Tutto si sentiva stretto e persino le dita dei piedi sembravano scollegate dal resto del corpo.

Pensò di urlare, ma sapeva che era inutile. *Cosa avrebbe ottenuto? Nessuno riuscirà a entrare qui fuori, a meno che non facciano fuori tutti gli uomini di Vicente Garza.*

E c'erano molti uomini.

Nel tempo in cui Julie era stata legata alla sedia, l'unica informazione che *era* riuscita a raccogliere era che c'erano tra i dieci e i quindici uomini. Alcuni si somigliavano, oppure erano lo stesso uomo e lei non li aveva riconosciuti. Alcuni forse non erano nemmeno entrati in palestra, ma erano rimasti da qualche altra parte. Aveva sentito dire che alcuni degli uomini non erano realmente Ravenshadow, ma reclute che speravano di essere scelte.

La sua squadra era composta da quattro persone, esclusa lei, e anche se sapeva che Joshua e Reggie erano più che capaci di sparare, quando i proiettili iniziarono a volare non si poteva sapere quale sarebbe stato il risultato.

Era molto probabile che qualsiasi ingaggio tra le forze si sarebbe concluso in modo orribile per la parte di Julie.

Avevano ricevuto rinforzi in qualche modo?

La signora E, a quanto le risultava, era rimasta in Alaska per aiutare nelle comunicazioni e nelle ricerche e per dare sostegno al marito. Derrick, l'uomo dell'FBI, avrebbe potuto chiamare qualcosa, ma sembrava essere solo per tutto il tempo in cui erano stati insieme e lei aveva la sensazione che l'invio di una squadra di agenti fosse un azzardo.

Il trambusto finì e lei rimase immobile, in attesa, cercando di sentire qualcosa di più.

Passi.

Più persone, forse cinque?

La porta della palestra si aprì alle sue spalle e lei si tese.

Stanno entrando qui.

Aspettò, ascoltando. I passi iniziarono effettivamente la loro marcia costante nella stanza. Più forte a ogni passo. Una delle serie sembrava trascinarsi un po'. Un altro sembrava disarticolato, il cui ritmo non combaciava con quello degli altri.

"Signora Richardson", disse una voce maschile. *Il Falco.* "C'è qualcuno che vuole vederla".

CAPITOLO 73

ECCOLA, PENSÒ BEN. *È proprio lì. Seduta sulla sedia. Al centro del...*

"Signora Richardson", annunciò l'uomo entrando nella stanza. "C'è qualcuno che vuole vederla".

"Ascolta, bastardo", ringhiò Ben. "Lasciala andare e io non...".

Il calcio di un fucile gli si conficcò nell'anca e sentì una vampata di dolore che gli salì lungo il fianco destro. Il fucile aveva colpito l'osso e avrebbe lasciato un brutto livido.

Ma non era morto e aveva ancora una missione. Si spinse di lato, spingendo la sua grossa struttura contro l'uomo che lo aveva colpito. Lo colse di sorpresa e il soldato volò all'indietro, contro un altro uomo con cui era entrato.

Un altro calcio di fucile gli schiacciò il ginocchio sinistro e cadde a terra. Prima che potesse cadere a terra, però, si sentì sollevare da dietro. Si mise in equilibrio su un piede, permettendo all'uomo dietro di lui di aiutarlo.

Poi l'uomo dietro di lui gli colpì l'orecchio con un pugno duro e Ben cadde di nuovo.

Questa volta, nessuno offrì il proprio aiuto. Joshua era tenuto stretto da altri tre uomini e un quarto gli stava puntando il fucile all'addome.

Ben guardò con rimprovero l'uomo che lo aveva colpito e si sdraiò sul pavimento, alzando lo sguardo.

"B - Ben? Sei tu?" La voce di Julie, incrinata e sforzata, giunse alle sue orecchie.

Gli diede forza. Il ginocchio non era rotto e si tirò su. Avrebbe zoppicato per un po' e l'anca avrebbe avuto bisogno di una bella borsa di ghiaccio, ma ancora una volta era vivo.

Finché sono vivo.

Non esitò. Non appena sentì ancora una volta la mano dell'uomo sulla sua spalla, si accovacciò con la gamba buona e sbatté verso l'alto e all'indietro più forte che poté. Il soldato dietro di lui urlò di dolore, ma la sua voce nelle orecchie di Ben fu soffocata dal suono del naso schiacciato.

E pensare che era solo con una gamba.

L'uomo cadde, ma ce n'erano altri due su di lui.

"Basta!" Il Falco urlò. "Arriverà presto e dobbiamo essere pronti".

Daris Johansson, pensò Ben. *Ecco di chi sta parlando.*

Guardò Joshua, ma l'espressione dell'uomo era illeggibile.

Abbiamo bisogno di un piano. Abbiamo bisogno di qualcosa.

Si chiese dove fossero Reggie e Derrick e se avessero avuto fortuna nel trovare il tesoro.

"Capo, ho l'elicottero in arrivo".

"Abbiamo l'autorizzazione, giusto?" Chiese il Falco.

"Sì, signore, è stato registrato e approvato. Elicottero privato, atterraggio per 'rifornimento d'emergenza' all'ospedale accanto".

Ecco cosa voleva Daris da questo posto, pensò. Si chiese quale fosse la "casa" originale e che aspetto avesse prima che Daris la facesse a pezzi. L'aveva sostituita con questa mostruosità e, se non fosse stato per gli altri suoi crimini, Ben l'avrebbe comunque odiata per questo.

La "palestra" in cui si trovavano ora non era una vera e propria palestra, ma aveva alcune delle stesse caratteristiche. Alti muri di mattoni su quattro lati e un pavimento di legno. Avrebbe potuto essere un semplice magazzino o un edificio di stoccaggio, ma le enormi luci fluorescenti quadrate sul soffitto davano all'intero luogo un'atmosfera da "palestra".

Sentì il rumore di un elicottero, senza dubbio lo stesso elicottero a cui aveva fatto riferimento l'uomo davanti a Vicente Garza.

Anche gli uomini sembrarono sentirlo e si fermarono tutti ad ascoltare per un momento.

"Non manca molto", disse il Falco. Batté le mani. "Mettetevi tutti al lavoro. Voglio essere pronto quando entrerà da quella porta".

Ben si irritò. Stavano inscenando qualcosa qui, ecco perché Julie era seduta al centro della stanza.

E Ben doveva essere uno degli spettatori di questo spettacolo.

CAPITOLO 74

REGGIE NON RIUSCIVA A VEDERE NULLA. Una spessa copertura nera gli era stata infilata in testa appena entrato nell'elicottero e non era ancora stata tolta. Oltre a sapere che si trovavano da qualche parte a Filadelfia, non aveva idea di dove esattamente lui e Derrick fossero stati portati.

L'elicottero scese e, prima che i puntoni toccassero terra, fu spinto fuori da una porta aperta, con un uomo ai lati che gli teneva giù le braccia. Poteva solo supporre che Derrick si stesse godendo lo stesso trattamento, ma a questo punto non si preoccupava dell'altro uomo.

L'intera missione era andata a rotoli. Un fallimento completo. Non era sicuro di poter recuperare qualcosa, ma sapeva che se c'era una parte *che poteva* essere recuperata, era quella che riguardava il salvataggio di Julie.

"Scale", disse uno degli uomini, e ci volle poco perché Reggie sentisse il pavimento cedere e la prima di una serie di scale iniziasse sotto i suoi piedi. Le seguì, gli uomini lo strattonarono avanti e indietro mentre si muovevano nella tromba delle scale, e sentì

Derrick grugnire mentre sbatteva contro un muro proprio dietro di lui.

Bene, pensò. *Almeno ci tengono uniti.*

Le scale finirono e lui sentì il movimento dell'aria fuori dal suo copricapo caldo e soffocante. *Siamo fuori.*

La sensazione fu di breve durata, e presto si ritrovò davanti a una porta aperta e a salire un'altra breve serie di scale.

All'interno si sentiva gente che camminava e parlava. La stanza sembrava grande, addirittura cavernosa. Derrick entrò dietro di lui e Reggie sentì anche il resto della squadra che lo aveva catturato salire nella stanza.

La copertura gli fu tolta con violenza dalla testa e lo shock gli fece ciondolare il capo. Le luci brillanti furono la sorpresa successiva ed egli sbatté le palpebre, stringendo forte gli occhi. Quando li riaprì, il suo cuore affondò.

Julie era lì, davanti e al centro della stanza. Il pavimento in legno e le luci brillanti gli dissero subito dove si trovava: *questa è la palestra,* pensò. *Questa è la struttura del Falco.*

Ma c'è di più. C'erano anche Ben e Joshua.

Ben aveva l'aria di aver già fatto a botte - e di aver perso - perché era graffiato, ammaccato e l'orecchio grondava sangue. Lo tenevano due uomini che sembravano sia incazzati per aver fatto da guardia sia un po' spaventati dal fatto che la mina vagante del loro prigioniero potesse esplodere da un momento all'altro.

Abbiate paura, pensò Reggie. *Abbi molta paura.* Guardò gli uomini che tenevano Ben e poi scosse la testa.

Anche Joshua è stato trattenuto, ma sotto la minaccia delle armi. Due uomini gli puntavano contro i fucili e lui sembrava stare bene, ma era visibilmente sconvolto.

Reggie conosceva la sensazione. *Sì, amico. Abbiamo fallito.*

Vicente Garza spalancò le braccia. "Gareth, sei gentile a unirti a noi! Devo ammettere che non vi aspettavo così presto. Pensavamo di prepararci all'arrivo del nostro attuale benefattore".

"Sì? ", ribatté Reggie. "Sono eccitato all'idea di vedere quel b...".

"Piantala, Red. Sappiamo entrambi che la tua bocca è molto più grande delle tue capacità. Se non fosse vero, non saresti qui, in questo momento. Non è vero?".

Reggie non rispose. Le sue narici si dilatarono e i suoi occhi andarono avanti e indietro da un uomo all'altro. Troppi per essere presi, soprattutto senza le loro armi.

Vide le pistole, due, sedute su una cassa che era stata trasportata con un carrello elevatore industriale. Il carrello elevatore si trovava in un angolo della stanza e la cassa poggiava sulle forche stesse.

Mance apparve al fianco di Reggie, poi si avvicinò alla cassa e vi posò sopra la sua 9 mm e quella di Derrick. "È questa la consegna, capo?".

Il Falco si girò e lanciò un'occhiata a Mance. "Ti riferirai a me come 'Il Falco', o Garza, finché non sarai assunto ufficialmente".

Reggie sentì l'intensità aumentare nella stanza. *È una cosa familiare*, pensò. *È così che quell'uomo gestisce la sua squadra.* Reggie riconobbe il modo brusco e tagliente con cui Garza aveva messo in difficoltà l'uomo, usando solo poche parole. L'atteggiamento di Mance cambiò immediatamente, sembrando rendersi conto della stessa cosa che Reggie sapeva già.

Non hai trovato il tesoro, idiota, pensò Reggie.

Il Falco si avvicinò a Mance, alla cassa e al carrello elevatore. "Figliolo, mi aspettavo che mi consegnassi qualcosa. *Non* questi due uomini".

"Noi... non siamo riusciti a trovarlo, signore... voglio dire il Falco".

Garza fissò Mance. "Lei ha fallito. Il fallimento in questa organizzazione è inaccettabile. Sarai punito, ma ho bisogno di te e del resto delle reclute fino al termine della presentazione".

Mance ansimava, la paura nei suoi occhi era quasi comica per Reggie. *Quasi*.

Il Falco fece cenno a due dei suoi uomini di unirsi a lui e i tre, compreso Mance, iniziarono a togliere le assi di legno dai lati della cassa. Reggie osservò con interesse la comparsa del pacco all'interno della cassa. Uno degli uomini fece scivolare via il coperchio di compensato, mettendo in equilibrio le quattro pistole su di esso e portandolo in un altro lato della stanza.

Reggie lo guardò posare il coperchio della cassa e le armi sul pavimento vicino a un carrello. Oltre al carrello, al muletto e al pacco, nella stanza non c'erano altri mobili.

E la sedia.

Reggie rabbrividì quando si rese conto di aver quasi dimenticato Julie. Si girò per guardarla e rimase scioccato nel vedere che lei lo stava già fissando. Non era interessata al tentativo di Mance e dei due soldati di liberare il pacco.

Ha chiuso gli occhi su di lei.

Per favore.

Sapeva cosa le stava chiedendo.

Per favore, aiutatemi.

Sapeva che lei avrebbe voluto che lui non aiutasse lei, ma aiutasse Ben. Avrebbe implorato la sua vita prima della propria.

Sentì il cuore lacerarsi. Una volta aveva amato una persona così, ed era stata l'esperienza più dolorosa della sua vita.

Questo, in confronto, non era niente.

Si rese conto della situazione.

Qualunque cosa mi succeda ora, non può essere così grave.

Reggie sentì che quello strano pensiero gli dava forza. Lasciò che si sviluppasse dentro di lui fino a raggiungere un'intensità, una *rabbia*, che poteva usare. Aveva usato la stessa rabbia in Antartide, uccidendo un uomo a mani nude e con il piccolo chiavistello del suo orologio.

Ora lo sapeva.

Qualunque altra cosa accadesse qui oggi, gli uomini sarebbero morti.

PER LA PRIMA VOLTA IN quasi due giorni, erano di nuovo tutti qui insieme. Ma Julie non provava alcuna felicità, alcuna soddisfazione. Non era eccitata e non era gioiosa per la loro riunione.

La situazione era *grave* e stava rapidamente peggiorando. Il Falco li aveva messi - tutti - dove voleva e lei sapeva, vagamente, come sarebbe andata a finire. Lei era una cavia e qualsiasi cosa ci fosse in quella cassa avrebbe in qualche modo fatto parte del suo esperimento.

Guardò il Falco. Il resto dei suoi uomini era impegnato a muoversi nella palestra, alcuni dei quali stavano ancora sorvegliando la squadra di Julie.

Julie stessa era incustodita - non c'era motivo di sprecare un uomo con lei - e questo stranamente la faceva sentire ancora più sola. Nessuno si preoccupava di lei, come se non fosse nemmeno presente nella stanza.

Come se fosse già morta.

I due uomini e quello che si chiamava Mance si avvicinarono a lei portando la scatola che avevano tolto dalla cassa. La posarono a circa tre metri da lei, lasciandola cadere per qualche centimetro sul pavimento di legno.

"Attenzione!" Morrison urlò. "La roba lì dentro vale più di tutte e tre le vostre misere vite messe insieme".

Uno degli uomini annuì, ma Mance e l'altro soldato non fecero nulla per riconoscere le parole di Morrison.

Il Falco era impegnato a sistemare tre sedie ai lati della stanza. Julie sarebbe stata uno spettacolo secondario, un'attrazione in un luna park privato.

Una per il Falco, pensò. *Per chi sono le altre due sedie?*

Il resto degli uomini sarebbe rimasto di guardia, ovviamente, con i loro massicci fucili d'assalto, molto più di quanto sarebbe stato necessario per tenere lei e gli altri quattro membri della sua squadra in posizione.

Alle spalle di Julie bussarono alla porta.

Il Falco si raddrizzò, ordinò ad alcuni dei suoi uomini di continuare a svolgere qualche compito che lei non riuscì a sentire, poi si voltò e marciò verso la porta.

Sentì aprirsi, sentì il ticchettio dei tacchi sul pavimento di legno duro.

È lei.

Daris Johansson apparve alla sua destra, dietro al Falco.

"Benvenuta, signora Johansson", disse il Falco.

"Garza. Grazie per aver organizzato tutto". Guardò l'orologio, poi Julie, poi di nuovo Vicente Garza. "Credevo che avremmo usato il tizio dell'FBI?".

Julie si irrigidì e guardò Roger Derrick, in piedi vicino al muro, una testa più alta dell'uomo che lo sorvegliava. Sono *solo un rimpiazzo per il* vero *obiettivo. Una prova.*

"La signorina Richardson era *disponibile.* Finora è stata più che disponibile a collaborare e non credo che cambierà idea".

Daris annuì. Guardò Julie con freddezza.

Fatti sotto, puttana, pensò Julie. *Tu e io. Proprio qui, proprio...*

"Capisco che la sostituta di Derrick possa essere un soggetto adatto per i test. Sembrava un po' nervosa quando ci siamo incontrati la prima volta. Se la caverà bene".

"Bene", disse il Falco, allungando il braccio verso le sedie. "Prego, accomodatevi. Siamo quasi pronti".

Gli uomini sembrarono accelerare il passo e nel giro di un minuto i soldati che non erano di guardia alla squadra di Julie si erano tutti schierati vicino al muro, accanto al muletto e ai pezzi della cassa. Morrison prese posto accanto al Falco, mentre Johansson si sedette sul lato opposto del leader dei Ravenshadow.

La scatola accanto a Julie e il carrello rotante sul lato opposto a lei rimasero per il momento senza personale.

Il Falco si alzò, si avvicinò e si girò verso Johansson. "Il lavoro del nostro chimico è terminato e siamo riusciti a estrarre il residuo di scopolamina dall'argento".

La mente di Julie correva a mille. *Argento? Estrarre la sostanza chimica?*

Ripensò alla prima conversazione che lei e la squadra avevano avuto su questa missione, alla baita. Il signor E aveva raccontato del furto al banco dei pegni e dell'omicidio della vecchia vedova. Entrambi erano stati collegati a una piccola fiala di una specie di roccia o minerale.

Argento.

"Purtroppo la mia squadra non è riuscita a trovare il resto dell'argento, ma come aveva previsto, signora Johansson, siamo riusciti a creare un'alternativa adeguata a quella vera. Il materiale sintetico, le assicuriamo, sarà un perfetto sostituto".

Johansson si spostò sulla sedia. Se era arrabbiata per il fallimento del tentativo di Ravenshadow di trovare il tesoro di Meriwether Lewis, non lo dava a vedere. Osservò Garza, seguendo ogni sua mossa.

Ha capito che *è acuta come Roger Derrick ha detto che è. Sta assimilando tutto, memorizzando ogni dettaglio.*

Così potrà usarlo in seguito.

Julie era ancora spaventata dall'intera prova, ma si rese conto che c'era una forte possibilità che *non sarebbe* morta qui. Almeno, non per il "test" di questo materiale. Le era già stato iniettato un campione della droga ed era sopravvissuta. Era stata un'esperienza indolore e, sebbene non ricordasse nulla di ciò che aveva fatto o detto a Garza mentre era sotto l'effetto della droga, si sentiva sicura che questo test non sarebbe stato diverso.

Doveva solo aspettare il momento giusto. Non c'era modo di fuggire, non ora. Anche se fosse riuscita in qualche modo a togliersi le fascette, a raggiungere la porta, ad aprirla e a correre fuori senza essere superata dagli uomini nella stanza, Reggie, Derrick, Joshua e Ben erano ancora lì dentro.

Non valeva la pena rischiare.

No, Garza potrebbe ucciderla, ma lo farebbe dopo. Non l'avrebbe lasciata sulla sedia al centro della stanza. Sarebbe stata da un'altra parte, dove la pulizia non sarebbe stata così disordinata.

Così aspettò. Cercò di stare al gioco di Daris, di recepire le informazioni. Non aveva un piano, né pensava che ci fosse modo di elaborarne uno senza avere alcun controllo, ma guardava e osservava comunque.

Il Falco si avvicinò di nuovo al carrello e ancora una volta aprì la scatola che si trovava sopra di esso. Recuperò un'altra siringa, ma invece di scendere verso il barattolo di liquido accanto ad essa, si avvicinò alla confezione dall'altra parte di Julie.

"Questo è solo il primo lotto", spiegò il Falco. "Saremo pronti a spedire subito dopo il nostro test di oggi, se avete ancora gli acquirenti".

Daris annuì.

"Meraviglioso. In questo caso, anche il mio team è pronto a iniziare la produzione su scala".

Il Falco aprì la confezione e strappò il cartone dalla parte superiore. Si avvicinò all'interno e tirò fuori un barattolo identico a quelli sparsi sul carrello. Riempì di nuovo la siringa, dalla parte superiore del barattolo.

"Non sarà necessario", ha detto Daris. "Ci sono ancora alcuni controlli che devono essere effettuati prima. Non possiamo permettere che questa roba invada il mercato, se... se fa quello che dite voi".

Il Falco rise. "Oh, è così, te lo assicuro. Basta aspettare".

Il Falco si avvicinò a Julie e le infilò l'ago nella parte superiore del braccio.

CAPITOLO 76

BEN SPINGE IN AVANTI, mettendo alla prova la volontà del soldato di impegnarsi.

A quanto pare, il soldato era *più* che disposto. Fece ruotare la parte inferiore del fucile che impugnava, il cui calcio si conficcò nella pancia di Ben. Poi continuò il movimento, questa volta ruotando l'arma orizzontalmente sul suo asse, colpendo il lato della testa di Ben.

Ben è sceso. Vide stelle, due Julie e due di tutto il resto.

"Tu... tu..."

La frase che aveva formato nella sua mente non riuscì a uscire. Le parole c'erano, ma la sua mente si rifiutava di partecipare. Roteò gli occhi intorno a sé, sperando di eliminare la pigrizia dalla sua testa.

Non ha funzionato. Aveva ancora le vertigini e ora la nausea.

"Prova ancora, ragazzo", disse l'uomo più anziano. Il soldato di Ravenshadow era più basso di Ben, ma sembrava avere più di quarant'anni. Il mento scurito dalla barba spuntava da una mascella cesellata e Ben poteva vedere le chiazze di grigio che fluttuavano tra i peli del viso.

Ben si rialzò, mentre il fucile dell'uomo, ormai raddrizzato, seguiva ogni suo movimento.

"Vorrei davvero sentire questa cosa esplodere qui dentro", disse l'uomo. "Provi di nuovo".

Ben lo guardò, irrigidendo la mascella. Alzò le mani, arrendendosi.

Poi guardò oltre la spalla dell'uomo, verso il centro della stanza.

Julie.

Voleva chiamarla, per vedere se le sue parole erano tornate. Aprì la bocca e sentì la vertigine crescere ancora una volta.

Julie.

Lei era lì, l'uomo chiamato Il Falco in piedi accanto a lei. Le aveva appena infilato un ago nel braccio e lui e la donna, Daris Johansson, sembravano ossessionati dalla reazione di Julie.

Ben si tese, curioso anche di sapere quale droga Vicente Garza le avesse messo dentro. *Che effetto avrebbe avuto? Quanto sarebbe durata?*

E, soprattutto, *quali sono gli effetti collaterali?*

La testa di Julie cadde all'indietro e gli occhi si spalancarono. Cominciò a borbottare, a voce alta, e Ben poteva sentirla dalla sua posizione contro la parete di fondo.

Il soldato di fronte a lui non si mosse, non distolse lo sguardo da Ben. *Pensa che io stia per tentare di nuovo qualcosa*, pensò Ben.

E si rese conto che avrebbe potuto farlo. Julie aveva bisogno di lui, e ne aveva bisogno *adesso*.

Qualsiasi "prova" fosse, alla fine sarebbe terminata. E poi? Cosa avrebbe fatto il Falco con Julie? Cosa avrebbe fatto Daris con lei?

Aveva visto il modo in cui Daris Johansson guardava Julie. Disprezzo, disgusto, odio. Odiava Julie, e aveva odiato Julie dal momento in cui l'aveva conosciuta. Ben non aveva mai capito la meschinità delle donne e il motivo per cui sembravano sempre cercare segretamente di battere l'altra, ma questo andava oltre le semplici manovre gerarchiche. Era qualcosa di più profondo, che la Johansson portava con sé.

Anche adesso Daris era piegata in avanti, letteralmente sul bordo della sedia. Aveva un'espressione strana, una combinazione di pura curiosità infantile e di furia. I suoi occhi bruciavano di odio, ma il suo lieve sorriso sembrava indicare che si stava divertendo.

La testa di Julie scattò di nuovo in avanti e guardò Ben.

Osservò il suo volto, cercando di capire se la donna che amava sapesse chi fosse in quel momento. Se lo vedeva. Gli occhi di lei si mossero avanti e indietro una volta, osservando rapidamente il resto della stanza. A questo punto non c'era più nessuno dietro Julie. Era seduta al centro della palestra, con le spalle rivolte alle porte opposte, e tutti gli uomini di Ravenshadow, oltre al Falco e a Daris Johansson, erano in piedi o seduti in un ampio arco intorno a Julie.

Lui, Reggie, Joshua e Derrick erano tutti in piedi con le spalle al muro di fronte a Julie, ma ognuno di loro aveva un soldato, con l'arma spianata, che li sorvegliava.

Il volto di Julie scrutò quello di Ben, ma non ci fu alcuna reazione. Era vuota, vuota.

"Signora Richardson", disse il Falco. La sua voce era cambiata. Non era più il leader sicuro di sé, la figura intimidatoria di potere per i suoi uomini. La sua voce era calma, quasi gentile, e mentre si rivolgeva a Julie Ben si chiese se la voce dell'uomo facesse parte del test: forse il tono della voce dell'uomo influenzava Julie in qualche modo.

Si voltò a guardare il Falco.

"Salve di nuovo, signora Richardson. Sono contenta che abbiamo potuto parlare davanti al resto di queste persone. Signora Richardson, vede queste persone?".

Il Falco si premurò di tracciare un ampio semicerchio con il palmo della mano aperta, mostrando a Julie la stanza.

"Lo so", ha detto Julie.

Il cuore di Ben batteva forte. Non sentiva la voce di Julie da...

Da prima della telefonata.

L'aveva sentita urlare, gridare, supplicare, ma non *la* sentiva da così tanto tempo. La sua voce normale, quotidiana.

Ora lo stava sentendo.

Qualunque cosa stesse accadendo a Julie, la rendeva completamente tranquilla, a suo agio. Non sentiva alcun conflitto, alcun dolore e non le importava nulla dei quattro uomini, quattro amici, che la tenevano sotto tiro.

"Bene, signora Richardson". Il Falco guardò Daris, che gli fece un cenno di approvazione. "Passiamo direttamente al procedimento".

Si avvicinò al fianco di Julie e si inginocchiò. "Signora Richardson, può indicare il suo fidanzato?".

Il braccio di Julie si sollevò immediatamente e indicò.

A Ben.

Si spostò, ma anche il soldato di fronte a lui. *Prova,* pensò, ricordando le parole del soldato.

"Molto bene. E per quanto riguarda il resto della sua squadra. Può indicare l'agente dell'FBI, Roger Derrick?".

Ha indicato.

"E puoi..."

"Venga al sodo, signor Garza", chiamò improvvisamente la voce di Daris, irrompendo nella palestra. "Ho bisogno di sapere se questo farmaco funziona o se dobbiamo tornare al tavolo da disegno".

Il Falco sembrava infastidito, ma si raddrizzò e si alzò in piedi. "Certo, signora Johansson. So che abbiamo poco tempo".

Garza prese un coltello dalla tasca e iniziò a liberare Julie dai legami. Ben osservò il volto di Julie, ma non ci fu alcuna smorfia di dolore, né alcun riconoscimento del fatto che lei potesse sentire i legami che venivano sciolti.

Poi si avvicinò a Daris e Morrison, che erano seduti sul lato della palestra, e gli tese la mano. Morrison si mise dietro la schiena e tirò fuori una pistola, una grossa 9 mm, che aveva infilato nella fondina della cintura.

Ben deglutì.

Il Falco tornò al fianco di Julie e le porse l'arma. "Signora Richardson, prenda quest'arma".

Julie si avvicinò e prese l'arma.

"Signorina Richardson, lei sa come maneggiare quest'arma, vero?".

Ben sapeva che era così. Era una Glock, una 9 mm standard che si trovava in tutto il mondo. Facile da usare e da pulire, e facile da smontare per essere riposta e trasportata. Reggie stesso l'aveva addestrata, e Ben e Julie si sfidavano spesso al piccolo poligono di tiro - un boschetto di alberi dietro la baita - una o due volte alla settimana.

Lei annuì. "Lo voglio".

"Bene".

Il Falco avanzò di qualche passo, verso la parete di Ben.

"Signora Richardson, la prego di seguirmi.

Julie si alzò e si mise dietro al Falco. Quando Garza raggiunse il lato della palestra su cui si trovava Ben, si fermò. Si spostò di lato verso il soldato che stava di fronte a Joshua, poi si fermò di nuovo. Julie lo seguì, ora in piedi accanto a Garza.

"Signora Richardson, chi è quest'uomo?".

"Joshua Jefferson".

"E lo conosci bene".

"Ragionevolmente bene. Siamo amici".

"Capisco. E da quanto tempo conosce il signor Jefferson?".

Julie pensò per un attimo. "Probabilmente sei, sette mesi".

"E ti piace quest'uomo?".

Lei annuì. "Mi piace. È un buon amico e un buon leader".

Il Falco ridacchiò. Girò la testa e guardò Daris, che era girata sulla sedia in modo da poter guardare più facilmente il procedimento che si svolgeva a lato della stanza. Ben vide il suo volto e notò la stessa espressione. Una combinazione di rabbia e soddisfazione.

Il suo cuore affondò.

Sapeva cosa stava succedendo. Aveva aspettato troppo a lungo per fare una mossa, e ora...

Reggie, in piedi accanto a Ben, attirò la sua attenzione. I soldati di fronte a loro guardavano il loro capo e Julie, senza poterne fare a meno. Reggie fece un altro cenno e Ben incrociò il suo sguardo.

Reggie gli ha mormorato qualcosa, ma lui non è riuscito a capire.

Reggie lo ripeté, questa volta facendo un cenno con la testa verso Julie.

Prendi Julie.

Ben sapeva che era quello che stava cercando di dire, eppure non riusciva a capire. *Qual è il piano? Che cosa hai intenzione di fare?*

Reggie scosse la testa, con un'espressione frustrata, poi si voltò e tornò a stare dritto, rivolto al soldato di fronte a lui.

Il Falco si chinò un po' per assicurarsi che Julie potesse capirlo, ma Ben riuscì comunque a sentire le parole che pronunciava.

"Signora Richardson, per favore spari a Joshua Jefferson in testa".

Julie si adeguò immediatamente, alzando rapidamente il braccio. Prese la mira e Ben vide Reggie sbalzare in avanti, cogliendo di sorpresa il suo soldato. Julie era ora dietro Reggie e il soldato, e Ben non poteva vedere né lei né Joshua.

Ma ha sentito il colpo di pistola.

CAPITOLO 77

LA PALESTRA scoppiò nel caos più assoluto.

Ben reagì rapidamente allo sparo, ma il soldato di fronte a lui non lo fece. Ben si precipitò su di lui, facendolo cadere a terra, e gli strappò il fucile dalle mani.

Prima che potesse sparare, l'uomo tossì uno schizzo di sangue e i suoi occhi si bloccarono, aperti, mentre moriva sul pavimento della palestra.

Ben alzò lo sguardo. Reggie era lì, improvvisamente e sorprendentemente, e aveva conficcato un coltello - preso dalla cintura del *suo stesso* soldato - nel collo del soldato di Ben.

Poi Reggie era sparito. Una rapida raffica di colpi di fucile d'assalto risuonò forte nella palestra, ma gli spari sembravano lontani. Forte, ma non vicino alla posizione di Ben.

Si concentrò sulla prossima minaccia. Due uomini di Ravenshadow si stavano preparando a puntare nella sua direzione.

Si tuffò a terra, sul pavimento di legno duro della palestra, e cercò di schiacciare il più possibile la sua grossa struttura. Un'altra raffica di spari scoppiò sopra la sua testa e una seconda risuonò: uno dei proiettili colpì il soldato dietro il quale si era nascosto, lo scudo umano che faceva il suo lavoro.

Ben afferrò il fucile dell'uomo e lo trovò abbastanza vicino alla sua mano sinistra. Lo tirò su, lo controllò rapidamente - non aveva mai sparato prima, ma il meccanismo gli era abbastanza familiare - e lo fece ruotare e posare la canna sulla schiena del soldato morto.

Ha preso la mira, ha sparato. Due volte. Uno degli uomini cadde a terra, ma l'altro stava ancora correndo verso di lui.

Sparò di nuovo e l'uomo cadde.

Ben non esitò. *Due abbattuti, due già morti,* pensò tra sé e sé, contando gli uomini a cui aveva appena sparato e i soldati suoi e di Reggie.

Il problema era che non era sicuro di quanti soldati ci fossero *prima dell'*inizio del combattimento.

"Ben! La porta!"

La voce di Reggie tagliò il fuoco e lui alzò lo sguardo per vedere Daris e altri due uomini di Ravenshadow che correvano verso l'uscita, le stesse porte da cui lui e Joshua erano entrati. Girò il fucile d'assalto e sparò tre raffiche da tre colpi ciascuna.

Il trucco è stato fatto. Nessuno dei corridori si aspettava i colpi, e le prime due raffiche eliminarono le gambe dell'uomo più vicino, mentre l'ultima raffica colpì Daris alla spalla. La donna cadde a terra, afferrandosi il braccio.

L'uomo dall'altra parte si trovò esposto, allo scoperto, senza un'arma pronta. Reggie sparò accanto a Ben, dopo aver raccolto l'arma da soldato, e l'uomo cadde a terra.

"Stai bene?" Reggie gridò.

"Non ora", disse Ben. "Dov'è..."

Poi la vide. Camminava in cerchio, stordita, vicino alle sedie dove erano seduti Morrison e Daris.

"Julie!", gridò. "Da questa parte", gridò. "Vieni qui!"

Julie lo guardò, senza riconoscere il suo volto, ma si adeguò. Cominciò a camminare verso Ben.

Ben non riuscì a vedere Joshua o Roger Derrick, ma notò un gruppo di tre soldati che correvano attraverso la palestra, puntando alle porte che conducevano al resto dell'edificio. Pensò di sparare, ma si rese conto che Julie stava per entrare nella sua traiettoria.

Due colpi di pistola e uno dei soldati cadde. Un'altra esplosione e gli altri due furono colpiti.

Quanti ne sono rimasti? Ben pensò. *Quanti ne devo ancora uccidere?*

Julie era ormai vicina, a circa metà strada dalla posizione di Ben. Voleva correre ad afferrarla, ma sapeva che il rischio di essere colpiti - da una parte o dall'altra - era astronomicamente alto.

Erano passati solo trenta secondi dall'inizio della schermaglia e già la situazione stava rallentando. Ben poté vedere cinque uomini stesi a terra, morti, e capì subito che erano tutti uomini di Ravenshadow.

Forza, Julie. Sbrigati.

Julie camminava ancora, con una lentezza dolorosa, ma stava facendo progressi. Lui le fece cenno di sbrigarsi, ma lei non capì o si rifiutò di rispondere al segnale della mano.

Poi Morrison era lì, dietro Julie. Ben non vide da dove fosse arrivato, ma era lì, a lato della palestra.

Puntando una pistola alla sua schiena.

Ben sollevò di nuovo il fucile e cominciò a mirare.

Morrison alzò gli occhi dalla mira e sorrise a Ben, poi sparò.

Julie è scesa.

Ben sentì l'aria uscire dai polmoni. Non riusciva a respirare. Non poteva sparare, non poteva muoversi. Si rotolò, cercando di scivolare in avanti...

Il Falco era in piedi davanti a Ben e sorrideva anche lui. Come un uccello che guarda un verme.

Ben si girò rapidamente, cercando di far ruotare il fucile abbastanza velocemente da sparare un colpo, ma...

Il falco ha sparato con la sua pistola, la stessa 9 mm che Julie aveva usato...

Il fuoco attraversò il corpo di Ben, tutto incentrato sullo stomaco. Il dolore lancinante gli disse tutto ciò che doveva sapere.

Un altro colpo e questa volta Ben sentì gli occhi appesantirsi. La sua coscia sanguinava copiosamente e poteva sentire ogni grammo di sangue che defluiva attraverso i due fori nel suo corpo.

No...

Voleva piangere, urlare. Ma non c'erano ancora parole.

Vide Reggie uscire di corsa dalla palestra, seguendo un soldato che si era rialzato e si era diretto verso la porta. Roger Derrick era ancora disperso. Daris Johansson giaceva a faccia in giù sul pavimento, ma si muoveva, cercando lentamente di rotolare su un fianco.

Ma il Falco e Morrison erano ancora lì. Anche Julie era da qualche parte, ma Ben non riusciva a vederla. Provò a piegare il collo, ma qualsiasi movimento sembrava causare più dolore delle ferite da arma da fuoco.

Ben osservò la stanza buia e in rapido dissolvimento, mentre il Falco si girava e raggiungeva Morrison, poi si diresse verso l'uscita.

Provava rabbia, più di quanta ne avesse mai provata, ma era contraddetta dal dolore. Un dolore lancinante che lo rendeva immobile.

Il Falco si fermò accanto a Daris. La donna era riuscita a rotolare e vide il suo braccio buono alzarsi, facendo cenno a uno dei suoi uomini di aiutarla.

Il Falco non esitò, non parlò nemmeno. Sollevò la pistola e prese la mira.

Poi premette il grilletto e il braccio di Daris cadde a terra, proprio mentre il mondo di Ben si oscurava.

CAPITOLO 78

REGGIE ABBRACCIÒ le due donne in piedi davanti a lui.

"È un piacere rivederla, signora...".

"Faresti meglio a chiamarmi Cornelia, ragazzo mio", disse l'arzilla nonna. Tuttavia, sorrise e abbracciò il nuovo amico del nipote.

Anche Roger Derrick sorrise e tese la mano alla donna che stava accanto alla nonna. "Roger Derrick, FBI".

"Signora E", disse la donna. "È un piacere conoscerla. Apprezzo molto il suo aiuto per questo problema e per aver tenuto al sicuro la nostra squadra".

Reggie guardò a terra.

"E mi dispiace per la vostra perdita", ha detto Cornelia.

Né Reggie né Derrick parlarono. *Cosa c'era da dire?* Pensò Reggie. La loro missione era fallita, miseramente. Non erano riusciti a fermare Daris e il Falco - Garza - era scappato con il farmaco che stava cercando di migliorare. Il test aveva funzionato - Reggie lo aveva visto con i suoi occhi, usato su Julie. Non avevano avuto alcun bisogno del tesoro dei Jefferson.

La squadra di Vicente Garza non c'era più, ma Reggie sapeva

meglio di chiunque altro che per trovare una squadra sostitutiva bastava una telefonata e un po' di allenamento. Garza avrebbe avuto bisogno di un po' di tempo per addestrarli, ma il tempo era qualcosa di cui non disponevano molto.

Più aspettavano, più Ravenshadow sarebbe stata attrezzata per reagire. Reggie doveva trovarli e consegnare il loro capo alla giustizia, prima di poter ricostruire.

E Joshua...

Reggie sentì l'onda dell'emozione. Era un brav'uomo, un leader sicuro e qualificato, ed era morto invano.

Riusciva ancora a vedere il sacco nero per i cadaveri sul pavimento della palestra, la folla indaffarata dell'FBI e della SWAT locale, oltre a flussi di polizia di Filadelfia, che si muoveva nella stanza cavernosa. Il pavimento in legno duro scricchiolava sotto il peso delle persone e sanguinava del sangue vero versato da entrambe le parti.

Ci sarebbe stato un funerale, ma poiché Joshua Jefferson non aveva parenti in vita, sarebbe stato piccolo. Reggie, Ben, Julie, i signori E e Roger Derrick. Forse qualche amico che si era fatto in Brasile.

Reggie non sapeva quale religione seguisse Joshua, se ne seguiva una, quindi i loro piani per la sepoltura e il servizio funebre dell'uomo erano una sfida fin dall'inizio. Il signor E ci stava lavorando e aveva informato tutti che sarebbe stato un servizio semplice e facile che avrebbe onorato l'uomo e il suo lavoro.

Ma c'era *altro* da fare e il signor E aveva mandato la moglie nel Montana per incontrarsi con Reggie e Roger Derrick, che aveva invitato anche la nonna. Non avrebbe voluto mancare, aveva detto a Reggie, e Reggie aveva subito accettato.

Avevano pianificato la rapida escursione, avevano prenotato un elicottero a noleggio che li avrebbe portati nello stesso bacino in cui avevano visto atterrare il gruppo di Ravenshadow, e ora si trovavano davanti alla stessa piccola caverna in cui lui e Derrick erano stati condotti sotto la minaccia delle armi solo due giorni prima.

Oggi, tuttavia, erano gli unici esseri umani nel raggio di 20 miglia. Nessun soldato, nessun uomo che cercava di ucciderli e nessun pilota di elicottero ostile.

"È questo?" Chiese Cornelia. "Spero che voi ragazzi mi portiate dentro, non c'è modo di strisciare lì dentro da sola".

Derrick rise. "No, nonna, abbiamo fatto una scansione dell'intero versante della montagna. Lassù c'è una caverna molto più grande". Indicò la parete inclinata della montagna, quasi direttamente a ovest di dove si trovavano ora.

"E allora perché mai non siamo atterrati *lassù*?". Chiese Cornelia.

Derrick le afferrò la mano e la tirò con sé, facendo attenzione a non farle perdere l'equilibrio. L'anziana donna era robusta e affrontava senza problemi l'escursione moderata. Tuttavia, al ritmo con cui procedeva, ci sarebbe voluta mezz'ora per arrivare in cima all'altura e trovare l'ingresso della caverna.

La scansione GPR aveva effettivamente rivelato una grande stanza all'interno della montagna, nascosta sotto la roccia. Sembrava essere collegata alla caverna più piccola che avevano già esplorato e, se fossero stati fortunati, il buco che avevano visto sarebbe stato abbastanza ampio da consentire l'accesso scendendo nella caverna.

Reggie voleva esplorarla e aveva sostenuto che la vena d'argento che avevano visto prima nella grotta poteva essere solo un accenno a un deposito d'argento più grande.

Roger Derrick fu felice di accontentarlo, considerando che la squadra dell'FBI che si era finalmente presentata non aveva bisogno del suo aiuto in quel momento. Stavano lavorando duramente per trovare il Falco e Morrison, e il capo di Derrick si aspettava che si prendesse un po' di tempo per recuperare per qualche settimana.

Un'avventura speleologica era proprio il tipo di "tempo libero" di cui aveva bisogno.

Raggiunsero la cima dell'altura in soli quindici minuti, ma si fermarono per permettere a Cornelia Derrick di riprendere fiato.

"Quindi siete stati in Australia?" Derrick chiese alla signora E.

Annuì. "Una missione di ricognizione, in realtà. Se avessimo saputo cosa *vi* avrebbero fatto passare, non sarei mai volato fin laggiù".

"Hai trovato qualcosa di utile, almeno?".

"Non proprio. Ho rintracciato il banco dei pegni che aveva subito un atto di vandalismo, ma non era a conoscenza dell'omicidio della vedova".

"Sapeva qual era l'oggetto che aveva comprato dalla vedova?".

"Può darsi. Non credo che fosse coinvolta come Daris Johansson, ma semplicemente un'amica intima della vedova, che aveva a cuore l'anziana signora e voleva assicurarsi che non soffrisse la fame".

"Questo spiega perché le ha dato tanti soldi per il manufatto", ha detto Reggie.

"E perché ha attirato l'attenzione di Daris. Deve aver fatto uccidere la vedova dalla squadra del Falco".

"Credo che sia così, sì", ha detto la signora E. "La vedova aveva legami con l'APS, da molti anni, e questo oggetto è stato probabilmente tramandato nella sua famiglia attraverso le generazioni, ognuna delle quali ha spiegato al parente successivo quanto fosse preziosa questa piccola pietra".

"Sfortunata", ha detto Derrick. "*Non aveva idea di* quanto fosse prezioso. O che la gente fosse disposta a uccidere per averla".

"Sappiamo cos'era?" Chiese Reggie. "Daris sembrava pensare che fosse argento, proveniente dalla flotta del tesoro spagnola del 1715 che naufragò".

"È probabile", ha detto la signora E., "anche se non possiamo esserne certi. L'argento sarebbe davvero prezioso, anche solo dal punto di vista storico. È l'unico tesoro trovato nel relitto ed è sempre stato in possesso di Meriwether Lewis".

"Gli è stato dato da Thomas Jefferson".

Reggie si rallegrava dell'importanza storica di una simile scoperta, se fosse stata effettivamente vera. Ma il pezzo d'argento non c'era più: la squadra di Daris l'aveva rubato e non avrebbe scommesso sul fatto che l'avrebbero mai rivisto.

Ricominciarono a muoversi, questa volta senza ostacoli di colline o massi difficili. Il sentiero davanti a loro era pianeggiante, facile da percorrere e anche Cornelia sembrava divertirsi. Camminarono per altri dieci minuti, finché Derrick si fermò e indicò.

"Laggiù", disse. "Guarda".

Reggie strizzò gli occhi, ma non riuscì a vedere nulla. Aspettò che Derrick si avvicinasse al luogo che aveva indicato e solo quando l'omone fu in piedi proprio di fronte ad esso riuscì a vederlo.

Una buca, nel terreno, posta in leggera pendenza. Largo circa un metro e mezzo e alto solo un metro.

"Quella piccola scheggia?" Disse Cornelia. "Di nuovo, spero che mi portiate lì dentro".

"Lo farò, nonna. Ma scenderemo con la corda".

I suoi occhi si spalancarono. "Facciamo così. Che ne dici se rimango qui, al sicuro a terra, e faccio da palo?".

Reggie e Derrick risero. "Sembra una buona idea, nonna. Non voglio che ti rompa un'unghia".

"O di perdere uno dei vostri *parrucchini*", *ha* aggiunto Reggie.

Lei gli sorrise e poi si sedette accanto alla grotta. "Posso almeno tenere una corda o qualcosa del genere".

Derrick stava già attrezzando la corda di arrampicata intorno a un albero di fronte all'ingresso della grotta. Aveva portato un sacco di attrezzatura, e Reggie prese un moschettone e iniziò a lavorare sulla sua linea di assicurazione.

"L'ultima volta che ho scalato è stato in Antartide".

"Sì?" Chiese Derrick. "Dovrai raccontarmi anche questo prima o poi".

"Prima dovrai farmi ubriacare", rispose Reggie. "E non c'è abbastanza bourbon al mondo".

Derrick rise, poi lanciò una corda alla signora E. "Tieni, perché non guidi tu? Finora ti sei persa tutto il bello".

Sorrise, poi avvolse la corda intorno a una gamba e ne fece un "sedile" di fortuna. Si avvicinò alla scheggia, poi si sdraiò a terra e scivolò all'indietro verso il buco. Entrò a piedi uniti, provando la corda mentre Derrick la assicurava.

Reggie guidò i suoi progressi con una torcia elettrica e vide che il pavimento della caverna era a soli tre o quattro metri di distanza. Atterrò, si slegò e lasciò che Derrick tirasse su la corda per il prossimo speleologo.

Derrick aiutò Reggie a scendere, poi lo seguì calandosi nel buco con la corda assicurata e un moschettone. Reggie lo guidò fino a terra e quando ebbe finito, tutti e tre al sicuro nella grotta, la signora E accese la propria torcia e girò in un lento cerchio.

Reggie seguì il suo raggio, aggiungendovi il proprio. La grotta era quasi un semicerchio perfetto, scavato nella montagna da un fiume sotterraneo alimentato da una sorgente che si era prosciugata da tempo. Le pareti erano lisce e, come nella precedente caverna che avevano esplorato, non c'erano stalagmiti o stalattiti sul pavimento o sul soffitto.

"Lì", disse, indicando a destra. La caverna si restringeva fino a diventare un'intercapedine, poi finalmente un punto minuscolo, nient'altro che un buco nero nella parete. Ma da questo buco emerse una sottile striscia di argento e quarzo che correva lungo la parete e saliva sul soffitto.

"Quel piccolo foro è probabilmente tutto ciò che collega questa caverna a quella in cui eravamo", ha detto. "E questa è la piccola vena d'argento che abbiamo visto. Si tratta per lo più di quarzo, credo, ma ci sono anche delle scaglie".

"Già", disse Derrick. "Non mi stupisce che la squadra di Raven-shadow non abbia trovato nulla. Non c'è modo di arrivare qui da lì".

"Ragazzi - e ragazze - datevi una mossa laggiù!". Gridò Cornelia, la cui voce era quasi impercettibile dall'esterno della grotta. "Mi sta venendo fame e non ho visto un Burger King nelle vicinanze".

Reggie sorrise, poi continuò a seguire la striscia di roccia scintillante fino all'altro lato della grotta.

"Anche qui non c'è niente", disse Derrick. "Ma la squadra di Lewis avrebbe potuto usarlo per un buon riparo".

"Certo", ha detto la signora E. "Finché non inizia a piovere".

Reggie capì che aveva ragione: anche se l'acqua sarebbe fluita in discesa, nella prima caverna, sarebbe stata rallentata quando avrebbe toccato lo stretto buco che collegava le due caverne e avrebbe iniziato a riempire questa, come un lago a valle che era stato arginato, riempiendosi fino a quando la diga non fosse stata aperta.

"Sembra che la nostra scheggia salga e poi scenda laggiù", disse Reggie. "In salita. E c'è un'altra stretta fessura, ma credo che sia abbastanza alta da poterci passare almeno strisciando".

La caverna in cui si trovavano aveva più la forma di una mezzaluna ingrassata che di una ciotola, con le estremità affusolate sui lati est e ovest. Si avvicinò al lato occidentale della caverna e fece luce nel buco.

"Sì, sicuramente si apre di nuovo là dietro", disse, facendo rimbalzare la punta della sua luce sulle pareti della stanza dall'altra parte del tunnel. "Mi spingo in mezzo per vedere se c'è...".

Si fermò. Indietreggiò un po' e riportò la torcia nel punto in cui si trovava un attimo prima.

"Che succede?" Chiese Derrick.

"Io... credo che ci sia...".

Reggie si fermò. La torcia rimbalzava a destra e a sinistra su un oggetto, ma lui si concentrò sull'ombra ingrandita che si era creata sulla parete di fondo della stanza accanto. Si spinse in avanti sulle mani e sulle ginocchia per qualche altro centimetro, sempre concentrandosi sull'ombra.

Senza dubbio, si trattava di un oggetto realizzato dall'uomo. L'ombra sulla parete era ad angolo retto. L'angolo di qualcosa.

Qualcosa che assomigliava a una scatola.

CAPITOLO 79

LE MANI di REGGIE tremarono mentre slacciava il fermaglio della scatola danneggiata dalle intemperie. La scatola in sé era in buone condizioni, come se fosse stata al riparo dalle piogge e dall'acqua sorgiva per tutto il tempo in cui era rimasta nella grotta. Ma le cinghie di cuoio che erano state saldamente fissate intorno alla scatola stavano cominciando a deteriorarsi, e in alcuni punti le fasce secche si stavano quasi staccando.

Reggie avrebbe potuto facilmente rimuovere le cinghie di cuoio semplicemente tirandole con forza, ma aveva a che fare con un oggetto antico. Un manufatto di importanza storica, che avrebbe fatto parlare di sé per anni.

Il Tesoro di Jefferson è reale, pensò. *Per tutto questo tempo, Daris aveva ragione.*

Meriwether Lewis aveva portato qui questa cassa, l'unico scrigno che ha attraversato il paese e che è tornato a metà strada prima di essere portato a riposare, fino a questo momento, in questa caverna.

E Reggie stava per aprirla.

Si era opposto alla richiesta, ma Derrick gli aveva detto che era giusto che Reggie facesse gli onori di casa. Aveva perso un brav'uomo, un compagno di squadra, due giorni prima, e la memoria di Joshua Jefferson meritava di essere onorata in questo modo. L'avevano trovata insieme e meritavano di aprirla insieme.

Tuttavia, Roger Derrick non poteva stare completamente fuori dai piedi. Era proprio accanto a Reggie, l'uomo più alto era accovacciato e guardava sopra la spalla di Reggie, mentre il video registrato sul suo telefono girava mentre Reggie slacciava con cura le cinghie.

La prima cinghia cadde a terra, con una polvere che si sollevava dal punto in cui aveva colpito la roccia.

"Ops", disse Reggie. "Dovrò fare più attenzione con il prossimo. Vorrei aprire questa cosa senza danneggiare nulla, così almeno potremo farla conoscere al mondo come l'abbiamo trovata".

"Quindi non abbiamo intenzione di saccheggiarlo e di rubare il tesoro per noi?". Chiese Derrick.

Reggie sorrise. "Ora che mi ci fai pensare, certo. Che ne dici di una divisione 80/20?".

Derrick fece l'occhiolino. "Certo - ho fatto la maggior parte del lavoro, quindi l'80% a modo mio è probabilmente giusto".

Reggie slacciò la seconda cinghia di cuoio dalla parte anteriore del petto e questa volta appoggiò con cura la fascia di cuoio sul pavimento della caverna.

"Ok", ha detto. "Non c'è niente da fare".

La signora E teneva la torcia perché Reggie potesse vederla, ma tirò fuori dalla tasca anche un telefono e iniziò a registrare.

Sollevò lentamente gli angoli della cassa, assicurandosi che fosse strutturalmente solida. Soddisfatto, tirò su, lasciando che le cerniere sul retro facessero il loro lavoro. Il coperchio scricchiolò, poi continuò a salire tra le mani di Reggie.

La aprì completamente e la signora E spostò la torcia in modo che potessero vedere.

"Mio Dio", sussurrò Reggie.

Derrick fischiò. "È... è un teschio umano?".

All'interno del forziere, adagiato al centro della grande scatola, c'era un unico teschio. Logoro e sbiadito, il teschio sembrava appartenere a un essere umano adulto. Non aveva l'aspetto sbiancato e pulito dei teschi che Reggie aveva visto in precedenza, ma aveva invece un aspetto quasi macchiato, come se fosse stato spogliato della sua carne in fretta e furia e gettato nella cassa.

Reggie annuì. "Deve essere così. E guarda, c'è qualcosa scritto sopra".

Reggie afferrò la torcia della signora E, mentre tutti si avvicinavano per guardare meglio, e di sicuro, sul lato posteriore del cranio, c'erano due parole:

Il tuo capitano.

"Il tuo capitano?" Chiese Reggie. "Cosa mai?"

"Non ne ho idea", rispose Derrick, "ma guardate su cosa è appoggiato".

Reggie si accorse solo allora che il teschio era appoggiato su un lenzuolo sottile e nervoso e che né il teschio né il lenzuolo erano sul pavimento della cassa.

"Sta... coprendo qualcosa".

"E non credo che sia solo una copertura", disse Reggie. "Ecco, tieni questo ragazzo".

Senza esitare, raggiunse il petto e tirò fuori il teschio. Derrick ebbe un sussulto, ma si strinse il cranio tra le braccia come se fosse un pallone da calcio e dovesse essere placcato da un momento all'altro.

"Guarda qui", disse Reggie. Aveva sollevato un angolo della sottile striscia di carta coriacea e aveva fatto brillare la luce sul lato inferiore.

"Cosa... cosa c'è?" Chiese Derrick.

"È una mappa".

"Una mappa?"

"Sì, ha disegni e segni sull'altro lato, in colori diversi".

Derrick fischiò di nuovo. "E cosa c'è sotto? La roba su cui è appoggiato?".

Reggie fece un sorriso enorme che gli invase tutto il viso. Infilò una mano nella roba sotto l'angolo sollevato del lenzuolo e tirò fuori alcuni oggetti.

Piccole monete tondeggianti gli caddero tra le dita. Alcune erano più bitorzolute, come se fossero state versate da uno stampo diverso, o semplicemente modellate male, mentre altre avevano lati dritti e una forma più poligonale.

"Monete. D'argento e alcune d'oro", disse Reggie. Le lasciò cadere tutte tranne una e se le portò in faccia. "Dalla flotta del tesoro spagnola".

CAPITOLO 80

JULIE SI FERMÒ SOPRA il letto di BEN, ascoltando il suono del respiro normale dell'uomo che amava.

Una cosa così piccola, in realtà, pensò. *Godere solo del suono del respiro di un uomo.*

Ma non era una cosa da poco: Ben era stato vicino a morire per le ferite da arma da fuoco. Aveva perso così tanto sangue, così rapidamente, che i soccorritori arrivati poco dopo gli uomini e le donne dell'FBI erano stati pronti a dichiararlo morto.

Ma lei non glielo avrebbe permesso. E nemmeno Reggie. Era ancora vivo e sarebbe rimasto tale. Meglio che lo sistemino, o lei...

Dopo era svenuta per la ferita all'addome e, a quanto pare, Roger Derrick l'aveva presa prima che cadesse. Si svegliò in ospedale, tre stanze più in basso di Harvey Bennett, con un'infermiera e un medico in piedi davanti al suo letto. Reggie e Derrick erano venuti a trovarla, così come la signora E. Il signor E era persino apparso sul piccolo televisore montato sulla parete sopra il suo letto. Ognuno di loro aveva raccontato la storia: la grotta con il tesoro di Lewis, il teschio, la mappa e le monete.

All'interno dell'argento si trova l'oro.

E l'oro si trovava *proprio* all'interno dell'argento. La maggior parte delle monete d'argento erano, come previsto, coniate con argento puro, probabilmente proveniente da qualche parte in Sud America. Ma alcune monete non erano affatto monete, bensì una sorta di sostanza polverosa che era stata essiccata, cotta e impressa in oggetti circolari che assomigliavano al resto delle monete.

Erano false, ma non erano solo destinate ad essere monete contraffatte.

Invece, dovevano essere un metodo di trasporto per la pianta che la squadra di sicurezza di Daris aveva identificato: una pianta affine al Borrachero che si trova in Sud America, ma questa particolare varietà è molto più potente e molto più utile come droga.

Il signor E ha fatto inviare le monete a un laboratorio, che ha subito individuato il genere e la specie della pianta e ha inviato un severo avvertimento sui pericoli di un uso non regolamentato. Si trattava di un concetto interessante: nascondere una droga in un altro tesoro. Ma il team conosceva la vera verità:

Il Tesoro di Jefferson non era affatto il vero tesoro.

Era solo la mappa.

Thomas Jefferson aveva pagato Meriwether Lewis per nascondere la mappa, per registrare la sua posizione ma non per rivelare al mondo ciò di cui il secondo presidente era in possesso. Il segreto morì con lui, relegato in una grotta del Montana e in un ristretto numero di persone della sua linea di successione alla Società Filosofica Americana.

Ma Lewis non si sentiva a suo agio nel giocare. Sapeva che un'arma di questo calibro, di questo immenso potere, non era un segreto che era disposto a mantenere. Perciò si era recato a Washington per documentare le sue conoscenze ai potenti dell'epoca.

Era arrivato solo a metà strada.

Meriwether Lewis, all'età di trentacinque anni, era stato assassinato nel sonno in una piccola locanda sulla Natchez Trace, a causa della sua conoscenza del tesoro di Jefferson. Il peso della notizia rendeva difficile crederci, ma Julie sapeva che era la verità. Aveva visto cosa avrebbero fatto le persone per possedere questa strana droga, per poterla testare e perfezionare.

E il Falco ce l'aveva. Da qualche parte là fuori, ce l'aveva e ci stava lavorando.

Perfezionarlo.

Dopo tre giorni di convalescenza, aveva chiesto di vedere il suo fidanzato. Avevano opposto resistenza, ma non avevano mai incontrato una testardaggine come la sua. Le proposero un accordo: lasciatelo svegliare un giorno dopo la trasfusione di sangue e l'avrebbero fatta entrare nella sua stanza.

Ben, ovviamente, si svegliò.

Ora era lì, in piedi, a fissarlo, osservando e ascoltando l'alzarsi e l'abbassarsi del suo petto. Una macchina suonava su un supporto vicino, mentre un'infermiera entrava e usciva, controllando cartelline di metallo e *sibilando* qualche farmaco. Julie ignorò l'uomo, concentrandosi invece su Ben.

Sono qui, Ben, pensò. *E non vado da nessuna parte.*

Gli occhi di Ben sbatterono e lui gemette. Un gemito profondo e morbido.

"Stai piagnucolando?" chiese lei, sorridendo. "Come un cucciolo d'orso ferito?".

Socchiuse gli occhi. "Chi sei?"

"Dai, Ben. Non..."

"Signora, sono serio. È meglio che cominci a spiegarsi prima di...".

Il volto di Ben si sciolse in un sorriso, anche se sembrava doloroso. Gemette di nuovo, poi tossì, provocando un gemito ancora più profondo.

Julie gli ha dato un buffetto sul braccio.

"Ehi", disse. "Non colpirmi, sono *davvero* ferito".

"Ho fatto in modo di colpirti in un punto che *non ti facesse* male".

"Come fai a sapere che non mi hanno sparato anche al braccio? Sei stato via per metà del tempo, andando in giro con quel tipo dal naso storto".

"*Andare in giro?*" Julie si schernì. "Non sai nemmeno cosa *significa*".

"È... è come se... sai, si muovesse e... andasse in giro e così via".

Julie scoppiò a ridere. "Sei ridicolo, lo sai? Ben, ti hanno sparato *due volte.*"

Ben le rivolse il suo migliore sguardo innocente e cercò di fare spallucce. "Non è stato niente. Hanno sparato anche a te e io ne ho passate di peggiori".

"Mi sembra che tu lo dica ogni volta che finiamo una missione o un'avventura o altro".

"Forse ogni missione o avventura peggiora".

Julie si sedette, sorridendo. Si sentiva di nuovo se stessa. Il farmaco era svanito completamente, lasciandola senza alcun effetto collaterale, e gli effetti collaterali di nausea e mal di testa si erano per lo più attenuati. Ben era tornato e stavano insieme. Non c'era nient'altro che volesse o di cui avesse bisogno in quel momento.

Tranne che per una cosa.

"Beh, forse è arrivato il momento di una missione ancora *più difficile.*"

Lui alzò un sopracciglio verso di lei. "Intendi andare a scoprire cos'è questa 'mappa del tesoro' che hanno trovato Derrick e Reggie?".

A Julie cadde la mascella. "H - come fai a saperlo già?".

Ben gemette, questa volta più forte, e la porta del bagno dietro di lei si aprì. Si girò di scatto, con il cuore che batteva all'impazzata...

E Reggie uscì. Seguito da Roger Derrick.

"*Tu!*"

Reggie aveva un enorme sorriso stampato in faccia e le mani in alto, vicino alla testa. "Mi dispiace, Julie... è solo che ci siamo trovati in zona e...".

La testa di Derrick cadde. "È colpa mia. Sappiamo che volevi vederlo per primo, ma ho chiamato l'ospedale. Dal mio ufficio".

Julie sapeva cosa significava. *L'FBI aveva chiamato l'ospedale. Non c'è da stupirsi che il personale li abbia fatti entrare.*

Per quanto si sforzasse, non riusciva ad arrabbiarsi. "Sono contenta che tre abbiano già recuperato un po'", disse. "Ma la prossima volta fai attenzione o ti *mando* davvero all'ospedale".

Reggie continuò a sorridere, avvicinandosi alle sedie ai lati della stanza, proprio di fronte a una grande finestra.

"Mi piacciono le tende rosa, Ben. Le hai scelte tu?".

Ben annusò, facendo una pausa mentre cercava le parole adatte. "No".

Reggie guardò avanti e indietro gli altri tre nella stanza. "Davvero, Ben, dobbiamo lavorare sulle tue rimonte. *Dopo aver* lavorato sulle tue abilità *difensive*".

"Ehi, almeno io ho *partecipato all'*azione. Voi due bei ragazzi ve la siete cavata senza un graffio. Che facevate, vi nascondevate in un angolo?".

"Comunque", disse Julie, intervenendo, "stavo giusto parlando a Ben di quella *nuova* missione che dobbiamo iniziare".

"Oh?" Chiese Derrick. "Mia nonna continua a chiedere informazioni, dice che vuole farne parte in qualche modo, e -".

"Non stavo parlando di *quella* missione", disse Julie, con il sorriso e gli occhi completamente rivolti a Ben. "Stavo parlando di qualcos'altro. Qualcosa di ancora migliore".

Gli occhi di Ben passarono da una persona all'altra, per poi tornare a Julie.

"Sto parlando del nostro matrimonio, Ben".

Sorrise, solo un po', poi guardò Reggie e Derrick. "Le ho detto che ogni missione diventa più difficile. E lei vuole comunque continuare".

"È pazza, amico", disse Reggie. Poi si alzò, si avvicinò a Ben e gli mise una mano intorno alla spalla. "E se mai dovessi fare un casino con lei, ti riempirei di botte".

Julie si schiarì la gola. "Grazie, Reggie. Ma ti assicuro che se lo farà non avrò bisogno del tuo aiuto".

POSTFAZIONE

Grazie per aver letto! Spero che questo thriller vi sia piaciuto e che lasciate una recensione onesta.

Per ringraziarvi, visitate nickthacker.com/italiano per scaricare gratuitamente un romanzo thriller!

Nick Thacker è un autore di thriller texano che vive alle Hawaii e in Colorado. Nel tempo libero, gli piace leggere su un'amaca in spiaggia, sciare, bere whisky e stare con la sua bellissima moglie, i suoi due cani e le sue due figlie.

Per maggiori informazioni e per un elenco degli altri lavori di Nick, visitate il sito web di Nick: www.nickthacker.com.